탄제린

TANGERINE
by Christine Mangan

이 도서의 국립중앙도서관 출판예정도서목록(CIP)은
서지정보유통지원시스템 홈페이지(http://seoji.nl.go.kr)와
국가자료종합목록 구축시스템(http://kolis-net.nl.go.kr)에서 이용하실 수 있습니다.
(CIP제어번호: CIP2020033120)

TANGERINE
탄제린

CHRISTINE MANGAN
크리스틴 맹건
장편소설
이진 옮김

문학동네

일러두기

1. 주석은 모두 옮긴이주이다.
2. 본문 중 고딕체는 원서에서 이탤릭체나 대문자로 강조한 부분이다.

이것이 가능한 일이라고 언제나 믿었던 부모님을 위해.

그리고 언제나 R. K.를 위하여.

차례

프롤로그

스페인

물에서 시신을 끌어올리는 데는 세 사람이 필요하다.

남자라는 것, 그 정도는 알 수 있지만 그것 말고는 말할 수 있는 게 거의 없다. 넥타이의 은장식이 반짝여서인지 새들이 꼬여든다. 그러나 까치들만 그렇다는 사실을 그들은 이내 떠올린다.* 이 친구 까치를 세 마리 보았나보네, 남자들 중 한 명이 다른 둘에게 말한다. 전래 동요 가사, 세 마리는 장례식**이 머릿속에서 맴돌아 농담삼아 해본 소리다. 시신을 끌어올리며, 그들은 그 무게에 놀란다. 죽은 사람은 무게가 더 나가나? 또 한 사람이 궁금해하며 말한다. 그들은 경찰이 오기를 함께 기다린다. 시체를 내려다보지 않으려고, 한때

* 서구에는 까치가 반짝이는 물건을 훔치기 좋아한다는 속설이 있다.

** 영국의 전래 동요 〈One for Sorrow〉의 한 구절로, 가장 오래된 버전은 까치 한 마리는 슬픔, 까치 두 마리는 기쁨, 까치 세 마리는 장례식, 까치 네 마리는 탄생이라는 내용을 담고 있다.

남자의 눈이 있었던 뻥 뚫린 안와를 보지 않으려고 애쓰면서. 그들 세 사람은 서로 모르는 사이였지만, 이제는 혈육보다 더 깊은 유대로 연결되었다.

물론, 앞부분만 진실이고 나머지는 나의 상상일 뿐이다. 이렇게 앉아서, 방의 맞은편을, 창밖을 내다보고 있는 나에겐 이제 이런 여유가 있다. 풍경은 바뀌지만, 그것 말고는 아무것도 바뀌지 않는다. 이것을 관찰이라고 부르는 사람도 있겠지만, 나는 관찰과는 전혀 다르다고 주장하고 싶다. 그 둘은 몽상과 생각만큼이나 다르다.

따스한 날이다. 여름이 성큼 다가왔다. 태양이 흐려지기 시작했고 하늘은 이상한 노란빛을 띠며 곧 불어닥칠 폭풍을 예고한다. 바로 이런 순간들에—바람이 무겁고 뜨겁고 위협적일 때—눈을 감고 숨을 들이쉬면, 다시 탕헤르의 냄새를 맡을 수 있다. 벽돌 굽는 가마 냄새, 따듯하지만 타는 듯이 뜨겁지는 않은 무언가의 냄새, 마시멜로와 비슷하지만 그 정도로 달콤하지는 않은 냄새다. 시나몬이나 정향, 심지어 카다몬*처럼 어딘가 익숙한 향신료의 느낌도 있고, 그 외에 전혀 낯선 느낌도 있다. 마치 어린 시절의 기억처럼, 우릴 단단히 감싸주면서 동화 같은 해피엔딩을 약속하고 위로를 주는 냄새다. 물론 그건 사실이 아니다. 그 냄새의 밑바닥, 그 위로의 밑바닥에는 파리가 윙윙거리고, 바퀴벌레들이 돌아다니고, 굶주린 고양이들이 야비한 눈빛으로 당신의 모든 움직임을 주시하고 있다.

대부분의 시간에, 그 도시는 과도한 망상처럼 느껴진다. 한때는

---

* 식물 씨앗을 말려 만드는 서남아시아산 향신료.

실제로 존재했다고 거의 믿게 된 반짝이는 신기루 같다. 내가 그곳에 있었고 내가 기억하는 사람들과 장소들이 내 마음의 조화로 만들어낸 반투명한 유령이 아니라 실체가 있는 것이었다고 믿을 수도 있을 것 같다. 시간이 빠르게 움직이면서, 사람들과 장소들을 처음에는 과거로, 그다음에는 이야기로 변화시킨다는 것을 알게 되었다. 나는 그 둘의 차이를 도무지 기억하지 못한다. 요즘 내 마음이 나에게 술수를 쓰기 때문이다. 최악의 순간에—최고의 순간에—나는 그녀를 잊는다. 그 일을 잊는다. 그게 참 이상한 것이, 그녀는 항상 그 자리에 있고, 금방이라도 튀어나올 듯 수면 아래 도사리고 있기 때문이다. 하지만 그녀의 이름조차 기억나지 않을 때가 있어서, 보이는 종이쪽지마다 닥치는 대로 그녀의 이름을 써놓곤 한다. 밤이 되고 간호사들이 사라지면, 나는 교리문답을 배우는 어린아이처럼 그 이름을 중얼거린다. 마치 그렇게 반복하면 기억하는 데 도움이 된다는 듯이, 그렇게 하면 잊지 않을 수 있다는 듯이. 절대 그 이름을 잊어서는 안 된다고, 스스로에게 일깨운다.

노크 소리가 들리더니 빨간 머리의 젊은 여자가 음식 쟁반을 양손으로 들고 들어선다. 그녀의 팔은 주근깨로 뒤덮여 있다. 주근깨가 얼마나 많은지 작은 갈색 점들이 그 밑의 창백한 피부를 완전히 압도한다.

혹시 저걸 세어볼 생각을 한 적이 있을까.

고개를 숙이니, 침대맡 테이블 위의 종이쪽지에 이름이 하나 휘갈겨져 있고, 그 이름이 나의 신경을 긁는다. 내 이름은 아니지만, 중요한 이름처럼, 기억해내야 할 이름처럼 느껴지기 때문이다. 나는 마음을 진정시킨다. 이 기술이 유용하다는 것을 깨달았다. 생각하지 않으려고 무진 애를 쓰면서 속으로는 있는 힘을 다해 생각해 보는 것.

아무 일도 일어나지 않는다.

“아침 드시겠어요?”

고개를 들어보니 짙은 빨간색 머리의 낯선 여자가 내 앞에 서 있고, 나는 혼란스럽다. 많아야 서른 정도로 보이고, 그렇다면 나와 겨우 몇 살 차이일 것이다. 빨간 머리는 재수가 없는데, 나는 생각한다. 항해할 때 빨간 머리를 피하라고들 하지 않나? 나는 조만간 바다에 나갈 가능성이 높다. 탕헤르로. 나는 초조해지고, 이 빨간 머리의 불길한 징조를 내 방에서 쫓아내고 싶다. “어디서 오셨어요?” 노크도 하지 않고 들어온 것에 화가 나서 내가 묻는다.

여자가 나의 질문을 무시한다. “오늘은 배 안 고파요?” 그녀는 회색 물질이 가득 담긴 숟가락을 들고 있다. 나는 그 물질의 이름을 생각해내려 하지만, 머리가 도무지 말을 듣지 않는다. 화가 나서 그것을 밀쳐내고 대신 침대맡에 놓인 작은 쪽지를 가리킨다. “이것 좀 쓰레기통에 버려줘요.” 내가 그녀에게 말한다. “누가 자꾸 낙서를 끄적거린 종이쪽지를 놓고 가네요.”

나는 도로 침대에 누워 이불을 턱까지 끌어당긴다.

여름인데, 그런 것 같은데, 갑자기 방안이 겨울처럼 춥다.

1부

1956년
탕헤르

1
앨리스

매주 화요일은 장날이었다.

나 혼자만의 장날이 아니고 도시 전체의 장날이라, 리프산맥*의 여인들이 산에서 그 시작을 알리며 과일과 채소를 그득 담은 바구니를 든 채 양옆에 당나귀들을 거느리고 내려왔다. 그에 화답하듯 탕헤르가 살아났다. 사람들이 모여들고, 거리는 남자들과 여자들로 북적이고, 외국인 내국인 할 것 없이 가리키고 주문하고 실랑이하고 물물교환하고 이것 조금 저것 조금을 사느라 동전을 주거니 받거니 했다. 이런 날에는 어쩐 일인지 해가 더 쨍하고 뜨거워서 그 열기가 뒷목을 달구었다.

창가에 서서 불어나는 사람들을 내려다보면서, 나는 아직 월요일이면 좋겠다고 속으로 생각했다. 하지만 나도 알고 있었다, 월요

* 모로코 북부 지중해 연안의 산맥.

일은 언제나 가짜 희망, 가짜 위안이라는 것을. 화요일은 기어이 다시 오기 마련이고 나는 결국 저 아래 휘몰아치는 혼돈 속에, 시선을 강탈하는 화려한 빛깔로 치장한 강렬한 인상의 리프 여인들 앞에 서게 되리라는 것을. 그들의 눈이 내 옷차림을, 그들의 기대에 부합하지 않는 평범한 내 드레스를 뜯어볼 테고, 나는 불안감에 휩싸일 것이었다. 나도 모르는 사이에 터무니없는 값을 지불하게 될까봐, 동전을 잘못 건넬까봐, 말을 잘못할까봐, 바보짓을 해서 그들 모두가 웃고 내가 이곳에 온 것이 얼마나 큰 실수인지 분명해질까봐.

모로코. 그 이름은 광활하고 황량한 사막, 찌를 듯 붉은 태양의 이미지를 불러냈다. 존이 처음으로 이곳 이야기를 꺼냈을 때, 나는 놀라 캑캑거리며 그가 내 손에 쥐여주었던 음료에 대고 기침을 했다. 우리는 피커딜리의 리츠호텔에서, 순전히 모드 고모의 강권에 의해 만났다. 내가 베닝턴대학에서 집으로 돌아온 뒤 몇 주 동안 고모는 계속 나를 밀어붙였고, 나는 도저히 그 골칫거리에서 벗어날 수가 없었다. 영국에 돌아온 지 겨우 몇 달이 지났을 뿐이고 존을 알게 된 시간은 그보다 더 짧았지만, 그 순간 나는 분명히 느꼈다고 확신했다. 그의 흥분, 그의 에너지가 우리 주위의 공간을 채우고 더운 여름 공기를 가르며 솟구치는 것을. 나는 그것을 붙잡고, 움켜쥐고, 그중 일부는 나 자신의 것이라고 주장하고 싶은 마음에 적극적으로 달려들었고, 그 발상이 우리 사이에 자리를 잡게 했다. 아프리카. 모로코. 몇 주 전이었다면 망설였을 것이고, 일주일 뒤였다면 그저 웃어넘겼겠지만, 바로 그날, 바로 그 순간, 존의 말들, 그의 약속들, 그의 꿈들을 듣고 있을 때만큼은 그 모든 것이 너무도 현실적이고 이룰 수 있는 일처럼 느껴졌다. 버몬트를 떠난 이후 처음으로 나는 내가 무언가를 원하고 있음을 알았다. 그게 정확히 무엇인지는 알지 못했지만, 어쩌면 내 앞에 있는 남자는 아닐지 모른다는 의심도 들었지만, 어쨌든 무언가를 원한다는 것만큼은 사실이었다. 나는 그가 나를 위해 주문한 칵테일을 한 모금 마신 상태였다. 벌써 미지근하고 밍밍해진 샴페인이 혀에서, 그리고 뱃속에서 시큼하게 느껴졌다. 나는 마음이 바뀌기 전에 손을 뻗었고 손가락으로 그의 손을 움켜쥐었다.

존 매캘리스터는 내가 꿈꿔왔던 이상형은 분명 아니었지만—그는 시끄럽고 사교적이고 자신만만했으며 종종 무모했다—나는 그가 제시한 기회를 만끽하고 있었다. 다 잊을 기회, 지난 일은 묻어두고 돌아설 기회.

하루종일 매 순간, 버몬트 그린마운틴스의 어느 추운 겨울날 일어난 일을 생각하지 않을 기회.

일 년이 지난 그때까지도 그 일은 여전히 자욱한 안개에 휩싸여 있었고, 그 미로를 아무리 오래 헤매고 다녀도 나는 거기서 빠져나갈 길을 찾지 못할 것 같았다. 차라리 그편이 나아, 내 기억을 뒤덮고 있는 반짝이는 수증기에 대해, 그 끔찍한 밤과 그 이후의 날들을 더이상 세세하게 기억할 수 없다는 사실에 대해 얘기했을 때 고모는 그렇게 말했다. 과거 속에 그렇게 묻어두라고, 고모는 충고했다. 마치 나의 기억이, 비밀이 새어나오지 않을 만큼 단단히 밀봉한 상자에 담아 치워버릴 수 있는 물건이라도 된다는 듯이.

어떻게 보면 나는 실제로 그렇게 했다. 과거에 대해선 눈을 감았고, 존을 향해, 탕헤르를 향해, 모로코의 이글거리는 태양을 향해 눈을 떴다. 비록 결혼식도 없이 서류에 서명을 한 게 전부였지만, 그가 제대로 된 반지와 함께 청혼을 하며 약속했던 모험에 눈을 떴다.

"하지만 그럴 순 없어요." 처음에는 나도 그렇게 주장했다. "우린 서로에 대해 거의 아는 게 없잖아요."

"아는 게 없긴 왜 없어요." 그가 나를 안심시켰다. "당신 가족과 우리 가족은 사실상 친척이나 마찬가지잖아요. 아는 게 없기는커녕, 너무 잘 알아서 탈이죠." 그가 웃고는 나를 향해 짓궂은 미소를 지었다.

성을 바꾸는 일은 없어야 했다. 나는 그 점에 대해서만은 확고했다. 그 모든 일을 겪은 뒤로 어떻게든 나 자신의 일부, 내 가족의 일부를 지니고 있는 것이 중요하다고 느꼈다. 그 외에도 다른 이유가 있었지만, 그게 뭔지는 나 자신에게조차 설명하기 어려웠다. 내가 결혼하는 것과 동시에 고모의 후견인 자격은 사라지지만 고모는 내가 스물한 살이 되어 부모님의 자산이 마침내 내 명의로 상속될 때까지 내 신탁재산을 계속 관리하게 되어 있었다. 두 사람의 보호를 받는 것은 너무 복잡하다는 생각이 들었고, 그래서 내가 챙긴 여권에는 여전히 내 이름이 앨리스 시플리로 되어 있었다.

처음에 나는 탕헤르가 그렇게 끔찍하지는 않을 거라고 생각했다. 뜨거운 모로코의 태양 아래 테니스를 치는 나날을 상상했다. 일군의 하인들이 일일이 시중을 들어주고, 도시 곳곳에 있는 다양한 비공개 클럽의 회원이 되고. 그 정도면 살 만한 인생이라는 것을 나는 알고 있었다. 그러나 존은 진짜 모로코, 진짜 탕헤르를 체험해보고 싶다고 했다. 그래서 그의 지인들이 값싼 모로코 출신 도

우미를 고용하고 그 부인들은 수영장 주위를 어슬렁거리거나 파티를 준비하면서 시간을 보낼 때, 존은 그 모든 것을 멀리했다. 대신 그는 찰리라는 친구와 도시 곳곳을 누비고 다녔고, 함맘*이나 시장 같은 곳에서 시간을 보냈으며, 카페 구석자리에서 마리화나를 피우면서 직장 동료나 동포보다는 모로코인들에게 사랑받기 위해 노력했다. 애초에 모로코 이야기를 하면서 탕헤르로 오라고 존을 설득한 사람이 찰리였다. 존이 본 적도 없는 나라와 사랑에 빠질 때까지 찰리는 탕헤르의 아름다움과 무법 상태에 대해 계속 읊어댔다. 처음에는 나도 나름대로 최선을 다했다. 존과 함께 가구를 사러 벼룩시장에 가고 저녁거리를 사러 수크**에도 갔다. 카페에서 그의 곁에 앉아 카페오레를 홀짝이면서, 이 뜨겁고 먼지 날리는 도시에서 나의 미래를 새로 써보려고 노력했다. 존은 첫눈에 반했지만 나와는 자꾸만 교묘하게 어긋나는 이 도시에서.

그러던 어느 날 벼룩시장에서 일이 터졌다.

상인과 가판대, 위태롭게 쌓여 있는 골동품과 잡동사니, 아슬아슬하게 층층이 쌓아올린 물건 들 틈에서, 어느 순간 돌아보니 존이 사라지고 없었다. 그곳에 우두커니 서 있는 동안 낯선 사람들이 이리저리 나를 밀치며 지나갔고, 익숙한 긴장감이 들기 시작하면서 손바닥이 축축해졌고, 시야 가장자리에서 그림자가 일렁거렸다. 의사들은 그 이상한 유령들이 그저 내 망상일 뿐이라고 속삭였지만 나는 그것들이 실질적이고 적나라하고 실체가 있는 것이라

* 터키식 목욕탕.

** 아랍권 국가의 전통 시장을 일컫는 말.

고 느꼈다. 그것들은 점점 더 커지는 듯했고, 어느 순간 내 눈에는 그들의 어두운 형체만 보일 뿐이었다. 그 순간 나는 내가 고국에서 얼마나 멀리 왔는지, 한때 나 자신의 삶으로 그려왔던 것에서 얼마나 멀리 왔는지 뼈저리게 느꼈다.

훗날 존은 웃으면서 자기가 사라졌던 건 아주 잠깐이었다고 우겼지만, 다음번에 그가 외출하자고 했을 때 나는 고개를 저었고, 그다음에는 다른 핑계를 찾았다. 대신 나는 아파트의 안락함 속에서 탕헤르를 탐험하며 시간—길고 외롭고 피로한 시간—을 보냈다. 그 첫 주 이후, 나는 아파트의 이 끝에서 저 끝까지 가려면 몇 걸음이 걸리는지 알게 됐다. 마흔다섯 걸음이었고, 보폭에 따라 그보다 더 많을 때도 있었다.

결국 나는 존의 불만이 우리 위로 엄습해오는 것을, 그것이 점점 커지는 것을 느끼기 시작했다. 우리의 대화는 오직 현실적인 문제들, 재정 문제, 우리 생활비의 주요 재원인 내 용돈에 국한되었다. 존은 자신이 돈 문제에 취약하다고, 언젠가 싱긋 웃으며 나에게 말한 적이 있는데, 그때 나는 그가 돈에 관심이 없고 돈 걱정을 하지 않는다는 뜻으로 생각하고 미소를 지었었다. 머지않아 그 말이, 그의 집안 재산이 거의 바닥났다는 뜻임을 알게 되었다. 그가 태어날 때부터 누려왔고 여전히 자신의 것이라 믿는 부유함이 아직 건재한 척할 수 있게, 그럴듯한 옷차림을 유지할 정도의 재산만 남아 있다는 뜻이었다. 나는 그 환상을 곧 알아차렸다. 그래서 매주 내가 받은 돈을 그에게 넘겨주었다. 그 돈이 결국 어디로 사라지는지 신경쓰지 않았고, 관심도 없었다.

그리고 매달, 존도 사라졌다. 나로서는 이해할 수 없는 맹렬함으로 그가 사랑하는 신비한 도시 속으로, 도시의 비밀을 혼자 탐험하면서. 그동안 나는 나의 포획자이자 포로인 아파트 안에 머물렀다.

나는 시계를 흘긋 바라보고 얼굴을 찌푸렸다. 마지막으로 시간을 확인했을 때만 해도 겨우 여덟시 반이었는데, 시곗바늘이 어느덧 정오를 향해 가고 있었다. 남은 시간이 전부 날아가버리기 전에, 욕을 내뱉고 얼른 침대 쪽으로, 그날 아침 일찌감치 꺼내놓은 옷 쪽으로 다가갔다. 오늘, 시장에 나가겠다고 존과 약속했기 때문이었다. 오늘, 한번 도전해보겠다고 나 자신과 약속했기 때문이었다. 옷을 살펴보니, 주중에 장을 보러 가는 평범한 여자의 복장과 얼추 비슷했다. 탕헤르에 오기 직전에 영국에서 샀던 양말, 신발, 드레스.

머리 위로 드레스를 입는데, 앞쪽의 레이스와 칼라가 만나는 부분이 살짝 찢겨 있는 것이 보였다. 나는 인상을 쓰며 자세히 보려고 옷을 얼굴 가까이 대보았다. 찢긴 천을 보고 몸을 떨지 않으려 애쓰면서, 이건 아무 징조도 아니라고, 불길한 전조도 아니고 아무 의미도 없다고 되뇌었다.

문득 방안이 너무 후덥지근하게 느껴졌고, 나는 그 순간 위압적인 벽에서 벗어나야겠다는 생각에 발코니로 나갔다. 바람의 기미라도 느낄 수 있기를 간절히 바라며 눈을 감고 기다렸지만, 나를 향해 돌진해오는 건 탕헤르의 고요하고 건조한 열기뿐이었다.

일 분이 지나고 또 일 분이 지났다. 정적 속에서 나의 들숨과 날숨에 귀를 기울이는데 문득 내가 관찰당하고 있는 것 같은 묘한 기분이 들었다. 눈을 뜨고 얼른 거리를 내려다보았다. 아무도 없었다. 시장으로 걸음을 재촉하는 한 무리의 사람들뿐이었다. 파장 시간이 다가오고 있었다. "정신 차려." 나는 아파트의 아늑함 속으로 돌아서며 속삭였다. 하지만 그렇게 말해놓고도 등뒤로 창문을 단단히 닫았고, 심장은 걷잡을 수 없이 쿵쾅거렸다. 시계를 흘긋 보니 한시 반이었다. 시장은 나중에 가도 된다고, 나는 중얼거렸다.

나중에 갈 수밖에 없다는 것을 알고 있었다. 아주 가느다란 햇살조차 뚫고 들어오지 못하도록 커튼을 치는 나의 손이 떨리고 있었다.

2
루시

난간에 기대고 있는 내 몸 위로 태양이 무자비하게 내리쬐었다. 바닥의 요동이 거세졌고, 연락선이 가다 서다를 반복하며 최종 목적지인 모로코에 조금씩 가까워지자 뱃속이 출렁거렸다. 나는 서둘러 여행가방을 집어들었다. 이미 오랜 시간을 무어인*들의 웅장한 건축물, 꼬불꼬불하게 이어진 활기 넘치는 수크, 알록달록한 모자이크와 밝은색으로 칠한 골목길을 꿈꾸며 보냈다. 어느새 만들어지기 시작한 하선 줄에 서면서, 내 인생 첫 진짜 아프리카를 빨리 보고 싶은 마음에 목을 길게 뺐다. 아프리카의 냄새가 이미 해변에서 우리에게 손짓하고 있었다. 미지의 세계를 약속하면서, 내가 싸늘한 뉴욕의 거리에서 경험한 그 무엇보다 훨씬 더 깊고 진한 무언가를 약속하면서.

---

* 8세기경 이베리아반도와 북아프리카를 정복한 아랍계 이슬람교도를 일컫는 말.

그리고 앨리스, 그녀 역시 이곳에 있었다. 이 도시의 고동치는 맥박 속 어딘가에.

배에서 내리면서 나는 앨리스의 얼굴을 찾아 인파를 훑었다. 뭍에 다다르기 몇 시간 전부터 나는, 그동안 많은 일이 있었지만 그래도 어쩌면 그녀가 마중을 나올지도 모른다고 애써 스스로를 설득했다. 그러나 아무도 없었다. 익숙한 얼굴은 단 한 명도 없었다. 수십 명의 현지인들만이—젊은 남자나 노인이나 할 것 없이—배에서 내린 관광객들과 나에게 무언가를 사거나 서비스를 받으라고 호객하고 있었다. "난 관광 가이드가 아니에요. 이곳 사람들이 다 아는 현지인입니다. 가이드들이 알지 못하는 곳으로 안내해드릴게요." 그 말이 먹히지 않자 물건들이 등장하기 시작했다. "마담, 핸드백이 필요하신가요?" 내 뒤의 남자에게도 물었다. "므슈, 벨트 필요하세요?" 코트가 젖혀지면서 다른 제품들이 등장했고 이제 막 도착해 아직은 어수룩한 모든 관광객들의 눈앞을 지나갔다. 장신구, 작은 목각 제품, 이국적으로 보이는 이상한 악기 들. 나는 다른 사람들처럼 짜증스럽게 잡동사니들을 밀쳐냈다.

탕헤르에 관한 여행안내서는 거의 없었지만, 찾을 수 있는 자료는 전부 찾아보았고, 임시로나마 이제 곧 나의 거처가 될 탕헤르에 관한 글도 모조리 읽었다. 워턴과 트웨인을 읽었고, 절박한 심정으로 한스 크리스티안 안데르센의 글도 몇 페이지 읽었다. 놀랍게도 안데르센의 글은, 의욕이 과한 가이드들의 맹공격과, 순진하고 경험 없는 여행자들에게 기꺼이 서비스를 제공하겠다며 배가 도착하자마자 메뚜기떼처럼 달려드는 드센 얼굴들의 파도에 대비하는 데 가장 큰 도움을 주었다. 나 역시 경험 없는 여행자인 것은 분명했지만 순진한 여행자가 되는 것은 결코 용납할 수 없었다. 그래서 나는 이 혼란의 광경으로부터 나를 지켜줄 글과 자료로 무장한 채 준비하고 대비한 상태였다. 상대적으로 조용한 연락선에서 벗어나는 순간 내가 어떤 상황에 처하게 될지 상당히 정확히 알고 있었다. 그러나 그 어떤 것도 나를 준비시키지 못했다. 워턴, 트웨인, 심지어 안데르센의 글도 나의 칼과 방패가 되어주지 못했다.

나는 호객꾼들로부터 벗어나려 애썼다. 나의 단호함을 증명이라도 하듯 양손에 지도를 꽉 움켜쥐고서. 고개를 한 번 저었고, 그다음엔 먼저 프랑스어로 농, 메르시, 라고 웅얼거렸고, 이어서 스페인어로, 노, 그라시아스, 그다음엔 짜증이 치밀어서, 여행을 떠나기 전 배워둔 최소한의 아랍어, 라, 슈크란을 웅얼거렸다.* 다 소용없었다. 나는 항구에서 벗어나 메디나**로 접어들었다. 호객꾼들은 대부분 물러났지만 몇 명은 여전히 달라붙어서 해안에서 벗어나 구시가지로 이어지는 언덕길까지 쫓아왔다. "길 잃으셨나요? 도움이 필요하세요?" 마침내 도무지 돌아설 줄 모르는 호객꾼 한 명만 남았다. 처음에 그는 걸리적거리지 않으면서 천천히 나를 쫓아왔고, 내 보폭에 맞추어 자신의 보폭을 늦추었다. 그의 영어 실력은 다른 사람들보다 나았다. 그는 영어를 제대로 활용하면서, 나를 데려갈 온갖 장소들—그 어떤 관광 가이드도 알지 못하는 장소들—에 대해 떠들어댔다.

나는 그를 무시하려 애썼고, 이미 나의 뺨과 목을 벌겋게 달구어

* 프랑스어, 스페인어, 아랍어 모두 '고맙지만, 됐습니다'라는 뜻.

** 북아프리카의 여러 도시에 있는 구시가지를 일컫는 말로, 대부분 벽으로 둘러싸여 있으며 미로처럼 복잡한 길들로 이루어져 있다.

후끈거리게 만드는 무자비한 열기를 떨쳐버리려 애썼으며, 도시의 꼬불꼬불한 미로를 따라 걸으며 길모퉁이를 돌 때마다 도사리고 있는 것 같은 파리떼를 외면하려 애썼다. 그런데 얼마 후 그가 나를 앞지르며 내 앞을 가로막는 바람에, 나는 하나뿐인 가방을 움켜잡고 혼란에 휩싸인 채 멈춰 설 수밖에 없었다. 그를 밀고 지나가려 했지만 그는 그 자리에 서서 꿈쩍도 하지 않았다.

"네," 그가 미소를 지으며 말했다. "내가 모기라는 거, 나도 알아요." 그가 가까이 몸을 숙였고 그러자 그의 뜨겁고 축축한 숨결이 내 얼굴에 닿았다. "제 말 들어보세요, 아가씨. 그래도 모기 한 마리를 옆에 두는 게 나아요. 왠지 알아요?" 대답을 기다리듯 그가 말을 멈췄다. "그 모기 한 마리가 다른 모기들을 쫓을 테니까요." 그가 미소를 짓더니 고개를 뒤로 젖히고 크게 웃었다. 예기치 못한 날카로운 소음이 우리 주위의 벽에 부딪히며 울려퍼졌고 나는 깜짝 놀라 발을 헛디디면서 한쪽 무릎을 딱딱한 흙길 위에 내리찍었고, 그 바람에 가방이 내 옆쪽 바닥에 세게 떨어졌다.

나는 날카로운 비명을 질렀고, 모기가 내민 손을 피하며 몸을 움츠려 상처가 어느 정도인지 살폈다. 나의 새 회갈색 스타킹—이 제품이 최고라고 우기는 여자 점원의 말에 일 달러 오십 센트나 주고 샀다—이 찢어져 있었다. 무릎 바로 위에 구멍이 나 아래쪽으로 길게 올이 나갔다. 금방이라도 피를 쏟을 것 같은 성난 붉은색 점을 보고 나는 더욱 경악했다. "재수 더럽게 없네." 내가 중얼거렸다.

나의 불편을, 나의 불안을 감지한 듯 모기가 더 가까이 다가왔다. "길을 잃으셨나봐요." 그가 속삭였다. 그의 목소리가 갑자기 낮고 집요해졌다. 마치 나에게 닥친 새로운 상황에는 그런 연극조의 말투가 필요하다는 듯이. "어디로 가야 할지 아시나요, 마드무아젤?"

그 말에 나는 잠시—아주 잠시—흠칫했다. 머릿속에 너무 자주 그려보아서 떠올릴 때마다 반짝이는 비현실적 요소가 가미되던 이 낯선 땅에서 지금 내가 대체 무얼 하고 있는 걸까. 심지어 지금도, 이 나라가 엄연한 현실이 되었는데도, 이곳은 여전히 현실 같지가 않았다. 숨이 턱 막혔다. 하지만 바로 그때, 떠올랐다, 내 눈앞에, 아련한 그녀의 모습이.

그걸로 족했고, 나는 다시 정신을 가다듬었다.

"네." 내가 그에게, 모기에게 말했다. 이제 나의 목소리는 단호함과 목표 의식으로 강해져 있었다. 나는 일어서서 그를 홱 밀고 지나쳤다. 그와 나의 어깨가 부딪치도록, 그가 충돌의 무게를, 그의 몸을 밀치는 내 몸의 무게를 느끼도록. 나는 그의 얼굴에 드리운 충격을 보았다. "네, 어디로 가야 할지 정확히 알고 있어요."

모기는 얼른 어깨를 으쓱하더니, 마침내 유유히 사라졌다.

친밀감. 베닝턴대학*에서의 첫해에 그 단어를 사전에서 찾아보았다. 베닝턴대학은 버몬트의 그린마운틴스 한가운데에 숨겨진, 혹은 숨겨진 것처럼 보이는 건물들의 작고 이상한 집결체였다. 무언가에 대한 즉흥적이거나 자연스러운 호감 혹은 연민. 관계를 암시하는

* 1932년 미국 버몬트주에 설립된 사립대학으로, 여학교로 운영되다가 1969년 남녀공학으로 전환되었다.

특성과 유사함. 나는 유의어도 찾아보기 시작했다. 유사. 이끌림. 나는 그 단어들을 노트에 전부 적은 다음 그 노트를 들고 도서관과 교실을 오갔다. 노트의 닳아빠진 파란 가죽커버를 가슴에 대고, 결코 잊지 않도록, 간직하고 기억하려 애썼다. 내가 찾은 나의 소중한 보물 같은 단어들. 나는 그것들을 자주 꺼내어 읽어보곤 했다. 수업 전 아침에도, 잠들기 전 밤에도. 그 말들을 혼자 중얼거렸다. 마치 외워서 시험이라도 볼 것처럼. 마치 학교에서의 교육에, 나의 생존에 그 단어가 필수적인 것처럼.

내가 그 단어—친밀감—를 맞닥뜨린 것은 앨리스를 처음 만난 날로부터 몇 주 뒤의 일이었다. 그 순간은 짜릿했다. 내가 설명하려 애쓰고 있다는 것조차 알지 못했던 바로 그 감정을 표현하는 단어였다. 불과 몇 주 만에 앨리스와 내가 구축한 관계, 우리가 서로에 대해 느낀 격한 편애는 이성적인 설명을 뛰어넘는 것이었다. 친밀감 정도면 괜찮은 출발이라고, 나는 판단했다.

우리는 대학에 간 첫날 만났다. 앨리스는 우리에게 배정된 물막이벽 판잣집—이층집이었고, 한 층에 열두어 개 남짓한 방이 있었으며, 일층에는 벽난로가 딸린 공용 휴게실이 있었다—의 복도에 서 있었다. 앨리스는 양팔 가득 책을 들고 우리 방을 찾는 중이었는데, 마치 그대로 사라져버리기만을 간절히 원하는 것처럼 보였다. 그리고 실제로 거의 성공했다. 그녀의 상체와 얼굴은 그녀가 들기엔 너무 벅찬 것이 분명한 책들 뒤로 거의 사라진 상태였다. 나는 이미 그녀가 나의 룸메이트임을 알고 있었다. 우리는 만나기로 미리 약속을 해두었고, 학교에 도착하기 전에 편지도 주고받았다. 서로를 알아볼 수 있도록 사진도 동봉했다. 그런데도 나는 기다리고, 꾸물거리고, 최대한 뜸을 들이지 않을 수 없었다. 다가가서 그녀를 도와주고 내 소개를 하고 싶지 않았다, 아직은.

그래서 나는 기다렸다. 그리고 관찰했다.

앨리스의 발목과 손목은 내가 본 것 중 가장 가냘팠다. 아직 여름이었고, 종아리 근처에서 하늘거리는 발레리나 스타일의 스커트와 얇은 반소매 캐미솔이 그것들을 선명하게 부각했다. 머리카락은 긴 금발에 컬이 있었는데, 원래 곱슬이라기보다는 인위적으로 만든 것처럼 곱실거렸다. 마침내 가까이 다가왔을 때, 나는 그녀가 손톱을 거의 알아차리기 힘들 정도로 엷은 분홍색으로 칠했다는 걸 알 수 있었다. 화장도 마찬가지였다. 처음에는 화장을 했는지 판단하기 힘들었지만, 분명히 했다는 결론을 내렸다. 거의 눈에 띄지 않을 정도였지만 어쨌든 화장을 한 것이 분명했다. 그녀는 다른 사람들의 눈에 띄지 않을 목적으로 멋을 냈다. 그녀의 차림새 중 그 어떤 것도 요란하게 관심을 갈구하지 않았고, 봐달라고 요구하지 않았지만, 또 어떻게 보면 그 모든 것이 알아봐주기를 기대하며 한 것들이었다.

그래서 나는 그녀가 사람들이 자신을 쳐다보는 것에, 사람들 앞에 자신을 선보이는 것에 익숙하다는 것을 알게 되었다. 그리고 앨리스가 선택한 방식을 통해, 그녀는 그동안 집세를 낼 돈을 간신히 모으거나 찬장에 하루이틀이 아니라 일주일 버틸 음식이 남아 있는지 걱정해본 적이 없었음을 알 수 있었다. 그런데도 이미 만나본 다른 여자애들이 싫었던 것처럼 그녀가 싫지는 않았다. 앨리스는 거들먹거리거나 철딱서니 없어 보이지 않았고, 우월감을 드러내지도 않았다. 대학의 다른 여자애들은 가족과 함께 다녀온 휴가에 대해 떠벌리거나 두려움과 경외감을 자아낼 만한 이름들을 읊어대면서 자기들이 더 잘났다는 걸 증명하려고 안달이 나 있었다. 머지않아 나는 앨리스가 그런 애들과는 전혀 다르다는 것을 알게 되었다. 다른 아이들은 장학생을 시퍼*—장학생을 가리키는 그들의 은어—라 부르며 경멸했지만 앨리스는 나를, 이웃 동네에서 장학생으로 온 나를 다른 아이들과 똑같이 대했다. 그날 그녀를 관찰하면서, 인사도 채 나누기 전에, 나는 그녀가 친절해 보인다고, 심지어 외로워 보인다고 생각했다.

나는 기숙사 방으로 돌아가 황량하고 흰 벽을 감상하는 척하면서 숨을 죽이고 그녀가 다가오기를 기다렸다. 내가 시간을 너무 끌면, 조금이라도 더 지체하면, 행여 다른 사람에게 그녀를 빼앗기진 않을까 순간 두려웠다. 마침내 그녀가 문간에 나타났고, 나는 미소를 지으며 입을 열었다. "루시 메이슨이야." 나는 그렇게 말하고 한 손을 내밀며 그녀에게 다가갔다. 내가 하고 싶은 모든 말이 그 작은 동작에 감기고 꼬여 있어서, 모든 것이—앞으로의 날들이—거기 달려 있는 것 같은 기분이 들었다. 실제로는 찰나에 불과했겠지만, 영원처럼 느껴지는 긴 시간을 기다리면서, 내가 내민 손을 그녀가 받아줄지, 그것이 우리를 어디로 이끌어 갈지, 앞으로 우리가 함께하는 여정이 어떻게 펼쳐질지 궁금해했다.

앨리스가 책을 한쪽 옆에 내려놓았고 곧바로 환한 미소가 얼굴에 번졌다. "혹시 네가 잊었을까봐 걱정했어." 그녀가 똑 부러지고

---

* shipper. 장학금을 의미하는 영어 단어 'scholarship'에서 끝부분인 'ship'을 활용해 만든 별명.

세련된 영국 억양으로 말하며 얼굴을 붉혔다. "앨리스야. 앨리스 시플리."

그녀의 손은 따뜻했다. "만나서 반가워, 앨리스 시플리."

다음날 아침, 나는 세심하게 옷을 입었다.

하룻밤 빌린 리아드*에서 내 물건들을 전부 챙겨 짐을 쌌다. 장거리 여행을 한 뒤라 옷을 갈아입고 생기를 되찾을 시간이 필요했다. 찢어진 스타킹에 산발을 하고 앨리스의 집 앞에 나타나고 싶진 않았다. 나는 두고 가는 물건이 없는지 방을 한 번, 두 번 확인한 후 나와서 문을 닫았다.

메디나에 다다라, 가판대 하나에서 줄을 서서 기다렸다가 아침식사를 주문했다. 반죽을 꼬아서 만든 처음 보는 빵이었는데, 깨가 뿌려져 있고 대추야자맛 페이스트가 들어 있었다. 나는 벽에 기대선 채, 나의 혀, 나의 뺨에 닿는 신선하지 않은 빵의 이상한 질감을 느끼며, 이따금 씹는 걸 멈추고 같이 주문한 카페오레를 한 모금씩 마셔가면서 눈으로 거리를 훑었다.

카페에서 박하차를 홀짝이는 관광객들이 보였고, 짐을 부리는 현지인들도 보였다. 짐은 당나귀에서 사람을 거쳐 가게로 옮겨졌다. 어느 순간 나는 한 남자와 눈이 마주쳤다.

그는 몇 피트 떨어져 있었고, 광장에 줄지어 들어선 수많은 카페들 중 한 곳에 앉아 있었다. 큰 키에 어두운 피부, 다수의 이곳 남자

* 전통적인 모로코식 주택. 호텔이나 게스트하우스 등 숙박 시설을 일컫는 말로도 쓰인다.

들처럼 미남은 아니었지만, 현지인 같았다. 그러나 단정할 수는 없었다. 페도라를 얼굴을 살짝 가리도록 비스듬히 내려 썼고, 모자 아랫부분에 강렬한 보라색 리본이 둘려 있었다. 나를 향한 그의 시선을 느끼면서, 그가 뭘 보았는지, 무엇이 그의 주의를 끌었는지 생각하며 나는 잠시 그대로 서 있었다. 그날 아침 유난히 신경을 쓴 건 사실이었다. 바다를 가로지르는 여행길에 오르기 전 장만한 유일하게 괜찮은 원피스, 내게 남아 있던 알량한 저축금을 고갈시킨 가격표. 나는 왼손으로 스커트 자락을 매만진 뒤 커피를 마저 마신 다음, 메디나로부터, 캐묻는 듯한 남자의 시선으로부터 벗어났다.

한 시간 가까이 걷고 또 되돌아가면서, 똑같은 레스토랑을 한 번, 두 번, 세 번 지나치며 웨이터들—찌는 듯한 더위에도 정장을 갖춰 입고 작은 크라바트*를 매고 있었다—의 조롱을 무시하면서, 어느 순간 정신이 나가서 말 그대로 이곳의 모든 길은 프티소코**로 이어지나보다, 하는 생각이 들 무렵, 마침내 그곳을 찾았다. 메디나를 지나 카스바*** 서쪽, 앨리스의 아파트는 내가 처음으로 내려섰던 그 혼돈의 바로 바깥에 자리잡고 있었다. '마샨 지구'라고 나의 가이드북이 알려주었다. 실질적인 변화를 의식하기 훨씬 전에 나는 무언가가 묘하게 바뀌었음을 감지했다. 비록 여전히 띄엄띄엄 서 있고 완전히 낯선 나무들이긴 했지만, 가로수가 있어서 거리가 조금 더 푸르렀다. 그리고 전반적으로 가벼운 느낌이었다. 내 어깨 위에, 아니, 어깨라기보다는 어깨뼈 사이에 고여 있던 긴장이

* 넥타이처럼 매는 남성용 스카프.

** 탕헤르 메디나 지역에 있는 광장.

*** 메디나 안쪽 고지대에 있는 성채.

그곳에 가까워질수록 서서히 사라졌다. 어쩌면 그런 느낌이 드는 건 단지 앨리스에게 가까이 다가가고 있기 때문일지도 모른다고 생각하면서, 나는 숨을 고르기 위해 가방을 내려놓고 멈춰 섰다.

건물 자체는 특별할 게 없었고, 다른 건물들에 쉽게 파묻혔다. 연철 발코니와 널찍한 창문이 달린 엷은 색 석조 건물은 파리에 갖다놓아도 별로 튀지 않을 것 같았다. 건물의 친숙한 외관을 예상 못했던 바는 아니었지만, 그래도 약간 실망감이 드는 것은 어쩔 수 없었다. 이곳에 오기까지 너무도 긴 시간이 걸렸다. 몇 달에 걸쳐 계획과 저축을 하고, 몇 시간에 걸쳐 배를 타고 기차를 타고, 그러고 나서 다시 한번 바다를 가로질렀다. 나의 옷은 먼지투성이가 되었고, 나의 마음은 이 새로운 땅을 탐험하느라 지치고 너덜너덜해졌다. 나는 이 긴 여정의 끝에 이것보다는 더 나은 무언가가 기다리고 있기를 기대했다. 반짝이는 문, 웅장한 궁전, 자, 이게 보상이야, 마침내 제대로 찾아왔어, 라고 극적이고 단호하게 말해줄 어떤 것. 나는 손가락을 초인종에 대고 눌렀다.

한동안 아무 일도 일어나지 않았다. 심장박동이 빨라졌다. 혹시 유럽으로 다시 돌아간 걸까? 아니면 내가 갖고 있는 주소가 잘못된 건가? 나는 손가락 사이에 끼고 있던 쪽지를 다시 들여다보았다. 너무 많이 접었다 폈다 해서 잉크가 흐릿해져 있었다. 나는 돌아서서 다시 항구로 가는 상상을 했다. 다시 연락선 표를 사고, 불과 하루 전에 바다를 건너게 해준 선원들의 조롱을 무시하며, 실소를 머금고 왔던 길을 되짚어 다시 한번 바다를 건너는 내 모습을 보았다. 더구나 이번에는 패배자로. 나는 고개를 저었다. 있을 수 없는 일이다. 뉴욕, 머리 위로 번져오는 또 한번의 칙칙한 잿빛 겨울, 도시 곳곳에서 내가 묵었던 다양한 하숙집의 비좁은 방들, 여자들 수십 명의 목소리, 복도를 오가는 구두굽소리의 기억. 그리고 그 냄새의 기억. 오후의 열기 속에서도 나는 몸을 떨었다. 각각의 모든 사람에게서 풍기는 것 같았던 그 이상하고 진한 향수 냄새, 공용 화장실 칸막이 안에서 가장 짙게 풍겼던 그 냄새. 그 역한 냄새에는 언제나 과하다 싶게 달콤한 향이 들어 있었다. 썩기 직전의 음식처럼. 나는 얼굴을 찌푸렸다. 싫어. 무슨 일이 있어도 그곳으로 돌아가진 않을 것이다.

"네?"

그녀를 보기 전에 목소리부터 들었다. 나는 고개를 들었지만 햇빛이 내 시야를 차단했다. 한 손을 들어 조금이나마 해를 가렸고, 마침내 그녀의 모습이 시야에 들어왔다. 밝은 흰색 줄무늬가 그어진 상태로.

"앨리스," 나는 목소리를 높이지 않은 채 말했고, 아주 잠시 그녀의 이름을 음미했다. "나야."

그녀가 너무 멀리 있어서 확실히 알 수는 없었지만, 숨을 헉 들이켜는 소리를 들은 것도 같았다. 그녀를 놀라게 했음을 깨닫고 기분이 좋았지만, 나는 기쁨을 감추려 애썼다. "그런데," 내가 목소리를 약간 높여 물었다. "나 벽 타고 기어올라가야 하는 거야?"

앨리스의 얼굴에 긴장어린 미소가 번졌다. "아니, 아니, 물론 아니지." 그녀는 철제 난간 뒤에 서 있었다. 허리 바로 아래까지 오는 난간의 요철과 굴곡은 담쟁이덩굴을 닮은 형태였다. 그녀의 손이 목으로 향했다. 긴장할 때면 늘 그러듯이. "잠깐만 기다려. 바로 내려갈게."

기다리면서 나는 귓속의 가벼운 파닥거림을 의식했다. 나는 어렸을 때 끔찍한 귀통증에 시달렸고 자라면서도 툭하면 그때와 똑같은 통증이 도져서 의사에게 달려가곤 했다. 그러나 아무리 자주 의사를 찾아가도 그들은 미소를 머금고 고개를 저으면서, 아무 문제 없다고 날 안심시키며 출구 쪽으로 안내할 뿐이었다. 그중 한 의사는 한참을 잠자코 있다가 나에게 손가락을 귓불 바로 위에 놓고 살짝 당겨보라고 했다. 지금 통증을 느끼신다면, 그가 말했다. 그건 감염이 있다는 뜻입니다. 통증이 없으면, 그건 단지…… 그는 말을 끝맺지 못하고 얼버무렸다. 나중에 그는 비슷한 증상을 특정 환자들에게서 본 적이 있다면서, 그의 환자들 중 비교적 지적인 축에 속하는 사람들에게만 나타나는 일종의 불안 증세라고 말했다. 그러나 나는 그 말이 돕고 싶은 열망에서 우러난 말이라기보다는 자기 자신을 추켜세우고 자신이 축적한 진료 경험을 과시하기 위해 한 말이라는 의심이 들었다. 그런데도, 앨리스가 내려오기를 기다리는 동안, 나는 그 자리에 서서 통증이 있는지, 감염이 시작되었다는 징후가 있는지 확인해보려고 의사가 알려준 동작을 반복했다. 통증은 없었지만 귓속의 파닥거림은 계속되었다.

문 앞에 나타났을 때, 앨리스는 살짝 숨이 가쁜 상태였다. 두 뺨에 분홍빛 홍조를 띠고 있었고, 목 밑에 작게 발진이 올라오고 있었다. 그녀는 긴장할 때마다 늘 같은 부위—두 개의 쇄골이 만나는 지점—를 문지르곤 했다. 나는 그녀가 그곳을 문지른 것이 내가 도착하기 전인지 후인지, 혹은 그 분홍색 자국이 단지 우리 주위로 고동치는 오후의 열기 때문인지 궁금했다.

앨리스는 내가 기억하는 모습 그대로였다. 물론 고작 일 년 조금 넘는 시간이 지났을 뿐이었지만, 그동안 우리 사이에 너무도 많은 일이 있었기에 그 순간은 전혀 별개의 삶처럼 느껴졌다. 그녀는 여전히 너무도 작았고—그녀는 아담하다는 말을 싫어했다, 그건 알고 있었다—그것 말고는 달리 그녀를 표현할 말이 없었다. 키가 작고 금발이었고, 한때 그녀 자신이 종종 한탄했던 것처럼 어린 소녀의 모습을 유지하고 있었다. 진주 목걸이가 쇄골 바로 위까지 늘어져 있었다. 나는 그 진주가 얼마나 생뚱맞은지, 우리를 둘러싼 풍경과 얼마나 어울리지 않는지 생각했다. 손을 뻗어 그 진주 목걸이를 만지고 싶다는, 그것을 그녀의 목에서 뜯어내 진주알들이 길바닥의 움푹한 곳이나 구멍으로 굴러가는 모습을 보고 싶다는 야릇한 충동을 느꼈다.

"좋아 보이네." 내가 몸을 숙여 그녀의 양쪽 뺨에 키스하며 말했다. "너무 오랜만이다."

"응," 앨리스가 웅얼거렸다. 그녀의 눈은 반짝였지만 어딘가 아득했다. "응, 그러게."

내 손에 닿는 그녀의 골격은 날카로웠다. 앨리스는 문틀 안쪽, 문턱 뒤로 물러섰고 그러한 움직임은 그녀가 아마도 드러내고 싶지 않았을 불안감을 드러냈다. 앨리스가 따라오라고 손짓했고 나는 그녀를 뒤따라갔다. 좁은 계단을 오르며 나는 주위를 관찰했고, 발을 디딜 때 조심해야 하는 칸에 관한 주의 사항을 들었다. 주의 사항에 이어 곧바로 건물의 낙후된 상태에 대한 사과가 이어졌다. 긴장할 때 늘 그러듯이 그녀는 횡설수설하고 있었다. "물론 정말 근사한 집이긴 한데, 보수가 시급한 상태야. 존에게 몇 번이나 얘기했는데 귀담아듣지를 않네. 솔직히 내가 보기에 존은 이 상태를 좋아하는 것 같아. 예술가들은 다 이런 집에 산다면서. 작가들은 확실히 그래. 존이 그런 작가들 이름을 백만 번은 얘기했는데, 난 도무지 기억을 못하겠더라. 그런 건 나보다 네가 더 잘 알겠지. 존이 퇴근하면 물어보자."

존. 앨리스가 베닝턴을 떠난 뒤 만난 남자. 그리고 최근에야 알게 된 사실이지만, 앨리스가 모로코로 이주하게 만든 장본인.

"지금 집에 있어?" 내가 물었다.

"누구?" 앨리스가 얼굴을 찌푸렸다. "아, 존. 아니, 없어. 출근했어."

"존은 어때?" 마치 우리 모두가 오랜 친구라도 되는 것처럼 내가 물었다. 그러나 그 말은 공허하게 들렸고 나는 서둘러 수습했다. "그리고 넌? 넌 어때?"

"좋아. 우리 둘 다 잘 지내고 있어." 그 말을 자신의 숨결로 덮으려는 듯 그녀가 재빨리 말했다. "넌?"

"탕헤르에 오게 돼서 기뻐." 내가 말했다. 너하고 같이 있게 돼서.

마지막 말은 소리 내어 하지 않았지만, 그 말이 가슴속에서 끊임없이 고동쳤다. 사실 나는 앨리스도 그 말을 들었을 거라고 어느 정도 확신하고 있었다. 듣지 못했다면 느끼기라도 했을 거라고.

어느 순간 내가 그녀의 아파트 안에 들어와 있음을, 정확히 말하자면 현관에 서 있음을 의식했다. 마룻바닥에 섬세한 디자인의 양탄자가 깔려 있었고 내 여행가방은 여전히 내 손에 무겁게 매달려 있었다. 우리가 예전처럼 편안히 앉아 이야기를 주고받을 수 있도록 앨리스가 내 가방을 들어주고 나를 손님방으로 안내하지 않는 것이 의아했다. 그 끔찍했던 밤 이전으로 그렇게 쉽게 돌아갈 수 있을 거라고 생각하는 건 너무 지나친 바람이라는 걸 알았다. 그런데도 어쩔 수가 없었다. 희망은 여전히 살아 있었다. 비록 내 가슴속 푹 파인 구멍 안에 묻혀 있을지라도. 그러나 그녀의 자세라든가, 움직이는 방식의 무언가가—새장에 갇힌 겁에 질린 새 같다고, 나는 생각했다—어쩌면 문제는 우리의 비밀이 아니라 전혀 다른 어떤 것일지도 모른다는 생각이 들게 만들었다.

베닝턴의 내 침대 위에 걸려 있던 지도를 떠올리면, 나는 앨리스가 탕헤르로 이주한 이유가 줄곧 의아했다. 대학 시절 우리는 그 지도로 일종의 게임을 만들어서, 졸업하면 가고 싶은 곳에 핀을 꽂곤 했다. 허술한 회벽이라 핀은 수월하게 박혔다. 우리가 함께 떠나려 했던 그 수많은 모험들. 앨리스는 파리에 가고 싶어했고, 평소보다 대범해진 날에는 부다페스트에 가고 싶다고 했다. 그러나 탕헤르는 아니었다. 내 핀들은 훨씬 더 먼 곳에 꽂혔다. 카이로, 이스탄불, 아테네. 한때 멀고 불가능한 것처럼 보였던 도시들은, 앨리스가 곁에 있는 한 그렇게 느껴지지 않았다.

졸업하면 널 파리에 데려갈게. 우리가 만난 지 얼마 되지 않은 어느 날 저녁, 앨리스가 말했다. 우리는 공용 잔디밭 끝자락에 있는 '세상의 끝'* 뒤에 숨어 앉아 있었다. 땅이 갑자기 끝나는 것처럼 보이지만 아래를 내려다보면 부드럽고 완만한 언덕이 펼쳐져 있는 곳이었다. 그것은 일종의 신기루였다. 환영이었다. 어느덧 어둠이 내리고 풀밭의 습기가 깔고 앉은 면 담요 속으로 스며들었지만, 우

* 베닝턴대학 캠퍼스에 있는 넓은 잔디밭을 부르는 별칭.

리는 습기의 공격에도 아랑곳없이 그렇게 앉아 있었다.

나는 대답 대신 앨리스의 손을 꽉 움켜쥐었다. 그 무렵 나는 그녀의 이름으로 된 신탁에 대해, 매월 그녀에게 지급되는 돈—앨리스 엘리자베스 시플리라는 이름이 고전적인 필체로 적힌 수표가 매월 초 정확하게 그녀의 우편함에 꽂혔다—에 대해 알고 있었지만, 이제 겨우 몇 주를 알았을 뿐인 나에게 그런 제안을 한다는 것은 내가 아는 논리와는 맞지 않았다. 심장이 죄어들었다. 마치 그런 관대함, 그런 친절이 실제로 다른 사람들의 내면에 존재하고 있다는 사실을 믿지 못하겠다는 듯이. 나의 과거는 그런 것이 가능하다고 가르쳐준 적이 없었다. 대학에서 겨우 몇 마일 거리에 위치한 버몬트의 작은 마을에서 태어난 나는 늘 나의 고향을 그저 다른 어딘가로, 그곳과는 비교도 안 되게 좋은 어딘가로 가기 위해 지나치는 장소 정도로 여겼다. 장학금이 나에게 바로 그런 기회를 주었고, 덕분에 나는 정비소 위의 답답한 아파트에서 벗어나, 비록 겨우 몇 마일 거리였지만 딴 세상이나 다름없는 곳으로 갈 수 있었다.

그러나 파리 여행은 결코 성사되지 않았다.

대신 앨리스는 탕헤르로 왔다. 그녀가 지도에 핀을 꽂지 않았던 곳으로. 나를 두고 자기 혼자서.

"탕헤르에는 어쩐 일이야, 루시?" 앨리스가 물었고, 나는 몽상에서 깨어났다.

그녀의 말에 나는 놀라서 눈을 깜빡였다. "그야 물론 널 만나러 왔지." 내가 미소를 지었다. 목소리가 말이 되어 나갈 때, 나는 그 말 뒤에 나의 감정을 감추려 애썼다.

나는 그때 앨리스를 처음으로—제대로—보았다. 조금 전에 이미 알아차렸지만, 그녀는 내가 마지막으로 봤을 때보다 더 야위었고 더 창백했다. 이곳 날씨를 생각하면 좀 이상한 일이었다. 눈 밑이 거무스름했고, 한동안 잠을 제대로 못 잔 것 같았다. 앨리스가 손가락으로 목 밑을 문지르고 있었고, 그 부위는 내가 처음 도착했을 때보다 더 위협적인 빛깔로 변해 있었다. 그럴 시간이 아닌데도 그녀는 실내복 차림이었다. 노란색 실내복은 허리 부분을 띠로 질끈 묶는 형태였고 길이는 거의 발목에 닿을 정도였다. 화장의 흔적이라고는 없는 민낯에 한때 눈부신 황금빛으로 굵게 곱실거렸던 머리카락은 짧아졌고 축 늘어졌으며, 칙칙한 빛깔로 보아 한번 제대로 감아줄 때가 된 것 같았다.

"다 괜찮은 거야, 앨리스?" 나는 여행가방을 발치에 내려놓고 그녀에게 다가서며 물었다.

"물론 괜찮아, 괜찮고말고." 이번에도 다급한 말들.

"나한테 말해줄 거지? 혹시 문제가 있으면? 혹시 너와 존이……"

그녀가 움찔했다. "아니, 아니야. 다 괜찮아. 정말로. 널 보고 놀라서 그런 것뿐이야." 그녀는 미소를 지었지만 목소리에 날이 서 있었다. 날카롭고, 차가운 느낌.

그러나 그 순간 앨리스의 어깨에 긴장이 풀어지면서 미소가 부드러워졌고, 그제야 처음으로 나를 제대로 보는 것 같았다. 엄청난 양의 헤어스프레이로 고정한 부팡 스타일*—비록 열기 때문에 벌써 주저앉고 있다는 것을 씁쓸하게 깨닫고 있었지만—부터 근 한 달 치 방세로 장만한 벨트 달린 짙은 색 셔츠원피스까지. 대학

---

* 머리카락을 띄워서 풍성하게 볼륨을 넣은 헤어스타일.

시절을 생각하면 꿈도 못 꿀 일이었지만, 일 년 넘게 못 본 앨리스를 만난다고 생각하니 그동안 내가 얼마나 잘 지내고 있었는지 확실히 보여주고 싶었다. 단지 부러움으로 창백해지는 상대의 얼굴을 보기 위해 성공을 소극적으로 과시하는, 여느 여자애들의 자만에 찬 행동과는 다른 것이었다. 아니, 나는 그저 앨리스에게 우리가 대학 시절 함께 보낸 시간들이 얼마나 소중했는지를, 우리가 미래를 꿈꾸던 것이 단지 시간을 때우기 위한 몽상이 아니었음을 보여주고 싶었다. 그것이 한 치의 가감도 없는 나의 진심이었다. 앨리스에게 보여주고 싶었다. 우리 사이에 일어났던 일에도 불구하고 나는 결코 거짓말을 한 적이 없었다는 것을, 그 어떤 말도 거짓이 아니었음을.

"좋아 보인다, 루시." 그녀가 말했다. 그러나 그 말은 일종의 양보처럼 들렸고, 정작 하려던 말 대신 어쩔 수 없이 내뱉은 말처럼 들렸다.

"너도 그래." 그녀의 칭찬에—쉽게 한 말이건 아니건—어울리는 대답을 하고 싶은 마음에 내가 말했다. 그러나 나는 우리 둘 다 그 말이 예의상 한 말이라는 것을 알고 있으리라 생각했다.

앨리스가 다시 미소를 지었다. 대학 입학 후 처음 며칠 동안, 그녀가 너무도 수줍고 자신에 대한 확신이 없었던 시기에 자주 보았던 미소였다. 우리가 함께한 사 년이 끝나갈 무렵 그녀는 그런 소심한 성향을 거의 다 떨쳐버렸지만, 지금 그런 모습이 하나씩 하나씩 되살아나고 있었다. "차를 대접하고 싶은데," 침묵의 파편들을 어떻게든 덮으려는 듯 앨리스가 다급하게 말했다. "존이 가스통을 채우는 걸 또 잊어버렸지 뭐야. 존이 한 통을 새로 들고 오기 전까지는 물을 끓일 수가 없어. 일단 거실로 가는 게 좋겠다. 그다음에 내가 다른 음료를 가져올게." 그러면서 내 여행가방 쪽으로 손을 뻗었다.

나는 앨리스를 말리며, 내가 들겠다고 했다. 가방의 무게에 그녀가 부서질까 두려웠다. 나는 돌아서는 그녀의 어깨를 보았다. 얇은 가운은 뾰족한 골격을 감추는 데 전혀 도움이 되지 않았다. 나는 그녀의 움푹한 뺨을, 앙상한 팔꿈치를, 그리고 거의 보일락 말락 할 정도지만 떨리고 있는 것이 분명한 손을 보았다.

"이게 얼마 만인지 믿기지가 않네." 앨리스를 따라 복도를 걸어가며 내가 말했다. 아파트의 거의 모든 공간이 빈틈없이 무언가로 채워져 있어서, 의자 다리나 큼직한 쿠션에 발이 걸리지 않고 걷는 것이 불가능했다. 벽도 안전지대가 아니라는 것을 곧 깨달았다. 여러 겹으로 칠한 페인트 벽 위에 잡동사니로 이루어진 또하나의 벽이 있었다. 특히 접시를 좋아하는 것 같았다. 은, 주석, 도자기 접시들이었고, 그림이 있는 것도 있고 없는 것도 있었다. 특별히 어떤 규칙이 있는 것 같진 않았고, 밝은색으로 칠한 벽마다 줄지어 접시들이 걸려 있었다.

"그러게," 앨리스가 마침내 대답했다. "베닝턴 시절이 아득히 먼 옛날 같아."

우리는 거실로 들어섰고 나는 여행가방을 카펫 위 내 발치에 내려놓았다. 몇 초가 흘렀고 우리 둘 다 주위를 둘러보았다. 마치 다시 서로에게 닿기 위한, 다시 서로에게 돌아가기 위한, 그 시절로 돌아가기 위한 방법이 탕헤르라는 이 낯선 도시 안, 그 틈새 어딘가에 숨겨져 있다는 듯이.

"가서 마실 것 좀 가져올게." 앨리스가 말하고는 작심한 듯 거실 끝을 향해 돌아섰다.

"고마워, 앨리스." 내가 그녀의 손을 만지려고 손을 뻗었다. 나의 몸짓에 그녀가 움찔했고, 그 작은 동작이 내 피부에 즉각 전해졌다. "앨리스, 정말 아무 일 없는 거야?" 속삭임에 가깝게 목소리를 낮추어 내가 물었다.

처음에 앨리스는 나를 보지 않으려 했지만, 이내 천천히 야위고 공허한 얼굴을 들었다. 그녀의 눈빛은 여전히 밝게 반짝였다. "그렇다니까, 루시." 그녀가 빠른 걸음으로 다시 복도로 나갔다. "모든 게 다 훌륭해."

나중에 나는 앨리스가 그날의 사고에 대해 언급하지 않았다는 사실을 떠올렸다.

그러나 생각해보면, 나도 하지 않았다.

뺨의 붉은 기운을 없애보려고 얼굴에 수건을 대고 잠시 욕실 안에 서 있었다. 욕실을 나설 때에도 머리카락은 땀범벅인 얼굴에 여전히 달라붙어 있었다. 욕실 문 앞에 지나치게 탈색된 분홍색 수건 한 무더기가 놓여 있었고, 그 위에 조개 모양 비누들이 몇 개 있었다. 그리고 주방에서 들려오는 앨리스의 노랫소리.

나는 수건을 내려놓고, 노래를 따라 부르고 혼자 미소를 지으며 복도를 가로질렀다. 손으로 머리를 쓸어넘기며 정돈해보려 애썼다. 앨리스는 내가 라디오에서 들은 적 있는 노래를 흥얼거리고 있었다. 내가 가장 최근에 머물렀던 하숙집의 여자들은 돈을 모아서 크림색과 황금색이 섞인 실버톤 라디오를 샀다. 처음에는 다른 이

유보다도 과시하려는 목적으로 각자의 방에 번갈아가며 두다가 결국엔 아래층에 두게 되었고, 라디오는 거의 잊혀서 휴게실의 고정 비품이 되었다.

나는 멜로디를 흥얼거렸다. "노래 실력은 여전히 그 수준이구나." 나는 앨리스에게 잘 들리도록 목소리를 살짝 높여서 놀리듯 말했다.

주방에서 웃음소리가 들려왔다. 이제는 머뭇거리는 기색이 없었다. "가서 앉아 있어. 곧 갈게."

나는 다시 거실로 돌아가 처음으로 그곳을 찬찬히 살펴보았다. 다른 방들과 비슷하게 짙은 색 목재와 가죽으로 이루어져 있었고, 오후의 열기 속에서 달착지근하고 역한 냄새가 진동했다. 수십 권의 책들이 거실 바닥에 뒹굴었다. 그중 한 권을 흘긋 보았다. 찰스 디킨스. 또 한 권은 내가 들어본 적 없는 러시아 작가의 책이었다. 앨리스가 대단한 독서가는 아니라는 것을 나는 알고 있었다. 우리가 룸메이트로 지낸 사 년 동안, 나는 그녀에게 책을 읽어보라고 꾸준히 권했다. 하지만 아무리 관심을 끌어보려고 노력해도 그녀는 코웃음만 쳤다. 다들 너무 심각해, 그녀의 불평이었다. 다른 사람이 그런 말을 했더라면 끔찍이 싫었겠지만, 앨리스였기 때문에 그 말이 이상하게 어울린다고 생각했던 기억이 있다. 두툼한 책 속에 파묻힌 그녀의 모습은 어딘가 어울리지 않았다. 그녀는 가벼움과 공기로 이루어진 사람이었고, 다른 사람들의 인생을 책으로 읽기보다는 자신의 인생을 살아야 하는 사람 같았다. 언젠가 그 얘기를 앨리스에게 한 적이 있는데, 그녀는 웃으며 손사래를 쳤다. 그러나 그것은 사실이었다. 여전히 밖이 어두운 이른 새벽, 공용 잔디밭의

애디론댁 의자*들이 있는 곳으로 나를 끌고 가서 팔에 끼고 있던 담요를 이슬 내린 잔디에 깔고, 우리가 제일 먼저 해 뜨는 걸 보아야 한다고 우긴 것도 그녀였다. 그런 고요한 순간들에, 나의 숨결이 커다란 흰 구름처럼 피어오르는 것을 바라보면서, 나는 늘 우리가 서로를 찾아냈다는 사실에 감탄하곤 했다. 대서양을 건너 영국인과 결혼한 미국인이었던 앨리스의 어머니도 우리의 아담한 버몬트대학 출신이었고, 그래서 앨리스는 어머니를 기억하는 의미로 어머니의 모교에 진학한 것이었다. 앨리스는 그 머뭇거리는 미소로 도서관 은신처의 안락함 속에서 나를 끌어냈고, 죽은 자들의 목소리 속에서 나를 발굴해내 살아 있는 자들의 세상 속으로 밀어넣는 데 성공했다. 담요를 단단히 여미고 그녀 몸의 온기에 바짝 다가앉으면서, 나는 그럴 수 없다는 것을 알면서도 그 순간이 영원히 지속되기를 바랐었다.

책 몇 권을 뒤적여보았다. 이상하게도 책장이 여전히 붙어 있었다.** 앨리스가 결혼한 남자의 초상이 마음속에 그려지기 시작했다.

"오늘 아침에 내가 문 앞에 나타나서 놀랐어?" 가죽소파에 자리를 잡고 앉으며, 내가 큰 소리로 물었다. 앉자마자 바로 땀이 배어나기 시작했다.

주방 쪽에서는 침묵뿐이었다.

"앨리스?" 내가 얼굴을 찌푸리며 다시 그녀를 불렀다. 나는 양쪽으로 몸을 흔들면서 새로 산 원피스가 땀으로 손상되지 않도록,

---

* 팔걸이가 있는 야외용 목재 의자.

** 과거에는 책을 제본할 때 접힌 종이를 자르지 않고 페이지 상단과 측면이 붙은 채로 출간하여, 구매자가 직접 잘라서 읽어야 하는 경우가 있었다.

가죽소파에 닿는 피부에 번갈아 공기를 통하게 해주려 애썼다. 탕헤르의 공기는 천천히 움직이고 전혀 저항이 없다는 것을, 나는 이미 깨닫기 시작했다. 이곳의 공기는 무겁고 눅눅하게 걸려 있는 것 같았다. 나른하다. 아마도 그게 가장 적절한 표현인 것 같았다.

"아, 그럼." 앨리스의 목소리는 바로 옆방이 아닌 먼 어딘가에서 들려오는 듯 아득했다. "응, 많이 놀랐어."

내가 더 묻기 전에, 현관문 손잡이가 돌아가는 소리가 들렸다. "앨리스?" 내가 생각했던 것보다 더 굵은 목소리가 들려왔다. "집에 있어?" 그리고 뒤이어 어딘가 좀더 차분한 목소리. "당신 오늘 시장에 안 나온 것 같던데?"

돌이켜보면, 바로 그 순간 내 심장이 잠깐 멈췄다고 나는 장담할 수 있다.

물론 자주 있는 일이었다. 약간의 심장 문제, 걱정할 일은 아니었다. 적어도 의사들은 그렇게 말했다. 아주 가끔 심장이 규칙적으로 뛰지 않는 것 말고는 별다른 영향은 없을 거라고, 의사들은 나를 안심시켰다. 심장이 그런 식으로 뛸 때면—혹은 그런 식으로 안 뛸 때면이라고 해야 하나—일순간, 혹은 그보다 더 짧은 시간 동안, 그러나 다음번 박동이 가슴속에서 요란한 쿵 소리처럼 느껴질 만큼은 긴 시간 동안 심장이 정지해 있었다. 마치 무언가가 나를 짓밟거나 발밑에 깔아뭉개려는 것처럼. 물론 세월이 흐르면서 내가 재구성한 것일 수도 있지만—최종적으로 일어난 일 때문에 내 기억은 수정되고 바뀌었다—그 순간 내 심장박동이 한 박자를 건너뛰었다고 나는 거의 확신한다. 어쩌면 일종의 경고로, 위험을 감지하면서. 확인할 길은 없지만, 나의 심장이 나에게 무언가를 말하려 했다고 믿는다. 복도를 지나 내가 앉아 있는 곳으로 천천히 다가오는 남자에 대해 경고하려 했다고.

그때 그 경고를 들었다면 어떻게 되었을지 나는 가끔 궁금하다.

남자가 시야에 들어왔다.

나는 주근깨가 가득한 구릿빛 얼굴, 물결치는 파도 모양으로 손질한 금발을 찬찬히 살펴보았다. 그는 대부분의 우리 또래 남자들과 비슷했다. 쾌활하고, 의욕적이며, 아직은 일상의 단조로움에 무뎌지지 않은 남자. 그가 미남이라는 것만큼은 분명히 말할 수 있었다. 그러나 어떤 사람들에게는 전형적으로 유쾌하게 여겨질 그의 외모가 나는 어딘가 고압적이라고 느꼈고 오래 쳐다보고 있기가 힘들었다. 그에겐 다른 무언가가 있었고 나는 이미 그것을 볼 수 있었다. 보다 거칠고 단단한 무언가. 하지만 얼른 그 생각을 털어버렸다. 아마도 그가 입고 있는 슈트의 위압적인 선 때문일 거라고 스스로를 설득하면서. 남자의 패션에 대해서는 거의 아는 바가 없었지만 그의 옷이 고급이라는 것 정도는 알 수 있었다. 그는 탕헤르와 전혀 어울리지 않는 질감과 문양의 원단으로 만든 스리피스 슈트를 입고 챙이 좁은 갈색 페도라를 쓰고 있었다. 모로코의 무자비한 더위에 두꺼운 소재의 옷을 입는 것이 아무렇지 않아 보였고, 그런 모습이 나는 약간 부럽기까지 했다.

"손님이 있어." 앨리스가 이상한 말투로 소리쳤다. "루시야." 팔세토*, 그 단어가 맞던가? 나는 생각했다.

---

* 성악에서 가장 높고 여린 목소리로 부르는 창법.

"루시?" 존이 거실 문 앞에서 그 말을 되풀이했고 얼굴에 찌푸림이 번져갔다.

"루시라고, 자기. 내 대학 친구." 앨리스가 공허한 웃음을 내뱉었다. "내가 수도 없이 얘기했잖아."

그녀는 얘기한 적이 없었다, 당연히. 앨리스가 내 이름을 언급한 순간 존의 얼굴에 드리우기 시작한 혼란을 통해 알 수 있었다. 그의 표정으로 짐작건대, 존은 내 얘기를 한 번도 들은 적이 없었다.

"혹시 저녁 준비했어, 앨리스? 배고파 죽겠어." 존이 타이를 풀기 시작하며 말했다. 그의 목소리에 피곤한 기색이 역력했다. 바로 그때 그가 나를 보았다. 소파에 앉아 있는 낯선 사람. 그의 얼굴에 얼핏 짜증이 스치다가 나의 겉모습—잘 차려입었고 적절하게 매력적인—을 뜯어보고 표정이 누그러지더니, 놀라움과 기쁨의 표정으로 변했다. "당신이 바로 그 악명 높은 루시로군요." 그가 미소를 짓고 한 손에 든 타이를 반듯하게 펴더니 다른 손을 내밀었다. "마침내 만나게 되어 반갑습니다."

나도 손을 내밀었지만 내 손이 얼마나 축축한지를 깨닫고 곧바로 후회했다. "만나서 반가워요."

존이 고개를 옆으로 비스듬히 기울였다. 그의 미소는 헛웃음 비슷한 무언가로 바뀌었는데, 그는 그게 매력적이라고 생각하는 것 같았다. 그가 상황을 파악하는 중이라는 것을 느낄 수 있었다. 자신이 나를 아는 건지, 혹은 그보다 더 나쁘게, 아는 것으로 되어 있는지. 그는 나의 암시를 기다렸다. 나는 잠자코 있었다. 몇 초가 흐른 뒤 그가 물었다. "목마르지 않아요?"

바로 그때 앨리스가 주방에서 나왔다. 양손으로 은색 쟁반을 들고 균형을 잡고 있었다. 내가 쟁반을 받으려고 반쯤 일어서는데 그녀가 어느새 거실 한구석에 놓인 목제 간이 식탁 위에 쟁반을 내려놓았다.

저녁 시간이 다가오는데도 앨리스는 아까 입고 있던 실내복을 낮에 입는 실크 크레이프 드레스로 갈아입고 있었다. 스커트가 허리 아래에서 풍성하게 퍼지는 스타일인 것을 보면 오래된 옷 같았지만 대학 시절에는 본 적이 없었다. 바뀐 건 옷뿐이 아니었다. 그녀는 조금 전 나를 맞이했던 여자에서 이상하게 달라진 모습이었다. 약간 들뜬 것 같았고 몇 시간 전의 뚱한 기분은 남편의 출현과 동시에 사라져버린 게 분명했다. 남편이라는 말은 여전히 나의 목 어딘가에 걸려 있었다. 나는 앨리스가 유리잔들을 채우는 것을 보았다. 움직임이 너무도 날카롭고 초현실적이고 믿을 수 없을 정도로 약해 보여서 그녀가 우리 두 사람 앞에서 백만 조각으로 산산이 부서질까봐 걱정될 정도였다.

"대학 시절의 오랜 친구라고 했지?" 존이 앨리스를 쳐다보며 물었다. "참 놀라운 일이네." 그녀가 건넨 술을 그가 받아들었다. 차가운 유리잔에 맺힌 물방울이 벌써 잔의 옆면을 따라 흘러내리기 시작했다. "우리 이상한 나라의 앨리스에게 친구가 있는 줄은 몰랐어." 그가 농담을 던졌다.

"당연히 나도 친구가 있지." 앨리스가 웃었지만, 그의 말에 상처를 입었음을 알 수 있었다.

"얼음이라니," 그가 눈썹을 치켜세우며 말했다. "이제야 아주 특별한 상황이란 걸 알겠군. 우린 마티니를 차갑게 마신 적이 없거든요, 루시." 마지막 말은 비난처럼 들렸다. 나는 앨리스가 건네는 술을 받아들었다. “당신이 우리집에 오는 바람에 내가 벌써 덕을 보네요.” 존이 웃으며 욕심껏 한 모금을 마셨다. “그 얘기가 나와서 말인데, 정말 혼자 탕헤르로 여행을 오신 건가요?” 내가 고개를 끄덕이자 그가 미소를 지으며 물었다. “어디서요?”

“뉴욕이요.” 내가 앨리스의 표정을 살피며 말했다.

존이 얼굴을 찌푸렸다. “남자친구가 문제삼지 않던가요? 혼자 여행하는 거?”

내 얼굴에 어색한 미소가 번졌다. “안타깝게도 문제삼을 사람이 없네요.”

내가 쉽게 시인하자 앨리스가 눈길을 돌렸고, 존은 기다렸다는 듯이 그 부분을 물고 늘어질 작정으로 몸을 앞으로 숙였다. “남자친구가 없다고요? 한 명도요?”

내가 한숨을 쉬었다. “유감스럽게도.”

“남자가 한 명도 안 남았던가요? 분명 전쟁이 전부 쓸어가진 않았을 텐데…… 아니면 남자들이 당신을 무서워하는 건 아닌가요?” 그가 또 한차례 웃으며 물었다.

나는 앨리스가 움찔하는 것을 보았다. “말이 너무 심하잖아, 존.” 그녀가 중얼거렸다.

“대체 어떻게 된 영문인지 알아보려는 것뿐인데 뭘.” 존이 과장스러운 동작으로 턱을 긁으며 말했다. “뉴욕이라는 도시에서 혼자라니, 아무리 생각해도 말이 안 되잖아. 그리고, 자, 이분을 좀 보라고.” 그가 내 쪽을 가리키며 말했다. “도무지 믿을 수가 있어야지.” 그가 몸을 앞으로 숙였다. “어쩌면 취향이 굉장히 까다로우신가봐요. 그게 이유인가요? 아니면 다른 이유가 있을 수도.” 그가 말을 이었고, 목소리에 조롱이 섞였다. "베닝턴 여학생들에 대한 소문이라면 익히 들어서 알고 있습니다."

앨리스가 얼굴을 붉혔다. "아, 그만 좀 해, 존."

"음, 어쨌든," 존이 가볍고 경쾌한 목소리로 말했다. 그러나 미소가 눈까지 번지지는 않았음을 나는 알아차렸다. "지금 이곳에 오셨네요. 어쩌면 우리가 탕헤르에서 괜찮은 사람을 찾아줄 수도 있겠죠. 남자라면 얼마든지 있으니까요. 물론," 그가 고개를 저으며 말했다. "지금 이 시점에 그런 쪽에 관심 있는 사람이 얼마나 될지 모르겠지만요. 아주 흥미로운 시기에 모로코에 오셨어요."

내가 얼굴을 찌푸렸다. "무슨 말씀이세요?"

"얘기 못 들으셨어요?" 그가 익살스러운 효과를 의도한 듯 눈썹을 일그러뜨리며 엷은 조소를 머금은 채 물었다. "지금 모로코 사람들은 불안해하고 있거든요."

"오, 그런 식으로 말하지 좀 마." 앨리스가 어깨를 들썩이며 말했다. 마치 이 대화에서 멀어져 더 깊이 안으로 움츠러들려는 사람처럼.

"어떤 식?" 존이 순진한 척하며 물었다.

"지금 그런 식." 앨리스가 심각한 표정으로 그를 쳐다보며 말했다. "대수롭지 않은 일이라는 듯이 말하는 거."

존이 내 쪽을 돌아보며 짧게 웃었다. "어떨 때 보면 앨리스는 자기가 우리 중 누구보다도 이 나라 사람들의 고충을 잘 이해한다고 생각하는 것 같아요." 그가 놀리는 듯한 목소리로 말했다. "집밖으로 통 나가지도 않고 저 말고 다른 사람들하고는 접촉이 전혀 없는데도요."

"그건 사실이 아니야." 앨리스가 항의했다.

"사실과 다른 부분이 있을 수도 있겠지." 존이 수긍했다. "어쨌든 당신은 매사에 너무 예민해서 탈이야."

나는 앨리스의 얼굴에 드리워진 긴장을 보았다. "정확히 무엇 때문에 불안해한다는 거죠?" 지난 두어 주 동안 여러 신문들을 통해 훑어본 내용으로 대충 짐작은 갔지만, 나는 그렇게 물었다.

"독립 때문이죠." 존이 대답했다. 얘기하는 동안 그의 눈이 가늘어졌다. "이 나라 사람들은 이제 다른 나라의 속국이 되는 것에 지쳤거든요. 그 사람들을 비난할 생각은 없어요, 전혀요. 하지만 그 바람에 요즘 프랑스 사람들이 사방에 깔려 있어요. 최후의 그날까지 자기들 이익을 챙기고 싶어서겠죠. 이 년 전 모하메드*가 축출되고 동요가 시작된 이래 주둔군이 계속 늘어났어요. 물론 여긴 탕헤르이고 상황이 약간 다르긴 해요. 혹은 달라야만 하거나. 그래도 자세히 보면, 프랑스인들이 여기 있어요. 곳곳에 스파이를 심어놓고 상황이 다시 자신들에게 유리하게 바뀔 거라는 희망에 집착하는 형국이죠."

"스파이요?" 내가 물었다.

"그만 좀 해." 앨리스가 술을 홀짝이며 말했다. 그녀의 손이 살짝 떨리고 있었다. "존은 가끔 자기가 첩보소설 주인공이라고 착각하는 것 같아. 항상 누군가가 자길 감시하고 있다고 생각해. 프랑스인, 혹은 다른 사람이. 존이 하는 말 하나도 신경쓸 것 없어. 넌

---

* 모하메드 5세. 모로코의 술탄으로, 프랑스에 의해 추방되었다가 1955년에 귀국해 모로코 독립 이후 국왕으로 즉위했다.

아주 안전해, 루시." 그녀가 잠시 말을 멈췄다. "내 말은 모로코에 있는 다른 모든 사람들처럼 말이야."

나는 문득 존이 어두컴컴한 골목길에 숨어 있고, 앨리스가 자기 남편으로부터 감시당하고 미행당하는 상상을 했다. 앨리스는 비련의 여자 주인공이고, 존은 악당 역할을 맡은 영화. 나는 전율을 억누르려 애썼다.

"당신 친구는 프랑스인이 아니니까, 괜찮을 거야." 존이 쓸데없는 걱정이라는 듯 손사래를 쳤고 나는 마법에서 깨어났다. "당신 친구는 젤라바* 속에 감춰진 무기가 자신을 겨냥한 것일까봐 걱정할 필요가 없어. 적어도 프랑스인을 겨냥하는 무기와 같은 종류는 아닐 테니까."

내 얼굴이 붉게 물들었고, 분노와 증오의 조그만 가시들이 살갗에 따갑게 돋아나는 것 같았다.

"하지만 어떻게 보면 분명히 민감한 주제 아닌가요?" 앞서 존이 앨리스를 모욕했던 부분을 들먹이며 내가 따져 물었다. 그리고 마음이 바뀌기 전에, 내가 스스로를 자제할 틈을 주지 않고 말해버렸다. "억압하는 자와 억압받는 자 얘기를 하는 거잖아요, 안 그래요? 그것보다 더 민감한 사안이 뭐가 있죠?"

내 말을 듣고 그의 날카로운 눈빛 속에서 야비한 무언가가 번득였고, 나는 그가 뭐라고 대꾸할지 궁금했다. 그러나 그것은 실제로 보았다는 확신이 들기도 전에 곧바로 사라져버렸다. "아," 그가 말했다. "이제 알겠어요. 당신도 그런 여자들 중 한 명이군요."

* 북아프리카 또는 아랍권 나라에서 입는 두건 달린 긴 가운 형태의 옷.

나는 의도적으로 침착한 표정을 지었다. "그런 여자들이라니요?"

"아시잖아요, 그런 여자들." 그가 술을 크게 한 모금 마시며 말했다. "주방을 박차고 나가자느니, 뭐 그런 거요."

"존, 그만해." 앨리스가 비참한 표정으로 말했다. 그녀의 목소리가 경직되었고 얼굴은 한두 단계 더 창백해졌다.

"뭘 그만하란 거야?" 그가 웃었다. "내 생각을 말하는 것뿐인데."

"네, 그래요." 이번에는 내가 술을 한 모금 마시며 말했다. "당신 생각이 맞는 것 같네요. 난 그런 여자들 중 한 명 맞아요. 주방을 박차고 나가자느니 뭐 그런 거요." 나는 주눅드는 기색 없이 미소를 지었다.

"아," 존이 무릎을 탁 치며 소리쳤다. "봤지?" 그가 앨리스를 돌아보며 물었다. "내 말이 맞다잖아."

"그러게." 그와 눈을 맞추지 않고 앨리스가 대답했다.

나는 몸을 앞으로 숙였다. "실제로 그런 일이 일어날까요?" 그 주제에서 벗어나고 싶은 마음에 내가 물었다. "그러니까 제 말은, 독립 말이에요."

존이 고개를 끄덕였다. 그 역시 화제가 바뀐 것이 반가운 게 분명했다. 혹은 그렇게 보였다. "아, 그럼요. 이미 합의에 도달했고, 본격적인 과정이 시작되었어요. 프랑스는 이미 모로코에 대한 지배권을 포기했고, 그건 스페인도 머지않았다는 뜻이죠. 조만간 탕헤르는 독립할 겁니다. 아까도 말했지만 좋은 일이에요. 독립은 항상 좋은 일이죠. 하지만 우리 모두가, 말하자면 덤으로 주어진 시간 속에 살고 있잖아요. 똑딱똑딱." 그가 다시 술을 한 모금 마셨다. "여기 남기로 한 우리 같은 사람들에겐 모든 게 달라지겠죠."

내가 얼굴을 찌푸렸다. "어떻게요?"

존은 나의 질문을 이해하지 못했다는 듯이 나를 쳐다보았다. 그러고는 또 한번 자기 무릎을 치며 외쳤다. "그러니까 바로 그게 문제라는 거 아니겠어요?"

나는 당황하며 고개를 끄덕였다. "네, 그렇겠네요."

우리는 침묵에 휩싸였고, 세 사람 모두가 각자의 술을 쳐다보았다. 이런 사람이 어떻게 앨리스의 마음을 훔쳤을까. 나는 우리의 지난날을, 우리가 세웠던 모든 계획들을 떠올렸고, 앨리스가 어떻게 그 모든 것을 이것, 이 남자와 맞바꿀 수 있었는지 궁금했다. 물론 그렇게 단순한 일이 아니란 건 알았지만.

"그래서," 존의 목소리에 우리 모두 망상에서 깨어났다. "여기 얼마나 머물 예정이신가요?"

"아직 결정 못했어요." 내가 대답했다.

그가 고개를 끄덕였다. "하지만 많은 곳 중에 하필 탕헤르로 오신 이유가 있나요?"

"여행하러 온 거지, 당연히." 앨리스가 재빨리 대답했고, 나는 지나치게 빠르다는 생각을 하지 않을 수 없었다. "당신이 루시한테 가볼 곳을 좀 추천해주지 그래?" 앨리스가 존에게 말했다. 그녀가 내 쪽을 돌아보았고, 나는 보고 있으면 항상 머리가 띵해지는, 테니스 경기의 현기증 나는 왕복운동을 떠올리지 않을 수 없었다. "네가 탕헤르 말고 다른 곳을 보고 싶다면."

나는 고개를 끄덕였지만 대답은 하지 않았다. 나는 앨리스가 나를 이 아파트에서 몰아낼 셈으로, 그녀와 존에게서 떼어놓을 셈으로 그것—다른 도시들을 둘러볼 가능성—을 언급했다는 사실에 주목했다. 하지만 어떤 목적을 위해서인지는 확실히 알 수 없었다.

"난 탕헤르가 더 좋은데," 존이 말했지만 그의 관심은 다시 채워진 자신의 잔 쪽으로 더 기울어 있는 것 같았다. 앨리스와 나는 여전히 첫잔을 들고 있었다. "대부분의 사람들은 마라케시에 가봐야 한다고 할 거예요. 하지만 사나흘 있다보니 그저 그렇더라고요. 당신은 거기서 그 정도도 못 견디지?" 그가 돌아보지 않고 물었지만 앨리스에게 하는 질문이 분명했다. "셰프샤우엔에서 며칠 묵는 건 언제나 괜찮고, 카사블랑카도 그래요. 페스가 그중에서 단연 최고라고 말할 사람도 더러 있을 거예요. 도로 검문이 좀 짜증스러울 수 있지만, 서류만 보여주면 별문제 없을 거고요." 존이 말을 이었다. 그러다 기이한 표정으로 나를 바라보며 말을 멈추었다. "관심이 있긴 한가요?"

"그럼요." 내가 대답했지만 실제로는 관심이 없었다. 나는 탕헤르를 빨리 떠날 생각이 없었다. 나의 눈이 두 사람 사이를 오갔고 나는 무언가가 잘못되었음을 감지할 수 있었다. 그 기운이 우리 주위를 채웠고, 갈라지고 지글거리며 봐달라고 소리치고 있었다. 곁눈질로 앨리스를 쳐다보면서, 나는 문득 그녀가 얼마나 홀린 듯한 표정을 짓고 있는지 생각하지 않을 수 없었다. 이상한 표현이라는 것을 나도 알았지만, 그게 유일하게 적절한 표현인 것 같았다. 그녀는 과거 자신의 망령에 홀려 있었다. "명심할게요." 내가 대답했다. "하지만 일단은 탕헤르에 집중하고 싶어요."

"현명한 결정이군요." 존이 고개를 끄덕였다. "그럼 휴가 기간 동안 어디 묵을 계획이시죠?"

그 순간 나는 앨리스의 시선을 느끼며 자세를 바꿨다. "아직 못정했어요."

"그럼 저희 집에서 묵으시죠. 앨리스의 친구분을 찜찜한 리아드에 묵게 할 순 없지요. 더구나 빈방도 있고요." 그가 앨리스를 살짝 밀쳤다. "맞지, 자기?"

앨리스가 눈을 깜빡였다. 깜짝 놀란 것처럼, 마치 그동안 우리 얘기를 듣지 않고 우리 셋이 앉아 있는 이곳에서 멀리 떨어진 어딘가를 헤매고 다닌 것처럼. "응." 마침내 그녀가 말했지만 가냘프고 숨죽인 목소리였다. 그녀가 약간 몸을 움직이더니, 보다 단호하고 보다 결의에 찬 목소리로 말했다. "응, 물론이지." 그리고 내 쪽으로 몸을 돌렸지만, 시선은 내 어깨 조금 위 어딘가를 향한 것처럼 약간 빗나가 있었다. "루시, 우리집에 있어. 다른 데 묵는 건 말도 안 돼."

"그래요." 존이 고개를 끄덕였다. "어차피 지금 손님방이 비어 있거든요. 제 업무 관련 서류들 때문에 거의 창고로 변해가고 있지만요." 그가 앨리스를 돌아보았고, 나는 앨리스의 얼굴이 한 단계 더 붉어져 있는 것을 보았다. "본래 그렇게 쓸 의도는 아니었어요."

물론 나는 그 말뜻을 이해했고—그가 그 방 이야기를 꺼낸 것은 나의 이해를 구하고 앨리스를 무안하게 만들기 위해서였을 것이다—그러한 생각, 바로 그 관념은 설명할 수 없는 방식으로 내 속을 뒤집어놓았다. 앨리스도 분명 나와 비슷한 기분이었을 것이다. 그녀의 얼굴을 붉게 물들인 것은 단지 무안함이 아니라 여러 감정들의 이상한 조합처럼 보였다. 말로 표현할 수 없는 내면의 혼란을 말해주는 어떤 것.

"두 분 다 인심이 후하시네요." 내가 대답했다. 의도했던 것보다 목소리가 컸다. 아마도 실내에 감돌기 시작한 불안감을, 구석구석 스며들며 방을 점령해 마침내 그것 말고는 아무것도 없는 것처럼 느껴지게 만드는 불안감을 잠재우려는 노력이었을 것이다.

"그럼 그렇게 하시는 걸로." 존이 잔에 든 얼음을 흔들며 말했다. "탕헤르에 있는 편을 선호하신다면, 다 같이 재즈를 들으러 가죠. 이번 주말쯤. 그전에 딘스부터 가도 좋고요." 앨리스가 대답하려 했지만 존이 얼른 고개를 저으며 그녀의 말을 막았다. "이러지 마. 당신 친구가 이 도시에 왔는데 딘스에 안 가본다는 건 말이 안 돼. 그건 일종의 모독이야, 당신도 알잖아."

나는 앨리스가 탕헤르의 재즈 클럽에, 술집에 앉아 있는 모습을 떠올려보려 애썼지만 실패했다. 앨리스는 우리 동기들이 캠퍼스 안과 밖에서 즐겨 찾았던 시끌벅적하고 담배 연기가 자욱한 술집들을 좋아하지 않았다. 학기초에 나는 앨리스가 좋아할 만한 곳을 적어도 한 군데는 찾을 수 있을 거란 생각에 몇 번인가 앨리스를 끌고 나갔다. 그러나 결국 패배를 인정할 수밖에 없었다. 대신 우리는 벽장에 숨겨둔 술을 섞어서 마셨고, 레코드를 들으면서 작은 방안을 춤추며 돌아다녔고, 발밑에서 양탄자를 미끄러뜨려 마룻바닥을 가로지르고 미친듯이 웃으며 바닥에 쓰러지곤 했다. 나는 그 기억을 떠올리며 미소를 지었다. "앨리스가 가겠다면 기꺼이 갈게요." 내가 앨리스 쪽으로 고갯짓을 하며 말했다.

앨리스는 내 말에 당황하는 것 같았다. "그러지 뭐. 존 말대로 다들 들르는 곳이니까."

그때쯤 술이 나의 혀를 풀어놓았다. 앨리스는 여전히 내가 기억하는 방식—진을 과다하게 섞는 방식—으로 술을 만들었고, 나는 알코올이 효력을 발휘해 나의 긴장을 이완시키는 것을, 그래서 평상시 같았으면 참았을 말들이 튀어나오려 하는 것을 느꼈다. "하지만 네가 원하는 건 뭔데, 앨리스?" 내가 추궁했다. 내 질문에 앨리스의 얼굴에 번져가는 불편함은 애써 외면했다.

"앨리스는 결정하는 걸 좋아하지 않아요." 존이 끼어들었다. 웃으면서 한 말이었지만 악의적인 무언가가 담겨 있었다. 그때까지 내가 알아차리지 못했던, 단순한 책망 이상의 무언가가 있었다.

아까와 똑같은 귓속의 파닥거림이 느껴졌지만 나는 그것을 무시하고, 귓속에 자리잡은 이상하게 꽉 찬 느낌을 떨쳐내려는 듯 살짝 머리를 흔들었다. 사막의 벌레 같은 것이 어쩌다 귀에 들어간 건 아닌지 잠깐 생각했다. 그런 이야기를 들은 적이 있었다. 사람의 한쪽 귀에 물을 부은 다음 귓구멍 위로 무엇이 떠오르는지 숨을 죽이고 지켜봤다는 이야기. 내가 바로 그런 자세로 엎드려 있고 존이 내 곁에 서서 경멸하는 얼굴로 내려다보는 상상을 했다.

앨리스는 그의 말을 무시하기로 작정한 것 같았다. 이내 술을 굳이 더 가져오겠다며 소파에서 일어났다. 나는 그녀에게 내 잔을 건네면서, 한편으로는 내가 마지막으로 제대로 된 음식을 먹은 게 언제인지 기억도 나지 않는다는 생각을 했다. 아까 먹은 이상한 빵, 그리고 전날 연락선에 오르기 전에 예민한 나의 위가 다른 음식을 감당할 수 없을 것 같아서 먹었던 크래커 한 움큼.

"그건 사실이 아니야." 앨리스가 다시 내 곁에 앉으며 말했다. 존이 말한 뒤로 몇 분이 지난 터라, 앨리스의 선언으로 존은 혼란스러워했다. 앨리스는 한쪽 어깨로 세게 그를 밀쳤다. "그건 사실이 아니라고." 그녀가 다시 한번 말했다. 이번엔 조금 더 크게. "오늘밤에 딘스에 가자." 앨리스는 미소를 지었지만 목소리가 떨렸다. "탕헤르에 온 루시를 제대로 환영하는 의미로."

그녀의 갑작스러운 쾌활함이 이상하다는 생각이 또다시 들었다. 오늘 아침 보여준 금욕적인 수준의 차분함과 비교하면 급격한 변화였다. 금방이라도 상황이 끔찍하게 틀어질 수 있을 것 같은, 거의 광기에 가까운 변화였다. 만약 그런 일이 일어날 수 있다면, 앨리스가 미소를 지을 때, 거실을 돌아다니며 공허하고 텅 빈 웃음소리를 낼 때, 유리잔을 채우고 우리 대화 도중에 생긴 공백들을 서둘러 메우려고 할 때, 그녀는 그 경계에 아주 가까이 다가가는 것처럼 보였다. 한때 내가 알았던 모습과는 너무도 달랐다. 그러나 베닝턴에서의 마지막 해에 한 가지 배운 게 있다면, 세상에 절대적인 것은 없다는 사실이었다. 모든 것은 결국 변하기 마련이다. 우리가 아무리 멈추고, 바꾸고, 다시 쓰려고 해도 시간은 아랑곳없이 그저 흐를 뿐이다.

지극히 단순하게도, 시간을 멈출 수 있는 것은 아무것도 없다, 아무것도.

3
앨리스

내가 잘못 생각했다. 과거에 대해, 닫힌 상자에 대해. 확실하다.

술집을 향해 걸어갈 때—순식간에 밤이 되어서 나의 눈은 안전하게 발을 내디딜 곳을 찾아 주위를 살폈다—가슴속에서 심장이 요란하게 쿵쿵거리며 섣불리 내뱉은 말을 질타했다. 존의 조롱에 대꾸를 하는 게 아니었는데. 그저 날 괴롭히고 상처 주려는 의도로 한 말인 걸 알았는데. 그냥 잠자코 있어야 했다, 늘 그랬던 것처럼. 그러나 그가 빈 침실 이야기를 끄집어냈다. 우리의 중단된 노력에 대해. 그것은 나의 결정이었고, 나의 잘못이었다. 그리고 그녀가 그 자리에 있었고, 항상 그랬던 것처럼 기이하고 캐묻는 듯한 눈빛으로 날 쳐다보고 있었다. 그 눈빛은 너무나 은밀하게 친숙하면서도 한편으로는 완전히 낯설었고, 우리가 마지막으로 서로를 보았던 때와 그 이후 일어난 일들 사이의 일 년이 넓은 바다가 되어 우리 사이를 흐르고 있었고, 그래서 나는 숨이 턱 막혔다.

루시 메이슨. 그날 아침 처음 그녀를 보았을 때 나는 잠시 내 눈을, 내 정신을 믿을 수가 없었다. 그러나 탕헤르에 있는 내 아파트 문 앞에 서 있는 사람은 분명 루시였다. 나와의 거리를 좁혀오는 그녀의 표정이 그날 밤의 어둠을 떨쳐버리고 안개를 걷어낼 것만 같아서, 내가 그녀를 얼마나 잘 알고 나에게 그녀가 얼마나 익숙한지 다시 한번 느꼈다. 때로는 우리가 한 사람인 것 같은 기분이 들었다. 그런데도—그런데도, 사실과 진실만을 놓고 본다면 내가 그녀에 대해 실제로 알고 있는 게 거의 없는 것 같은 묘한 느낌은 항상 있었다.

내가 아는 얼마 되지 않는 셰익스피어의 작품들과 내 머릿속에서 종종 달그락거리는 대사를 생각했다. 지나간 모든 것은 서막에 불과하다.*

그리고 이렇게 그녀가 나타났다. 나의 과거, 실체가 있고 만질 수 있는, 혹은 그녀가 동원할 다른 거창한 표현들로 설명할 수 있는 과거. 루시 메이슨. 나는 방금 벗은 낡은 실내복을 집어들고, 오늘 예정해둔 일들을 이미 잊은 채 문 쪽으로 향했다. 그러는 동안 내가 할 수 있는 일이라고는 그 전날의 드레스 칼라, 어이없이 흉측하게 찢긴 그 칼라와 그것이 의미하는 바를, 그것이 예견하는 바를 생각하는 것뿐이었다. 더 적절한 표현이 없을까? 나의 전 룸메이트의—아니, 이건 정확한 표현이 아니다—나의 옛친구의, 모든 게 틀어지기 전까지는 나와 가장 가까웠던 사람의 무거운 시선을 느끼며, 나는 그 표현을 떠올리려 애썼다.

---

* 셰익스피어의 희곡 「템페스트」에 나오는 대사.

우리는 현관홀에 나란히 서 있었고, 나는 침묵의 공간 속에서 그날 밤 내가 루시에게 했던 말을 생각했다. 나는 그녀에게 말했다…… 아니 소리쳤다. 내가 그녀에게 그렇게 목소리를 높인 것은 그날이 처음이었을 것이다. 나는 아주 끔찍한, 아주 지독한 말을 했다. 그녀가 사라졌으면 좋겠다고, 다시는 그녀를 보고 싶지 않다고. 나는 그후에 일어났던 일을 떠올렸고, 내가 했던 생각을, 내가 했던 말을 떠올렸다. 그러나 루시에게는, 내가 의식을 회복하기 한참 전에 이미 사라져버린 루시에게는 하지 못했던 말이었다.

내 뺨이 다시 달아올랐고, 나를 관찰하는 그녀의 시선이 느껴졌다. 그 순간, 나는 내가 무슨 생각을 하고 있는지 루시가 정확히 알고 있다고 확신했다.

루시는 내가 기억하고 있는 것과 달랐다. 처음엔 어떻게 달라진 것인지 몰라서 계속 눈으로 단서를 찾았다. 우리 사이에 그토록 많은 일이 있었는데 어째서 이곳에 나타났는지 말해줄 단서. 그녀는 그때보다 더 말랐고, 이목구비가 더 날카롭고 또렷해졌다. 그녀는 내가 기억하는 것보다 아름다웠지만, 그러면서도 그 묘한 느낌은 여전히 남아 있었다. 내가 얼굴을 붉히고 고개를 돌리게 만드는, 그녀를 사랑하면서 동시에 미워하게 만드는 저 꿰뚫는 듯한 시선.

내가 헛기침을 했다. "루시." 그녀의 이름이 일종의 선언처럼 내 입술 사이를 빠져나갔다. 너무나 많은 의미를 지니고 있으면서 동시에 아무 의미도 없는 한마디. 나는 결코, 버몬트의 그린마운틴스를 떠나 모로코의 먼지 날리는 골목길에 이르기까지 그 많은 순간들 속에서 단 한 번도, 그녀를 다시 볼 거라 생각한 적이 없었다. 그런 일이 있었는데 설마. 내가 그런 말까지 했는데 설마. 나는 여전히 그녀가 저지른 일에 대해, 오직 상상만 할 수 있었던 그 일에 대해 의문을 품고 있는데. 나의 심장이 빠르게 뛰기 시작했다.

루시의 얼굴을 들여다보면서—어느 정신 나간 순간에—혹시 내가 그녀를 소환한 건 아닐까 생각했다. 내게 남아 있는 불신과 분노에도 불구하고 그녀가 대서양 건너에서 어찌어찌 나의 불행, 나의 절망을 감지하고, 마치 내가 무심결에 불러낸 지니처럼 내 앞에 나타난 건 아닐까. 나는 루시를 쳐다보았다. 이른 아침 탕헤르의 열기가, 그녀처럼 안전한 동시에 위험한 열기가 우리 주위에서 고동치기 시작했다. 나의 백마 탄 기사, 언제나. 나는 그 말에 담긴 진실을 묵직하게 가슴으로 느꼈다.

문을 열고 딘스로 들어섰다. 진짜 탕헤르네. 들어가면서 처음 떠오른 생각이었다. 술집에는 별의별 사람들이 다 모여 있었다. 현지인, 외국인—프랑스인, 모로코인, 그 밖의 외지인들—슈트에 타이를 맨 사람들, 그리고 보다 캐주얼한 차림의 손님들. 뭐하는 사람들인지, 어디서 왔는지는 몰라도 모두가 이 작고 우중충한 술집에 모여 있었다. 소음이 어마어마했다. 서로를 향해 소리치는 목소리들의 굉음, 거슬리고 과열된, 왁자지껄한 웃음소리의 불협화음. 웃음과 술기운으로 얼굴이 벌겋게 달아오른 남자가 바닥에 쓰러지는 것을 지켜보았다. 그와 함께 온, 매끄러운 검은 드레스에 크고 반짝이는 다이아몬드 귀걸이를 한 여자는 머리를 뒤로 젖히고 거의 짖어대는 소리로밖에 들리지 않는 소음을 쏟아내고 있었다. 그게 웃는 소리라는 걸 바로 깨닫긴 했지만. 우리는 술집 안쪽으로 깊숙이 들어갔고, 바닥에 쏟아진 술이 너무 많아서 발밑이 끈적거렸다.

"마실 것 좀 가져올게." 존이 뭘 마실지 물어보는 수고도 하지 않고 카운터 쪽으로 향하며 소리쳤다.

늦은 시간이라 간이의자가 거의 남아 있지 않았다. 적어도 셋이 함께 앉을 수 있는 자리는 없었다. 한참을 찾은 끝에 구석에 숨겨져 있던 안쪽 자리를 겨우 발견했다. 얼마 후 존이 술을 들고 돌아와 얼굴을 찌푸리며 우리를 쳐다보았다. "다른 곳에 앉고 싶었어?" 존은 이 술집의 한복판에 앉고 싶었던 모양이라고 짐작하며—아니, 확신하며—내가 물었다. 그것은 탕헤르에 머무는 동안 그에 대해 알게 된 것들 중 하나였다. 그에게는 항상 스포트라이트를 받길 바라는, 주변 사람들이 알아봐주길 바라는 끈질긴 욕구가 있었다. 아니, 어쩌면 욕구가 아닐 수도 있었다. 그건 너무 가혹하고 너무 계산적인 표현일지도. 그저 상황이 그렇게 된 것뿐일지도 모른다. 존이 어딜 가건, 사람들이 그를 돌아보는 것 같았고 그에게 시선이 머무는 것 같았다. 그것은 자연의 섭리였고, 그래서 어느 순간, 그 자신도 그러기를 기대하기 시작했고, 결국은 나조차도 그것을 일상의 일부라고 여기게 되었다. 나도 한때 그에게 그런 감정을 느낀 적이 있었다. 그를 향한 이상한 끌림, 나를 탕헤르로, 딘스로, 바로 이 순간으로, 나의 과거와 현재를 양쪽에 거느린 채 미적지근한 진을 홀짝이는 이 순간으로 이끈 그것.

그 순간 나는 반항하고 싶었다. 그가 나를 벌주고 싶어하던 방식으로 나도 그를 벌주고 싶었다. 존은 나의 외출 결정이 탐탁지 않았고—아마도 자기가 내린 결정이 아니었다는 지극히 단순한 이유로—그날의 길었던 근무시간에 대해 투덜거렸다. "그런데 저 여자 대체 누구야?" 화장실 거울 속에서 내 시선을 좇으며 그가 물었다. "당신이 오늘 이전에 그 이름을 말하는 걸 들은 기억이 없어." 그는 얼른 볼일을 보고 크림으로 머리를 손질하면서 말했고—강한 크림향이 내 속을 뒤집어놓았다—마침내 우리가 집을 나설 무렵, 그의 기분은 달라져 있었다. 커다란 미소 뒤에 감추려 애쓰긴 했지만 알코올이 그를 퉁명스럽고 심술궂게 만들었다.

그리고 그 시간 내내, 나는 그녀를 느낄 수 있었다. 루시. 그녀는 내 곁에 앉아서, 어둠 속을 응시하며 존을 관찰하고, 모든 것을 관찰했다, 늘 그랬던 것처럼. 루시가 탕헤르에 온 지 이제 겨우 몇 시간이 지났을 뿐이었지만, 나는 그녀가 항상 내게 발휘했던 영향력을 벌써 느끼고 있었다. 루시는 나를 강하고 대범하게 만들었고, 그녀가 곁에 있으면 어쩐지 나 혼자서는 입을 수 없는 갑옷을 두른 것만 같았다.

존이 간이의자 하나를 집어들었다. "여기도 괜찮아." 그가 말했다. 그의 목소리가 조금 더 거칠어졌다. 그는 유리잔의 호박 빛깔 액체를 흔들었고, 그것은 연기와 먼지와 아주 오래된 것의 향을 풍겼다. "자, 여기 어때요?" 그가 루시를 돌아보고 한 손을 휘둘러 주위를 가리키며 물었다. "별로 대단할 건 없지만 사람깨나 끌어들이죠."

루시는 고개를 끄덕였지만 대답은 하지 않았다. 나는 미소를 지으려 애쓰면서 혀끝으로 시큼한 맛을 느꼈다. 침묵이 흘렀다. 모로코의 공기처럼 무거운 긴장감이 주위를 감쌌다.

"자, 그러니까 미국에서 오신 루시 메이슨." 존이 미소를 지었다. "현실 세계에서는 정확히 무슨 일을 하십니까?"

"원고를 타이핑해요." 그녀가 대답했다. "출판사에서."

존은 고개를 끄덕였다. 그러나 시큰둥한 표정으로 듣는 둥 마는 둥 하는 것으로 보아, 그 질문을 한 진짜 이유는 그저 자기에게도 같은 질문을 해주기를 바라서인 듯했다. 존은 자신의 직업에 대해 다른 사람들에게, 심지어 나에게조차 정확히 밝히지 않으면서도, 정부를 들먹이며 모호한 암시를 던지고 하필 이 시점에 탕헤르에 체류한 덕분에 상사에게 자신의 능력을 증명할 기회가 생겼다는 식으로 말하기를 즐기는 것 같았다. 그 기회라는 것에 대해 그는 여러 차례 나에게, 그리고 다른 사람들에게 이야기했지만, 그것이 실제로 무엇을 위한 기회인지는 결코 말하지 않았고, 나도 굳이 캐묻지 않았다.

그는 루시가 자신에게도 물어주기를, 그래서 그의 긴 독백을 시작할 수 있기를 기다렸지만 루시는 그저 미소를 지으며 하던 얘기를 계속했다. "물론 그게 유일한 직업은 아니에요." 그녀가 술을 크게 한 모금 들이켰다. "전 작가이기도 해요."

존이 놀랍다는 듯 눈썹을 치켜세웠다. 더이상은 거짓 관심이 아니라는 걸 알 수 있었다. "그래요?"

"그런 셈이에요." 루시가 대답했다.

존은 호기심어린 시선으로 루시를 보았다. "작가인 셈이라니," 그가 그녀의 말을 되받았다. "대체 그게 무슨 뜻이죠?"

루시가 망설였고, 나는 그녀의 선언이 들리는 것만큼 실제로 거창한 것인지 궁금했다. 그리고 그러기를 바라는 동시에 그럴까봐 두려웠다. 그렇게 느끼는 게 잘못이라는 것을 알면서도, 그래봐야 나만 작고 초라해진다는 것을 알면서도, 나는 내가 꿈꾸었던 것과 정확히 반대되는 모습—그게 무엇일까?—이 되어 있는데 그녀는 우리가 서로에게 했던 약속을 이루었을지도 모른다는 생각에 서글퍼졌고, 심지어 화가 났다.

"지역신문에 부고 기사를 쓰고 있어요." 루시가 대답했다. 존의 눈빛에서 실망의 기미가 스치고, 그로 인해 루시가 경직되는 것이 보였다. 다시 말을 잇는 그녀의 목소리가 딱딱했다. "사실 상당한 양의 조사가 필요한 일이에요. 배경지식과 인용문을 얻으려면 인터뷰도 몇 차례 진행해야 하고요. 신문에 게재되는 다른 기사들과 별반 다르지 않아요." 나는 그녀의 목소리에서 방어적인 어조를 감지했고 존도 그것을 느꼈다는 걸 알 수 있었다. 루시가 나를 돌아보며 미소를 지었다. "넌 어때, 앨리스?" 그녀가 물었다. "여전히 사진 찍어?"

존이 얼굴을 찌푸렸다. "사진?"

내 얼굴이 벌겋게 달아올랐다. 나는 존에게 베닝턴에 대해, 그 사건에 대해, 신문에 난 것 이상의 얘기를 한 적이 없었다. 나는 루시를 포함한 그 모든 것을 과거의 삶으로 밀어놓았고, 한때 나의 가장 소중한 물건이었던 카메라는 사용하지 않은 채로 처박아놓아 셔터가 녹슬었을 가능성이 높았다. 그런데도 그것은 내가 탕헤르로 가져온 얼마 안 되는 물건 중 하나였고, 내 마음 깊은 곳에서는 아직도 커다란 어쩌면이 달그락거리고 있었다. 침실 옷장 안쪽에 있는 여행가방에서 꺼내지도 않았지만, 그 앞을 지날 때면 카메라의 존재가 느껴져 걸음을 재촉했다.

"네," 루시가 말했다. "앨리스는 베닝턴에서 사진을 즐겨 찍었어요. 그걸 모르셨다니 놀랍네요."

그가 눈썹을 치켰다. "그래요?" 그리고 낮게 웃었다. "이거 원. 우리 앨리스가 오늘밤 저를 여러 번 놀라게 하네요."

그의 목소리에 날이 서 있었다. 그는 모질게 굴고 있었고, 아마도 자기 아내, 자신의 앨리스에 관한 새로운 정보를 전혀 모르는 사람이 제공하고 있다는 사실에 화가 난 것 같았다. 바로 그 깨달음이 사방에서 나를 압박하며 공격해왔고, 그 순간 내가 원하는 것은 그날 밤 일찍 우리 두 사람 사이에 시작된 일에 대해 그와 끝장을 보는 것뿐이었다. 말하자면, 일종의 대결이랄까. 그는 나에게 친구가 없는 것, 아이를 갖지 못하는 것을 놓고 농담을 했다. 그 논쟁은 탕헤르에 온 뒤 처음 몇 달 동안 점점 더 불거지고 심해졌고, 때로는 그것이 우리 사이에 남아 있는 전부라는 생각마저 들었다. 나는 그것을 내 모공 밖으로 배출할 필요를, 욕망을 느꼈다. 이마의 땀을 닦으며 침착하려 애썼다. 갑자기 술집 안이 너무 덥고 답답하게 느껴져서, 숨을 크게 들이켜면 나의 폐가 갑자기 멈추고 말을 듣지 않으며 마지막 한 모금의 상쾌하고 편안한 숨을 내어주지 않을 것 같았다. 뺨이 뜨겁게 달아오르는 게 느껴졌고 나는 겉으로 표시가 나지 않기를 바랐다.

"그럴 거면 왜 굳이 베닝턴 같은 대학을 다녔어요?" 존이 루시를 돌아보면서, 밝고 기만적으로 자연스러운 목소리로 물었다. "별볼 일 없는 사람들에 관한 토막 기사나 쓸 거라면 그런 대학에 갈 필요가 없었잖아요. 내가 알기론 비싼 학교인데."

"전 장학금으로 다녔어요." 루시가 대답했다.

그녀가 그 말을 하는 순간, 나는 존이 내내 알고 싶어했던 게 바로 그것이었음을, 처음부터 그게 알고 싶어서 직업과 연애에 대한 질문을 던졌음을 깨달았다. 그는 한 번도 얘기를 들어본 적 없는 이 미국 여자의 출신이 궁금했던 것이다. 루시 메이슨이 알아둘 가치가 있는 사람인지 궁금했던 것이다.

그리고 이제, 그 대답을 얻은 것 같았다.

존이 어깨를 으쓱했다. "장학금을 받았다고 해도 좀 그렇잖아요."

루시가 미소를 지으며 그를 쳐다보았다. "실은," 그녀가 말했다. "난 항상 문학을 사랑했어요. 그래서 베닝턴에 진학하기로 결정했죠." 그녀가 마지막 한 모금을 들이켜 남아 있는 진을 다 마신 뒤 존을 향해 몸을 숙였다. "브론테 읽어보셨어요, 존?"

나는 루시의 얼굴에 나타난 변화를, 술잔 위로 눈을 들어 보기 전에 소리로 먼저 들었다. 얼른 존을 쳐다보았지만 그는 아직 알아채지 못한 상태였다. 그도 그럴 것이, 그는 나만큼 루시를 잘 알지 못했다. 이게 바로 그녀라는 것을, 내가 기억하는 루시라는 것을 그가 알 리 없었다. 소파에 앉아 칵테일을 놓고 정감어린 대화를 나누는 공손하고 완벽한 손님은 루시가 아니었다. 이게 바로 자신의 생각을 그대로 말하고, 자신이 원하는 것을 알고, 그것을 손에 넣는 루시였다.

아직 그 사실을 알지 못하는 존이 고개를 저었고, 그녀의 질문과 예상치 못한 전개에 심기가 불편해졌음을 알 수 있었다. "아뇨, 읽어본 적 없습니다."

루시가 놀라는 시늉을 했다. "설마, 한 번도요?"

존이 어색한 미소를 지었다. "한 번도."

그 순간 나의 침묵이, 내가 두 사람의 대화에서 완전히 배제되었다는 사실이 의식되었다. 그러나 나는 동요하지 않았다. 오히려 가만히 앉아서 두 사람을 지켜보았다. 가늘어지는 눈, 비스듬한 고개, 두 사람 사이에 이미 싹트고 있는 의심, 아니 불신. 그 소리가 들리는 것만 같았다. 나는 두 사람이 자신들 사이의 경계를 가늠하며 천천히 서로의 주위를 맴도는 모습을 머릿속으로 그려보았다.

"제인도 전혀 안 읽어봤어요?" 루시는 웃고 있었지만, 웃음소리가 날카롭고 뾰족했다. "히스클리프와 캐시라면, 이해할 수 있어요. 열정적인 추종자들에게도 약간 힘들 수 있으니까. 어쩌면 그게 바로 에밀리가 소설을 딱 한 작품만 출간한 이유가 아닐까요?" 그녀가 진을 마셨다. "중학교 때 『폭풍의 언덕』을 끔찍이도 싫어했던 선생님이 있었어요. 영국 문학사에서 가장 끔찍한 책이라고 했죠. 그래서 그 반감, 그 망설임을 이해는 해요. 하지만 제인은 왜죠? 사랑스러운 고아 소녀 제인은? 진짜 한 번도 안 읽어보셨어요? 단 한 문장도?"

그의 미소가 더 커졌고, 얼굴 표정이 팽팽하게 당겨져 괴기스러운 가면 같았다. "빌어먹을 한 단어도."

루시가 존이 가진 책에 대해 간파했음을 그 순간 나는 깨달았다. 루시는 항상 그래왔듯 알 수 없는 특유의 방식으로, 그의 책들이 그저 보여주기 위한 것임을, 남에게 보여주려고 세심하게 설계한 이미지의 일부일 뿐임을 알아차린 것이다. 나는 내가 화가 나야 마땅하다고, 그녀에게 증오심을 느껴야 마땅하다고 생각했다. 내가 여생을 함께하기로 약속한 남자에게 미끼를 던진 것에 대해, 버몬트와 그곳에서 일어난 일 따위는 중요하지 않다는 듯 무심하게 내 삶에 발을 들여놓은 것에 대해. 나는 느낄 수 있었다, 내 것이어야 했을 분노가 우리 주위의 허공을 맴도는 것을. 그 분노가 질문을 쏘아붙이고 대답을 요구하는 것을. 그런데도 나는 그 분노에 손을 뻗을 수 없었고, 그것을 내 것으로 만들 수 없었다. 대신 나는 그들 두 사람이, 존과 루시가, 위험하게, 무모하게, 커브길을 향해 돌진하고 있는 것에 주의를 집중했다. 두 사람이 커브길을 도는 순간, 다시는 돌아오지 못하리라는 것을 알았다. 나는 아파트의 아늑함과 아파트가 보장하는 안전을 그리워하며 몸을 앞으로 숙였다. "존은 원래 책을 별로 좋아하지 않아."

내가 말을 잘못했다는 것을 곧바로 깨달았다.

"둘 다 마치 내가 문맹이라도 되는 양 말하는군." 존이 얼굴을 찌푸렸다. "단지 브론테이인지 뭔지한테 절절매지 않는다는 이유로." 브론테를 브론테이라고 발음하며 그가 말했다.

"브론테야." 내가 별생각 없이 그의 발음을 고쳐주었다.

존은 잠자코 있다가, 남은 술을 얼른 비우고는 유리잔을 테이블 위에 필요 이상으로 세게 내려놓았다. 나는 움찔했지만 루시는 꿈쩍도 하지 않았다. "방금 저쪽 바에서 찰리를 봤어." 그가 불쑥 내뱉었다. "곧 돌아올게." 내가 대답하기도 전에 그는 빈 잔을 들고 사라졌다.

침묵 속에 몇 분이 흘렀다. "존은 학교생활을 힘들어했어." 마침내 내가 말했다.

루시가 고개를 끄덕였고, 얼굴은 닫혀 있었다. "잠깐 화장실 다녀올게." 그녀가 자리에서 일어났다. "오래 안 걸려."

그녀가 미소를 짓고는 아주 잠깐, 나를 만지려는 것처럼 움직였다. 그러나 다음 순간 움직임을 멈추고 내 시선을 피하며 돌아서더니 주변의 북적이는 인파 속으로 사라졌다.

두 사람이 사라지자 나는 밧줄이 풀린 듯 붕 떠 있는 기분이 들었다. 닻을 내릴 곳을 찾으려는 절박한 심정으로 아래의 나무 테이블을 양손으로 꽉 움켜쥐었다. 다리에 무언가 스치는 듯한 느낌에 놀라 펄쩍 뛰며 내려다보니 이 도시의 수많은 떠돌이 개들 중 한 녀석이 술집에 들어와 있었다. 처음 탕헤르에 왔을 때 존은 나에게 개를 두려워해선 안 된다고, 그 가엾은 짐승들에게 두려움을 표출해선 안 된다고, 그래봐야 개들을 더 화나게 할 뿐이라고 주의를 주었다. 어느 이른 아침 항구를 따라 그와 함께 걷다가, 무자비하게 뜨거운 보도 위에 줄지어 널브러져 있는 개들을 본 기억이 났다. 우리의 발소리에 개들이 고개를 들더니 몸을 도사렸다. 나는 존의 책망에도 불구하고, 그들 중 한 녀석이 달려들어 나를 물어서 광견병에 걸릴까봐 두려워 존의 뒤에 숨었다. 그때 나는 완전히 겁에 질린 상태였지만, 존은 그저 나를 밀어내면서 다 날 위해서라고 속삭였다.

지금은 개가 내 다리의 온기에서 위안을 찾으며 웅크리고 있었다. 나는 그러도록 내버려두었다. 더이상 혼자가 아닌 것에 감사하면서.

나는 루시 메이슨을 베닝턴에서의 첫날 만났다.

그녀는 유일한 여행가방을 이미 창가 쪽 침대 밑에 놓아두고 우리 방에 서서 주위를 둘러싼 썰렁한 벽을 쳐다보고 있었다. 나는 문가에 서서 앞으로 일 년 동안 같이 살 여자애를 조용히 지켜보았다. 그곳에 선 채로 조용히 그녀를 관찰하는데, 여자애라는 말은 어딘가 틀렸다는 생각이 들었다. 그녀가 재킷 주머니에 손을 넣어 담배 한 갑과 라이터를 꺼내는 것을 보았다. 나는 담배를 피워본 적이 없었다, 단 한 번도. 그랬기에 연기 기둥이 그녀를 에워싸며 방 구석구석을 게걸스럽게 점령하고 권리를 주장하려는 듯 방안에 자욱하게 퍼져가는 것을 지켜보면서 나는 그 광경에 매혹되었다.

우리 둘 다 이제 겨우 열일곱이었지만, 내 앞에 서 있는 낯선 사람에게는 나보다 훨씬 조숙해 보이는—어쩌면 더 지혜로워 보이는—무언가가 있었다. 그 차이는 우리의 옷차림에서도 극명하게 드러났다. 나는 내 옷차림을 내려다보았고, 문득 유치해 보이는 나의 드레스가 창피해졌다. 꽃과 담쟁이덩굴 무늬가 있고 밑단이 바닥까지 내려오는 발레리나 느낌의 옷이었다. 그와는 대조적으로 내 새 룸메이트는 에메랄드색 페플럼 재킷*과 좁은 검은색 스커트로 모래시계처럼 허리가 잘록한 이상적인 몸매를 한껏 강조했다. 재킷이나 스커트 모두 딱히 새것처럼 보이진 않았지만—너무 자주 입었는지 둘 다 묘하게 낡은 느낌이 있었다—그녀는 내가 잡지에서만 보았던 세련된 분위기를 풍겼다.

나는 문에 살짝 노크하면서 천천히 방으로 들어섰다. 그녀가 고개를 들었고, 내가 이해할 수 없는, 그러나 고개를 돌리고 얼굴을 붉히게 만드는 진지한 눈빛으로 나를 응시했다.

"안녕." 소심한 미소를 지으며 내가 웅얼거렸다.

그녀가 눈을 깜빡이며 나를 쳐다보았다.

"난 앨리스야." 내가 말했다. 나는 들어오라는 허락을 기다리는 사람처럼 굴고 있었고 뒤늦게 그 사실을 깨달았다. 얼른 그녀에게

* 허리 부분이 잘록하게 들어가고 밑단이 물결치듯 퍼지는 형태의 재킷.

가까이 다가갔다. “혹시 네가 잊었을까봐 걱정했어.” 내가 말하며 손을 내밀었다.

그녀가 고개를 살짝 기울이며 내 손을 잡았다. “난 루시.”

그녀의 손에 장갑이 없다는 사실을 깨닫고, 나는 베닝턴 입학 허가를 기대하며 고모가 사준 레이스 달린 장갑을 끼고 온 나 자신을 속으로 책망했다. 기숙사 방의 황량함과 내 룸메이트의 수수함 속에서, 나의 장갑은 어딘가 적절치 않아 보였다. 루시는 화장을 하지 않았고, 그래서 엄마 옷을 차려입고 놀다가 걸린 여자애 같은 나의 분홍색 입술과 눈꼬리를 올려 그린 나의 눈화장이 한심하게 느껴졌다.

루시가 내 뒤쪽으로, 문을 향해 시선을 던졌다. “부모님도 같이 오셨어?”

나는 시선을 내리깔았다. “아니, 안 오셨어.” 그렇게 말하고는 심호흡을 한 번 했다. 고모의 집 욕실 거울 앞에 서서 여름 내내 수도 없이 연습했던 말이었다. 결국 그 질문이 나오리라는 것을 알고 있었다. 늘 그랬으니까. 나는 자연스럽게—가능한 한 자연스럽게—대답하려고 스스로를 단련했다. 사람들의 상투적인 반응이 지긋지긋했다. 코를 찡긋하고 미간을 찌푸리는 그 표정에는 연민 이상의 무언가가 있었다. 두려움. 마치 내 부모의 죽음에 전염성이 있고, 유일한 생존자이자 보균자인 내가 그들을 위협한다는 듯이. 나는 실제로 그런 상황이 벌어지는 것을 보았고, 또 직접 경험했다. 중등학교 시절, 처음에 아이들은 내 주위로 몰려들었다. 나에게 몸을 밀착시키면서, 안타까움과 슬픔을 표현하면서, 다 괜찮아질 거라고, 우리가 함께 이겨나갈 거라고 했다. 그러나 그렇게 한 주가 지나고 또 한 주가 지나자, 친구 한 명이 사라졌고 또 한 명이 사라졌다. 머지않아 그들의 친밀감은 복도에서 마주칠 때 건네는 작고 경직된 미소, 혹은 운동장에서의 짧은 손인사로 바뀌었다. 학교가 끝나면 주고받는 대화의 저변에서 어김없이 피어오르는 그들의 안도감이 만져질 듯 선명했다. 전화와 방문이 점차 사라졌을 때에도 나는 놀라지 않았다. 대학에 진학하기 위해 짐을 꾸릴 시점이 되었을 때는 그들 중 단 한 명도 찾아볼 수 없었다. 그래서, 또다시 그 말을 하고 나서, 나는 최악의 상황을 대비하고 또 예상했다. 나에게 올 반응을 상상했다. 처진 입꼬리, 짧고 어색한 포옹. 그러고 나면 나의 룸메이트도 떠나겠지, 수많은 다른 여자애들 중 비극에 이미 상처 입고, 오염되고, 손상되지 않은 아이를 찾아서.

그런데 루시는 그저 무거운 눈꺼풀 아래로 나를 보며 이렇게 말했다. "우리 부모님도 돌아가셨어."

나는 놀라서 눈을 깜빡였다. 이런 반응에는 미처 대비하지 못했다. 그 얘기를 듣고 마음 아파했어야 옳았겠지만, 그 순간 나는 오직 기쁨만을 느꼈다. 순수하고 완전한 안도감이 내 몸을 관통했고 나는 미소를 짓지 않기 위해 안간힘을 써야 했다. 나중에, 우리가 만난 지 몇 시간 만에 이미 서로를 가까운 친구로 여기게 되었을 때, 루시에게 그 얘기를 했다. 그녀는 훔친 화이트와인 한 병을 꺼냈다. "우리 숙모는 절대 알아차리지 못할 거야." 여름 내내 함께 지냈다는 친척을 언급하며 그녀가 나를 안심시켰다. 우리는 함께 탐험을 시작했고 이상하고 타는 듯한 액체를 주거니 받거니 하며 걸었다. 발밑에서 낙엽과 나뭇가지가 부스러지는 소리가 들렸다. 그 소리는 양옆으로 우리를 둘러싼 나무들까지 멀리 뻗어나가는 것 같았다. 때는 이미 구월 중순이었다. 베닝턴은 대부분의 대학들보다 개강일이 늦었다. 캠퍼스를 가로지를 때 이미 빠르게 어둠이 내리며 서늘한 바람마저 불어서, 우리는 벌써 단짝이 된 것처럼 본능적으로 서로에게 바짝 다가갔다. 함께 걷는 동안 나는 혀가 풀리는 것을 느꼈고 굶주린 위가 내는 소리를 들었다. 대부분의 학생들은 저녁식사를 하는 중이겠지만 나는 개의치 않았다. 우리 관계의 신선함이 따뜻한 식사보다 더 중요했다. 부모님의 죽음 위에, 마치 뚫을 수 없는 경계처럼 세워졌던 벽은 알코올의 힘으로, 루시의 존재로 마침내 무너지기 시작했다.

"넌 그때 몇 살이었어?" 루시의 상처가 나의 상처처럼 아직 생생한지, 최근 일이건 아니건 그 얘기를 하고 싶은지 알 수 없어서 나는 조심스럽게 물었다.

"다섯 살." 루시가 대답했다. 그녀의 말투에는 앞서와 똑같은 무심함이 배어났다. 언젠가는 나도 그와 비슷한 말투로 그런 질문에 대답할 수 있기를, 떨리고 흔들리는 목소리로 단어 하나하나를 발음하기 위해 안간힘을 쓰거나, 우리 부모님이 어떤 사람이었고 그들의 죽음으로 내가 얼마나 많은 것을 잃었는지 표현할 문장을 만들어내려 애쓰지 않아도 되기를 나는 바랐다. "난 아버지가 더이상 기억이 안 나. 그저 어렴풋한 인상이나 어떤 느낌 같은 것만 있을 뿐이야." 그녀가 속삭임으로 말을 이었다. "정비소 일을 했다는 건 아는데, 그것 말고는 아버지에 대한 기억이 별로 없어. 하지만 어머니는…… 가끔은 어머니의 모든 게 아주 사소한 것까지 전부 다 기억나. 꿀 빛깔의 립스틱이라든가, 화장대에 놓아둔 작고 이상한 향수병이라든가. 갈색 유리병이었고 뚜껑이 투명했어." 그녀가 몸을 움직였다. "어쨌든, 난 되도록 생각하지 않으려고 노력해."

루시가 말을 멈추었고, 곱슬거리는 그녀의 머리카락이 아주 가까이에서 내 얼굴을 간질였다.

"그게 잘돼?"

"가끔은." 그녀가 어깨를 으쓱했다. "아침엔 더 힘들어."

나는 그 말이 무슨 뜻인지 알았다. "난 가끔 잊어버려." 내가 말했다. "아침에 일어나면 머리가 완전히 리셋된 것 같아. 그러다가 기억이 나면, 처음부터 그 모든 과정을 다시 겪어야 해."

루시는 고개를 끄덕였지만, 다른 무언가가 그녀의 관심을 끌었다.

"봐." 그녀가 속삭였다.

캠퍼스 중심부를 막 벗어난 곳에 자리잡은 제닝스홀이 우리 앞에 펼쳐져 있었다. 이 대학에 깃든 고딕 전설을 형상화한 곳 같았다. 기묘한 발소리, 유령들의 목소리, 정체불명의 이상한 소음들, 이 저택이 학교에 기증된 이후 수년에 걸쳐 일어났다는 온갖 유령 출몰 사건을 둘러싼 소문이 항상 떠돌았다. 어쩌면 그저 화이트와인 때문이었는지 몰라도 그 순간 나는 그게 너무도 터무니없는 발상이라는 생각에 사로잡혔다. 건물 외관은 담쟁이덩굴로 거의 뒤덮여 있었는데, 불붙은 것 같은 가을의 붉은빛으로 물든 담쟁이는 저물어가는 햇빛을 받아 한층 더 부각되었다. 나는 그 건물이 아름답다고 생각했고, 숲속으로 이어진 길이 우리 앞의 건물이 암시하는 그 무엇보다 훨씬 더 무섭다고 생각했다.

그래서 루시가 우리만을 위한 은밀한 초대라는 듯 입구 쪽으로 고갯짓을 했을 때, 나는 얼른 심호흡을 한 뒤 그녀의 뒤를 따랐다.

"영국에 있는 너희 집도 이렇게 생겼어?" 현관홀로 들어설 때 루시가 나를 돌아보며 기묘한 표정으로 물었다.

우리가 주고받은 편지를 통해 루시가 어떤 이미지를 떠올린 건지 궁금해하며 내가 얼굴을 찌푸렸다. 모드 고모는 부자였다, 그것만큼은 사실이었다. 그러나 나의 부모님이 죽기 전에 고모는 혼자 살았고—몇 년 전만 해도 사람들이 노처녀라고 불렀을 것이다—뜻밖에 조카가 찾아왔다고 해도 거처를 바꿀 이유는 없었다. "아니," 내가 고개를 한 번 살짝 흔들며 대답했다. "식구라고는 우리 둘밖에 없었는걸." 나는 널찍하고 텅 빈 현관홀을 둘러보았다. 가구라고 할 만한 것이 거의 없었고, 대리석 바닥을 가로질러가자 우리 목소리가 울려퍼졌다. "이렇게 넓은 집에 살았다면 감당이 안 됐을 거야."

루시는 내 말에 살짝 실망한 것 같았다. 나는 루시가 자기가 자란 집 이야기를 해주기를 기다렸지만 그녀는 잠자코 있었다.

"이것 좀 봐." 루시가 소리쳤다. 그러고는 자신을 놀라게 한 것으로부터 불과 몇 인치 거리에 주저앉아, 발 앞부분으로 중심을 잡은 채 몸을 반쯤 웅크렸다. 사용하지 않는 게 분명한 커다란 벽난로 양쪽에 사자 석상 두 개가 놓여 있었다. 그녀는 한 손을 뻗어 석상의 머리에 얹었다.

건물 안의 정적 속에서 나는 불안을 느꼈고, 우리가 여기 있어서는 안 되고 기숙사의 다른 학생들과 함께 저녁식사를 하고 있어야 한다는 사실을 의식했다.

"그러지 마, 루시." 금방이라도 누가 나타나 학교 규칙을 어긴 것에 대해 야단을 칠 것만 같아 주위를 두리번거리며 내가 애원했다. "원래 여기 들어오는 것 자체가 금지되어 있어."

루시가 고개를 들었고, 입가에 미소가 번졌다. "진정해, 앨리스. 아무 일도 없을 거야." 그러나 그녀의 손은 여전히 사자 석상 위에 놓여 있었다. 그 순간 그녀의 이상한 반항심 표출이 날 위한 것이라는 확신이 들었다. 그녀가 남이 시키는 대로 하는 사람이 아니고 그녀는 두렵지 않음을 증명하기 위한 것이라는 확신이.

한줄기 전율이 내 몸을 관통했고 나는 카디건을 단단히 여몄다. 햇볕의 온기가 없으니 조금 전에 등에서 흘렀던 땀이 차갑게 느껴졌고, 온기를 지키려 애쓰는 동안 살갗에 소름이 돋았다.

루시가 일어섰다. "춥다고 말하지 그랬어." 그녀가 말하고는 나를 끌어당기더니 어색하게 팔을 벌려 포옹했다.

모드 고모는 다정다감한 사람이 아니었다. 고모와 함께 지내는 동안 나의 삶은 고독하고 차가운 무언가로 바뀌었다. 처음에는 그런 자잘한 애정 표현들이 그리웠고, 그래서 낯선 사람이 지나가다가 우연히 나를 스치기라도 하면 스친 부위가 남은 하루 동안 나를 뜨겁게 달구며 흔적을 남기곤 했다. 그러나 그때 나는 긴장을 풀기 위해 버둥거렸고, 마침내 루시가 나에게서 떨어지자 방금 전까지 그녀가 있었던 자리가 내 바로 앞 허공에서 윙윙거리고 전율하는 것이 느껴졌다.

루시가 사자 석상을 내려다보았다. "이상하지, 이 사자들을 보니 어렸을 때 키웠던 애완동물이 생각나. 티피라는 이름의 개였어." 그녀의 얼굴에서 미소가 사라졌다. "그 개가 우리집에 왔다는 건 놀라운 일이었지. 특히 어머니 성격을 아는 사람들에게는. 어머니는 동물을 싫어했거든. 동물을 기르는 거라면 아주 질색을 했어. 그런데 어느 날 녀석이 나타난 거야. 이웃집 개가 새끼를 낳았는데

티피가 마지막까지 남아 있었던 것 같아. 너무 약해서 팔기는커녕 그냥 나누어줄 수도 없었겠지. 조그만 강아지였어. 흰색하고 갈색이 섞여 있었고, 사실 더는 새끼 강아지도 아니었어. 녀석을 처분할 방법이 없어서 한참 동안 애를 먹고 있었던 거지." 루시가 말을 멈추고 심호흡을 했다. 그녀는 나와 눈을 맞추지 않고 사자 석상에 시선을 고정했다. "그 녀석을 품에 안고, 내가 돌보겠다고 약속했던 기억이 나. 어머니는 한쪽 구석에서 보고만 있었지." 짧은 웃음. "그때 우리 어머니 표정을 네가 봤어야 하는데."

"언제 죽었어?" 내가 물었고, 나의 목소리는 속삭임보다 조금 컸다.

"우리집에 온 뒤로 얼마 못 가서."

멀리서 무언가 부딪히는 소리가 들렸고 나는 놀라서 펄쩍 뛰었다. 루시를 쳐다보았지만, 그녀는 그 소리를 들었어도 내색을 하진 않았다. 그녀는 여전히 침착하고 집요하게, 사자 석상과 텅 빈 쇠살대를 바라보고 있었다. "어쩌다 그렇게 된 거야?" 내가 물었다.

"차에 치였어." 그녀가 대답했다. "어떻게 나갔는지 아무도 몰라. 그냥 갑자기 대로로 달려나갔어." 그녀가 잠시 말을 멈추었다. "그 정도 충격이면 즉사했어야 했는데, 그러지 않았어."

나는 삶과 죽음 사이에 갇혀 있는 상처 입은 개를, 그 고통을 상상하며 몸서리를 쳤다. "어디로 안 데려갔어? 그러니까 도움을 받으러?" 나의 목소리가 애원조라는 걸 알았지만, 그 순간에, 춥고 눅눅한 저택 안에 서 있는 그 순간에, 나는 오로지 루시가 나에게 그렇다고, 그 개는 구조되었고 살아남았다고, 아직도 살아 있고 아무 문제 없다고 말해주기만을 간절히 바랐다.

그러나 물론, 그녀는 그렇게 말해주지 않았다.

"어머니가 운전을 못했어."

"하지만 이웃들은? 전화할 사람도 없었어?" 나는 미칠 것 같았다. 그녀를 흔들고 싶었고, 그녀의 냉정한 태도를, 아마도 주위의 모든 사람에게 둘러쳤을 그녀의 철벽과 방어막을 부수고 싶었다. 다른 건 몰라도, 그녀의 개가 될 운명이 아니었던 이 거짓말 같은 개의 생명을 구하기 위해 할 수 있는 일을 전부 했다고, 적어도 그럴 만큼은 그 개를 사랑했다고 말해주기를 바랐다.

마침내 루시가 돌아서서 나를 마주보았다. 그녀의 검은 눈동자는 무언가를 탐색하고 있었다. 그녀가 미소를 지었다. 기묘하고 불편한 미소였고, 그 표정에 내 심장은 초조하게 울렁거렸다. 나는 그녀로부터, 그곳으로부터 벗어나고 싶었다. 그녀가 입을 열었다. "아무도 없었어."

내가 천천히 숨을 내쉬었다. "그래서 어떻게 했는데?"

"우린 앉아서 개가 죽기를 기다렸어." 루시가 말을 멈추었다. 다음에 하려는 말을 고르기 위해서인 것 같았다. "결국에는 죽었지. 하지만 진행이 느렸어. 아주 끔찍한 고통에 시달렸고. 그래서 어머니가 정원으로 나가서 돌멩이를 하나 주워왔어. 그편이 빠를 거라고, 어머니가 말했어. 그편이 더 배려하는 거라고. 그 개는 내 개였기 때문에 나의 책임이었고, 그 누구의 책임도 아니었어." 루시는 고개를 젓고 시선을 외면했다. "정말 끔찍했어, 앨리스." 이야기를 마치는 그녀의 목소리는 차갑고 매정했다.

나는 그녀를 믿지 않았다. 손을 입으로 가져가면서—충격 때문인지, 믿을 수 없어서인지 나도 알 수 없었다—나는 그 이야기가,

루시의 이야기가 전혀 다른 사람에게 일어난 일인 듯 이상할 정도로 멀게 느껴진다는 점을 스스로에게 일깨웠다. 그녀의 말은 느리고 절제되어 있었다. 그녀는 숨을 쉬려고 멈추지도 않았고 눈물을 닦아내지도 않았다. 그 이야기는 마치 불로 지져서 마비되어버린 것처럼, 그래서 더이상 그녀의 것이 아닌 것처럼 들렸고, 그래서 나는 그녀가 끔찍했다고 말할 때 믿지 않았다. 그녀가 했던 그 어떤 말도 믿지 않았다.

루시가 부모님 이야기를 하던 방식이, 내가 부러워했던 그 초연한 표정이 떠올랐다. 그리고 그 순간, 그것은 더이상 내가 닮고 싶어 열망하는 무엇이 아니었다.

나는 뒤로 물러섰다. "가자, 루시."

자기 이름을 듣고 그녀의 눈이 순간 반짝이는 것 같았다. 마치 자신이 어디에 누구와 함께 있는지 비로소 기억해낸 것처럼, 마치 지금까지는 전부 무아지경 속에서 한 얘기이고 그제야 깨어난 것처럼. "아직은 안 돼." 루시가 손을 뻗어 내 손을 잡으며 말했다. "보여주고 싶은 게 한 가지 더 있거든." 그녀는 내 항의를 무시한 채 나를 끌고 커다란 계단 쪽으로 서둘러 걸어갔고 나는 그녀를 따라잡기 위해 속도를 내야 했다. "어서." 내 생각을 읽기라도 한 듯 그녀가 말했다.

우리는 계속 계단을 뛰어올라갔다. 내 호흡이 짧고 거칠어져 폐가 타들어가는 느낌이 들기 시작할 때까지. "루시." 머지않아 그녀의 속도를 따라잡지 못하게 되리란 것을 알고 내가 숨을 헐떡이며 말했다.

"조금만 더 가면 돼." 그녀가 말했다. 여전히 내 손을 꽉 잡고 있었지만 돌아보진 않았다.

루시가 멈추었을 때—너무 갑자기 멈추어서 하마터면 부딪힐 뻔했다—우리는 널찍하고 둥근 반원 모양의 창문 앞에 서 있었다. 거기 올라와서 보니, 루시는 이 집의 맨 꼭대기 층으로 나를 끌고 온 것이었다. 루시는 창문 쪽으로 얼굴을 가까이 대고 양손을 펼쳐 유리 위에 단단히 밀착시켰다.

"다른 애들이 그러는데 이 저택에 유령이 있대. 어느 가족이 이곳에서 죽었대." 그녀가 속삭였다.

나는 얼굴을 찌푸렸다. "어느 가족?"

"제닝스 가족, 이 집에 처음 살았던 사람들. 부인이 자살했대. 이 창문, 바로 이 자리에서 뛰어내렸대. 남편은 슬픔을 이기지 못하고 나무에 목을 매달았고."

"그 얘긴 사실 같지 않다." 내가 말했지만 나 역시 속삭이고 있었다. "제닝스 가족이 이 건물을 학교에 기증했다고 들었어."

루시는 내 말을 무시했다. "학생도 한 명 있었어, 몇 년 전에. 제닝스 부인처럼 이 창문에서 뛰어내렸대."

나는 돌아서서 창밖을, 유리에 찍힌 그녀의 손자국을, 뚜렷하게 새겨진 윤곽 하나하나를 살펴보았다. 여기서 자신들의 삶을 끝낼 예정이었던 한 세대와 그다음 세대의 여자들 이야기를 생각했다. 그리고 갑자기, 이 집의 어둠 속 어딘가에서 누군가가 나를 바라보고 있는 것 같은 기분이 들었다. 시야 가장자리에 얼핏 스치는 무언가를 본 것 같아서 왼쪽으로, 그리고 오른쪽으로 고개를 돌렸다. 처음엔 루시일지도 모른다고 생각했지만, 루시는 보이지 않았다. 나는 창가에 혼자 서 있었고, 텅 빈 복도가 양쪽으로 뻗어 있었으며 복도마다 대여섯 개의 문이 있었다. 나는 어딘가에 숨어서 기다리고 있는 것이 분명한 그림자들을 떠올렸고, 그러자 그 문을 하나씩 전부 열어 문 뒤에 아무것도 없다는 것을 확인하고 싶다는 충동이 일었다.

그리고 그 순간 기억이 났다. 루시가 내게 해주었던 이야기가. 부모님이 다섯 살 때 돌아가셨다고 했다. 나는 얼굴을 찌푸렸다. 그렇다면 루시의 이야기는 성립되지 않았다. 어쩌면 아주 어렸을 때 일어난 일을 기억하는 것일 수도 있을 것이다. 하지만…… 뭐가, 대체 뭐가 이토록 거슬리는 걸까. 나는 다른 사람에게서 들은 이야기를 전하는 듯 무심했던 그녀의 태도를 다시 한번 떠올렸다. 또 한차례 저택을 통과하는 한줄기 바람을, 외풍을 느끼면서 나는 고개를 저었다. 루시가 거짓말을 할 이유는 없었다.

멀리 어딘가에서 다시 소리가 들렸고 심장이 빠르게 뛰기 시작했다. 손끝에서 시작되는 그 익숙한 기분. 불안 증상이라고 의사들은 말했다. 부모님의 죽음으로 인한 스트레스 때문일 확률이 높다고. 그것은 목을 조르는 듯한 일종의 압력이자 죄어듦이었고, 그만큼 강력하고, 그만큼 위력적이었다. 내 마음의 일부는 순진하게도, 영국을 떠나면 모든 것을 뒤로할 수 있을 거라고, 물리적 거리만 확보하면 지난날의 망령을 쫓아낼 수 있을 거라고 생각했다. 나는 바보였고, 그런 나 자신에게, 나의 무지에 화가 났다. 내가 어디를 가건, 얼마나 멀리 가건, 그것들은 항상 나를 쫓아올 것이었다.

계단 몇 칸 아래, 내가 내려다볼 수밖에 없는 위치에 루시가 서 있었다. 그녀는 기묘하게 캐묻는 듯한 눈빛으로 나를 지켜보고 있었다. 그녀가 미소를 지으며 말했다. "두려워할 것 없어, 앨리스."

그녀의 목소리는 너무도 확신에 차 있었고, 너무도 분명했다.

루시가 내 쪽으로 손을 내밀었다. "자, 저녁 먹으러 가자."

그 순간 조금 전까지 나를 위협했던 어둠이 걷혔고, 그제야 나는 유령이 출몰하는 성, 탈출이 불가능한 가부장적 미로에 갇힌 고딕 소설의 주인공이 된 것 같은 기분에서 벗어났다. 나는 앨리스일 뿐이었고 그녀는 루시였으며 더이상은 아무것도 두려워할 것이 없었다. 내 손을 찾는 그녀의 손이, 내 손가락에 엮이는 그녀의 손가락이 느껴졌다. 나는 루시의 손을 잡았고, 우리는 함께 어두워진 저택에서 빠져나왔다. 사실이건 상상이건, 저택에 있는 모든 유령들을 뒤로한 채로.

술집 밖에서 소란이 일더니 더 큰 소음이 들려왔다. 일종의 폭발이었고, 그 소리가 나를 현재로 잡아끌었다. 처음엔 총성이라고 생각했고, 그 뜨거운 입김이 피부에 느껴지는 것만 같았다. 나는 모로코 전역에 걸쳐 일어나고 있는 폭동과 폭력 사태를 생각했다. 최근에는 탕헤르까지 번져오면서 여기도 안전지대가 아님을 증명하고 있었다. 존은 그 이야기를 아주 짧게만 했고, 마치 그게 재미있는 일이라는 듯이, 시민들이 거리로 나가 외국인 소유의 상점에 병을 던졌고, 경찰이 이에 총격으로 화답하자 자신들을 방어하기 위해 닥치는 대로 온갖 수단을 동원했다는 이야기를 들려주었다. 그날의 충돌로 몇 사람이 목숨을 잃었고 그들 대부분이 시민들이었다는 소식을 들었을 때에도 존은 그저 어깨를 으쓱하면서, 걱정할 일이 아니라고, 소소한 저항운동은 결국 쉽게 진압될 거라고 했다. 존의 신념은 확고했다. 그는 탕헤르에 대한 애정을 공공연히 드러내면서도, 자국의 독립을 주장하며 그들만의 탕헤르를 되찾고자 하는 모로코 국민의 결의는 헤아리지 못하는 것 같았다. 그것이 그들의 삶에, 그들의 생존에 얼마나 중요하고 절실한지 인정하려 들지 않았다.

나는 몸을 돌려 어깨 너머로, 술집 바로 앞에서 번쩍이는 불빛을 보았다. 아무도 소리를 지르거나 달아나지 않았다. 웃음소리와 축하하는 소리뿐이었다. 그렇다면 폭죽이었나보다고, 나는 생각했다. 시민들이 다가오는 그들의 독립을 자축하고 있었다. 그 생각을 하는 순간 마음 깊은 곳의 무언가가 곤두섰다. 나는 몸을 움직이다가 내 앞의 유리잔을 쓰러뜨렸고, 유리잔은 바닥에 떨어져 날카롭고 거의 보이지 않는 조각들로 흩어졌고, 진토닉이 내 드레스를 적셨다.

내가 날카로운 비명을 내지르며 벌떡 일어서자, 테이블 밑에 있던 개가 갑작스러운 움직임에 혼란스러운 낑 소리를 내며 보금자리에서 탈출했다. 그 와중에 녀석은 물 것을 찾다가, 나의 예기치 못한 움직임에 자극받아 내 다리에 이빨을 박고 말았다. 아래를 내려다보니 찢어진 스타킹을 타고 피가 흐르고 있었다. 그 광경을 보는 순간 이상하게 현기증이 났다. "날 물 생각은 없었어." 개가 술집에서 나가는 것을 바라보며, 누구에게랄 것 없이 내가 중얼거렸다. 깨진 유릿조각을 줍기 위해 몸을 움직일 때에도 여전히 정신이 아득했고—내가 난장판을 벌여놓은 곳으로 바텐더가 다가오고 있었다—창피해서 얼굴이 달아올랐다. 그 순간 존과 그날 저녁 성난 그의 눈빛이 떠올랐다. 루시와 그녀의 꿰뚫는 듯한 눈빛도. 항상 바라보고 탐색하는 듯한, 안타깝지만 존재하지 않는 무언가를 탐색하는 듯한 그 눈빛. 나는 언뜻 그를—존을—보았고, 그는 혼자가 아니었다. 그가 말한 것처럼 찰리와 함께 있지도 않았다. 그리고 루시가 있었다, 그의 바로 뒤에서, 관찰하고, 관찰하고, 관찰하면서.

다음 순간 나는 정신을 잃으며 술집의 딱딱하고 끈적이는 바닥이 내 몸에 닿는 것을 느꼈다. 나는 쓰러졌다, 처음에는 천천히, 나중에는 빠르게, 날 잡아줄 사람도 없이.

4
루시

수크는 짜릿했다. 어둡고 혼잡한 미로 같은 곡선들, 가판대 뒤에 서 있거나 바닥에 앉아 있는 상인들, 그들 앞에 진열된 물건이 담긴 자루들과 바구니들. 처음에는 빠르게 움직이는 흐름에 휩쓸려 갈 뻔했지만, 어느 순간 나는 속도를 늦추며 목적의식을 갖고 침착하게 걸었다. 가판대 앞에 차례로 멈추며, 밝은 초록색 올리브 몇 그램, 뜨겁고 촉촉한 므세멘* 한 무더기를 샀다. 매달려 있는 닭의 사체를 살펴보며, 내가 본 대다수의 관광객들과 달리 냄새에 위축되지 않으면서, 한 마리 살 의사가 있는 척 고민하고 흥정했다. 밝은색 옷을 입은 리프 여자들 앞에 멈춰 서서 누에콩을 골랐고, 현지인들이 먹는 것을 본 적 있는, 섬세하게 꼰 초록색 잎사귀로 양쪽을 감싼 흰 치즈 한 덩이도 골랐다.

* 팬케이크와 비슷하게 생긴 모로코의 전통 빵.

외출용 원피스는 포기했다. 외국인 여자들 중에는 여전히 그런 옷을 고수하는 사람들이 꽤 있었지만, 이 더위에 몸에 달라붙는 상의는 제약이 너무 많았고 스커트는 도시 곳곳의 뾰족한 모서리에 걸리기 일쑤였다. 대신 나는 여행가방에서 고국에서도 입을 용기를 내지 못했던 카프리 팬츠* 몇 벌과 이곳 기후에 더 적합해 보이는 무채색 블라우스 두어 벌을 꺼냈다.

앨리스에게 같이 가자고 설득해봤지만 앨리스는 고개를 저으며 거절했다. 그녀는 존이 돌아오기 전에 해야 할 집안일이 한가득이라는 의미로 양손을 휙 둘러 어수선한 아파트를 가리켰다. 그 일은 결코 끝나는 법이 없고 계속 반복될 뿐이었다. 가, 앨리스가 말했다, 네 휴가를 즐겨. 내가 얼굴을 찌푸리며 애원했지만, 그녀는 자신의 뜻을 굽힐 생각이 없음을 분명히 했다. 내가 계속 가자고 조를 때 격하게 고개를 젓는 모습하며, 말을 하려고 움직일 때 얇고 희어지는 입술은, 꼭 빨래를 해야 한다기보다는 친구에게 도시 구경을 시켜주기 싫은 마음이 더 크다는 느낌을 주었다.

나는 걸으면서 그녀를 생각했다. 아파트의 네 벽 안에 갇힌 채 한동안 햇빛을 보지 않은 것이 분명한, 백합처럼 희고 사랑스러운 피부의 앨리스. 전날 저녁, 그 빌어먹을 짐승이 앨리스를 물고 난 뒤, 정신을 잃고 바닥에 쓰러진 그녀의 창백한 피부를 떠올렸다. 그녀는 조용해졌고—더 조용해졌고—그로부터 몇 시간 동안 우리는 의사를 물색해야 했고, 미친듯이 백신을 찾았으며, 혹시라도 뇌진탕이 오지는 않았는지 확인했다. 그뒤로 이어진 혼란 속에서,

* 칠부나 팔부 길이의 바지.

나는 앨리스가 개에게 물리기 직전에 내가 보았던 것, 내가 목격했던 것을 한옆으로 제쳐둘 수밖에 없었다.

그 일은 존이 테이블에서 사라진 직후에 일어났다.

나는 앨리스에게서, 나의 술잔에서 고개를 들어 내 앞에 설치된 거울을 보았다. 거울에 굴절된 그의 모습이, 바에 서 있는 존이 보였다. 그런데 그는 혼자가 아니었고 찰리라는 사람과 함께 있지도 않았다. 대신 웬 여자가 그의 곁에 서 있었다. 숱 많은 길고 검은 머리카락이 여자의 얼굴을 반쯤 가리고 있었다. 현지인이네, 라고 생각하며 나는 그의 손가락이 여자의 허벅지 윗부분을 따라 움직이며 드레스 자락을 젖히는 것을 지켜보았다.

앨리스를 흘끗 쳐다보았지만, 그녀는 알아차리지 못한 것 같았다. 나는 얼른 다시 거울을 보았고, 그녀가 고개를 들어도 그들을 볼 수 없는지 거울의 각도를 다시 한번 살폈다. 마음 한편으로는 거울을 가리켜 앨리스에게 보여주고 싶었다. 버젓이 우리 앞에 모습을 드러낸 진실을. 그러나 무언가가 나를 가만히 있게 했다. 무언가가 내게 아직은 때가 아니라고, 그녀에게, 한때 나 자신만큼 잘 알았지만 지금은 이해할 수 없고 뚫고 들어갈 수도 없는 표정으로 날 쳐다보는 이 여자에게 사실을 알리기 전에 기다려야 한다고 속삭였다.

나는 메디나를 가로질러 그랜드소코로 향했고, 그곳에 도착하니 쾌적한 광장이 나를 맞이했다. 꽃들이 피어 있는 녹색 공간들, 커플들, 몰려다니는 남자들, 오후의 열기 속을 한가로이 거니는 은퇴한 외국인들, 그리고 몇 피트 떨어진 곳에서 다른 건물들을 굽어보는 거대한 건물 하나. 시네마리프라고 간판에 적혀 있었다. 외관이 칙칙하고 지저분했다. 한때 쨍한 빨간색, 파란색, 노란색이었던 곳이 켜켜이 쌓인 먼지로 색이 바랬다. 극장 안쪽에 작은 카페가 하나 있었다. 건물 바로 안쪽에 의자 몇 개가 놓여 있고, 해가 들도록 문이 전부 열려 있었다. 남은 테이블과 의자 몇 개가 카페 밖 보도에 드문드문 놓였다.

나는 얼른 가서 자리를 잡았다. 두 사람이 앉을 수 있는 작고 둥근 테이블이 거친 벽에 바짝 붙어 있는 자리였다. 테이블 위쪽 벽에는 빨간 풍선 아래 서 있는 어린 소년의 그림이 그려진, 한 번도 들어본 적 없는 프랑스 영화의 포스터가 걸려 있었다. 시간이 꽤 지나서야 웨이트리스가 모습을 드러냈다. 주름진 얼굴에 몸집이 땅딸한 여자였다. 그녀가 프랑스어를 할 줄 안다는 사실을 알고 나는 안도했다. 나는 단어 몇 개를 주워섬기는 수준이었지만 주문을 하는 데는 무리가 없었고, 얼마 후 그녀가 뜨거운 모로코 박하차가 가득 담긴 기다란 유리잔을 들고 왔다. 내 앞에 차를 놓을 때 그녀의 심각한 얼굴에 미소가 번졌다.

"메르시." 나는 유리잔을 옮기려고 손을 뻗으며 웅얼거렸다. 그리고 곧 기겁을 하며 움츠러들었다. 손가락을 내려다보니 끝이 밝은 분홍색으로 변해 있었다.

"아탕숑, 일 레 쇼."* 여자가 웃었다.

나는 얼굴을 붉혔다. "위, 메르시." 가이드북마다 모로코에서 박하차를 마시는 것이 얼마나 근사한 일인지 극찬해 마지않았지만 그게 얼마나 위험할 수 있는지에 관한 충고는 일절 없었다. 나는

* '조심하세요, 뜨거워요'라는 뜻의 프랑스어.

뉴잉글랜드 식당의 두꺼운 도자기 잔에 익숙했다. 손가락을 녹여 버릴 듯 위협하는 얇은 유리가 아니라. 손잡이도 달려 있지 않아서 도무지 이 음료를 어떻게 마시라는 건지 알 수가 없었다.

"랑트망*, 마드무아젤."

나는 말한 사람이 누구인지 어깨 너머로 돌아보았다.

"천천히. 인내심을 가져야 해요." 그는 카페 안도 아니고 밖도 아닌 입구에, 음식이나 음료를 들지 않은 채, 자신만만한 모습으로 벽에 기대서 있었다. 나는 곧바로 그가 전날 보았던 바로 그 남자, 메디나에서 나를 관찰하던 남자임을 알아보았다.

나는 미소를 지었지만 그와의 대화에 휘말리는 것은 망설여져 고개를 돌렸다.

그가 서 있는 곳 왼쪽에서 한 구두닦이가 손님의 오른발과 왼발을 바삐 오가며 부지런히 일하고 있었다. 그런데 정작 구두닦이의 신발은 거꾸로 놓여 있는 것 같았다. 가만히 들여다보니, 그는 두 발을 모두 잃었고, 그저 중심을 잡기 위해 잘린 다리 아래에 신발을 거꾸로 받쳐놓은 것이었다. 그가 일하는 모습을 계속 지켜보면서 나는 거의 최면 상태에 빠져들었다. 그는 먼저 광택제를 바른 다음 벨트에 끼워둔 헝겊을 꺼내들고는 길고도 열정적인 동작으로 구두를 문질렀고, 그 과정을 일정한 강도로 반복한 뒤 다음 구두로 넘어갔다.

나는 박하차를 한 모금 마셨고—더는 델 정도로 뜨겁지 않았다—시럽의 맛이 확 느껴지면서 달콤함이 혀 위에서 폭발했다.

* '천천히'라는 뜻.

남자는 여전히 지켜보고 있었다. 건너편에서 나를 꿰뚫을 듯이 뜯어보고 조목조목 분석하는 그의 시선을 느낄 수 있었다. 그리고 다음 순간, 어떤 움직임, 기류의 변화 같은 것이 느껴졌고, 주변의 공기가 위험 혹은 가능성으로 채워지는 것 같았지만 둘 중 어느 쪽인지는 알 수 없었다. 그래서 나는 기대감에 숨을 죽인 채 기다렸다. 내가 원하는 게 그가 나를 가만히 내버려두는 것인지, 그가 막상 내버려두면 내가 실망하게 될지 슬슬 궁금해졌다.

"난 조제프예요." 결정을 내린 그가 내 쪽으로 다가와 한 손을 내밀며 말했다. 전통 의상인 젤라바는 입고 있지 않았지만 모로코인이 분명했다. 대신 그는 짙은 회색 바지에 소매를 팔꿈치까지 걷어올린 가벼운 버튼업 셔츠 차림이었다. 목에는 얇은 스카프를 둘렀고, 갈색 페도라—보라색 리본으로 한번 더 장식이 되어 있었는데 내가 보기엔 무자비한 더위에 하도 쓰고 다녀서 얼룩덜룩해진 것 같았다—를 왼쪽으로 비스듬히 기울여 썼다. 그의 옷차림은 검소하면서도 어딘가 멋스러웠다. 어쩌면 그가 옷을 입은 방식이 그런 것일 수도 있었다. 상대적으로 근엄하고 심각한 분위기인 다른 모로코 남자들 틈에서 그의 경쾌한 옷차림은 단연 눈에 띄었다.

그가 자신을 소개하자 나는 아주 잠깐 망설였지만, 이내 내 입에서 이런 말이 너무나 쉽게, 마치 진실인 것처럼 흘러나왔다. "앨리스예요."

"탕헤르에 오신 것을 환영합니다, 마드무아젤." 그가 잠시 말을 멈췄다. "휴가 기간 동안 어디 묵고 계신가요, 앨리스?" 그는 마지막 음절을 스으으 하고 길게 끌어서 발음했다. 앨리-스으으. 그는 질문을 해놓고, 시선은 나를 피해 다시 메디나를 향하고 있었다.

말투는 편안했지만, 질문을 하기 전에 미리 연습을 해둔 것처럼, 의도적으로 연출된 것처럼 들렸다.

"친구 집에서요." 내가 가볍고 무심하게 들리도록 목소리를 조절해 말했다. 마치 낯선 사람들로부터 그런 질문을 받는 것에 익숙하다는 듯이, 평생 이곳저곳을, 파리에서 카이로로 다시 동양의 나라들로 옮겨다니며 살았다는 듯이. 나는 잠시 그런 삶을 상상해보았다. 앨리스와 내가 오래전에 생명을 주었고, 지금은 수면 바로 밑에 갇힌 채 지글거리며 방출되기를 기다리고 있는 그런 삶. 그런 간절한 열망을 느꼈던 시절도 있었다. 피라미드 너머로 저무는 태양을 지켜보고 싶은 열망, 아라비아의 짭짤한 달걀과 달콤한 카다몬 국수를 맛보고 싶은 열망, 불가능하다는 것을 알면서도 기숙사의 침울하고 좁은 방만 아니라면 어디든 가고 싶은 열망.

"혼자 도시를 돌아다니면 무섭지 않아요?" 그가 물었다.

그의 의도가 무엇일까 궁금해하며 나는 그를 쳐다보았다.

"무서워해야 하나요?" 내가 물었다.

그가 과장스럽게 어깨를 으쓱했다. "식칼을 든 미친놈이 시내를 활보한 게 불과 작년 일이었으니까요."

나는 앞쪽의 거리를 살피듯 보았다. "다친 사람이 있었나요?"

"네, 그럼요." 그가 아무렇지 않게 대답했다. "다섯 명이 죽었고 대여섯 명이 다쳤어요." 내 얼굴에 드리운 차가운 표정을 보았는지, 그의 얼굴에서 심각한 기운이 사라지고 커다란 미소가 번졌다. 어쩐 일인지 나는 그의 진지한 가면보다 그 표정이 훨씬 더 당혹스러웠다. "걱정 말아요." 그가 말하고는 담배를 입술로 가져가려고 잠시 말을 멈췄다. "장난 좀 친 것뿐이니까, 미스 앨리스."

나도 모르게 참고 있던 숨을 내쉬면서도 나는 여전히 그의 말 이면에 담긴 의도가 궁금했다. "그러니까 그런 일이 아예 없었다는 건가요?"

그의 미소가 사라졌다. "아, 아니에요. 분명히 일어난 일입니다. 그자는 말라바타 감옥으로 호송되기도 전에 배에 총을 맞았죠. 하지만 당신은 아주 안전합니다. 제가 장난을 친 건 바로 그 대목이에요. 지금은 걱정할 게 없습니다, 미스 앨리스." 그가 나를 안심시켰다. "어디서 오셨습니까?"

"시카고요." 내가 거짓말을 했다.

"시카고!" 그가 인상을 쓰며 소리쳤다. "시카고라면 가장 위험한 곳이잖아요. 시카고로 간 조카가 있거든요. 아주 끔찍하다던데. 살인 사건이 너무 많이 일어난대요. 여기선 그런 걱정 안 하셔도 됩니다." 그가 잠시 말을 멈췄다. "하지만 제대로 된 숙소를 찾으신다면, 미리 경고해드려야 할 것 같습니다, 아마 실망하실 거라고." 그가 짧은 웃음을 내뱉었다. "어쨌든 여긴 아프리카잖아요." 그가 싱긋 웃었고, 수척하고 그을린 얼굴에 미소가 번졌다. "많은 사람들이 그걸 잊고, 이 나라가 전혀 다른 곳인 줄 알아요. 사실일 수도 있지만, 거짓이기도 하죠. 어쨌든 탕헤르는 아프리카예요. 지도만 봐도 알 수 있는 사실이죠." 그가 다시 내 쪽을 돌아보았고, 그의 눈이 나의 눈을 꿰뚫을 듯했다. "친구분들이 어디 사시는데요?"

"아파트요." 내가 대답했다.

그가 엷은 미소를 지었다. "그러니까, 어디 있는 아파트인가요?"

그런 정보를 그에게 주어야 할지 확신이 없어서 나는 대답을 궁리했다. 그가 지닌 어떤 면이, 그는 무해한 사람이고 쉽게 쫓아버릴 수 있는 또 한 마리의 모기일 뿐이라고 속삭였지만, 그런데도 대답은 혀에 무겁게 걸려 나오지 않았다. 나는 그가 두렵지 않았고 나의 안전이 걱정스럽지도 않았다. 그와 같은 남자들은 두려워할 대상이 아니었다. 다만 내가 그에게 무엇을 주어야 하고 그가 나에게 무엇을 줄 수 있는지, 우리가 서로에게 어떤 쓸모가 있을지가 확실하지 않을 뿐이었다. "메디나 지나서 어디쯤이에요." 마침내 내가 대답했다. "더 구체적인 정보는 드릴 수가 없네요. 이제 막 도착했고 아직 이 도시를 잘 모르거든요."

거짓말이었고, 우리 둘 다 그 사실을 알았다. 그의 눈을 스치는 번득임으로, 살짝 올라간 입꼬리로 그걸 알 수 있었다. 이제 문제는 그가 어떻게 나오느냐였다. 그는 나의 대답, 나의 배신의 무게를 가늠해보듯 고개를 좌우로 흔들었다. "잘됐네요." 마침내 그가 말했다. "호텔보단 아파트에 있는 편이 낫죠. 며칠만 묵을 게 아니라면요. 짧은 일정이라면 그땐 호텔이 최고지만." 그가 나를 쳐다보며 대답을 기다렸다.

"꽤 오래 머물 것 같아요, 그게 제 바람이에요."

그가 고개를 끄덕였고 기뻐하는 기색이 역력했다. "그렇다면 관광객이신가요?"

내가 고개를 끄덕였다. "네, 그런 것 같아요."

"여행자는 아니시고?" 그가 웃었다.

그 두 단어의 차이를 생각해보았다. 관광객과 여행자. 나는 여러 곳을 다녀보지 못했고 많은 것을 보지 못했으니, 여행자라기보다는 관광객이 맞는 것 같았다. 그러나 그가 두 단어를 발음하는 방식에서 무언가가, 관광객에 대한 경멸이 느껴졌다. 그게 사실이건 아니건, 관광객이 아닌 여행자인 척 해야만 할 것 같다는 느낌을 주었다. 나는 테이블 위에 동전을 꺼내놓기 시작했다. 이제 차는 다 마셨다. "차이가 있나요?"

"네, 물론이죠."

그 순간 곧바로 내가 말을 잘못했음을 깨달았다. 그 또한 그가 원했던 바였다. 고개를 저으며 자기 앞에 있는 젊은 미국 여자의 순진함을 비웃어줄 기회. 몸을 숙이고, 공모자의 미소를 머금고, 가까이, 가까이, 더 가까이 다가오라고 손짓할 기회.

"볼스*를 잘 모르시나보네요. 이곳을 이해하려면 볼스를 읽어야 해요."

"모로코인인가요?" 낯선 이름을 듣고 내가 물었다.

그가 웃었다. "모로코인은 아닙니다. 하지만 여기서 많은 시간을 보내죠. 우린 종종 마주치면 손인사를 합니다. 친근한 사람이고, 우리 이웃이에요. 유명한 작가일 뿐 아니라."

볼스. 나는 그 이름을 머릿속에 저장해두면서, 아파트에 잔뜩 널려 있는 존의 안 읽은 책들 중 그의 작품이 있는지 확인해봐야겠다고 생각했다. 한때는 고전문학—특히 영국문학—전문가라고 자부했지만 현대문학에 대해서는 부족하다는 점을 기꺼이 인정할 수 있었다. 현대문학은 고전문학만큼 나의 관심을 끈 적이 없었다. 황무지가 펼쳐진 영국의 자연, 혹은 빅토리아시대의 흙먼지 날리는 런던 거리에 나를 데려다놓아보라. 모르긴 해도, 나는 고향처럼 편

---

* 폴 볼스. 미국 태생의 소설가 겸 작곡가로 탕헤르로 이주해 오십 년 넘게 그곳에서 살았다. 탕헤르를 배경으로 한 대표작 『마지막 사랑*The Sheltering Sky*』에서 여행자와 관광객의 차이를 설명한다.

안해할 것이다. 그러나 최근 인기를 끌고 있는 작가들에 관해서라면, 나는 지극히 초보적인 수준이었다.

어쩌면 그것이 이 남자가 줄 수 있는 것일지 몰랐다. 이제 앨리스가 내키지 않으면서도 집이라고 부르는 나라에 대한 안내. 아마도 탐험할 만한 가치가 있을 것이다.

"기회가 닿는 대로 그 사람 책 읽어볼게요, 약속해요." 내가 말했다.

"좋아요. 그 책을 읽으면 관광객과 여행자의 차이를 알게 될 겁니다. 그러면 당신이 둘 중 어느 쪽인지도 알겠죠." 그가 몸을 숙이며 담배 한 개비를 건넸다. "여기요."

나는 멈칫했다. 앨리스는 담배를 피우지 않았다. 그 차이는 지켜줄 필요가 있는 것 같아서 나는 점잖게 고개를 저었다. 그가 어깨를 으쓱하더니, 그래봐야 내 손해라는 듯한 표정을 지었다. 그리고 나는 실제로 나의 결정을 후회했다, 거의 곧바로. 나는 향이 좋은 담배 연기를 들이마셨다. 무겁고 향수 같은 냄새. 프랑스 담배일 확률이 높았다. 골루아즈. 탕헤르에서 쉽게 맡을 수 없는 냄새라는 것 정도는 바로 알 수 있었다. 혹시 지금이라도 마음을 바꾸어야 하나 생각했지만, 그러면 아직 믿을 만한지도 분명하지 않은 낯선 사람에게 내 일부를 드러내는 셈이 되었다. 아직은 장막 뒤에 조금 더 머무는 편이 나았다.

"바닷가에 작업실이 하나 있는데, 제가 거기서 그림을 그립니다." 그가 잠시 생각해본 뒤 말했다. "거기 한번 오세요."

"바닷가요?" 내가 그의 말을 되받아서 물었다. 탕헤르는 항구도시이고 나는 벌써 며칠째 이곳에 머물고 있었지만 물 구경은 거의 하지 못했다. 도시가 사람을 이토록 통째로 집어삼키다니, 참 이상한 일이라는 생각이 들었다.

"네, 카페 하파 옆에 있어요. 거기 아세요?"

나는 고개를 저었다.

"아," 그가 소리쳤다. "거기 꼭 가보셔야 합니다. 예술가들이 전부 모이는 곳이거든요. 거기 가면 최고의 박하차도 마실 수 있어요." 내 빈 잔을 가리키며 그가 말했다. "그리고 경치가 여기보다 훨씬 좋아요. 오직 바다뿐이죠, 아무것도 없고."

"아름다울 것 같네요."

"아름다워요." 그가 고개를 끄덕이며 미소를 지었다. 그리고 담배 연기 사이로 나를 쳐다보았다. "그러니까, 미스 앨리스, 말씀해 보세요. 진짜 탕헤르를 보고 싶으신가요?"

나는 망설였다. 그는 가이드를 자청할 생각인 것 같았고, 나는 그런 생각이 과연 타당한지 따져보았다. 거의 아는 게 없는 도시 속으로, 그보다 더 아는 게 없는 남자와 사라져버린다? 그 순간 나는 앨리스를 떠올렸다. 겁에 질린 상태로 매일 어두침침한 아파트에 갇혀 존이 퇴근하기만 기다리고 있는 앨리스. 기다리고 있었다, 우리 둘은, 항상 기다리고 있었다. 그 말을 머리에서 털어내려는 듯, 마치 그 말을 나의 어휘 목록에서 물리적으로 제거할 수 있다는 듯, 나는 고개를 저었다. 이미 내 삶의 긴 시간을 기다리며 허비했다. 너무 긴 시간을. 나는 고개를 끄덕였다. 그의 제안을 받아들이겠다는 의미의 날카롭고 뾰족한 동작이었다.

"이제 모로코는 당신의 나라입니다." 그가 내 표정을 유심히 살피며 천천히 말했다. "네, 이제 당신의 것이에요. 이제 당신은 탄제린Tangerine*입니다."

그는 마치 과일 이름을 발음하듯 그 단어를 발음했다. 나는 미소를 지으며 그의 말을 곱씹어보았다. 모로코가 나의 것이라. 그럴 수도 있다고, 나는 생각했다. 어차피 나에게 돌아가야 할 이유가 있던가? 뉴욕 우범지대의 눅눅한 공동 숙소. 다른 작가들의 원고를 타자로 치며 보낸 수많은 나날. 여기서 나는 마침내 대학 시절 내내 꿈꾸었던 것처럼 펜을 들고 종이에 나 자신의 글을 쓸 수 있을 것이다. 그러기 위해 모로코를 나의 것으로 만들어야 한다면, 나는 얼마든지 그럴 준비가 되어 있었다.

이제 나는, 탄제린이니까.

* '탄제린'은 '탕헤르 사람'이라는 의미로, 현지인들이 탕헤르에 거주하는 외국인들을 부르는 호칭이며, '귤'이라는 뜻도 있다.

5
앨리스

루시에게 낮시간에 어디 있었는지 혹은 누구와 함께 있었는지 묻지 않았다. 탕헤르에서 무얼 하고 있는 건지, 왜 왔는지, 원하는 게 무엇인지도 묻지 않았다. 내가 듣게 될 대답이 여전히 너무도 두렵기 때문이었다. 그 대신 어색하고 억지스럽게 미소를 지었고, 자리에 앉으라고, 또다시 음료를 만들어 오겠다고 했다. 어느덧 이곳의 밤은 베닝턴에서 우리가 보냈던 밤을 닮아가고 있었다.

그게 얼마나 쉬운 일이었는지, 우리가 얼마나 빨리 본연의 역할로 돌아갔는지, 또 그게 벌써 얼마나 편안하게 느껴지는지 놀라웠다. 그리고 나는 그 사실이 싫었다. 내가 술집에서 그토록 붙잡아보려 애썼던 그 감정이 갑자기 강렬하고 맹렬하게 솟아났고, 어느 순간 나는 루시가 지나간 일에 대해, 우리 사이에 일어난 일에서 그녀가 차지한 역할에 대해, 우리에게 닥친 비극에 대해 한마디 언급도 없이, 너무도 치밀하게 내 삶에 도로 들어왔다는 것 외에는 아무 생각도 할 수 없었다. 루시가 무슨 말을 해주기를 기대했는지 정확히는 모르겠지만, 우리가 함께 보낸 마지막 몇 주와 그 기간 동안 우리 사이에서 커져갔던 긴장을 기억하고 있음을 암시하는 말이나 눈빛, 그 어떤 것도 없었다.

나는 분노가 커져가는 것을 느꼈고, 억지로 주어진 일에 집중하려 애쓰며, 이 주 전에 시장에서 사온 레몬의 껍질을 벗겼다. 레몬 껍질은 이제 마르고 시들어 있었다.

내가 주방에서 소리쳤다. "요즘엔 매일 밤이 거의 이런 식인 것 같아. 존은 이런저런 저녁 파티에 참석하느라 항상 없어."

"그럼 넌? 같이 안 가?" 루시가 소리쳤다.

"아니, 이젠 안 가." 나는 처음 몇 달간 소개받았던 얼굴들을, 탐색하는 듯한 차가운 얼굴들을 떠올렸다. "처음엔 같이 다녔는데, 글쎄, 나하고는 안 맞더라고. 탕헤르가 어떤 부류의 사람들을 끌어당기는 것 같은데, 아무래도 나는 거기 부합하지 않는 듯해."

루시는 창가에 앉아 밖을 내다보고 있었다. 내가 들어서자 그녀가 찌푸린 얼굴로 나를 돌아보았다. "조금이라도 좋아하긴 하는 거야, 앨리스? 탕헤르 말이야."

나의 얼굴이 조금 더 붉게 달아올랐다. "아, 실은 잘 모르겠어. 아직 탕헤르에 제대로 기회를 줘본 적도 없는 것 같아. 존은 늘 그렇게 말해."

존이 하는 말에 과연 일말의 진실이라도 있는지 종종 의심이 들고, 어쩌면 진실은 훨씬 더 단순한 게 아닐까, 하는 생각이 든다는 얘기는 덧붙이지 않았다. 그 진실이란 탕헤르와 나는 서로 맞지 않고, 아무리 여러 번 기회를 줘도 맞지 않을 것이라는 사실이었다.

그나마 이미 알게 된 얼마 안 되는 것들을 통해 나는 탕헤르가 얼마나 살기 힘든 곳인지 깨달았다. 탕헤르는 누구나 와서 소속감을 느낄 수 있는 곳이 아니었다, 결코. 나는 이곳이 일종의 과정이고 시험이며, 심지어 오직 용기 있는 자들만 살아남는 일종의 입회식이라고 생각했다. 이곳은 국민들과 시민들에게 저항 정신을 불어넣는 곳이고 그것을 요구하는 곳이었다. 자신이 원하는 것을 얻기 위해 끊임없이 적응하고, 몸부림치고, 투쟁해야 하는 곳이었다. 나는 고개를 들고 내 앞의 여자를 보았다. 이곳은 루시 같은 여자를 위한 곳이었다.

"오늘 친구를 사귀었는데," 루시가 말했고, 그 말이 나를 현재로 끌어왔다. "모로코 남자야. 좀 이상하긴 한데, 참 친절하더라. 시네마리프 앞에 앉아 있었어. 거기 어딘지 알아?" 내가 고개를 끄덕이자 그녀가 말을 이었다. "거기서 차를 마시고 있는데, 그 사람이 내가 혼자 앉아 있는 걸 본 거야. 나한테 탕헤르를 구경시켜주겠대. 자기가 무슨 예술가라던데. 화가라고 했던 것 같아."

루시의 말에 내 얼굴이 붉게 달아오르는 것을, 그 열기가 온몸으로 번져가는 것을 느꼈다. 얇은 분홍색 천으로 된 드레스를 입었는데도, 저녁의 열기 속에서 투박하고 뻣뻣하게 느껴졌다. 루시가 제공한 정보에는, 그녀가 벌써 아는 사람이 있고 친구를 사귀었다는 사실에는 묘하게 불편한 부분이 있었다. 불현듯 뱃속 깊은 곳에서 일말의 부러움, 질투의 감정이 뜨겁게 번져갔다. 이마에는 얇은 땀의 장막이 생겼다. "자," 나는 여전히 손가락 사이에 움켜쥐고 있던 잔을 그녀에게 내밀었다. 그러고는 소파 쪽으로 향했고, 그녀가 나를 따라오기를, 그리고 하던 얘기를 잊었기를 바랐다. "마셔봐."

내가 말했다. 그녀가 곁에 앉을 때 내 몸에서 발산되고 있는 열기가 느껴지진 않을까 걱정이 되었다.

"이게 뭐야?" 가까이 다가오며 루시가 물었다.

"그냥 내가 만든 거." 나는 초조하게 웃으며 유리잔을 입술로 가져갔다. "시간 때우는 데 도움이 돼."

루시는 조심스럽게 한 모금을 마셨고, 나는 그녀가 어떤 맛을 느낄지 알고 있었다. 체리와도 같은 달콤함. "석류 시럽이야." 내가 말했다. "프랑스에 내가 좋아하는 브랜드가 있거든. 존이 유럽에 다녀올 때마다 내가 꼭 한두 병 사오라고 해."

"너는? 너도 집에 자주 가?" 그녀가 음료 너머로 나를 바라보며 물었다.

"영국?" 나는 향긋하면서도 퀴퀴하고 그윽하면서도 매캐한 영국의 냄새를 생각하지 않으려 애쓰며 고개를 저었다. 생각을 밀어내자, 실내의 정적 속에서, 그 비워진 자리에 다른 무언가가 떠올랐다. "그 사람 유세프인 것 같아." 내가 말했다.

루시가 얼굴을 찌푸렸다. "누구?"

"네가 조금 전에 말한 사람. 어쩌면 유세프일지도 모르겠다는 생각이 드네."

"조제프 말하는 거야?"

나는 고개를 저었다. "아니, 유세프. 순진한 관광객들한테 미끼를 던진다고 소문이 자자해. 여기에는 그 남자를 모르는 사람이 없어. 직접적으로 알지는 못해도, 적어도 소문은 들었을걸."

"내가 만난 사람은 다른 사람인 것 같은데." 루시가 과감하게 말했다. 목소리가 조금 전보다 날카로웠다.

내 말이 그녀의 심기를 불편하게 했다는 것을, 자신이 속았을지도 모른다는 사실을 그녀가 받아들이지 못하고 있음을 알 수 있었다. 사실 그것은 내가 했을 법한 실수였다. 나는 너무 쉽게, 너무 자주 사람을 믿었고, 나 자신도 그렇다는 걸 알았다. 그런데 바로 지금, 그 느낌, 초록빛을 띤 그 섬뜩한 느낌이 다시 뱃속에 번져왔고, 이번만큼은 잘못을 저지른 사람이 루시라는 사실, 다른 사람의 다정한 말에 속아넘어간 사람이 루시라는 사실이 묘한 쾌감을 주었다. 나는 도저히 저항할 수가 없었다. "보라색 리본 달린 페도라 썼어?"

루시가 얼굴을 찌푸리며 고개를 끄덕였다.

"그럼 그 사람 맞아. 존이 그러는데, 관광객들을 자기 집으로 유인해서 온갖 잡동사니를 내놓고 돈을 요구한대. 전에 어떤 여자를 자기 딸인 척 데리고 다니기도 했대." 내가 어깨를 으쓱했다. "마을 사람들은 관광객들한테 일절 귀띔을 안 해. 오히려 재미있어하는 것 같아."

내가 말을 더 잇기 전에, 앞문이 열리면서 아파트 안에 존의 목소리가 울려퍼졌다. "나 집에 아주 들어온 거 아니야. 뭐 좀 챙겨서 다시 나갈 거니까 신경쓰지 마."

나는 손바닥을 뺨에 대고, 지난 몇 분 동안 내 얼굴에 번진 홍조를, 루시의 실수로 더욱 두드러진 그것을 손의 냉기로 가라앉히려 애썼다. "루시한테 유세프 얘기 하고 있었어." 존이 그에 관해 들려준 재미있는 일화들을 떠올리며, 나는 그를 향해 큰 소리로 말했다. 나는 지난밤 존이 자기 자신과 우리를 구경거리로 만든 일을 떠올렸고, 그래서 그가 루시에게, 내가 그의 어떤 면에 이끌렸는지 보여주기를 바랐다. 그가 그렇게까지 형편없는 인간은 아니라는 것을 증명해주기를 바랐다. 비 내리던 여름날 비좁은 등기소에서 그와 결혼한 것이 내 인생을 완전히 엉망진창으로 만들지는 않았다는 것을 증명해주길 바랐다.

존이 뭐라고 웅얼거렸지만 내 말을 들었다는 건지 아니면 관심의 표현인지, 계속 말해보라는 건지 알 수가 없었다. 나는 앞에 놓인 두 손을 조금도 움직이지 않고, 미소가 얼어붙은 얼굴로 잠시 가만히 있었다. "왜 그, 보라색 리본 달린 모자 쓴 남자 말이야." 내가 말을 이었다.

내 말에 존이 모습을 드러냈고, 그의 얼굴은 땀으로 번들거렸다. 그는 테이블 쪽으로 가서 잔에 진을 넉넉하게 채우고 토닉을 조금 따랐다. 모자를 벗을 생각도 하지 않았다.

"내가 루시한테 그 사람 조심하라고, 일종의 날치기꾼grafter이라고 했어." 내가 말했다.

"날사기꾼grifter*이겠지, 자기야."

"응, 그거." 내가 더욱더 얼굴을 붉히며 말했다. "난 항상 단어를 헷갈려." 내가 말하며 루시를 돌아보았다. "항상 존이 고쳐줘야 해. 아무래도 난 제대로 하는 게 하나도 없는 거 같아."

루시가 미소를 지었지만 그녀의 미소는 경직되어 있었다. 존의 출현에 그녀의 태도가 달라진 것을 나는 이미 눈치채고 있었다. 나는 얼른 고개를 돌렸다. "루시한테 그 얘기 좀 해줘봐." 내가 그에게 애원했다. 어린아이가 부모에게, 혹은 강아지가 주인에게 칭얼

---

* grafter와 grifter 모두 '사기꾼'이라는 의미가 있다.

거리는 모습을 떠올리지 않을 수 없었다. "당신이 들었다는 얘기. 직장 친구들한테서 말이야."

존이 고개를 끄덕이고는 다시 테이블로 향했다. 그는 두번째 잔을 진으로만 채운 뒤, 그제야 이야기를 시작했다. "탕헤르에서는 늘 있는 일이란 걸 곧 알게 될 거예요. 우리 사무실에서 같이 일하는 사람이 어느 부부를 알게 되었는데, 휴가를 온 젊은 미국인이었어요. 그 사람들이 우연히 유세프를 만났고, 얘기를 나누어본 뒤 그가 무해한 사람이라고 생각하게 됐죠. 심지어 알아두면 좋은 사람, 이곳 물정에 훤한 사람이라고 생각했어요. 무슨 말인지 아시겠죠. 그래서 그자를 따라다니면서 하룻밤을 보내는 것도 괜찮겠다는 결론을 내린 겁니다." 극적인 효과를 위해서인 듯 그가 말을 멈추었다. "어쨌든, 유세프가 자기 거처라는 곳으로 그 사람들을 데리고 갔는데, 카스바 너머에 있는 험한 동네였고, 아주 멀고 깊숙한 곳이었어요. 그 부부는 자기들이 있는 곳이 어디인지도 몰랐고, 방향감각을 완전히 잃을 정도로 오래 걸었다는 것만 알았죠. 어느 순간 정신을 차려보니 쓰레깃더미 앞에 서 있더래요. 칠흑 같은 어둠 속에 주위에는 유세프 말고 아무도 없었고요.

물론 그자는 돈을 요구했어요. 호텔로 돌아가는 길을 알려주는 대가로 돈을 내라고요. 미국인 부부는 잔뜩 화가 났어요. 그래서 그의 요구를 단칼에 거절했죠. 두 사람은 돌아서서 카스바로 돌아가 메디나로 가는 길을 찾아보려 했지만 찾을 수가 없었어요. 이미 늦은 밤이었고, 아내가 걱정하기 시작했고, 결국 그들은 굴복하고 돈을 지불했어요. 하지만 유세프는 그들을 호텔로 데려다주는 대신, 그들이 길을 찾을 수는 있을 정도까지만 데려다주었어요. 미국인들은 됐다고, 고맙다고, 이제 우리를 내버려두라고 했어요. 이제 두 사람은 자기들끼리 가고 싶었어요. 그러고 나서 걷기 시작했는데……"

"여기가 가장 재미있는 대목이야." 내가 미소를 지으며 끼어들었다.

존이 이야기를 멈췄다. "앨리스, 당신이 직접 얘기하고 싶어?" 그는 짧게 웃으며 어조를 가볍게 해보려고 시도하는 듯했지만, 그래도 여전히 짧고 끊어지는 말투였다. "그럴 거면 왜 굳이 날 불렀는지 모르겠군. 내 도움이 필요한 것 같지도 않은데 말이야."

"아냐, 아냐." 나는 실제론 그러지 않았지만 살짝 토라진 척하며 대답하고는 소파에 뒤로 기대앉았다. "당신이 얘기해. 당신이 얘기하는 게 훨씬 더 재미있잖아."

존은 자신의 한심하고 철없는 아내가 얼마나 막무가내인지 좀더 보여주려는 듯 과장스럽게 한숨을 쉬었다. 나는 그가 루시 쪽을 쳐다보면서 고개를 젓거나 눈을 굴리며, 두 사람이 공감할 만한 앨리스의 짜증스러운 성격에 대해 위로의 말 같은 것을 할 거라고 생각했다. 그러나 그는 우리를 쳐다보지 않고 이야기를 계속했다. 마치 중단한 적이 없다는 듯 멈추었던 부분에서 다시 이야기 속으로 곧장 빠져들었다. "그래서 두 사람이 걷기 시작했는데, 한 십오 분 정도 지나고 나서 유세프가 다시 나타났지 뭡니까. 그 사람이 또 돈을 요구했는데, 아마 그 이유는 절대 못 맞출걸요."

그뒤로 이어진 침묵이, 꼼짝없이 듣고만 있던 루시와 내가 이야기에 동참해야 할 시점임을 알렸다. "이유가 뭔데?" 루시가 잠자코 있어서 내가 물었다.

"그들을 순순히 보내주는 대가로 돈을 달라고 했대요." 존이 몸을 뒤로 젖히고 웃었고, 그의 잔에 담긴 액체가 위험하게 이쪽저쪽으로 흔들렸다. "얼마나 뻔뻔한 사람인지 감이 잡혀요? 그것만큼은 인정해줘야 한다니까요. 독창적인 사람인 것만은 분명해요."

"네, 그런 것 같네요." 루시가 말했지만 그녀의 눈은 가늘어졌다.

"그런데 갑자기 왜 유세프 이야기가 그렇게 궁금해?" 존이 내 쪽을 슬쩍 바라보았다. 그의 얼굴에 미소가 번졌다. "뭐야? 혹시 당신 친구가 그자 술수에 걸려들기라도 한 거야?"

"아니, 그런 게 아니고." 루시에게 초조한 눈빛을 던지며 내가 말했다.

"제가 마침 오늘 그 사람을 만났다는 얘기를 했거든요." 루시가 말했다. 목소리에 담긴 냉기를 떨쳐버리려 애쓰는 것이 느껴졌다. "친절한 사람 같았는데." 그녀가 말했다.

"친절하다고?" 존이 웃었다.

"친절하다는 게 뭐가 어때?" 존의 무례한 태도에 당황하며 내가 말했다. 나는 루시의 생각을 바꿀 기회를 원한 것뿐이었다. 존이 아주 형편없는 사람은 아니라는 걸, 마음만 먹으면 유쾌한 사람이 될 수도 있다는 걸 보여주고 싶었다. 그런데 일이 또 틀어지고 말았다. 존은 냉혹했고, 루시는 상처를 입었다. 그 순간 나는 두 사람이 서로 친해질 마음을 먹도록 설득하기 위해 내가 할 수 있는 일은 아무것도 없다는 걸 예감했다. 그러나 물론 그건 놀랄 만한 일이 아니었다. 루시와 나는 항상, 다른 사람들과 분리되어 이인조로 움직였다. 우린 별개의 존재였다.

"자기," 존이 고개를 저으며 말했다. "친절은 곧 사기야."

그 순간 존을 쏘아보는 루시의 표정을 바라보면서, 그리고 그녀에게 혐오와 조롱을 닮은 무언가를 담은 눈빛을 보내는 존을 바라보면서, 내가 할 수 있는 일은 아무것도 없음을 깨달았다. 아무것도.

베닝턴대학 삼학년 때 모든 것이 달라졌다.

나는 동부 해안을 여행중인 고모를 만나느라 휴일 동안 학교를 떠나와 있었고—어디든 고모가 머무는 호텔에서 함께 정찬을 먹는 것이 이내 우리의 휴가 의식으로 자리잡게 되었다—고모는 베닝턴으로 날 데려다줄 기사를 고용하겠다고 제안했지만, 나는 한사코 버스를 타고 가겠다고 우겼다. 그날 오후 늦게 출발했고, 어느덧 나의 집이 되어버린 기숙사 방으로, 루시에게로 돌아갈 생각에 설렜다. 그러나 몇 시간 뒤 버스가 역에 도착했을 때 나는 가슴이 철렁했다. 우리 버스는 여전히 매사추세츠에 있었고 아직 주 경계를 넘지 못했다. 내 차표에 버몬트 환승까지 포함되어 있다는 것은 알고 있었지만, 차가운 유리창에 코를 대고 창밖을 내다보니 버스 터미널은 완전히 어두웠다.

버스가 여기로 올 거예요, 내가 묻자 기사가 나를 안심시켰다. "하지만 건물이," 어두운 터미널 쪽으로 초조한 시선을 보내며 내가 말했다. "열려 있는 것 같지가 않은데요."

"여섯시 정각에 닫아요." 그가 대답했다. "밖에서 기다려야 할 거예요."

나는 버스 바깥을, 그 뒤로 펼쳐진 어둠을 보았다. 기온은 이미 영하로 떨어졌고 그날 밤에 눈 예보도 있었다.

"하지만 그런 얘긴 못 들었는데요." 내가 입을 열었다.

"내가 할 수 있는 일이 없네요, 아가씨." 그가 내 말을 잘랐다. "다른 정류소에서 승객을 태워야 해서 여기서 마냥 기다릴 수가 없어요." 다른 승객들은 이미 내렸고 그가 계단을 가리키면서 나 역시 그들과 똑같이 해야 한다는 사실을 일깨워주었다.

그 깨달음에 멍해진 상태로 내가 고개를 끄덕였다.

"조심해요." 내 뒤로 문을 닫으며 그가 소리쳤다.

그후 나는 축축하고 눈 덮인 바닥에 내려놓기 꺼림칙한 여행가방을 양손에 들고, 닫힌 터미널 앞에 서 있었다. 딱 하나 있는 가로등이 내가 서 있는 곳을 비추어서 나 자신의 모습은 환하게 빛났지만, 고작 몇 발짝 앞만 보아도 아무것도 없이 오직 어둠뿐이었다. 입김은 코앞에서 커다랗게 피어오르는 구름이 되었고, 목에 두른 스카프에 습기가 달라붙었다. 나는 침착함을 유지하려고 애썼다.

"이봐요, 거기." 누군가의 목소리가 들렸다.

그 굵은 목소리가 나를 부르는 게 맞는지 알 수 없어서 나는 어둠 속을 쳐다보았다. 보도에 떨어진 반짝이는 눈송이 말고는 아무것도 보이지 않았다. 어쩌면 불빛 때문에 반짝이는 것처럼 보이는지도 몰랐다.

"그래요, 당신." 다시 목소리가 들렸다.

내 작은 빛의 동그라미 안으로 사람 형상 하나가 들어왔다. 그는 젊었고—기껏해야 나보다 몇 살 위인 것 같았다—팔꿈치에 낡은 가죽을 덧댄 초록색 군복 재킷이 기다란 근육질 몸을 타이트하게 감싸고 있었다. 손에는 여행가방 하나를 들고 있었다.

"차편 필요해요?"

"버스를 기다리고 있어요." 내가 대답했다. 그는 마치 그런 게 과연 실제로 있는지 의심스럽다는 듯 주위를 둘러보았고 나는 얼른 설명을 덧붙였다. "두 시간 뒤에 온대요."

그가 얼굴을 찌푸렸다. "터미널은 이미 문을 닫은 것 같은데요."

"하지만 버스 기사 말이……" 나는 말끝을 흐렸다. 그리고 주위를 둘러보았고, 내 앞에 서 있는 남자를 보았다.

그가 자신의 어깨 너머를 흘끗 돌아보았다. "우리 일행이 같이 택시를 타고 윌리엄스대학으로 가거든요."

눈을 찌푸리며 어둠 속을 살펴보았지만, 다른 사람들이 어디 있다는 건지 내 눈에는 보이지 않았다. "난 베닝턴으로 가야 해요." 내가 대답했다. "거기 있는 대학에 다녀요."

"베닝턴?" 그가 물었고 얼굴에 미소가 번졌다. "그 대학 여자들에 관한 재미있는 얘기를 좀 들었는데."

나는 불쾌해해야 할지 말아야 할지 몰라서 얼굴을 찌푸렸다.

"그냥 해본 소리예요." 내 생각을 읽기라도 한 듯 그가 얼른 덧붙였다. "더구나"—그가 미소를 지었다—"말하자면, 나도 그 대학 다니거든요."

"그게 무슨 뜻이죠?" 내가 다시 얼굴을 찌푸렸다. "여자대학인데." 목소리가 경계하듯 날카롭게 나왔다. 그가 나를 비웃는 건지 아니면 다른 의도가 있는 건지 궁금했다.

"알아요." 그가 웃었다. "보시다시피, 난 그 학교를 다닐 수가 없어요. 그래서 강의는 대부분 윌리엄스대학에서 듣죠. 하지만 그 대학 연극 프로젝트에 참여하고 있어요. 그러니까, 베닝턴대학에서요."

"아." 그의 대답에 말문이 막힌 내가 대답했다. 베닝턴의 대다수

여학생들처럼 나 역시 인근 지역의 남학생들이 제한적이나마 베닝턴에 다니는 게 허용되는 이상하고 허술한 구멍에 대해 알고 있었다. 학교에서 제작하는 연극의 다양성을 넓히기 위해서는 남자가 필요하다는 사실을 깨닫고 학교측에서 1930년대에 내린 결정이었다. 그 때문에 연극학과 수업을 듣는 여학생들은 끊임없는 구설수에 휘말리게 되었다. 말하자면, 적과 친목을 도모하려 한다는 혐의였다. 그러나 연극의 세계는 나의 세계와 거의 맞닿는 일이 없어서, 베닝턴에 삼 년째 다니면서도 연극 프로그램에 참여하는 남자를 만난 건 처음이었다.

"그러고 보니 그쪽 본 적 있는 것 같아요." 그가 아까처럼 미소를 지으며 말했다.

누군가가 나를 지켜보고 있었을지도 모른다는 생각에 당황한 내가 고개를 저으며 말했다. "아닐걸요."

그가 고개를 끄덕였다. "당신이 맞아요, 당신하고 다른 한 명, 항상 같이 다니잖아요."

내가 멈칫했다. "루시."

그가 미소를 지었다. "만나서 반가워요, 루시."

나는 실수—그의 실수인지 나의 실수인지 확실치 않았다—를 깨닫고 얼굴을 붉히며 얼른 해명했다. "아뇨, 미안해요, 그건 제 이름이 아니에요. 그러니까 제 말은, 아마 제 룸메이트였을 거예요. 저와 같이 있는 걸 봤다는 그 친구요."

"아." 그가 고개를 끄덕이며 말했다. 나의 해명에 실망한 기색이었다. 그가 어깨를 으쓱했다. "이봐요, 우리하고 같이 가지 않을래요? 여기 혼자 있을 순 없잖아요. 이런 날씨에는 안 되죠." 그가 말했다. 그러나 나는 그가 기온보다는 늦은 시간을 걱정하는 거라고 생각했다. "우리 캠퍼스에 내 차가 있어요. 베닝턴까지 데려다 줄게요."

나는 잠깐, 어쩌면 그보다 조금 더 오래 망설이다가 늦은 시간과 어둠, 그리고 그가 마치 구세주처럼 나타나기 전에 천천히 엄습해오던 두려움을 생각해보았다. 그래서 그를 따라나섰다. 빛의 동그라미—또한 안전의 동그라미라고밖에 생각할 수 없었던—로부터 벗어나 미지의 세계에서 또다른 미지의 세계로 옮겨가면서, 내가 무엇과 무엇을 맞바꾼 것인지 생각하지 않을 수 없었다. 불과 몇 피트 거리에 그가 말한 친구들이 택시 주위에 모여 서 있었다. 우리는 서로에게 몸을 밀착시키며 택시에 탔고, 여자애 한 명이 남자들 중 한 명의 무릎 위에 앉아야 했다. 나는 처음에 별로 내키지 않는 마음으로 합류했던 이 한 무리의 친구들 틈에서 그들이 웃으며 주고받는 농담을 들었다. 샐리라는 여자애는 뉴욕의 대학에서 미술사를 전공하고 있었고, 베네치아에서 여름을 보낼 계획이라고 했다. 앤드루는 아버지를 따라 영문학 교수가 되고 싶다고 했다. 이름은 기억이 안 나는데, 주로 앤드루를 쳐다보며 계속 미소와 웃음을 짓는 여자애도 있었다.

그리고 내가 가장 먼저 만난 그 남자애가 있었다. 이름은 토머스이고 줄여서 톰이라고 불렸다. 그는 친구들과 함께 있는 동안 그들이 하는 얘기를 듣고 웃긴 했지만 가장 말수가 적었다. 터미널에서 멀어지면서, 서로를 대하는 편안한 모습 속에 선명하게 드러나는 우정을 지켜보면서, 나는 문득 고통을 느꼈다. 루시와 나 둘만의 묘한 관계는 그들의 관계와 너무 달랐다. 갑자기 우리의 관계가 상대적으로 기이하고 쓸쓸하게 느껴졌다.

처음엔 우리의 친밀감에 가슴이 설렜지만, 시간이 흐를수록 나는 루시에게 모든 것을 털어놓는 반면 루시는 나에게 자신에 관한 그 어떤 정보도 제공하지 않는다는 것을 의식하게 되었다. 초반에는 루시가 수줍어서 그런 거라고, 루시 역시 나처럼 다른 사람과 이토록 친밀한 관계를 맺는 것이 익숙하지 않은 거라고 생각했다. 언젠가 확신이 드는 때가 올 거라고. 인내심을 갖고 기다리기만 하면 된다고. 그러다가 방학이 되고, 집에 갔다가 돌아와 지내다가, 또다시 여름방학이 찾아와 각자의 집으로 떠날 때까지, 내 삶의 그 누구보다 가깝고 나의 모든 비밀을 속속들이 알고 있는 이 여자애에 대해 정작 나는 거의 아는 게 없었다.

아니, 내 말을 수정해야겠다. 여자애는 적절한 단어가 아니었다. 루시는 성숙한 여자였다. 그녀는 어른처럼 옷을 입었고, 어른처럼 행동했으며, 심지어 어른처럼 걸었다. 나는 그때까지 성숙함이 처녀성의 상실 여부로 귀결되는 문제라고 남몰래 생각하고 있었다. 마치 성행위가 갑자기 성숙함을 부여한다는 듯이, 그 한 번의 행위가 사춘기가 시작되면서부터 대부분의 여자애들이 시달리는 불안과 근심을 떨쳐내기라도 한다는 듯이. 물론 말도 안 되는 생각이었다. 나는 루시가 다른 사람과 키스 한 번 한 적이 없을 거라고 확신했지만, 그래도 그녀는 내가 원하는 방식으로 옷을 입고 행동하고 걸었다—자신이 누구인지 완전히 이해하고 있다는 듯, 자신감 넘치고 절제된 방식으로.

탐하다. 그것은 이상한 단어였다. 그것은 호손을 비롯한 초기 청교도 시대 미국 작가들에 대한 길고 지루한 강의를 들으면서 익숙해진 단어였다. 나는 과제로 써야 했던 에세이 때문에 그 단어의 의미를 찾아보았다. 내가 찾아낸 바에 의하면, 부당하게, 과도하게, 혹은 다른 사람의 권리를 생각하지 않고 무언가를 갈망하는 것이었다. 다른 정의들도 있었다. 더 많은 단어들, 여러 가지 단어들이 있었지만, 전부 같은 의미를 담고 있었다. 그러나 결국 나의 기억에 남아 있는 것은 첫번째 정의였다. 부당하게 갈망하는 것.

그 표현이 이상하리만치 아름다우면서 섬뜩할 정도로 정확하다고 생각했다.

루시에 대한 나의 감정은 이를테면 이런 느낌이라고, 나는 종종 생각했다—평범한 우정보다는 조금 더 날카로운 어떤 것, 나를 압도할까봐, 어쩌면 나를 파괴할까봐 두려운 어떤 것. 때로는 그녀를 원한다기보다는 그녀처럼 되고 싶은 거라는 생각이 들기도 했다. 그 두 감정은 너무도 강렬하고 너무도 상반되는 것이었지만 끊임없이 합쳐지고 뒤섞여서 어느 순간 그 둘을 구분할 수 없는 지경에 이르렀다. 나는 그녀가 지닌 느긋한 삶의 방식을 탐했고, 그것을 갈망했다. 그것이 그녀의 존재 방식이었다. 나는 그것이 내 것이기를 바랐다. 때로는 거의 그렇게 된 것 같은 기분이 드는 날도 있었다. 어린 나의 눈에도 냉혹하게 느껴질 정도였던, 세상에 대한 그녀의 무심함에 용기를 얻은 나는, 수시로 나를 잠식했던 그늘과 불안을 견뎌낼 수 있었다. 그랬기에 결코 그녀를 떠나고 싶지 않았던 날들, 나의 존재 전체가 그녀와의 밀접한 관계에 의존하고 있는 것 같았던 날들도 있었다. 또한 그녀를 증오했던 날들, 나 자신을 미워하고, 그녀를 미워하고, 이 의존성을, 우리가 만든 이 질긴 공생 관계를 혐오했던 날들도 있었다. 하지만 가장 암울한 날에는 우리의 관계가 과연 그런 것인지, 내가 그녀에게 줄 것이 과연 있는지, 그녀가 나에게 준 것이 나에게 이로운 것이라기보다 목발처럼 나를 지나치게 의존적으로 만드는 것은 아닌지 궁금해지기도 했다. 그 근래에 들어서는 우리 관계의 기이함이 더 견디기 힘들었다. 왜냐하면 우리의 관계를 심지어 나 자신에게조차 완벽하게 설명할 수 없었기 때문이었다. 택시 뒷좌석에 앉아 이 편안하고 태평한 친구들의 모습을 바라보면서, 나는 우리의 관계가 다시 한번 나를 완전히, 그리고 영원히 압도하기 전에 제대로 이해할 필요가 있다는 생각에 휩싸였다.

약속했던 대로 톰의 차 앞에 다다랐을 때 그의 친구들은 톰을 혼자 버몬트 뒷골목으로 보내는 걸 영 내키지 않아했다. 우리는 침묵 속에서 이 여행의 마지막 여정에 올랐다.

베닝턴에 도착하자 끝내 그들과 헤어지는 것이 거의 아쉬울 지경이었고, 나의 방으로, 루시에게로 돌아가는 것이 너무도 암울하게 느껴져 혼란스러웠다.

"잠깐만."

내가 돌아서서 보니, 팔꿈치에 가죽을 덧댄 남자, 그러니까 톰이 내 쪽으로 달려오고 있었다. 그는 몸을 숙여 나에게서 여행가방을 받아들었다. "내가 들어줄게요." 그는 여행가방을 들고 내 방으로 가서 나를 안전하게 들여보낸 다음 내 여행가방을 침대 옆에 놓고 방안을 둘러보았다. 그 방에서 그는 무엇을 보았을까. 내 침대를 장식한 형편없이 유치한 이불. 분홍색과 흰색이 흉측하게 섞인 그 이불은 고모가 성인이 되어 자기 방을 갖게 된 피보호자를 축하

한답시고 구입한 잘못된 판단의 결과물이었다. 내가 쓰는 쪽 벽을 장식해보겠다고 서투른 솜씨로 붙여놓은 다양한 스케치들도 있었다. 그는 루시의 벽에 붙은 지도 앞에서 멈춰 서서, 한때 우리가 꽂아두었던 수많은 핀들을 바라보았다. 신입생 시절 열정적으로 임했던 한심한 게임이었다. 그때만 해도 우리 관계는 새로웠고 둘이 함께라면 무엇이든 할 수 있을 것만 같았다.

톰은 이제 내가 화장대 위에 줄줄이 붙여놓은 사진들 쪽으로 다가갔다.

그해 가을에 나는 재미삼아 디자인 수업을 듣고 있었다. 강사는 주중 며칠만 버몬트에 있고 나머지는 뉴욕시티에서 보내는 현직 사진작가였는데, 사진에 열광하는 몇몇 학생들의 호응에 힘입어 캠퍼스에 간이 암실을 만들었다. 어머니가 쓰던 오래된 카메라는 내가 버몬트로 가져온 몇 가지 물건 중 하나였지만 사용법을 익힐 생각은 해본 적이 없었다. 그러나 머지않아 나는 암실에서 시간을 보내게 되었고, 현상하고 인화하는 재미에 푹 빠져 지내면서 비로소 나만의 무언가를 찾은 것 같은 기분을 느꼈다. 루시와 함께 있을 때의 앨리스와 확연히 구분되는 무언가를. 그것은 이상한 경험이었고, 나의 내면에 겹겹이 감추어져 있던 무언가가 펼쳐지기 시작했다. 어느 순간 그 새로운 깨달음—내가 무언가 할 수 있을지도 모른다는—은 그 자체로 하나의 양분이 되는 듯했고, 나는 때때로 그로 인해 충만함을 느꼈다.

톰이 무슨 말을 할지 기다리는 동안 나의 심장박동이 빨라졌다. 그러나 바로 그때 문이 열리고 루시가 뛰어들어왔다. "너 왔구나." 루시가 나직하게 말했다. "걱정했어, 방금 버스를 확인해봤는데 버스가……" 그녀가 하던 말을 멈추고 돌아보았다.

톰이 미소를 지었고 고개를 끄덕여 인사했다.

"루시," 내가 입을 열었다. "이쪽은 톰이야. 오늘 나의 백마 탄 기사가 되어주었어." 나는 이렇게 말하고는 초조하고 불안하게 그녀에게 자초지종을 털어놓았다. 내가 얘기를 끝내고 숨을 몰아쉴 무렵 두 사람은 약간 당혹스럽고 놀란 표정이었다. 내 이야기를 듣고 루시의 얼굴에 찌푸림이 번졌고 이야기가 끝난 뒤에도 그녀는 여전히 잠자코 있었다.

우리 세 사람은 그렇게 그 자리에 서 있었고, 무언가가 달라졌다는, 무언가가 바뀌었다는 깨달음이 방안을 관통했다. 훗날 나는 그때 톰이 그 사실을 알아차리기는 했는지, 혹시 루시와 나만 느낀 것은 아니었는지 궁금했다. 그것은 설명을 거부하는, 평범함을 거부하는 우리 이상한 이인조의 단면을 보여주는 또하나의 사례였다.

그리고 나는, 처음으로, 거기서 벗어나고 싶다는 생각을 했다.

갑자기, 더는 루시와 나 두 사람이 아니었다.

우리 둘 사이에 톰이 끼어들면서 결성된 이상한 삼인조는 결코 화합할 수 없다는 걸 곧 알게 되었다. 처음에 나는 혼신의 노력을 했다. 뷰카메라 사용법을 익히라는 과제가 주어졌을 때—그 카메라는 워낙 무거워서 한 사람 이상이 필요했다—나는 톰과 장비를 들고 캠퍼스 여기저기를 돌아다녔고 루시에게도 함께하자고 제안했다. 톰은 자신이 피사체subject이면서 동시에 종속되었다고subjected 농담을 했다. 루시가 합류한 것은 단 한 번이었다. 그때 우리는 장난삼아 '우주의 끝'*이라고 이름 붙인 베닝턴 입구 쪽의 벌판으로 장비를 끌고 가 거의 한 시간을 보냈다. 그곳은 내리막길이고 낮고 울퉁불퉁했으며 '세상의 끝'과 달리 위험하고 위협적이었다.

"저 길로 운전하고 가야 하는 사람 참 딱하다." 내가 카메라를 설치해 작업을 시작하기를 기다리던 톰은 난간에 기대선 채 우리에게 미소를 지어 보이며 말했다.

루시는 냉랭한 표정으로 숲을 바라보며 서 있었다. 내가 루시의 사진을 찍게 해달라고 애원했지만 아무 대꾸도 없어서, 내 말을 듣기나 했는지 의심스러웠다.

나중에 캠퍼스로 걸어서 돌아가는 길에, 톰은 루시의 전공인 문학에 대해 이야기를 나누어보려 애썼다. "하이먼 교수님이 여기 계신 거 진짜 부러워요." 그가 말했다. "그분 수업을 한번 들어볼 기회가 있으면 좋을 텐데. 혹시 그 교수님 수업 들어봤어요?"

루시가 그를 향해 돌아섰다. 그녀의 시선은 차갑고 매정했다. "아뇨. 나라면 차라리 그 부인의 수업을 듣겠어요."

그뒤로 톰은 말이 없었다.

얼마 후 나는 우리 위로, 그리고 우리 사이로 엄습해온 어색한 분위기를 걷어내기 위해 루시와 톰에 관해 대화해보려고 시도했다. 그러나 그녀는 폐쇄적이고 경계하는 표정으로 고개를 돌릴 뿐이었다. 나와 톰의 관계 때문에, 그녀를 배제하고 때때로 홀로 있게 만든 그와 나의 친밀감 때문에 날 벌주려는 건가 하는 생각이 들었다. 나는 죄책감을 느끼면서도 그녀의 이상한 태도가 혼란스

---

* the End of the Universe. '대학(university)'과 '우주(universe)'라는 단어의 유사성에 착안한 말장난.

러웠다. 만약 반대의 상황이라면, 나는 그렇게 냉랭하게 굴지 않았을 것이다.

"그 친구 어딘가 잘못됐어." 늦은 봄 어느 저녁, '세상의 끝' 바로 아래에 누워 해가 지기를 기다리고 있는데 톰이 말했다.

"오, 말이 심하네." 내가 그의 어깨를 밀치며 항의했다. 아직은 내 이상한 룸메이트를 지켜주고 싶었다. 물론 나도 루시의 행동이 마음에 들지 않았고, 톰이 기분이 상한 것처럼 나 역시 황당했다. 그런데 한편으로, 도서관에 틀어박혀 혼자 보냈을 루시의 긴 오후 시간들, 나와 떨어져서 조용히 보냈을 밤들을 생각하면 측은히 여기지 않을 수 없었다.

"심하게 말한 거 아니야." 톰이 웃으며 나를 가까이 끌어당겼다. "장담할 수 있어." 그는 이내 조용해졌고, 나는 그에게 기댄 채 그의 몸이 오르락내리락하는 것을 느끼고 오직 그만의 것인 체취를 맡았다. 태양과 모래와 한낮에 널어놓은 빨래 냄새를 닮은 향기였다. 나는 몸을 더 바짝 붙였다. "그게," 그가 말했다. "걔가 널 쳐다보는 방식이 좀 그래."

나는 얼굴을 찌푸렸다. "무슨 뜻이야?" 그는 대답하지 않았고, 나는 그를 올려다보았다. "날 어떻게 쳐다보는데?" 내가 추궁했다.

당혹스럽다는 듯, 그 말을 입 밖에 내기 망설여진다는 듯, 톰이 시선을 피했다. "나도 모르겠어. 그러니까 내 말은, 어떻게 설명해야 할지 모르겠다고."

"그래도 한번 해봐." 대답을 꼭 들어야겠다는 생각에 내가 말했다.

그러나 그는 잠자코 있었다.

나는 몸을 관통하는 전율을 느끼며 고개를 돌렸다. 아무 말도 하지 않았고, 어쩐지 다시는 따듯해질 수 없을 것만 같아 그의 온기에 내 몸을 밀착했다. 우리는 함께, 우리 앞에서 저물어가는 해를 바라보았다.

내가 톰을 만나고 한 달이 지난 어느 날부터 내 물건들이 사라지기 시작했다.

처음엔 자잘한 물건들이었다. 어디에 두었는지 알 수 없는 립스틱. 며칠 동안 보이지 않다가, 분명히 확인해보았던 곳에서 도로 찾은 목걸이. 사용한 기억이 없는데 빨래통에 담긴 채 세탁을 기다리고 있는 스카프. 처음엔 대수롭지 않게 여겼고, 나중에 루시의 소행일 거라는 짐작이 들자, 그저 자매들은 다 이렇게 사는 모양이라고, 옷장과 액세서리를 공유하는 게 그들 사이의 불문율인 모양이라고 생각했다.

그러던 오월 초의 어느 날, 방에 들어갔는데 루시가 내 옷을 입고 거울 앞에 서 있었다. 나는 눈을 깜빡였다. 그저 한 가지—스카프나 스웨터—만 가져다 입은 게 아니라, 머리부터 발끝까지 전부 내 것이었다. 나는 작은 구멍들이 뚫린 원단에 피터팬 칼라*가 달려 있는 아이보리색 드레스와 지난겨울에 고모가 사준 구슬장식이 달린 세련된 클로슈**를 보았다. 루시는 고개를 비스듬히 한 채로 서서 옷매무새를 고치려는 듯 드레스의 허리 부분을 잡아당기며

* 가장자리가 둥근 모양의 옷깃.

** 종 모양의 여성용 모자.

거울 속 자기 모습을 바라보고 있었다. 하지만 드레스는 어릴 때 입던 옷을 입은 것처럼 그녀의 몸 위에 어색하게 걸쳐져 있었다.

루시의 눈이 나의 눈과 마주치기까지, 그녀가 자신이 혼자가 아니라는 사실을 깨닫기까지 잠시 시간이 걸렸다. "미안." 서둘러 모자를 벗으며 그녀가 말했다. 그녀의 얼굴이 짙은 붉은빛으로 변했다.

"아냐, 사과할 것 없어." 미소를 지으며 이 상황의 어색함을 떨쳐내려 애썼지만 실패였다. 최근에 우리는 많은 시간을 함께 보내지 못했고—나는 주로 암실에 있거나 톰과 함께 있었다—우리 사이에 벌어진 거리가 그 순간을 어딘가 더 이상하고 불안하게 만든 것 같았다. "내 거 빌리고 싶으면 언제든 그렇게 해." 내가 얼른 매듭을 지었다.

그렇게 말했는데도 루시는 서둘러 옷을 벗었다. 모자를 침대맡에 놓았고, 창피하다기보다는 화가 난 표정이었다. 옷을 벗을 때 너무 빨리, 힘을 주며 벗어서 솔기가 뜯기지 않을까 걱정이 되었다. 그녀는 순식간에 옷을 벗은 다음 자기 옷을 도로 입고 내 앞에 섰다. 루시의 얼굴은 내가 해석할 수 없는 감정으로 달아올라 있었다.

나는 그 일은 모른 척하는 편이 낫겠다고 생각하고 그녀에게서 돌아서서 내 책상 앞에 앉았고, 책상에 놓인 책들을 정리하고 또 정리했다. 방안의 긴장이 잦아들고 지나갈 때까지. 마치 아무 일도 없었던 것처럼.

그로부터 이 주 후, 루시가 아침에 나가려고 준비를 하는데, 그녀의 팔목에 감긴 팔찌를 보고 나는 기겁했다. 내 어머니의 장식 달린 팔찌였다. 한때는 반짝이는 가느다란 은팔찌였지만 이제는 회색으로 변색되어 있었다. 물론 값이 나가는 물건은 아니었으나 그래도 내가 가진 가장 소중한 물건이었고, 루시도 그 사실을 알고 있었다. 어머니가 돌아가신 뒤 나는 그 팔찌에 달린 장식들을 들여다보며 많은 시간을 보냈다. 스키 탈 준비를 하고 있는 빨간 옷의 소녀와 파란 옷의 소년 한 쌍. 색색깔의 작은 구슬들이 사탕 대신 달려 있는 풍선껌 기계 하나. 바이올린 하나. 나는 장식 하나하나를 세세한 부분까지 전부 떠올릴 수 있었고, 특히나 그럴 때면, 어머니가 그 팔찌를 찬 모습을 다시는 볼 수 없다는 현실이, 그 진실의 무게가 나의 가슴을 무겁게 짓눌렀다.

루시의 팔목에서 팔찌가 달랑거리는 것을 보는 순간, 내 심장이 빠르게 뛰기 시작했고 눈앞에 작은 점들이 어른거렸다. 그것은 조그만 별들처럼 밝게 빛나며 모여들어 각자 자리를 차지하려고 아우성쳤다. 나는 눈을 깜빡였다. 별 뜻은 없을 거라고, 아마도 그게 얼마나 소중한 팔찌인지에 대해 내가 한 얘기를 잊은 모양이라고 생각했다. 나는 잠시 멈춰 서서 우리가 몇 년간 함께 살면서 나누었던 모든 대화, 짧은 언급, 내가 했던 모든 말과 행동을 기억해내려 애썼지만, 모든 것이 너무도 흐릿하고 혼란스러웠다.

"다음번엔 먼저 물어봐주면 고맙겠어." 내 입에서 나온 말이었다. 나는 입안의 씁쓸한 무언가를 서둘러 삼켰다.

루시가 멈춰 섰다. 한 손에는 노트를 들고 다른 손, 팔찌를 찬 손은 옆으로 늘어뜨리고 있었다. 그녀는 잠시 말이 없었다. "뭘 물어보란 거야, 앨리스?"

나는 긴장하는 나 자신을 꾸짖으며 루시를 마주보았다. 어찌됐건 그 팔찌는 나의 것이고, 한때는 내 어머니의 것이었으며, 몇 안 남은 어머니의 유품 중 하나였다. 보석함에서 그 팔찌를 가져가기 전에 내 허락을 받아야 한다고 말하는 건 결코 잘못이 아니라고, 나는 스스로에게 말했다. "대단한 건 아니지만," 뺨이 달아오르는 것을 느끼며 내가 말했다. "그 팔찌 말이야. 해도 상관없는데, 그냥, 다음번엔 먼저 물어봐줬으면 좋겠다고."

루시가 여전히 기이한 표정으로 나를 계속 쳐다보았다. 문손잡이로 향하던 그녀의 손이 그 자리에서 얼어붙었다. 내 질문에 답을 할지 대답하지 않고 나가버릴지 결정을 못 내리는 것 같았다. 마침내 그녀가 손을 내리고 말했다. "이해가 안 가네."

"내 팔찌잖아." 내가 버벅거리며 대답했다. 나는 그녀의 손목을 가리켰다.

그때 루시의 입에서 작은 웃음이 새어나왔다. "앨리스," 그녀가 말했다. "말도 안 되는 소리 하지 마."

루시가 나를 쳐다보았고, 그녀의 검은 눈동자가 나의 눈동자 속으로 파고드는 것 같았다. 그 눈빛에 나는 움츠러들었다. 마치 잘못을 저지른 사람이 나이고, 훔친 물건이 그녀의 팔목이 아닌 내 팔목에서 달랑거리고 있는 느낌이었다.

"그게 무슨 소리야?" 내가 물었다.

루시는 팔목이 옆으로 보이도록 팔을 들어올렸고 그러자 장식 중 몇 개가 내 시야 밖으로 사라졌다. "이 팔찌 말하는 거야?"

"응."

루시가 얼굴을 찌푸렸다. "앨리스, 이건 네 팔찌가 아니야."

나는 얼어붙었다. "그게 무슨 소리야, 루시?"

그녀가 팔을 내렸다. "이건 내 팔찌라고." 루시가 등을 돌렸고,

그녀의 말은 우리 사이에 생긴 거리로 인해 왜곡된 채 나에게 닿았다. "이건 내 어머니의 팔찌였다고."

나는 입을 벌렸다가 도로 다물었다. 무슨 말을 해야 할까. 이해할 수가 없었다. 나는 말하고 싶었다. 아니, 그건 내 어머니의 팔찌야. 어쩌면 실제로 그렇게 말했는지도 모르겠다. 그러나 그 말은 내가 아닌 다른 사람의 입에서 나온 것처럼 투박하고 멀게 느껴졌다. 루시는 야릇한 표정으로 나를 계속 쳐다보았고, 나는 그녀가 내 말을 들었는지, 아니면 내가 그 말을 실제로 했는지조차 확신할 수 없었다.

그녀가 내 쪽으로 한 발짝 다가왔다. "앨리스, 너 괜찮아? 어디 아프면 내가 보건 선생님 불러올게."

걷잡을 수 없는 두려움이 밀려들었고, 나는 갑자기 그 모든 것에 압도되었다. 지난 몇 주간 루시가 보인 이상한 태도, 내 옷과 관련된 사건, 그리고 이것. 나는 그녀에게 소리지르고 싶었다. 그녀에게 달려들어 팔에서 팔찌를 잡아뜯고 싶었다. 그러나 사람들이 과연 내 말을 믿어줄까? 그러한 의문과 동시에 과연 내가 생각하는 사람들이 누구를 말하는 건지도 자문해보았다. 이런 문제를 과연 누구에게 털어놓을 수 있으며, 나를 비웃으며 돌아서지 않을 사람이 누가 있을까? 너무 황당한 이야기라는 것을 당연히 나 자신도 잘 알고 있었다. 여자애 둘이 팔찌를 놓고 똑같은 얘기를—죽은 어머니가 남겨준 선물이라고—한다는 건 도무지 있을 수 없는 일이었다. 당연히 말도 안 되는 얘기로 들리지 않겠는가?

바로 그것이 그녀가 원하는 바였다.

곧바로 떠오른 생각이었다. 황당하고 믿기 힘든 일이지만, 그럼에도 그게 진실이라고, 나는 스스로에게 말했다. 그것 말고는 다른 이유가 없다는 이유로 그것은 진실일 수밖에 없었다. 그렇지 않고서야 왜 그 팔찌가 자기 어머니의 것이라고 주장하겠는가. 루시는 나를 미치게 만들고 싶은 것이었다.

그녀는 내 과거에 대해 알고 있었다. 우리의 우정 초기 단계에 나는 부모님의 죽음 이후 내 삶에 드리웠던 어둠과 그림자 때문에 모드 고모가 나를 멀리 보내고 싶어했다는 것, 다시는 해를 볼 수 없는 시설에 넣으려 했다는 것을 그녀에게 말해주었다. 지금도 가끔 증상이 나타나서 때로 나 자신의 정신 상태와 기억력에 의심을 품기도 한다는 것도.

내가 아주 짧은 순간이나마 그 팔찌가 정말 루시의 것은 아닌지, 혹시 루시의 것을 내 것으로 착각한 것은 아닌지 의심하지 않았다고 한다면 그건 거짓말이다. 죽은 어머니의 팔찌가 또하나 있었을 수도 있었다.

그러나 루시를 쳐다보면서, 의혹이 담긴 혼란스러운 표정을 바라보면서, 나는 그렇지 않다고 속으로 말했다.

그건 분명 내 팔찌였다, 나는 알고 있었다.

얼굴이 달아오르는 것을 느꼈지만, 이번에는 창피해서나 긴장해서가 아니었다. "제발, 루시." 내가 애원했다.

루시가 한숨을 쉬었다. 처음에는 그녀가 뜻을 굽힐 거라고, 다 인정하고 짓궂은 장난이었다고 말할 거라고 생각했다. 그러나 루시의 표정이 바뀌었다. 눈이 가늘어졌고 얼굴은 갑자기 작고 야비해 보였다. "나중에 얘기하자. 나 지금 수업 있거든." 그 말을 남기고 루시는 자리를 떴다.

그날 밤 루시는 돌아오지 않았다.

나는 우리의 방에서 처음으로 혼자 잤고, 갑작스러운 그녀의 부재와 정적에 불안을 느꼈다. 전에 한 번도 보지 못했던 그림자들이 벽 전체를 가로지르며 춤을 추었다. 한밤중에 섬뜩한 소리를 듣고 잠에서 깨어났고, 얼마 후에야 그것이 그저 나무 두 그루가 서로 스치는 소리임을 알았다. 그때쯤 나의 심장은 미친듯이 뛰기 시작했고, 조금 전까지 나를 겁에 질리게 했던 모든 소리를 삼킬 정도로 커다란 괴성이 들렸다.

그만해, 나는 스스로를 꾸짖었다. 넌 이제 어른이야. 하룻밤 정도는 혼자 잘 수 있어. 실제로 그날은 내가 처음으로 혼자 잠이 든 날이었다. 그전까지는 항상 누군가가 집안에 있었다. 부모님이 있었고, 그 뒤로는 고모가 있었다. 물론 옆방에 다른 여자애들이 있다는 것을 알았지만 어쩐지 기숙사가 텅 빈 느낌이었고, 나 혼자만 이곳에 있는 것 같았다. 잠깐은 정말 그런 건 아닌지 걱정이 됐다. 어쩌면 비상 대피 훈련이 있었는데 내가 놓쳤는지도 몰랐다. 나는 밖에 한 줄로 서 있는 여자애들이 있는지, 밤바람을 맞으며 웅크리고 있는 아이들이 있는지 창문을 내다보았다. 아무도 없었다. 그런데도 이 미늘벽 판자 건물의 네 벽 안에 나 혼자가 아니라는 사실을 스스로에게 완벽하게 납득시킬 수가 없었다. 나는 다른 여자애들의 기척을 들으려고 귀를 기울였다. 나무 두 그루가 서로 부딪치며 내는 섬뜩한 소리가 아닌 그 어떤 소리라도 들어보려고.

아무 소리도 없었다.

아니면 있었던가?

한밤중의 어느 순간부터 나는 누군가의 기척을 느끼기 시작했다. 심장이 방망이질했고 피가 얼굴로 쏠렸다. 전에는 다른 모든 것과 나 사이에서 루시가 일종의 장벽, 일종의 방패 역할을 했지만—그녀가 곁에 있는 동안에는 아무 일도 일어나지 않았기 때문에 나는 그렇게 판단했다—그 순간 나는 무방비 상태였고 혼자였다. 나는 침대 가장자리로 움직여 창문의 차가운 유리와 등이 평행이 되도록 누웠다. 눈을 감고 숨을 참았다. 그런데도 숨소리는 계속 이어졌다. 이건 실제 상황이 아니야, 라고 속으로 중얼거렸지만, 그 말은 위로가 되지도 않았고 누군가가 지켜보고 있는 것 같은 느낌을 떨쳐낼 수도 없었다. 방안에 더이상 나 혼자가 아닌 것 같은 그 느낌을.

그날 밤 나는 거의 잠을 이루지 못했다. 소설에서 보면, 여자 주인공들은 밤마다 몸을 뒤척이면서, 가만히 누워 평화롭게 잠을 잘 수 없다고 말한다. 그러나 나는 몸을 뒤척이지 않았다. 대신 나는 조용히, 꼿꼿하게 누워 있었다. 꼼짝 않고 누워 있는 것에 내 목숨이 달려 있다는 듯이. 그렇게 몇 시간을 보내자 지쳐서 땀이 나기 시작했다. 잠이 들었다 깨어나기를 빠르게 반복하다보니 시간이 얼마나 흘렀는지도 더이상 알 수 없었고, 온몸이 축축했다. 손 하나를 들어 가슴을 문질러보니 손바닥이 젖었다. 커튼 틈으로 첫 햇살이 스며드는 순간이 되어서야 나의 공포는 잦아들었다. 하루가 시작되기를 가만히 기다리는 대신 나는 이불을 걷었다. 그렇게 하면 아침이 밝아오는 것을 재촉할 수 있다는 듯이. 밤은 이 정도로 충분했다. 그런데도 나는 여전히 머뭇거렸다. 루시가 안내해주고 시간을 일깨워주지 않으니 어디로 가야 할지 무엇을 해야 할지 알 수 없었다. 항상 루시가 먼저 일어났고 나는 루시가 화장실에 갈 때까지 기다렸다가 따라나섰다. 그녀가 없는 지금, 나는 누워서 기다리며 미적거렸다.

홀로 보낸 밤에 잠을 빼앗긴 나는 깨어 있으려 애를 썼지만 결국 꾸벅꾸벅 졸았다. 눈꺼풀은 무겁게 내려앉았고 호흡은 느리고 무거워졌다. 잠속에 빠져드는 것을 의식하면서도 그 보드랍고 집요한 부름에 저항할 도리가 없었다.

나는 심장이 두근거리는 상태로 잠에서 깨어났다.

처음엔 무엇이 나를 깨웠는지 알 수 없었지만, 이내 루시의 존재를 느꼈다. 나는 여전히 자는 척하며 반쯤 눈을 감은 상태로, 그녀가 머리 위로 블라우스를 벗고, 브라와 팬티 차림으로, 거들 대신 스타킹을 고정하는 가터벨트만 하고 있는 모습을 보았다. 내가 싫다고 했는데도 고모는 거들을 사야 한다고 한사코 우겼다. 네가 선천적으로 마른 편이긴 하지만, 결혼하고 아이 몇 명 낳아봐라, 그땐 그걸 사서 다행이라고 생각할 거야, 고모는 말했다. 문득 나는 루시가 이 정도로 벗은 모습을 본 적이 없다는 걸 깨달았다. 몇 년을 함께 살았는데 옷을 벗은 모습을 본 적이 없다는 게 이상하긴 했지만, 어떻게 보면 나 역시 그런 상황을 피하려고 노력한 것이 사실이었다. 나는 루시가 방에 없을 때 옷을 갈아입거나, 아침에 옷을 입으려고 서둘러 화장실로 달려가곤 했다. 루시의 피부가 너무도 새하얘서 놀랐다. 그녀는 창백했다. 물론 얼굴색을 통해 그렇다는 건 알고 있었지만, 그녀의 몸 전체가 창백하다는 걸 두 눈으로 확인하는 것은 어딘가 느낌이 달랐다. 그녀는 마치 빛을 발하는 것 같았고, 방안이 완벽하게 어둡더라도 그녀를 찾을 수 있을 거라는 확신이 들었다.

나는 문득 루시가 얼마나 발가벗었는지 의식했다. 완전히 똑같은 색은 아니었지만 브라와 팬티 모두 흰색이었고 전형적인 디자인이었다. 팬티는 윗부분에 단순한 레이스가 달려 있었고 배꼽 바로 아래까지 왔다. 브라에도 약간의 장식이 있었고, 가슴 사이에 하얀 꽃 한 송이가 달려 있었다. 나의 시선은 내 가슴에 비해 너무나 풍만한 그녀의 가슴에 머물렀다. 저런 가슴을 옷으로 어떻게 감추고 다닐까. 나는 가슴에서 시선을 거두어 그녀의 얼굴을 보았다.

"루시," 내가 일어나 앉으며 말했다. 나의 말은 속삭임처럼 들렸다. 의도한 것보다 너무 여린 목소리였다. "루시, 그거 어디 있어?" 강하고 단호한 목소리를 내려 애쓰며 내가 물었다.

루시가 나를 쳐다보며 얼굴을 찌푸렸다. "뭐?"

내가 한숨을 내쉬었다. "팔찌."

"무슨 팔찌?" 그녀가 고개를 저으며 물었다.

"내 어머니 팔찌." 내가 추궁했다.

그녀가 어깨를 으쓱했다. "어딘가 있겠지. 네가 마지막으로 찬 뒤에 못 봤어. 한 일주일 됐나?"

내가 하려던 말들이, 우리가 마지막으로 본 이후 지난 몇 시간 동안 준비하고 외워두었던 말들이 실체화되지 못한 채 긴 흔적을 남기며 증발해버렸다. 나는 지금 벌어지고 있는 상황을 이해하려 애썼다. 전날 나누었던 우리 대화는 아예 없었던 일이 되어 있었다, 마치—나는 그 생각에 흠칫하며 몸을 떨었다—그 모든 게 내 상상에 불과하다는 듯이. 나의 룸메이트를 쳐다보면서, 나는 그녀가 저지른 일, 그리고 지금도 저지르고 있는 일을 증명할 만한, 그 증거가 될 만한 것을 뭐든—어떤 것이라도—찾으려 애썼다. 아무것도 없었다. 그녀는 진실해 보였고, 내가 무슨 얘길 하는지 정말로 모르는 사람처럼, 나를 진심으로 걱정하는 사람처럼 보였다.

난 널 믿지 않아.

그 생각의 이면에 담긴 격한 감정에 놀라, 순간적으로 내가 실제로 그 말을 했을까봐 걱정했다. 나는 고개를 저었다. 내가 진실을 알고 있다고, 확고하고 단호하게, 스스로를 일깨웠다. 루시는 톰 때문에, 내가 자기와 많은 시간을 보내지 않는다고 화가 나 나의 팔찌를 가져갔다. 그런데 이제 보니 그건 너무나 이상하고 불안정한 생각이었다. 애초에 왜 그런 생각을 했을까.

"난…… 난 모르겠어." 마침내 내가 말했다. 그것이 지금 벌어지고 있는 상황을 이해하지 못해 삐걱거리는 나의 뇌가 그나마 생각해낼 수 있는 유일한 말이었고, 내가 도달한 유일한 진실이었다. 나는 모르겠다는 것.

루시가 인상을 썼다. "걱정 마, 앨리스." 그녀가 짧게 미소를 지었다. "같이 찾아보자, 약속해."

그때 루시가 나를 끌어안았고, 그것은 이전에 우리가 나누었던 것보다 더 친밀한 몸짓이었다. 단지 그녀가 속옷 차림이었기 때문은 아니었다. 노출된 사람은, 발가벗은 사람은 내 룸메이트가 아니었다. 그것은 바로 나 자신이었다. 나의 모든 결함이, 나의 정신적 취약함이 우리 둘 사이에 조용히 널브러져 있었다. 나는 그 생각을 하고 싶지 않았다. 부모님의 죽음 이후의 시간을 생각하고 싶지 않았다. 그러나 우리 두 사람 사이에서 그것이 돌연 부정할 수 없는 사실로 불거져버린 것 같았고, 그렇기에 나는 그것을 꺼내어 다시 한번 들여다보는 수밖에 없었다.

그 순간 나는 여전히 무엇을 믿어야 할지 모르는 상태로 얼어붙어 있었다. 그런데 그때, 내 팔이 마침내 옆구리에서 벗어나 루시를 꽉 끌어안았다. 어쩌면 너무 지나치게 꽉 끌어안았다는 것을 알았지만, 그녀를 놓아주기가, 나의 모든 비밀을 속속들이 알면서도 나를 함부로 비난하지 않았던 그녀를 놓아주기가 두려웠다.

그 이상한 포옹에서 벗어나는 것이 두려워서, 나는 그렇게 그녀에게 매달렸다.

6
루시

그로부터 며칠 후 나는 약속한 시간에 카페 팅기스에서 유세프를 만났다. 그는 벽에 기대서 있었다. "준비됐어요?" 그가 싱긋 웃으며 물었다.

나도 미소로 답했다. 나는 기꺼이 따라나설 준비가, 다른 사람들의 말과 경고를 밀어낼 준비가 되어 있었다. 유세프에게는 존 같은 속물들보다 훨씬 친근하게 느껴지는 무언가가 있었기 때문이었다. 우리 두 사람 다 경계의 바깥에 있었다. 나는 출생으로 인해, 유세프는 환경으로 인해. 앨리스와 나누었던 친밀감처럼 강렬한 감정은 아닐지라도, 나는 우리 사이에 최소한 어떤 공감대가 흐르고 있다고 생각했다. 물론 여전히 경계심을 늦추지 않았고 여전히 조심스러웠지만, 우리의 타자성이, 우리를 둘러싼 세상에도 불구하고, 혹은 우리를 둘러싼 세상 때문에 서로를 이어줄 거라고 믿었다.

우리는 메디나를 벗어났고, 좁고 복잡한 거리는 길고 널찍한 길로 바뀌었다. 갈수록 인적이 드물어졌다. 우리는 우호적인 침묵 속에서 걸었고, 나는 마음이 방랑하도록 내버려둘 수 있는 것에 만족하면서도 어느 순간 그를 돌아보며 이렇게 물었다. "그런데 유세프예요? 아니면 조제프예요?" 지난번에 그를 만난 뒤로 계속 그 생각을 하면서 그 차이에 대해 숙고해보았다. 조제프. 유세프. 그 둘은 본래 같은 이름인데 하나가 다른 하나에서 파생된 걸까? 알 수 없었다. 사실 그가 처음 자신을 소개할 때 어떤 이름을 썼는지, 앨리스가 그 둘 중 어떤 이름으로 말했는지도 더는 확신할 수 없었다. 내 머릿속에서 그는 이미 유세프였지만, 그에게 이질성이라는 특별한 이미지를 주입하려는 나의 심리가 투영된 것일 가능성도 있었다.

그가 어깨를 으쓱하고는, 걷기 시작할 때 불을 붙여 입에 물고 있던 담배로 손을 뻗어, 길게 한 모금 들이켰다. 굳은살이 박이고 검게 변한 손가락들은 여전히 뜨거운 재가 흘러내려도 아무렇지 않은 것이 분명했다. "그게 중요한가요?"

내가 얼굴을 찌푸렸다. 중요한가? 그 문제를 곰곰이 생각해보니 나도 더이상은 확실히 말할 수 없었다. "그래도 당신 이름이잖아요." 내가 항의했다.

"우리는, 우리 모두는, 이름을 여러 개 갖고 있죠." 그가 대답했다.

내가 눈을 가늘게 떴다. "그게 무슨 뜻이죠?"

"남편. 아버지. 형제."

"그건 역할이죠, 이름이 아니고." 내가 반박했다.

그는 다시 어깨를 으쓱했다. 그런 구분에 신경쓰지 않는 것이 분명했다. "이 도시는 여러 이름을 갖고 있어요. 처음엔 팅기스였죠." 그가 말을 멈추더니 다시 담배로 손을 뻗었다. "프랑스어로는 탕제. 스페인어로는 탕헤르. 아랍어로는 탄자. 이렇게 여러 가지 다양한 이름을 갖고 있어요. 혹은 역할을요. 결국 다 같은 거죠."

나는 조금 더 잠자코 있었다. "유세프이건 조제프이건 아무래도 상관없단 거군요. 특별히 더 선호하는 것도 없고요. 그러니까, 탕헤르처럼."

그 말에 그가 미소를 지었다. "맞아요, 탕헤르처럼."

나는 낭떠러지 끝으로 다가가 아래를 내려다보았다. 우리가 있는 곳 양쪽으로 여기저기 커플들이 흩어져 있었다. 몇몇은 앉아서 바다를 보고 있었다. 싸온 음식을 풀어놓은 사람들도 있었다. 빵과 치즈, 과일 몇 조각이 보였다. 니캅*을 쓴 여자들도 있었고 서구적인 드레스를 입은 여자들도 있었다. 이곳은 현지인과 외지인 할 것 없이 누구나 오는 곳인 것 같았다. 하지만 이곳이 어디인지는 아직 알지 못했다. 나는 동행 쪽으로 돌아서서 설명을 기다렸다.

"여기는," 그가 마침내 입을 열었다. "지중해와 대서양이 만나는 곳입니다."

"또 한번 겹쳐지네요." 유감스럽다는 듯 내가 말했다.

"맞아요, 앨리스." 그는 또다시 미소를 지었다. 흐뭇하다는 듯이, 마치 내 대답이 그를 만족시켰고 오직 그만이 질문과 답을 쥐고 있는 시험을 내가 통과했다는 듯이. "역사가 겹쳐지는 거죠." 그가 자기 발치를 가리켰고 나는 우리 발밑의 흰 조형물로 시선을

---

* 이슬람교도 여성들이 눈만 내놓고 착용하는 얼굴 가리개.

돌렸다. "이건 무덤이에요. 페니키아인들의 무덤. 팅기스라는 고대 도시의 유적이죠."

나는 탕헤르가 존재한 이래 끊임없이 정복을 당했고, 그래서 늘 새로운 문화를 흡수했으며, 결국 탕헤르는 수세기 동안 이곳을 거쳐간 수많은 사람과 사물의 축적물임을 알고 있었다. 이곳에 사는 사람들 중 자신의 계보를 현재에서부터 시초까지 추적했을 때 외부의 개입이나 방해를 단 한 번도 받지 않은 사람이 있을까. 내 곁의 동행을 바라보면서 나는 그가 자신의 계보를 따져보았을지, 그의 피가, 그의 심장이 내 심장처럼 말을 할 수 있다면 무슨 말을 할지 생각해보았다. 그 말들도 해독하기가 어려울지, 혹은 그의 메시지는 보다 선명하고 보다 강력할지—내가 실패했던 대목에서 그는 성공할 수 있을지.

"갑시다," 유세프가 말했다. "바로 요 앞에 카페가 있어요."

우리는 좁은 오솔길로 접어들었고, 곧바로 길 양쪽에 눈부시게 흰 벽이 나타났다. 메디나 위쪽 높은 곳에 조성된 동네는 어딘가 달랐다. 더 조용했고, 아마도 더 깨끗했으며, 아래쪽 거리에 펼쳐진 광란으로부터 멀리 떨어진 듯했다. 이 고요함, 이 정적이 석조 벽에 투영되는 것은 너무도 당연하게 느껴졌다. 나는 벽에 손을 대어보았다. 닿는 느낌이 서늘했다. 손가락이 돌 표면을 스치도록 손을 옆으로 뻗고 걸었다. 머지않아 카페 입구가 모습을 드러냈다. 간판은 흰 벽에 돌멩이를 붙여서 만들었다. 카페 하파. 퐁데* 1921. 나는 손을 뻗어 표면이 매끄러워진 자갈들을 쓸어보았다. 자갈은

* '설립된'이라는 뜻의 프랑스어.

바탕의 흰 벽보다 아주 조금 어두운 빛깔이었다. 그 간판이 처음 만들어진 이후 얼마나 많은 손들이 똑같이 자갈을 스쳐갔을까. 그 순간 나는 느낄 수 있을 것만 같았다, 그 묵직한 역사의 무게를. 위대한 작가들과 화가들과 음악가들이 너나없이 이 관문을 통과했다는 사실이, 이보다 앞서 갔던 다른 곳들엔 없는 위엄을 부여하는 듯했다.

나는 탕헤르가 여러 면에서 일종의 유령도시라는 생각이 들었다. 다만 죽고 텅 비어 있고 황량한 대신, 이곳은 살아 있었다. 이 도시에서 골목들을 거닐고 생각에 잠기고 차를 마시고 영감을 얻었던 위대한 지성들에 대한 추억과 함께, 이 도시는 번영하고 폭발하고 있었다. 탕헤르는 앞서 이곳을 지나간 사람들의 증언이며 묘지였다. 그러나 끝난 것 같은, 수명을 다한 것 같은 느낌이 아니었다. 이곳에는 여전히 휘몰아치고 번창하고 발견되고 해방되기를 기다리는 것들이 있었다. 그것들이 내 손끝을 간질였다. 앨리스도 이런 감정을 느꼈을까. 이곳에 도착한 뒤로, 내가 평생 탕헤르에 오기를 기다려온 것 같다는 생각이 들었다. 지금껏 내가 했던 모든 일, 모든 생각, 모든 행동이 나를 이곳으로 이끈 것만 같았다. 무엇보다, 그녀를 한번 더 찾아내기 위해, 그리고 우리가 함께할 수도 있을 삶을 위해. 모든 것이 완벽했다. 나는 앨리스에게 얘기하고 싶었고, 그녀 역시 그 사실을 깨닫기를 간절히 바랐다. 이 모든 것이 얼마나 기가 막히게 완벽한지를. 탕헤르, 앨리스, 낯선 도시에 함께 있는 우리.

모퉁이를 돌자 곧바로 바다가 내다보이는 테라스 자리가 눈에 들어왔다. 바다의 푸른빛이 카페의 눈부신 흰색에 상쇄되었다. "아름다워요." 내가 중얼거렸다. 입 밖으로 내뱉기 전부터 이미 그 말을 생각하고 있었다.

유세프는 듣는 것 같지 않았다. 그는 테라스 쪽으로 천천히 걸어가며 자리들을 하나씩 지나치더니 결국 맨 끝자리를 골랐다. "여기 앉으면 전망을 내다볼 수 있어요." 그가 말하며 의자에 앉았다.

나는 고개를 끄덕였고, 마침내 때가 되었음을 알았다. 그를 만나기로 한 데에는 다른 이유가 있었다. 관광보다, 유세프가 내게 제공할 정보보다 더 중요하고 더 다급한 이유가 내 가슴속에서 지속적으로 박동하고 있었다. 나는 그의 곁에 앉았고, 그가 나에게 과연 무엇을 줄 수 있을지 상상하지 않으려 애썼다. 마법의 열쇠, 비밀의 주문, 무엇이든 거울 속에서 흘긋 본 것보다 확실한 게 있다면 어떤 것이든 좋았다.

나는 지갑에서 사진을 한 장 꺼내 테이블 위에 놓았다. "영국 남자가 한 명 있는데," 내가 더 말을 잇기도 전에, 젊은 남자가 나타나 주문을 하라고 했다. "차 주세요." 나는 대답한 뒤 유세프를 돌아보며 장담하듯 말했다. "내가 살게요."

앞서 돈 문제를 거론한 적은 없었지만, 슬쩍 쳐다본 그의 눈빛이 다시는 그런 제안을 하지 말라고 경고했다. 나는 의자에서 몸을 움직이며 잠자코 기다렸다. 내가 하고 싶은 말들, 내가 묻고 싶은 질문들—존에 관한, 그리고 존과 함께 있었던 현지인 여자에 관한—이 가슴속에서 끓어오르며 꺼내달라고 애원했지만, 조금 전에 내가 발을 잘못 디뎠던 탓에 이번에는 유세프가 대화의 기조와 완급을 조절하도록 주도권을 내줘야 한다는 걸 알았다.

"이 사람인가요?" 잠시 침묵이 흐르고, 차가 나온 뒤 그가 물었다. 그는 사진을 집어들기 위해 몸을 움직이지 않았고, 단지 손가락만—담배 한 개비를 든 채로—사진 위로 움직였다. 재가 떨어져 사진에 탄 자국이 남을까봐 잠깐 걱정이 되었다. 그 사진은 그날 아침 앨리스의 거실에 있는 액자에서 꺼낸 것이었다. 앨리스가 들어와 자기 남편 사진을 훔치는 것을 목격할까봐 두려워하며 조용히 꺼냈다. 행여 들키기라도 하면 뭐라고 말해야 할지 알 수 없었다. 유세프의 담뱃재가 불에 타며, 희고 뜨거운 기울어진 탑의 형상이 되는 것을 지켜보면서 나는 움찔했다. 재가 떨어진다면 변명의 여지가 없을 것이고, 앨리스가 알게 될 것이었다.

유세프가 사진에서 손을 치우자 나는 안도의 한숨을 쉬었고, 재는 바닥으로 떨어졌다.

"네." 나는 여전히 기다리며 망설였다. 나의 마음속에서 유세프는 어떤 경계에 있는 사람 같았다. 공식적인 것과 비공식적인 것, 빛과 어둠의 중간 어딘가에 있는 사람. 이 대화가 어떻게 전개될지 상상하면서 나는 우리가 나누는 대화의 밀물과 썰물을 그가 조절할 거라고, 이 대화가 어떤 식으로 어디로 나아가야 하는지 그가 알 거라고 생각했다. "여자도 있어요." 그에게 빠르고 다급한 시선을 던지며 내가 말했다.

그가 눈썹을 치켜세웠다. "부인은 아니겠지요?"

나는 고개를 저었다. "아니에요. 제가 궁금한 건……"

그가 나를 쳐다보았다. "뭐가 궁금한가요, 앨리스?"

나는 그와 눈을 맞추었다. "그 여자가 누구인지."

"과연 도움이 될까요?" 그가 고개를 한쪽으로 기울이며 물었다. "그 답을 아는 게?"

나의 열정을 드러내지 않으려 애쓰며 내가 고개를 끄덕였다. "네, 도움이 될 거 같아요."

그는 잠시 잠자코 있다가 입을 열었다. "프랑스 여자예요." 그가 고개를 비스듬히 했다. 자신이 한 말을 곱씹는 것이 분명했다. "그러니까, 반만. 반만 그렇단 거예요, 반은 모로코인이고." 그가 짧게 웃었다. "여기선 그리 드문 경우는 아니죠."

나는 차를 마시려다가 그의 말에 멈칫했다. "그 여자를 알아요?" 내가 놀라며 물었다. "남자도 알고요?" 내가 사진을 가리켰다. 나는 우리가 얘기를 나누고 나서 유세프가 여기저기 수소문을 하거나 직접 조사를 할 거라고 생각했다. 그가 이미 대답을 알고 있을 거라고는 생각하지 못했다.

그가 어깨를 으쓱했다. "알고 싶어요?"

"네," 내가 의욕적으로 대답하고는, 뒤늦게 꼭이라고 덧붙였다.

대화를 지속하고 싶지 않다는 듯이, 단지 날 위해 특별히 호의를 베푼다는 듯이 그가 말을 멈추었고, 나는 그가 대가로 뭘 원할지 생각해보았다. 분명히 무언가를 원할 거라고, 그는 자신이 뭘 얻을 수 있을지 생각해보기 전에는 아무것도 하지 않을 사람이라고 확신했다. 얻어먹기를 싫어하는 것과 공짜로 정보를 주는 것은 엄연히 다른 얘기였다.

"프랑스 여자예요. 예술가고요. 그래서 알아요." 그가 말을 멈추었다. "나이트클럽에서도 일하죠."

나는 그 말을 천천히 곱씹었다. 나이트클럽이라. 그게 어떤 의미인지 우리 둘 다 알고 있었다. 겉으로는 아닌 척하지만, 이 도시의 나이트클럽은 서양인들을 위한 매춘부의 집합소였다. 나이트클럽은 탕헤르 전역에 흩어져 있었고, 다른 사람의 몸을 팔기 위해 자신의 몸을 파는 일을 접기로 한 프랑스 여자들이 주로 운영하고 있었다.

"이름은요?" 내가 추궁했다.

"사빈." 그가 나를 돌아보았다. "이름은 사빈이에요."

나는 몸을 앞으로 숙였다. 덤덤한 척하는 연기는 집어치웠다. 이 정보에, 그리고 이 정보가 내게 준 힘에, 귀가 윙윙거리고 손이 떨리기 시작했다. 이 순간에 이르기까지 일이 이렇게 쉬울 거라고는 생각하지 못했고, 내가 얼마나 간절히 대답을 원했는지도 인정하고 싶지 않았다. "얼마나 오래됐죠? 그러니까, 두 사람의 관계가?"

유세프는 그 질문에 흥미가 일지 않는 모양이었다. 그는 자세를 고치고 담배를 바닥에 던지더니 나른하게 말했다. "그런 여자가 되지 말라고 충고하고 싶군요."

그 말에 나는 움찔했다. 내 반응을 설명할 수는 없었지만, 그가 한 말의 소리와 형태, 그 말이 암시하는 바가 내 심장을 뛰게 했다. 나는 조용히 나 자신을 꾸짖었다. 그냥 한 단어일 뿐이었다. 특별한 의미가 없었다. 그러나 아니었다, 그렇지 않다는 것을 알았다. 그 말에는 어떤 의미가, 모든 의미가 담겨 있었다. "어떤 여자요?" 내가 물었다.

그가 나를 쏘아보았다. "그런 여자요."

물론 그가 나를 두고 한 말은 아니었다. 그는 사진 속 남자를 내 남편으로 착각하고 있었고—그 순간 나는 앨리스로 되어 있었기에 이론적으로는 나의 남편이 맞았다—그의 말이 실제로 나를 겨냥한 것은 아니었지만, 그럼에도 나는 화가 났다. 앨리스를 대신해 그에게 화가 났고, 그 외에 다른 것에도 화가 났지만, 그게 무엇인지는 명확히 정의할 수 없었다.

나는 가방을 챙겨들고 그에게서 돌아서서 걷기 시작했다. 몇 분이 지난 뒤에야 그가 나에게 돌아오라고 소리치지도, 사과하기 위해 쫓아오지도 않았음을 깨달았다. 상관없었다. 나는 카페 하파에서 나온 뒤, 계속 걸어 다시 무덤 위에 이르렀다. 유세프가 날 도울 수 없다면, 내가 방법을 찾을 것이다. 대서양과 지중해의 푸른 뒤섞임을 바라보면서, 나는 탕헤르에서 벌어지고 있는 이 이상한 겹쳐짐을 일컫는 단어나 이름이나 명칭이 있는지 궁금했다. 탕헤르에서는 모든 게 처음과는 다른 모습으로 변화했고, 그 무엇도 온전히 한 가지 모습만 띠지 않았다. 나는 다시 앨리스를 생각했다. 그녀도 탕헤르에서는 딴사람이었다. 완전히 다른 사람. 경직되고, 멀고, 지친 사람. 과거의 앨리스 위에 새로운 앨리스가 겹쳐지면서, 본래의 앨리스를 아래에 감추고 있었다. 그러나 나는 아직 희망을 버리지 않았다. 그녀는 단지 존의 아내 앨리스가 아니었다. 그녀는 한때 그녀 자신의 주인이었고, 존 없이도 살았다. 내가 알아내야 할 것은 어떻게 그녀를 되찾을 것인지, 어떻게 탕헤르에서 팅기스로 옮겨갈 것인지, 그런 엄청난 위업이 정말 가능하기나 한지였다.

나는 카스바광장에서 성벽을 따라 걸었고, 수시로 걸음을 멈추고 노트에 무언가를 적으면서, 유세프와의 이상한 대화를 떨쳐내려 애썼다. 나는 밥 바르* 앞에 멈춰 섰다. 뻥 뚫린 게이트가 나타

* '바다의 문'이라는 뜻으로, 바다를 향해 난 탕헤르 성벽의 게이트 중 하나다.

나는 순간 석재의 단조로움이 깨지고, 눈앞에는 하늘과 바다 외에 아무것도 보이지 않았다. 유세프가 이곳에 대한 이야기를 들려주었지만 정확히 어떤 말을 했는지, 뜨거운 태양 아래에서 기억해내기가 쉽지 않았다. 어느 아름다운 여인의 혼령이 이 지역에 출몰해 남자들을 유혹해서 죽음으로 이끈다고 했던가. 나는 그 생각을 하며 미소를 지었다.

그리고 바로 그때 그를 보았다.

나는 게이트 바로 앞에 서 있어서, 그의 시야에서는 내가 보이지 않았다. 처음엔 그가 혼자라고 생각했지만, 이내 그가 벽 쪽 자신의 옆으로 여자를 끌어당겼다. 바에서 보았던 바로 그 여자, 나는 그녀를 바로 알아보았고, 숨이 턱 막혔다.

가장 먼저 나의 눈에 띈 것은 앨리스와는 너무나 다른 그 여자의 자신감이었다. 그녀는 어깨를 뒤로 젖히고 가슴을 내밀고 있었고, 입고 있는 원피스는 헐렁한데도 몸매를 한껏 강조했다. 머리는 위로 높게 틀어올렸고, 양팔에는 금과 은으로 된 팔찌들이 무겁게 달려 있어 움직일 때마다 짤랑거렸다.

대낮에 보니, 유세프가 묘사했던 것과 정확하게 일치했다. 반은 모로코인, 반은 프랑스인이었다. 그 조합에는 시선을 사로잡는 무언가가 있었다. 시선을 끌기 위해 아우성치고 투쟁하는 무언가가.

그녀의 피부는 황금빛이었고, 눈 색깔은 어두웠다. 나는 탕헤르에 대한 존의 사랑을 떠올렸고 전부 앞뒤가 맞는다고 생각했다. 그의 욕망은 이 생명체를 상대로, 외국인의 시선을 끌기에 적절하고 최적화된 방식으로 자신의 이국성을 표출하고 있는 이 여자를 상대로 발현되고 있었다. 나는 그 여자애가 가여웠다. 이제야 비로소 그녀의 실체를 볼 수 있었기 때문이었다. 나이는 많아야 열일곱 살 정도였다.

나는 숨은 자리에서 몸을 뒤로 바짝 붙이고, 내 뒤의 뜨거운 벽이 나를 물어뜯는 것을 느끼며, 존의 손가락이—태양에 그을려 반점이 생긴 그의 손이—그녀의 가느다란 허리 위로 펼쳐지는 것을 보았다. 그의 욕망은 너무도 확연했고 너무도 거침없었다. 나는 뜨거운 한낮의 열기 속에서 빠르고 집요하게 움직이는 그의 손에 매혹당한 채 서 있었다. 얼굴이 달아올랐지만 햇볕 때문은 아니었다. 두 사람이 함께 있는 모습을 보면서 밀려드는 고통이 수치스러워 나는 얼른 돌아섰다.

후에 나는 스스로의 침착했던 반응이 놀랍게 느껴졌다. 모로코의 뜨겁게 작열하는 태양 아래에서 그토록 뻔뻔하게 드러난 존의 배신에 격분에 가까운 감정을 느꼈어야 옳았기 때문이었다. 그는 앨리스가 결코 알아채지 못할 거라고, 아파트 밖으로 나오지도 않고 이 도시에 아는 사람도 없는 그녀가 알아낼 리 없다고 생각했을 것이다. 그래서 그 점을 십분 활용하기로 한 것 같았다.

그러나 이제 앨리스에게는 내가 있었다.

돌아서서 아치문 아래 서 있는 나를 본 순간 존 역시 그런 생각을 했을 것이다. 그을린 얼굴이 눈에 띄게 창백해진 그가 내 쪽으로 돌아섰다. 팔은 여전히 여자의 몸에 감겨, 아니 엉켜 있는 상태여서 어떤 식으로든 변명으로 넘어가긴 힘들었다. 그에 앞서 일어난 일들을 내가 목격했다면 더더욱. 나는 존의 생각을, 계산을 읽을 수 있었다. 그는 내가 얼마나 오래 그 자리에 있었고 얼마나 많은 것을 보았는지 궁금해하고 있었다. 마침내 그가 손을 거두고 내 쪽으로 다가오기 시작했다.

그러나 내가 더 빨랐다.

나는 있던 자리에서 돌아서서 인파 속에 파묻혔다. 완벽한 사진을 찍기 위해 게이트 앞에 모여 있는 관광객들, 그 뒤를 좇아다니며 보석, 모자, 다른 잡동사니를 절박하게 내보이며 판매하는 현지인들 속으로. 길을 잃고 그 조류에 나를 내맡기기는 쉬웠다. 나는 그 혼란에, 나를 잡고 좀처럼 놓아주지 않는 밀물과 썰물에 몸을 내맡겼다. 마침내 뒤를 돌아볼 용기가 생길 때까지, 그 조류가 나를 멀리멀리 데려가도록 내버려두었다. 존의 모습은 이제 거의 보이지 않았다. 그는 환하게 꾸며진 캔버스에 찍힌, 색깔 있는 작은 점이 되었다.

도망치느라 힘이 들어서 얼굴이 벌겋게 달아올랐고, 호흡이 짧고 거칠어졌다. 존이 나를 다그칠지 궁금했다. 아파트로 돌아가보면 존이 나를 기다리고 있다가 무엇을 보았는지, 본 것을 앨리스에게 얘기할 것인지 추궁할까. 마음 한편으로는 그가 그렇게 해주기를, 나를 맞이하는 사람이 그이기를 바랐다. 그 희망이 내 몸을 관통했고, 기대감에 손끝이 스멀거리고 발가락이 오그라드는 느낌이 들었다. 아파트를 향해 걷다가—더는 방황을 지속할 수 없다는 생각이 들었다—도망치는 과정에서 노트를 떨어뜨렸음을 깨달았다. 그런데 그 깨달음이 너무도 둔하게 느껴졌고, 아득하게 멀고 낯선 일처럼 느껴졌다. 마치 아까 전에 내가 했던 일들은, 지금 이 순간의 나, 햇볕에 그을리고 몹시 화가 나서 침묵하고 싶지 않은 이 순간의 내가 할 수 있는 일이 아닌 것 같았다. 나는 아파트로 향했다. 실제로는 불과 몇 분 걸었을 뿐이었겠지만 몇 시간처럼 느껴졌다.

걷는 동안 주위의 그림자들이 길어지는 것을 보았고 한낮의 열기가 누그러드는 것을 느꼈다. 심장박동이 느려지기 시작했고 호흡도 평상시의 상태로 돌아왔다. 마샨 지구에 다다랐을 무렵, 내 몸을 관통했던 이전의 감정들은 살갗과 모공 밖으로 증발해버린 듯했고, 극도의 피로감 외에는 아무것도 남아 있지 않았다.

나는 작게 한숨을 내쉰 뒤 안으로 들어섰다.

7
앨리스

"너무 더워."

내 말에 루시가 걸음을 멈추고 내가 숨을 고르도록 기다려주었다. 우리는 함께 카페 하파로 가는 길이었다. 공기가 탁했고 태양이 너무 뜨거웠다. 그러나 루시는 완강했고, 그날 아침 내가 카페 하파에 같이 가야 한다고 우겼다. 벌써 얼굴이 벌겋게 달아오르고 땀으로 끈적거렸다.

"거기 한 번도 안 가봤다니 믿을 수가 없어." 루시가 말했다. 더위로부터 나의 주의를 분산시킬 셈인 것 같았지만 소용없었다.

내 얼굴은 점점 더 진홍빛으로 물들었고 호흡은 거칠어졌다.

나는 한 발 그리고 또 한 발 내디뎠다. 태양이 내 뒷목을 태우고 정수리를 달구어서 그날 아침 루시가 머리에 두른 터번이 부러울 지경이었다. 루시는 늘 쓰고 다니던 모자—형편없는 디자인의 검은 밀짚모자—대신 외국인들이 많이 가는 가게에서 발견한 게 분명한 엷은 색 두건을 썼다. 조금 전 집을 나설 때 나는 그 두건을 뚫어져라 쳐다보았다. 요즘 이게 유행이야, 라며 루시가 나를 안심시켰지만 나는 불안해하며 계속 그녀를 쳐다보았다. 나를 멈칫하게 만든 건 그 두건의 디자인이 아니었다. 루시가 탕헤르의 거리에 넘쳐나는 외지인들과 너무도 잘 동화되고 있다는 사실 때문이었다. 나는 벌써 이곳에 온 지 몇 달째에 접어들었고 루시는 이 땅에 발을 디딘 지 이제 겨우 일주일이 지났는데, 마치 그녀가 여기 사는 사람이고 내가 방문객 같았다. 나는 수치심을 느끼며 그제야 모자로 손을 뻗었다. 내 머리에 약간 이상하게 맞는 작은 흰색 필박스* 모자였다.

"경치가 기가 막힌다니까." 루시가 말했다.

내가 호기심어린 표정으로 그녀를 쳐다보았다. "거기 얘기를 어디서 들었는데?"

"서점에 있던 친구들한테서. 리브레리 데 콜론.**" 그녀가 대답했다.

그 서점에는 또 언제 갔었나 의아해하며 내가 고개를 끄덕였다.

"꼭 여기 사는 사람처럼 말하네." 내가 말했다. 내 목소리에 나를 불안하게 하는 무언가가 깃들어 있었다.

처음 유세프 이야기를 한 뒤로 루시는 매일 밤늦게 집으로 돌아왔다. 기꺼이 자신의 새로운 모험담을 들려줄 태세로. 나는 매일 똑같은 부러움을 느끼며 그녀의 이야기를 들었고, 마음속에 맺힌

* 윗부분이 평평하고 챙이 없는 얕은 원통형 모자.

** 1949년에 문을 연 이래 수많은 지성들이 거쳐간 탕헤르의 유서 깊은 서점이자 문화 공간.

작은 응어리는 쉽게 다스려지지 않는 커다란 무언가로 자라날 기미를 보였다. 그러나 오히려 나는 그것을 다른 형태로 바꾸려 애썼다. 루시의 눈을 통해, 존의 열정을 닮은 그녀의 열정을 통해 세상을 보려고 노력했다. 우리 세 사람은 똑같은 자갈길을 걷고 있었지만, 그녀는 내가 구경하지 못한 세상을 묘사해냈다. 그래서 한 주가 끝날 무렵 그녀가 같이 나가자고 했을 때, 내가 놓치고 있는 것이 무엇인지, 나의 눈이 보기를 거부하고 있었던 것이 대체 무엇인지 너무나 궁금했던 나는 그러겠다고 했다.

"다음에 나하고 같이 가자." 루시가 말했다. "그 서점에."

나는 대답하지 않았다.

침묵 속에서 몇 분을 더 걷다가 마침내 우리는 낭떠러지에서 불과 몇 피트 떨어져 있는 이상한 흰색 지면 위에 서게 되었다. "아름답지 않아?" 루시가 나를 돌아보며 조심스럽게 물었다. 그녀는 대답을 기다렸고, 나는 그녀가 손을 내밀고 있음을 느낄 수 있었다. 그렇네, 정말 아름답다, 라고 말하고 싶었지만 무언가가 그 말을 막으며 나를 잠자코 있게 했다. 여전히 너무나 많은 질문과 대답들이 안개 속에 감추어져 있었고, 감추어져 있음에도 불구하고 붉고도 밝게, 경고하듯이 반짝였다.

"고국에 있는 그 어떤 것보다도 더 파랗네." 계속 바다를 바라보며, 그녀가 읽을 수 없는 표정을 지으려 노력하며, 내가 인정했다.

"이 바로 밑이 무덤이래." 루시가 말을 이었다.

우리는 바짝 붙어 서서, 돌로 된 직사각형 무덤들을, 흰 암석 위에 이상한 형태로 패고 구부러진 물웅덩이들을 보았다. "어디? 이 바로 아래?"

루시가 고개를 끄덕였다. "거의 이천 년 가까이 된 무덤이래. 이 도시가 팅기스라고 불렸던 시절부터."

"팅기스?" 내가 작은 미소를 지으며 물었다.

"탕헤르가 존재하기 이전, 고대 페니키아 도시래." 루시는 선글라스를 벗고 햇빛에 눈을 찌푸렸다. "탕헤르는 이름이 여러 가지더라. 팅기스는 그중 하나일 뿐이야."

"또 어떤 이름이 있는데?" 태양의 열기에 목소리가 나른해지는 것을 느끼며 내가 물었다.

"우선 팅기스가 있고, 그다음은 팅기. 티트갬, 탕헤르, 탠저스, 탠지어. 누구한테 물어보느냐에 따라, 어떻게 발음하느냐에 따라 다른 것 같아."

내가 루시를 돌아보았다. "넌 어떻게 발음하는데?"

나의 질문이, 내게 그녀의 생각이 중요하다는 사실이 그녀의 마음에 들었음을 알 수 있었다. 대답을 저울질해보는 듯, 루시가 잠시 생각에 잠겼다. "난 항상 탕헤르라고 발음할 것 같아. 하지만 팅기스라는 이름도 마음에 들어. 다양한 침략자들 때문에 탕헤르가 달라지기 전의 본래 모습이니까."

"꽤 낭만적이네." 내가 인정했다.

"신화에 푹 빠진 국가잖아." 그녀가 대답했다. "심지어 이 나라 사람들은 율리시스가 여행중에 탕헤르를 지나갔을 거라고 생각한다는 거 알아?"

페니키아의 무덤 위에 서서 루시는 사뭇 흐뭇한 표정을 짓고 있었다. 마치 이곳을 발견한 게 그녀 자신이라는 듯이. 나는 그 장면을 머릿속으로 그려보았다. 위대한 탐험가 혹은 정복자 루시. 그녀에게 어울린다는 생각이 들었다. 루시의 흥분이 너무도 선명해서, 그녀의 몸에서 내 몸으로 스며드는 것이 느껴질 것만 같았다. 우리 주위에 열기가 고동치고 태양이 강하게 내리쬐었지만, 그 풍경을 뒤로하고 돌아설 때는 우리 둘 다 그곳을 뜨는 것이 내키지 않는다는 것을 알 수 있었다. 마치 마법의 기운이 이곳과 이 도시의 나머지 부분을 분리해놓은 것처럼, 이곳은 너무도 고요했다. 저 아래쪽에는 고함소리와 물건 주고받는 소리와 서로에게 밀착된 채 땀을 흘리는 수천 명의 체취가 있었지만, 이 위에는 오직 정적만 있었다. 끝없이 펼쳐지며 서둘러 대서양의 해류로 스며드는 따스하고 유혹적인 파란색만이, 오직 깨끗하고 싱그러운 바다 냄새만이 있을 뿐이었다. 나의 상상인지도 모르지만, 돌아서서 카페와의 거리를 좁혀갈 때, 나의 발걸음이 뒤로 끌어당겨지는 기분이 들었다.

우리는 성긴 나무들 아래에 있는 낮은 테라스 자리 중 한 곳에 앉았다. 곧바로 안도감이 밀려들었고 나는 비로소 다시 제대로 숨을 쉴 수 있었다. 그제야 몸을 피할 나무 한 그루 없는 탁 트인 해안에 서 있느라 내 몸이 얼마나 뜨거워졌는지 깨달았다.

우리가 들어온 것을 보고, 종업원 한 명이 여러 개의 유리잔을 한 번에 들 수 있도록 고안된 기묘한 장치의 균형을 잡으며 달려왔다. 장치의 금속 코팅이 환한 햇살에 반짝였다. 루시가 두 잔을 주문했고 그에게 고맙다고 말했다. 슈크란.

나는 잠시 '고마워요thank you'와 '괜찮아요no thank you'가 밀접한 관계가 있다는 생각을 했다. 후자에 붙인 단어 하나가 만드는 차이. 문득 이런 식의 황당한 생각을 루시는 아마 재미있어할 거란 생각이 들었다. 나는 눈을 감고 한숨을 내쉬었다. 말벌들이 위쪽 나무의 꽃에 몰려들었지만 우리에게는 별 관심이 없었다. 우리 앞에 달콤하고 뜨거운 차가 담긴 긴 유리잔이 놓여 있었음에도. 그 풍경 속에 내 마음은 편안해야 마땅했지만, 더이상 무시할 수 없는 불안감이 나를 잠식해왔다.

루시의 출현으로 인해 내 안의 무언가가 움직이기 시작했다. 그것이 잠자코 있기를 거부하며 휘몰아치는 것을 나는 이미 느낄 수 있었다. 그런데도 우리 둘 다 시간을 벌면서, 무슨 일이든 일어나기만을 기다리고 있었다. 그녀가 배에서 내린 그날부터 기다려왔던 것 같았다. 그 순간 나는 그것을 터뜨리고 싶다는, 우리 둘을 같이 절벽 너머로 밀어붙이고 싶다는 걷잡을 수 없는 충동을 느꼈다. 그녀가 탕헤르에 도착하고 나서부터, 아니 베닝턴에서 그녀를 처음 만난 이후부터 계속 궁금했던 것들, 곰곰이 생각해왔던 모든 것들에 대해 묻고 싶었다. 그동안 내 손가락 사이로 스르르 빠져나간 모든 것에 대해, 나의 불행으로부터 솟아난 것 같으면서도 결코 현실적이고 견고한 실체를 드러내지 않는, 이상한 한줄기 연기 같은 그녀에 대해.

나는 화가 났고, 더위가 나의 기분을 바꾸었다. 내가 이해할 수 없었던 것들, 나에게 미스터리로 남아 있는 장소와 사람들, 아무리 자주 생각해보아도 풀리지 않는 그것들이 내 주위로 끓어올랐다. 탕헤르와 루시는 똑같다고, 나는 생각했다. 둘 다 나를 가만히 내버려두지 않는, 풀리지 않는 수수께끼였다. 이제 지긋지긋했다—모르는 상태로 있는 것이, 항상 모든 것의 바깥쪽에 있는 것 같은, 변두리에서 서성이는 것 같은 기분이.

"괜찮아, 앨리스?" 루시가 물었다.

"괜찮아." 내가 대답했다. 그러나 선글라스를 콧등 위로 올리는 나의 목소리는 확연히 날이 서 있었다. 땀 때문에 선글라스가 미끄러지기 시작했다. 나는 차를 한 모금 마시고는 짜증이 치밀어 잔을 밀어놓았다. 잠시 침묵을 지키다가, 루시에게 이 침묵을 깰 의사가 없는 것이 분명해지자 그제야 햇살에 눈을 찌푸리며 말했다. "진짜 이해가 안 간다."

루시가 나를 바라보았다. "뭐가?"

"이거." 내가 박하차를 가리켰다. "어떻게 이런 날씨에 이렇게 뜨거운 음료를 마실 수 있는지."

"결국 다 적응하게 돼 있어." 그녀가 말했다. "머지않아 아주 자연스럽게 느껴질걸."

"난 안 그래." 손가락을 문지르며 내가 말했다. 유리잔을 너무 오래 잡고 있었고, 그 바람에 뜨거운 유리 표면에 손가락을 데어 화가 났고, 루시가 나의 한심한 투정에 선뜻 동의해주지 않아서 더 화가 났다. "이건 아니야. 난 앞으로도 이렇게 더운 날씨엔 절대 이런 음료 못 마실 것 같아. 솔직히, 날씨에 상관없이, 앞으론 절대 마시고 싶지 않아."

루시가 기다란 잔을 들고 한 모금을 마셨다. "좋지 않아?"

나는 그녀를 쏘아보다가—신경질적인 눈빛으로—얼른 시선을 돌렸다. "지금 빌더스 티* 한 잔만 마실 수 있다면 살인이라도 하겠어." 내가 말했다.

---

* 커다란 머그잔에 우유와 설탕을 넣어 마시는 홍차.

몇 사람이 우리 쪽으로 고개를 돌렸고, 나는 내 목소리가 가벼움과 진지함 사이를 오가며, 웃는 것과 우는 것의 경계를 서성이고 있음을 깨달았다. 루시가 내 쪽으로 손을 내밀었지만 나는 그 손을 잡지 않았다. "너 괜찮은 거야?" 그녀가 다시 물었다.

나는 생각해보았다. 그 질문이, 내가 진실이라 믿고 있는 것이 벌써 지겨웠다.

"뉴잉글랜드에서," 루시가 불쑥 말했다. "아버지는 폭염 속에서 모두가 시원하게 지낼 수 있는 가장 독창적인 방법을 고안하셨어."

"그게 뭔데?" 화제의 전환에, 대화의 방향이 바뀐 것에 짜증이 난 내가 퉁명스럽게 물었다.

나의 기분을 알아차렸는지 아닌지는 몰라도 루시는 계속 말을 이었다. 어쩌면 나의 끓어오르는 분노를 감지했기 때문에 그런 주제를 선택한 건 아닌가 하는 생각도 들었다. 분위기를 바꾸기 위해서. "정원 호스를 사용했어. 영국에도 그런 거 있지?"

나는 고개를 끄덕였지만 말은 하지 않았다.

"그 호스를 들고 집을 빙 돌면서 벽돌을 적셨어."

나는 얼굴을 찌푸렸다. "벽돌을?"

"응, 우리집 벽돌."

"대체 왜 벽돌을 적셔?" 내가 물었다.

루시가 미소를 지었다. "거기 열기가 모여 있으니까. 벽돌이 열을 가두거든. 그래서 아버지는 아주 세심하게, 집 주위를 돌면서 꼼꼼히 벽돌을 적셨어. 온기와 냉기가 섞이면서 벽돌이 수증기를 뿜어낼 때까지." 그녀가 말을 멈추었고, 그녀의 침묵 속에서 나는 아담한 벽돌집 한 채와, 딸을 아끼는 마음에 딸의 침실 창문을 감싼 벽돌이 제대로 적셔졌나 한참을 확인하고 다른 곳으로 이동하는 아버지의 모습을 떠올렸다.

"그게 실제로 도움이 됐어?" 내가 한결 누그러든 목소리로 물었다. 그리고 루시를 보며 그녀가 무슨 생각을 하고 있을지 궁금해했다. 그녀 역시 뉴잉글랜드 어딘가에 있을 아담한 집을 떠올리고 있을까, 아니면 전혀 다른 무언가를 생각하고 있을까.

"도움이 됐어." 루시가 말했다. 나를 안심시키고 진정시키려는 의도가 담긴 듯한 목소리였다. "침대에 누워서 내 방 벽에 물이 뿌려지는 소리를 들은 기억이 나. 그걸 느낄 수 있었어. 햇빛을 차단하려고 커튼을 친 방에서 눈을 감고 침대에 누워 있으면, 어둠 속에서 방이 완전히 사라져버린 느낌이 들었는데, 물이 닿는 순간 곧바로 그 물이 주는 위안이 느껴졌어. 마치 누군가가 선풍기를 틀어서 내 바로 앞에 갖다놓은 것처럼. 가끔 소름이 돋을 때도 있었어. 그만큼 시원했어."

나는 한동안 조용히 내 살갗에 닿는 서늘한 바람을 생각하고 또 상상했다. 딸에 대한 아버지의 사랑에, 그 아버지가 딸을 위해 땀 흘리고 애를 써서 얻어낸 시원한 공기에 둘러싸이자 묘하게 마음이 편안해졌다. 그때 무언가가 나의 기억을 끄집어냈다. 나는 제닝스홀에서의 그날을 떠올렸고, 루시를 바라보며 선글라스를 내리고 말했다. "아버지에 대한 기억이 없는 줄 알았는데."

시간이 흐르고 또 흘러서, 나는 혹시 루시가 내 말을 완전히 무시하려는 건가 생각했다. 그녀는 내 쪽을 돌아보지도, 선글라스를 벗지도 않은 채 바다를 보고 있었고, 표정은 우리가 조금 전에 디뎠던 돌처럼 무거웠다. "그 일만큼은 기억해." 경고가, 협박이 담긴 말투였다.

나는 그녀에게서 고개를 돌리고 아무 말도 하지 않았다.

그날 밤 폭설이 내렸다. 물론 그린마운틴스에서였다. 한겨울에는 항상 눈이 내리거나 금방이라도 눈이 쏟아질 것 같거나 둘 중 하나였고, 대지에는 늘 유령처럼 흰 담요가 덮여 있었다. 그러나 그날 밤은 달랐다. 눈은 보도에만 떨어지는 게 아니라 가로등에도, 사람에게도 떨어져 모든 것이 눈보라처럼 보였고 그 속을 뚫고 지나가기가 여간 힘들지 않았다.

루시와 나는 싸우고 있었다.

나는 그날 눈이 내리기 전, 뉴욕 여행에서 막 돌아왔다. 모두에게 사진 수업의 과제를 위한 여행이라고 했지만, 실제로는 지난 한 해 동안 루시와 나 사이에 서서히 엄습해왔던, 언젠가부터 우리 사이에 남은 유일한 것이 되어버린 숨막히는 불안감으로부터 탈출하고 잠시 숨을 돌릴 기회를 만든 것이었다. 고모는 그 주 주말에 시내에 없었다. 나는 뉴욕시티의 어느 하숙집에 머물 계획이었고, 여러 차례 오가며 지나쳤던 곳이라 안심이 되었다. 톰에게 같이 가자고 할까, 그래서 탈출이라기보다는 짧은 휴가로 만들어볼까도 생각했지만 결국 나에게 가장 필요한 것은 두 사람 모두에게서 벗어나 혼자만의 시간을 갖는 것이라는 생각이 들었다. 매일 두 사람 사이를 끊임없이 오가는 일로부터 벗어날 필요가 있었다. 마치 나의 뼈, 나의 피부가 언제 찢어질지 모르는 상태로 두 사람 사이에서 팽팽하게 당겨지는 것 같았다.

버몬트와 달리 뉴욕은 공기가 깨끗하지도 상쾌하지도 않았다.

뉴욕의 공기는 먼지와 기름과 연기로 가득해서 무거웠다. 축축하고 묵직한 공기가 피부에 달라붙는 것 같았다. 버스에서 내려 시내로 들어가면서 나는 안도의 미소를 지었다. 그후 이틀 동안 거리를 돌아다니며 사진을 찍었다. 가져간 필름을 다 써버려서 결국 가게에서 여섯 롤을 더 샀다. 그리고 그것마저도 전부 다 썼다. 내가 모르고 나를 모르는 사람들의 바다 속에 혼자—마침내 혼자—있는 것이 어딘가 편안하게 느껴졌다. 나는 그 익명성에 완전히 빠져들었고, 낯선 사람들 속에 있는 나 자신의 모습에 짜릿한 설렘을 느꼈다. 공원 벤치에 앉아 주위에서 들려오는 대화에 귀를 기울였다. 도시의 간이식당을 찾아다니며, 카운터에 앉아 그릴드 치즈를 먹고 탄내 나는 커피를 마셨고 손에 든 도자기 컵의 묵직함을 즐겼다. 배급은 어느덧 과거사가 되었지만, 빛이 바래고 기름때가 묻은 채 여전히 가게에 걸려 있는 안내문—오늘은 버터 없어요. 화요일에는 햄버거 없어요—이 계속해서 그 일을 상기시켰다.

일요일 저녁, 캠퍼스로 돌아온 나는 곧장 암실로 가서 인화를 시작했다. 도시의 혼돈 한복판에서 내가 끌어모았던 고요의 느낌, 평화의 느낌을 떨쳐낼 준비가 아직은 되어 있지 않았다. 나는 나지막이 콧노래를 부르며 암실에서 필름을 꺼냈고, 나의 손은 기민하게, 학습된 동작으로, 필름을 릴에 감고 필름이 걸리는 작은 홈들을 촉감으로 찾았다. 나는 조심스럽게 필름을 통 안에 넣었고, 현상한 뒤에는 줄에 세심하게 걸었다. 거의 한 시간 뒤, 화학약품들이 선반의 제자리로 돌아가고 음화필름이 건조되자, 나는 짧은 여행에서 뭔가 쓸 만한 것을 포착했는지 확인하고 싶어 안달하며 한 장씩 밀착인화지를 만들었다.

그녀를 알아본 것은 바로 그때였다.

처음에는 그저 상상일 거라고, 혹은 빛의 조화일 거라고 생각했다. 아니면 그저 내 눈이 너무 피로한 탓이거나. 내가 본 것을 설명할 방법은 얼마든지 있다고, 이것은 실제가 아니라고 스스로에게 말했다. 그녀라는 증거—코트 등판, 그녀의 옆모습—가 실제로 그녀의 것은 아닐 거라고.

그러다가 보았다. 그녀가 프레임 밖으로 완전히 비켜서지 못한 사진, 흘긋 스친 모습이 아니라 얼굴 전체가 나온 사진. 분명히 그녀였다. 루시였다. 그녀가 거기 있었다, 나를 쫓아다니면서—스토킹하면서—뉴욕에서 내가 찍은 모든 사진 속에 등장했다.

놓치기 쉬웠을 것이다. 만약 내가 루시의 길고 헝클어진 머리카락에 익숙하지 않았다면, 그녀가 우리 방 의자에 걸쳐놓는 코트를 매일같이 보지 않았다면. 그랬다면 아마도 눈치채지 못했을 것이다. 그녀는 항상 배경으로만, 사진 한쪽 귀퉁이에만 있었다. 초점이 맞은 적도 없었고, 전면에 나온 적도 없었다.

그런데도, 루시가 나의 렌즈를 완전히 피하지 못한 사진이 있었다. 그녀의 얼굴이 나를 향했고, 크고 깜빡이지 않는 눈이 나를 보고 있었다. 관찰하면서, 항상 관찰하면서.

나는 덜덜 떨리는 손으로 사진을 움켜쥐고 암실을 나섰다. 암실을 정리하거나 불을 끄지도 않고, 어둠 속으로, 눈 속으로 들어섰다. 쉴새없이 퍼붓는 눈 때문에 암실에서 기숙사 방까지 짧은 거리를 걷는 것조차 거의 불가능한 지경이었다. 나는 증거물인 사진을 코트 속에 숨겼다. 증거물이 훼손되는 것을 막기 위해서. 그래야 그 사진을 꺼냈을 때, 마침내 그녀 앞에 사진을 들이밀었을 때, 눈 때문에 한두 군데 얼룩진 부분을 제외하면 멀쩡한 사진을 보여줄 수 있을 테니까.

루시는 책상 앞에 앉아 고개를 숙인 채 책을 보고 있었고 내가 갑작스럽게 들이닥쳤는데도 일어나지 않았다. 한동안 말없이 내가 내민 사진을 바라보다가 고개를 들며 "이게 뭐야?"라고 물을 때, 그녀의 동작에는 이상한 차분함이 감돌았다. 그녀의 얼굴은 닫혀 있었고 표정을 읽을 수 없었다.

"봐." 내가 말했다. 사진을 루시 쪽으로 밀어놓는 나의 손이 떨렸다. 여전히 냉담한 침묵과 맞닥뜨리자, 나는 우리 앞에 놓인 사진 속 인물을 손가락으로 가리켰다. "이게 너라는 거 알아, 루시." 내가 냉정한 목소리를 내려 애쓰며 말했다. "사진이 좀 거칠긴 하지만, 이게 너란 거 난 알아."

루시는 아무 말도 하지 않았고, 정적 속에서 나의 눈은 다시 사진으로 향했다. 그리고 그 순간, 나는 사진이 실제로 얼마나 거친지 깨닫고 놀랐다. 나는 사진을 다시 살펴보았다. 모든 것이 내가 기억하는 그대로였지만 초점이 살짝 빗나간 것처럼, 모든 얼굴의 윤곽선이—특히 그녀의 얼굴이—선명하지 않고 흐릿했다. 그림자처럼.

루시가 얼굴을 찌푸리며 일어섰다. "뉴욕에서 날 봤다고?"

아니, 내 말은 그런 뜻이 아니었다. 내가 고개를 저었다. "아니, 이 사진 속에." 나는 적절한 단어를 찾으려고 더듬거렸다. "너 거기 있었잖아, 거기 있었다는 거 안다고."

"앨리스, 난 주말 내내 여기 있었어."

루시의 손이 내 어깨 위에 놓였고, 손가락이 살갗을 파고들었다.

위로의 표현이고, 근심의 표현이라는 것을 알았지만, 그녀의 손끝이 내 살을 지지는 것 같았다.

여기서 벗어나야 했다.

심장이 빠르고 불안정하게 뛰기 시작했다. 금방이라도 목이 막힐 것 같았고, 모든 호흡이 몸부림이고 안간힘이었다. 살갗이 달아오르기 시작했고, 나는 그녀와 나 사이의 공간을 확보하고 싶은, 그녀의 손길로부터 벗어나고 싶은 강렬한 욕구를 느끼며 몸을 비틀어 빠져나왔다. "넌 지금 거짓말을 하고 있어." 내가 문으로 향하며 말했고 그 말이 내 목을 옥죄었다.

복도에서 공중전화를 찾아 톰에게 전화를 걸었다. 훗날 나는 그때 톰에게 내가 무슨 말을 했는지 잘 기억나지 않았다. 나의 목소리는 낮고도 다급했다. 미처 생각할 겨를도 없이 온갖 말들이 쏟아져나왔다. 그러나 그가 했던 말만큼은 항상 기억했다. 그는 오겠다고 했다, 눈보라가 쳐도 상관없다고. 날 데리러 오겠다고, 날 혼자 두지 않겠다고 약속했다.

나는 밖으로, 살을 에는 추위 속으로 나섰다. 눈은 그린마운틴스에 사는 내내 보았던 그 어떤 눈보다 더 빠른 속도로 쏟아지고 있었다. 루시가 따라 나왔고, 처음엔 나를 달래다가, 나중엔 말다툼을 했고, 그다음엔 애원했다. 가지 말라고, 사진 따위는 잊어버리라고. 나는 뜻을 굽히지 않았고, 마침내 톰이 도착할 때까지 기다리며 서 있었다. 차에서 녹아내리는 얼음 때문에 그의 얼굴이 차창 안에서 일그러져 보였다. 차 쪽으로 걸어가려는데 루시의 손이, 거칠고 완강한 손이 나를 멈춰 세웠다.

"그 차 타지 마, 앨리스."

"이거 놔, 루시." 내가 명령하며 그녀의 손길을 뿌리쳤다.

"앨리스," 루시가 이제 절박하게 느껴지는 목소리로 말했다. "이렇게 가버리면 안 돼."

내가 그녀 쪽으로 돌아섰다. "왜?" 대답은 필요하지 않았고 차를 타고 떠나면 그뿐이었지만, 그 순간 루시가 과연 무슨 말을 할지, 이 상황에서 자신을 어떤 말로 구해낼지 알고 싶었다. 그녀는 말이 없었고 나는 고개를 저었다. "날 좀 내버려둬." 그때 내가 소리쳤고, 바람이 내 볼을 얼얼하게 달구며 내 말을 삼켰다. "네가 사라져서 다시는 돌아오지 않으면 좋겠어."

그렇게 말하고 나는 돌아서서 차에 탔다.

차를 몰고 나가면서, 톰은 내가 얘기할 기분이 아니라는 것을, 무슨 일이 있었는지 그와 의논하고 싶어하지 않는다는 것을 눈치챈 듯 아무 말도 하지 않았다. 나는 어디로 가면 좋을지 생각했다. 시내로 나가 7번 도로에 있는 우리가 가장 좋아하는 식당에 갈까. 거기 앉아서 맛좋은 진한 커피를 마시면, 지금 무릎 위에서 떨고 있는 나의 손도 차분해지겠지. 나는 루시에 대한 생각을 남김없이 떨쳐버리려 애쓰면서 고개를 저었다. 더이상은 생각하지 않겠다고 다짐했다. 대신 미래에, 톰에게 집중해야지. 식당에 도착하면 예전에 루시에게 했던 이야기들을 톰에게도 해주어야지. 우리 부모님의 죽음 이후 몇 달 동안의 이야기, 암흑, 정신병원에 대해, 그리고 루시에게도 하지 않았던 이야기들까지도.

나는 그에게 말하겠다고, 여러 차례 불안증에 시달렸던 진짜 이유를 털어놓겠다고 생각했다. 부모님을 죽게 만든 사고에 대해, 심지어 그 순간까지도 내 잘못인 것만 같아 얼마나 괴로운지에 대해. 어쨌건 그 허접한 파라핀 히터를 마지막으로 사용한 사람은 나였다. 지금도 머릿속에 그릴 수 있었다. 어느 날 아버지가 집으로 가져온 작은 검은색 기계. 아버지는 조심스럽게 뚜껑을 열고 파라핀을 채운 다음 심지 한쪽을 그 파라핀 액체에 담그고 반대편 끝에 불을 붙이는 방법을 보여주면서 무척이나 흐뭇해했다. 그거면 한겨울에도 따듯할 거라고, 아버지는 장담했다. 그보다 더 좋은 건, 이동이 가능하다는 것, 이 방 저 방 들고 다닐 수 있기 때문에 돈을 절약할 수 있다는 것이라고 했다. 하지만 항상 조심해야 한다, 아버지가 주의를 주었다, 파라핀은 아주 가연성이 높은inflammable 물질이니까. 나의 유치한 답변이 아직도 기억났다. 가연성이 높다고요? 불이 잘 안 붙는다는 뜻이에요?* 아버지는 그 말에, 아버지의 철없는 이상한 나라의 앨리스의 말에 웃었다. 그리고 나를 꽉 끌어안았다. 그것이 내가 기억하는 아버지의 마지막 포옹이었다.

그런 생각—내가 결코 떨쳐버릴 수 없었던 과거의 망령들과 나를 괴롭히는 단순한 질문, 내 잘못이었을까? 사건이 일어났을 때 부모님의 목숨을 앗아간 히터를 마지막으로 사용한 사람이 나였을까? 하는 질문에 대한 생각—을 하고 있을 때, 그 일이 일어났다.

언덕 꼭대기에 이르러 내리막길에 접어들기 시작했을 때, 대학 사유지에서 벗어나 마을로 들어가는 길고 꼬불꼬불한 길을 달리기 시작했을 때, 톰이 겁에 질린 눈빛으로 나를 돌아보며 말했다. "작

* 대부분의 형용사는 앞에 'in'이 붙으면 부정의 의미를 지니지만 이례적으로 inflammable과 flammable은 모두 '가연성이 높다'는 의미다.

동이 안 돼."

"뭐가 작동이 안 돼?" 내가 창밖의 어둠을 내다보며 나른한 목소리로 물었다. 여섯시도 채 되지 않았는데 이미 겨울의 어둠이 내려앉았고, 불빛 없이는 불과 몇 피트 앞도 보이지 않았다. 손은 제대로 보이는지 확인해보려고 나는 얼굴 앞에 손을 들어보았다. 숨을 내쉬자 숨결이 조그만 구름이 되었다 사라졌다.

"브레이크."

내가 손을 내렸다. 그리고 톰의 고통어린 표정을 보았다. 어둠 속에서도 그 표정만큼은 볼 수 있었다. 그 짧고 이상한 순간, 나를 압도한 것은 바로 그 표정이었다. 뒤이어 그의 발이 내는 소리가, 쓸모없는 페달을 밟아대는 소리가 들렸고 내 안의 무언가가 얼어붙었다. "무슨 소리야?" 내가 속삭였다.

"브레이크가 작동이 안 된다고." 두려움에 격앙된 목소리로 그가 말했다.

그 무렵 우리는 도로 끝에 도달해 있었고, 그곳은 베닝턴의 사유도로가 공공 도로와 만나는 지점이었다. 나는 우리 앞으로 어둠에 반쯤 가려진 차들이 한 대씩 지나가는 것을 지켜보았다. 눈을 감고 숨을 멈췄다. 하지만 우리 차가 용케 다른 차와 부딪치지 않는다 해도 도로 문제가 남아 있다는 걸 알았다. 도로 끝은 양쪽으로 갈라져 있고 앞으로는 뻗어 있지 않았다. 그 대신 정면에는 부실한 방어벽이 있었고 그 뒤는—나는 초조하게 침을 삼켰다—우리가 '우주의 끝'이라고 직접 이름 붙였던 바로 그곳이었다. 나의 시선이 불길한 형체로 서 있는 방어벽 너머의 사탕단풍나무로 향했다.

그때 나는 뒤를 돌아보았다. 몸을 비틀어 우리 뒤로 펼쳐진 칠흑 같은 어둠을 보았다. 아무것도 볼 수 없으리라는 것을 알면서도, 여전히 나를 지켜보고 있는 것 같은 그녀를 볼 수는 없으리라는 것을 알면서도. 이 차를 타지 말라고 했던 루시의 말이 떠올랐고, 가슴이 철렁 내려앉았다. 자동차의 움직임 때문인지, 보다 더 거대하고 어두운 그 무엇을 깨달았기 때문인지는 결코 알 수 없었다.

그때 톰이 뛰어내리라고 소리를 질렀고, 나는 떨리는 손으로 차가운 손잡이를 잡았다. 그다음엔 아무것도 없었다. 내 몸이 허공으로 떠올라 아무 무게 없이 정지한 듯한 기묘한 감각이, 그다음엔 피와 불과 부러진 뼈들과 타박상이 있었지만, 나는 그 어떤 것도 느낄 수 없었다. 단지 내 얼굴에 닿는 눈, 내 뺨을 차갑게 물어뜯는 듯한 그 고통만을 느꼈다.

그리고 루시.

저만치에서, 나를 바라보고 있었다—눈이 휘둥그레져서 나를 쳐다보고 있었다—살아 있는 나를.

그것이 그날 밤 나의 마지막 기억이었다.

그로부터 며칠 뒤 모드 고모가 도착했다. 고모가 들이닥치기까지 며칠이 흘렀는지는 알 수 없었다. 의식이 돌아온 이후 나에게 휘몰아친 혼란 속에서 고모의 심각하고 찌푸린 표정이 그나마 평상시로 돌아간 것 같은 위안을 주었다. 그 당시 나는 혼자 남겨진 적이 거의 없었다. 누군가 항상 병실의 내 곁에 있는 것 같았고 밖에서 나를 들여다보는 것 같았다. 그러나 그들 중 누구도 내게 말을 걸거나 대화를 시도하지 않았다. 그저 내 주위에 있거나, 나에게 지시와 지침과 명령을 내릴 뿐, 무슨 일이 일어났으며, 어떻게 일어났고, 가장 중요하게는 왜 그런 일이 일어났는지 알 수 있는 그 어떤 얘기도 해주지 않았다.

"고모." 내가 속삭였다. 입술이 바짝 마르고 갈라졌다.

고모는 얼른 내 곁으로 다가왔지만, 내 손을 잡지는 않았다. "가만히 있어라, 아가." 고모가 말했다.

고모의 목소리에, 나와 너무나 닮은 익숙한 억양에 나는 눈을 감았다. 고모의 얼굴은, 물론 확연히 여성스러웠지만, 그래도 그녀의 형제인 내 아버지의 무언가를 지니고 있었고, 그런 고모가 주는 위안이 나를 포근하게 감싸왔다. 며칠 만에 처음으로 몸의 긴장이 풀렸고, 아드레날린이 모공으로 배출되는 것 같았다. 이내 나의 마음이 편안해짐과 동시에 통증이 느껴졌다. 그동안 내가 외면했던, 내가 느끼기를 거부했던 멍과 베인 상처들로 인한 고통이 더는 외면할 수 없는 방식으로 스멀스멀 번져왔다. 뺨이 축축해지는 느낌이 들어 내가 울기 시작했음을 알았다.

"루시," 내가 속삭였다. "루시는 어디 있어요?" 그러나 커져가는 흐느낌으로 굴절된 나의 말을 고모가 제대로 이해할 수 있을지 확신이 없었다. "루시하고 얘기해보세요, 어떻게 된 건지 물어보세요."

"자, 자." 모드 고모가 몸을 숙여 내 옆에 놓인 의자에 앉으며 말했다. 고모는 여전히 나를 만지지 않았지만 그 순간 나는 고모가 그래주기를 바랐다. "지금 넌 신경과민 상태야, 앨리스, 혼란스러워서 그런 거야. 하지만 다 괜찮을 거야, 아가. 내가 알아서 할게, 내 말 믿어."

일주일 뒤, 나는 퇴원해서 영국으로 돌아갔다. 누구도 톰에 대해, 그의 장례식에 대해, 내가 받지 못할 장례식 초대장에 대해 얘기하지 않았다. 모드 고모에게 시달리고 주눅이 든 경찰이 고모의 감독하에 몇 가지 질문을 해도 좋다는 허락을 받았을 때 루시의 이름이 딱 한 번 언급되었다. 나의 대답은 짧고 간단했다. 내가 루시 메이슨에 관해 물었을 때, 그녀와 얘기를 해봤느냐고 물었을 때, 경찰이 눈썹을 치켜세웠지만 모드 고모의 날카로운 눈빛이 더이상의 질문을 잠재웠다. "지금 아이가 몹시 혼란스러운 상태입니다, 경관님, 양해 부탁드립니다." 고모는 나를 돌아보며 미소를 지었다. "넌 지금 혼란에 빠져 있어, 앨리스, 아가."

처음엔 고모의 말에 얼굴을 찌푸렸지만, 이내 고모 말이 맞을지도 모른다는 생각이 들었다. 그날 밤 일은 이미 아득하게 느껴졌고 세부적인 것들은 기억나지 않았다. 그래서 유일하게 남은 것이라고는 루시가 모든 것의 열쇠이고 내가 해결하지 못하는 질문의 답이라는 확신뿐이었다. 기억 속을 뒤져보았지만, 찾을 수 있는 건 가장 친한 친구로부터 버려진 여자애의 상처받은 마음뿐이었다. 혹은 내가 돌아서서 차에 올라타면서 그녀 대신 다른 사람을 선택할 때, 우리를 이어주던 유대감을 잘라낼 때 그녀가 지었던 표정뿐이었다. 나는 그 장면을 머릿속에서 밀어냈다.

어쩌면 고모의 말이 맞는지도 몰랐다.

"넌 지금 혼란에 빠져 있어, 앨리스." 고모가 다시 속삭였고, 눈가 주름이 더 깊어졌다. "슬픔 때문에 망상을 하는 거야. 하지만 그걸 용납해선 안 돼. 머릿속에서 몰아내야 해." 고모가 미소를 지으려 애썼다. "걱정 마라, 아가. 내가 다 알아서 할 테니."

여전히 슬픔의 누에고치 속에서 길을 잃은 나는 천천히 고개를 끄덕였다. 모드 고모가 루시가 답이 아니라고 한다면, 나는 그 말을 믿을 것이다, 전적으로. 부모님이 돌아가셨을 때를 떠올렸다. 내가 얼마나 슬픔 속에 깊이 침잠했었는지를. 그때 그림자가 나의 시야를 완전히 가렸고, 나는 그것을 걷어내달라고 고모에게 울부짖었다. 그리고 고모는 그렇게 해주었다. 비록 완벽하게는 아닐지라도, 고모는 약속했던 대로 나를 바로잡아주었다. 최선을 다해서, 부모님의 죽음 이후 산산이 부서진 나의 조각들을 풀과 테이프로 이어붙여주었다. 그래서 이번에도, 이번에도 고모가 나를 도로 붙여줄 거라고, 오래된 동요처럼, 다 해결해줄 거라고 믿었다. 나는 그런 생각에서, 분노와 증오와 확신을 놓아버릴 수 있는 나의 능력에서 위안을 얻었다. 손가락 사이로 모든 것을 흘려보내는 데에는, 더는 온 힘을 다해 붙잡고 매달릴 실체가 없다는 사실에는 일종의 평화가 있었다. 이제 톰은 없었고, 그 외의 다른 건 아무래도 상관없었다. 루시도, 그 일이 일어난 뒤 기숙사 방 그녀의 자리가 텅 빈 것도, 고모가 내게 했던 이상한 말들도 다 상관없었다.

그래서 나는 그 모든 것이 어떤 의미인지 묻지 않았다.

침묵 속에서 나는 또다시 그것이—그날 밤의 그 분노가—커지는 것을 느꼈다. 교묘하게 피해 가는 대답들, 자기가 내킬 때만 던져주는 정보의 조각들이 지겨웠다. 나는 루시가 탕헤르에 온 이유도, 얼마나 오래 머물 계획인지도 알지 못했다. 그녀가 하루종일 무얼 하는지도 매일 밤 그녀가 들려주는 이야기를 통해서만 알 수 있었다. 얼굴이 달아오르기 시작했고 손이 떨렸다. 나는 냉정을 유지하려고, 갈수록 차갑고 텁텁해지는 박하차에 주의를 집중하려고 애썼지만 불가능했다. 가식을 떠는 것에 지쳤고, 루시는 계속할 수 있는지 몰라도 나는 더이상 할 수 없었다. 안에서 스멀거리며 감정이 차올라 내 뼈의 텅 빈 공간으로 스며들었고, 비난의 말이 혀끝에 자리를 잡았다.

진실을 말하자면, 사고가 났던 날 밤 이후 제대로 된 게 하나도 없는 것 같았다. 우리 두 사람, 루시와 나 사이는 그보다 훨씬 전부터 틀어진 상태였고, 우리가 가깝게 지낸 건 너무도 오래전 일이라 잘 기억도 나지 않았다. 멀리서 반짝이는 그 시절의 단편들이 떠오를 때도 있었고, 루시를 향한 강하고 집요한 끌림을 또다시 느낄 때도 있었지만, 그것 외에 다른 것이, 딱딱하고 고집스러운 무언가가 있었다. 그렇기에 그 모든 일을 겪고 난 지금, 나는 여전히 그녀를 완전히 신뢰할 수 없었고, 설령 원한다 해도 다시는 신뢰할 수 없을 것 같았다.

물론, 그런 일이 일어난 것이 루시의 책임이 아니었다는 것을, 적어도 그 어둡고 추운 밤, 내가 차 안에서 이글거리는 눈으로 돌아보며 다 그녀가 저지른 짓이라고 생각했던 것 같은 그런 식은 아니었다는 걸 알고 있었다. 나는 마음속에서 그녀를 불경스러운 존재, 괴물 같은 존재로 둔갑시켰다. 나를 잡으려고 어둠 속에서 도사리며 기다리고 또 기다리는 나의 그림자들 중 하나로 여겼다. 진실은 그보다 훨씬 더 단순했다. 진실은, 만약 루시가 아니었다면 나는 전화를 하지 않았을 것이고, 폭설이 내리던 밤 톰의 차에 올라타지도 않았을 거라는 사실이었다. 그녀의 질투, 그녀의 기이한 태도가 아니었다면 그런 일은 일어나지 않았을 것이다. 그것이 진실, 혹은 적어도 진실의 일부였다. 그것이 바로 루시가 탕헤르에 도착한 날 아침, 내가 그녀를 보고 흠칫 놀라고 더듬거렸던 이유였다. 루시는 항상 톰을, 그날의 일을, 그녀가 유발했던 일들을 떠올리게 했으니까.

그러나 그것 말고도 또 있었다.

나는 루시를 향해 고개를 돌리고, 검은 선글라스를 조금 더 내린 다음, 눈을 크게 뜨고서 흔들림 없이 응시했다. 입을 벌리고 마침내 그녀에게 말하려고, 그녀를 비난하려고 했지만, 정작 내 입에서 나온 말은 "넌 떠났어"였다. 질문으로 던질 생각이었지만, 그 말은 무겁고 둔탁하게 떨어져버렸고, 나는 그토록 오랫동안 내가 루시를 원망했던 진짜 이유가 그게 아닐까 하는 생각이 들었다—내가 가장 필요로 했던 순간에 그녀가 나를 버린 것. "그 사고 이후, 톰 이후," 그날 이후 내가 오랫동안 생각해왔던 것을 마침내 소리 내어 말했다. 나는 그것이야말로 루시가 죄책감을 느꼈다는 증거이고, 자신의 책임을 시인한다는 증거라고 생각했다. "넌 떠났어."

루시가 고개를 들고 눈살을 찌푸리며 나를 보았다. "네가 그러라고 했잖아, 앨리스."

루시의 말은 단순했지만 진실이었다. 내가 그날 밤 그녀에게 가라고 했고, 더이상 기억이 나진 않지만 어쩌다 기억이 제 갈 길을 찾게 되는 드문 날이면 가슴속 깊은 곳에서 느껴지곤 하는 다른 말들도 했다. 그런 순간에 나는 끔찍한 소망을 품었고, 그것은 현실이 되었다. 다만 그 일은 그녀에게 일어나지 않았다. 나에게, 톰에게 일어났다.

그리고 그런 일이 일어난 것은, 그녀의 잘못이 아니라 내 잘못이었다.

그러자 그것이 허물어지기 시작했다, 루시가 도착한 이후, 폭설이 내리던 밤 이후, 우리 사이를 가로막고 있던 그 벽이. 바로 그 순간 그것이, 내가 그동안 그토록 힘겹게 끌어올리려고 노력했던 저항력이 무너져내리는 것이 느껴졌고, 이제 그 힘은 손가락으로 움켜쥘 수 있는 단단한 형태를 잃어버려서 더이상 붙들고 있을 수 없었다.

"여기 온 뒤로 내가 제정신이 아니야." 내가 말한 뒤 나의 고백이 우리 사이에 안착하도록 잠시 뜸을 들였다. "가끔은 전부 너무 힘들지 않아? 숨을 쉴 수 없을 것 같을 때도 있어. 혼자 현관문 밖으로 나간다는 생각만 해도 완전히 공포에 휩싸인다니까. 내가 한심하다는 거 아는데, 어쩔 수가 없어. 이곳에서 난 내가 아닌 거 같아." 나는 말을 멈추고 허공을 쳐다보았다. 호흡이 무겁고 거칠었다. "물론 모든 게 결국 내 탓이겠지, 안 그래? 여기 온 것도 결국 내 선택이었으니까." 웃음이 새어나왔다. "하지만 솔직히 나한테 다른 선택이 있었는지 모르겠어."

루시가 잠시 공백을 두고 기다렸다가 입을 열었다. "정말 그렇게 나쁘기만 한 곳일까, 앨리스?"

그녀의 강렬한 시선에 움츠러들고 싶었지만 그러지 않았다. 표정으로 보아—그녀의 목소리로도 알 수 있었다—나는 루시가 이해하지 못했다는 것을, 그녀는 이해할 수 없다는 것을 알 수 있었다. 오랜 역사에 걸쳐 탕헤르의 이름이 바뀐 것에 대해 그녀가 했던 말이 떠올랐다. 어떻게 보면 그 이야기가 이 상황에 잘 들어맞는다는 생각이 들었다. 우리 둘은 같은 곳에 있었지만, 두 가지 다른 버전의 탕헤르에 있었고, 나는 루시의 탕헤르, 흥미진진한 탕헤르, 새 출발을 할 수 있는 탕헤르를 상상할 수 없었다. 나의 탕헤르에는 두려움과 소외뿐이었다. "물론 그렇진 않겠지." 내가 속삭임보다 겨우 조금 큰 목소리로 웅얼거렸다. 그러고는 마침내 쏟아져 나오는 말을 도저히 멈출 수가 없어서 이렇게 물었다. "베닝턴에 다닌 거 후회한 적 있어?"

내 말에 놀랐는지 루시가 인상을 썼다. "후회한 적 있냐고?"

내 목소리가 떨렸다. "응. 난 가끔 후회해, 그러니까, 아주 끔찍할 정도로. 어떻게 보면, 그 사람들이 우리한테 거짓말을 한 것 같아. 우리가 세상 밖으로 나가서 그들과, 그러니까 남자들과 동등하게 경쟁할 수 있을 거라고 느끼게 만들었잖아. 하지만 그건 전부 거짓이었어, 그렇지 않니? 우리에게 거짓말을 한 거야. 우리는 일종의 직업의식을 배웠다고 생각했지만, 실제로는 그저 가식 속에서 학교를 졸업한 거였어. 결혼하면 시간을 보낼 취미생활 정도를 준비했다고나 할까. 덕분에 모든 게 훨씬 더 힘들어졌잖아."

"하지만 앨리스," 루시가 다시 말을 이었다. "꼭 그렇게만 볼 필요는 없잖아."

나에게서 또 한차례 웃음이 새어나왔고, 그 웃음은 다른 무엇보다 흐느낌에 가까웠다. 나는 서둘러 웃음을 덮었다. "내 말 신경쓰지 마, 루시. 아무래도 더위 때문인가봐. 내가 원래 더운 걸 잘 못 견디거든. 덥고 화창한 날씨는 왠지 날 초조하게 해. 늘 벼랑 끝에서 있는 것 같은 기분이야." 내가 말을 멈추었다. "지나가겠지."

그러나 그 순간 나는 그 기분이 지나가는 것을 원치 않았다. 내가 원하는 것은…… 아, 나도 내가 뭘 원하는지 알지 못했다. 예전에 그랬던 것처럼 그녀가 내 손을 잡아주기를, 탕헤르를 떠나고 싶다면 자신이 바로 그것, 나의 탈출구가 되어주겠다고 말해주기를 원했다. 그 말이 입술까지 차올랐다. 다 엉망진창이라고. 지난 몇 달 동안 존과 너무도 소원해졌고, 그와 결혼하기로 한 것은, 그리고 이 황량한 곳으로 오기로 한 것은 잘못된 결정이었음을 깨달았다고. 나는 그 얘기를 정말로 하고 싶었고, 비밀을 털어놓고 싶었고, 루시에게 전부 다 말하고 싶었다. 그러나 말이 나오지 않았다.

나는 돈을 꺼내려고 핸드백을 뒤지며 일어서서, 우리에게 차를 가져다준 남자를 찾았다. 빨리 이곳을 뜨고 싶었지만, 어디로 가야 할지 알 수 없었다. 나는 갇힌 것 같았고, 덫에 걸린 것 같았다. 탈출할 방법도, 탈출해서 갈 곳도 없다는 생각에 압도당하기 직전이었다. 그에 답하듯 루시가 일어서서 동전 몇 개를 테이블 위에 올려놓았다. 또 한번 나의 행동을 예상하고 그녀가 움직인 것이었다.

테라스 공간의 통로를 반쯤 빠져나왔을 때 루시의 몸이 내 몸 가까이 밀착되는 것을 느꼈고, 그와 동시에 바로 아래쪽에서 요란한 소음이 들렸다. 나는 놀라서 펄쩍 뛰면서, 웨이터 중 한 명이, 아마도 우리에게 차를 가져다준 남자가 유리잔 운반 기구를 떨어뜨렸을 거라고 생각했다. 그러다가 뒤를 돌아보았는데, 계단 밑에 한 여자가—어딘가 낯이 익었지만 어디서 보았는지 기억나지 않았다—쓰러져 있었고 그녀 주위로 깨진 유릿조각들이 오후의 햇살 아래 섬세한 모자이크처럼 반짝이고 있었다.

겁에 질린 나의 손이 입으로 날아갔다. "루시?" 내가 속삭였다.

카페에 일대 혼란이 일었다. 웨이터들이 여자를 돕기 위해 달려왔고, 여자가 천천히 일어나 앉는 모습을, 나는 안도의 한숨을 쉬며 바라보았다. 손님들이 자리에서 일어났고, 몇 사람은 소지품을 자리에 두고 도우려고 달려오기까지 했다. 여자의 팔과 다리가 심하게 긁혀 있었다. 넘어지면서 다친 건지, 유리에 다친 건지 알 수 없었다. 그녀가 체중을 싣기가 망설여진다는 듯 발목을 움직여보며 일어섰다.

그리고 그녀가 고개를 들어 루시와 내가 있는 방향을 보았다. 그녀의 눈빛은 어둡고 반짝였다.

나는 속이 뒤집혔고, 박하차의 맛이 입안에서 시큼하게 느껴졌다. 공포를 닮은 무언가가 나를 관통했다. 나는 손을 뻗어 루시의 손목을 잡았다. "그만 갈까?" 내가 물었다. 나의 목소리가 깨어지고 흩어졌다. 나의 손가락이 루시의 살갗을 파고드는 것을 알았지만 멈출 수가 없었고 엄습해오는 이상한 두려움의 물결을 막을 수 없었다. 왜냐하면 바로 그 순간, 나의 모든 불안과 의혹에도 불구하고, 오랜 시간 동안 우리에게 일어났던 모든 일에도 불구하고, 루시에 대해 한 가지만큼은 확신할 수 있었기 때문이다. 그녀가 나를 사랑한다는 것, 나를 돕기 위해서라면 무슨 일이든 하리라는 것. 그래서 나는 그녀에게로 돌아서서 애원하는 목소리로 말했다. "오, 제발, 루시, 우리 그만 가면 안 될까?"

정확히 어떤 의미로 그 말을 했는지는 나도 확실히 알 수 없었다. 나는 오직 그곳에서 벗어나야 한다는 것만 알았다. 카페로부터, 그 여자의 집요한 시선으로부터, 존과 내 관계의 진실로부터. 나는 그것을 쳐다볼 수 없었다, 햇빛에 꺼내어 찬찬히 살펴볼 수 없었다, 아직은. 바로 그 순간 나는 벗어나고 싶었다, 그것으로부터, 존으로부터.

탕헤르로부터.

2부

8
루시

"우리 셰프샤우엔에 가야 해."

앨리스와 함께 조용히 앉아 차와 빵으로 아침식사를 하던 중에 내가 선언했다. 찬찬히 생각해보기도 전에, 그녀의 대답이 승낙일지 거절일지 걱정하기도 전에 말이 나와버렸다. 카페 하파에서 그 일이 일어난 뒤로, 나는 앨리스의 흔적을 더 많이 찾고 싶은 마음이 간절해졌다. 동네 식당에서 나와 함께 밤을 지새우던 앨리스, 커피와 메이플시럽 팬케이크를 앞에 놓고 웃던 앨리스, 겨울에 내 곁에 앉아 일렁이는 불길을 바라보던, 오래된 본래 앨리스의 흔적을. 나는 모로코가 그 기억들과 우리 두 사람을 불태워 재로 만들려고 위협하고 있음을 깨달았다. 우리에겐 휴식이 필요했다—더위로부터, 도시로부터, 탕헤르로부터.

"택시 타고 가면 돼." 내가 설명했다. "별로 비싸지도 않고 아주 간단해. 내가 지금 나가서 택시를 잡아 얼른 돌아올게. 넌 가방 하나 챙기는 것 말고는 아무것도 안 해도 돼고. 진짜 아름다울 거야, 앨리스." 내가 다급하게 말했다. 마치 말의 급류가 그녀의 저항과 거절 가능성으로부터 나를 지켜줄 수 있다는 듯이.

앨리스는 양손의 뼈마디가 하얗게 불거질 정도로 찻잔을 꽉 움켜쥐고는 고개를 끄덕였다. "좋아, 그럼." 그 말은 빠르게 미끄러져 나왔다. 마치 그에 대해 생각해보고 또 한번 생각해보기 전에, 그 말을 몸밖으로 내보내 지워버려야 한다는 듯이. "좋아, 루시. 가자."

앨리스가 미소를 지었고, 나는 그 속에서 일말의 희망을, 일말의 그녀를 엿보았다.

마침내 때가 왔다는 것을 알았다. 처음엔 술집에서, 나중에는 탕헤르의 거리에서 내가 목격한 일을 말할 때가 온 것이었다. 우리의 미래에 대한 나의 모든 희망과 꿈을 그녀에게 알릴 때가 왔다. 그리하여 늘 계획해왔던 것처럼 우리 둘이 함께 앞으로 나아갈 수 있도록. 하지만 먼저 우리는 벗어나야 했다. 존으로부터, 뒤에서 견고하게 버티고 있는 과거 때문에 현재가 우리를 건드리지 못하는 이곳, 탕헤르로부터.

세 시간 뒤 우리는 그곳에 도착했다. 원래는 두 시간 거리였지만 앨리스가 중간에 잠깐 내려 사진을 찍겠다며 택시를 세워달라고 애원했다. 리프 여인들과 모로코에는 전혀 어울리지 않는 굽이치는 녹색 산을 촬영하겠다는 것이었다. 처음에 기사는 이해하지 못했다. 가엾은 기사는 앨리스가 그에게 차를 세우라고 소리를 지르고, 자신의 주장을 말로 표현하지 못해 격하게 그의 어깨를 두드리자 약간 겁을 먹은 것 같았다.

앨리스가 자기 어머니의 것이었던 카메라를 꺼내는 모습을 본 건 그때가 처음이었다. 렌즈 덮개에 이가 빠져 있었고—어머니가 그런 거야, 라고 언젠가 앨리스는 주장했다—자세히 들여다보면 렌즈에도 삐죽삐죽 금이 가 있었지만, 어쩐 일인지 인화된 사진에는 그 줄이 나타나지 않았다. 앨리스가 언젠가 이유를 설명했지만 잊어버렸다. 사진과 과학의 세계는 전반적으로 잘 이해가 가지 않았다. 온통 숫자들과 절대 원칙들로 가득했고 내가 영 소질이 없는 분야였다. 그러나 나는 늘 앨리스가 작업하는 모습을 보는 게 좋았다. 화학용액의 정량을 붓고 적절한 농도가 될 때까지 젓고 흔든 다음 음화필름이 실질적이고 만질 수 있는 것이 되면 마침내 그녀가 밀착인화지를 핀으로 꽂아놓는 것을 문간에서 지켜보았다.

탕헤르에서 보낸 지난 며칠 동안, 앨리스가 묻어두고 싶은 과거의 흔적들과 함께 카메라를 영국에 두고 왔는지 궁금했다. 한번은 앨리스가 목욕하고 있을 때 카메라를 찾아보려고 그녀의 방을 뒤진 적도 있었다. 그러나 방을 뒤져서 찾은 것이라고는 내가 본 적 없는 드레스들과 그녀에게서 맡아본 적 없는 향기가 나는 작은 향수병들, 그리고 실제가 아니라 그저 보여주기 위한 공간인 듯 방안 가득 감도는 이상한 공허감뿐이었다.

차의 뒤쪽 창문을 통해 우리 뒤로 피어오르는 먼지와 우리 뒤로 사라져가는 탕헤르를 바라보면서, 나는 벌써 그 변화를, 그 차이를, 갑자기 약해지는 탕헤르의 힘과 통제력을 느낄 수 있을 것만 같았다.

카메라가 바로 그 증거라고, 나는 생각했다.

셰프샤우엔에서 우리는 메디나를 천천히 가로질렀다. "이렇게 파란 색이 있다니, 믿을 수 있어?" 앨리스는 그 말을 하고 또 했고, 어느 순간 대답을 기대하고 한 말이라기보다 사실임을 스스로에게 확인시키기 위한 일종의 주문이라는 생각이 들었다.

그녀는 가끔 내 시야에서 사라졌지만, 조용한 벽에 부딪혀 울려퍼지는 딸각거리는 금속성 소음으로 바로 찾아낼 수 있었다. 모퉁이를 돌면 그곳에 앨리스가 있다는 걸 알았다. 그래서 나는 걸음을 늦추었고, 필요하면 언제든 찾을 수 있었기에 그녀가 마음대로 뛰어다니도록 내버려두었다. 이 도시에는 탕헤르와는 전혀 다른 고요함이 있었다. 아무도 우리에게 물건을 팔려고 달려오지 않았고, 레스토랑이나 카페로 들어오라고 손짓하지도 않았다. 탕헤르의 온갖 소음과 소란을 겪은 뒤라 이곳의 정적이 으스스하게 느껴졌다. 내가 그 정적을 전적으로 좋아했는지는 잘 모르겠다. 전에도 늘 그렇게 생각했지만, 나는 도시에 맞는 사람인 것 같았다. 어둡고 음침한 골목들, 스물네 시간 내내 울려퍼지는 소음의 불협화음, 고압적이고 때로는 역겨운 냄새와 북적이는 낯선 사람들의 친근함. 셰프샤우엔은 정반대였다. 탕헤르가 어둠이라면 이곳은 빛이었다. 탕헤르가 숨막히는 도시라면 이곳엔 바람이 통했다. 탕헤르가 자기 손아귀에 있는 사람들이 숨을 내쉬지도 들이쉬지도 못하게 한다면, 이곳은 마음을 진정시켜주었다. 이곳이 나에게 맞지 않는다는 것을 본능적으로 느낄 수 있었지만, 앨리스는 이곳과 잘 맞았다. 이 도시는 앨리스를 위한 곳이었고, 바로 그런 이유로 나는 여기가 최적의 장소라고 생각했다.

우리는 계속 그런 식으로—조수처럼 밀려왔다 밀려가면서—거의 한 시간을 돌아다녔고, 마침내 앨리스가 양팔을 옆으로 축 늘어뜨리고 내게 돌아섰다. "너무 피곤해, 루시." 그녀가 한숨을 쉬었다. "그리고 차 한잔이 굉장히 절실해."

"박하차일 확률이 높은데." 망설이는 듯한 미소를 지으며 내가 그녀에게 경고했다. 불과 어제 일에 대해, 탕헤르의 뜨거운 태양 아래 그녀가 드러냈던 불안과 좌절감에 대해 그녀를 놀리기에는 아직 너무 이른 게 아닌지 망설이면서.

앨리스가 숨을 처음 내뱉는 사람처럼 심호흡을 했다. "상관없어." 그녀는 주위를 둘러보며 말했고 미소는 더 환해졌다. "오늘밤엔 아무것도 신경 안 쓸래."

그래서 우리는 그날 밤 묵을 곳을 찾기 위해 서둘러 메디나로 향했다. "저기, 민박집이다." 처음 눈에 띈 건물을 가리키며 내가 말했다. 간판이 약간 낡고 허름했지만 그런대로 괜찮아 보였다.

앨리스가 웃으며 얼른 내 말을 수정했다. "리아드지. 그것 봐, 아직 너도 모로코에 대해 모르는 게 있잖아." 살짝 놀리는 듯한 말투로 그녀가 내게 말했다.

우리는 팔짱을 끼고 안으로 들어가서, 방 열쇠를 내어주는 대가로 제시된 금액을 기꺼이 지불했다.

"다시 룸메이트가 됐네." 기다리는 동안 앨리스가 중얼거렸다. "베닝턴으로 돌아간 것 같겠다."

나는 고개를 끄덕였지만, 베닝턴에서는 각자 침대가 있었던 반면 오늘 묵게 될 방에는 침대가 하나뿐이라는 사실을 굳이 지적하지는 않았다. 우리가 그렇게 작은 공간에서 함께 머물게 되리라는 것, 그 밀착의 가능성이 내 피부를 전율하게 만들었다. 나의 모든 신경이 그날 밤 일어날지도 모르는 일에 대한 기대감과 희망으로 살아나는 것 같았다.

"차." 내가 돈을 지불할 때, 마실 차를 요구하는 것을 잊지 않도록 앨리스가 어깨 너머로 장난스럽게 말했다.

"아, 차 좀 부탁드릴게요." 내가 앨리스의 말을 받았다.

데스크 뒤의 남자는 잠시 혼란스러운 표정을 지었다.

"테*?" 내가 다시 한번 말했다.

그의 얼굴이 밝아졌다. "아, 비엥, 테 알라 망트."**

우리 둘 다 웃음을 참았다. "위, 메르시."

차와 함께 쿠스쿠스와 타진을 주문했지만, 거한 식사에 익숙하지 않은 우리의 위가 감당하지 못해서 둘 다 끝까지 먹지는 못했다. 그런데도 왠지 배불리 먹는 행위 자체가 필요하다고 느꼈다. 그것은 서로에 대해 숨기고 억눌렀던 모든 것으로부터의 해방이었다. 우리는 숙소 바닥에 앉아, 스푼과 포크를 한옆으로 치워놓고 현지인처럼 맨손으로 먹었다. 손가락을 타고 즙이 흘렀지만 굳이 닦아내지 않고 핥아먹으며 그 낯선 행위를 즐겼다. 양고기인 것 같은 고기. 살구. 건포도. 맛좋은 식사에 통상적으로 곁들이는 과일은 아니었지만, 저물어가는 모로코의 햇살 속에서 그 모든 것이 완벽하게 어우러졌다. 식사를 마칠 무렵 우리 입술에는 기름이 번들거렸고 우리는 서로의 모습을 보고 살짝 민망하게 웃으며 둘 다 몸

* '차'라는 뜻의 프랑스어.

** '아, 네, 박하차 드릴게요'라는 뜻.

을 뒤로 기댔다.

"우리 몰골 진짜 끔찍하다." 앨리스가 말했지만 그러면서 웃고 있었다.

나는 한때 희었지만 어느덧 얼룩덜룩해진 그녀의 드레스를 보았다. 여행길에 흙이 묻었고 식사하면서 얼룩이 졌다. 내 상태도 나을 리 없을 것이었다. 내가 입고 있는 카프리 팬츠와 블라우스는 앨리스의 흰 드레스와는 강한 대조를 이루었지만, 비슷하게 밝은 빛깔이었고 역시 허겁지겁 먹느라 엉망이 되었다. "이런 옷을 아낄 필요가 뭐 있어." 피해 상황을 좀더 제대로 보기 위해 옷깃을 잡아당기며 내가 말했다.

"당연히 아껴둬야지!" 앨리스가 중얼거렸다. "이제 이 옷은 기념품이잖아. 우리 여행의 기념품."

내가 그녀를 바라보았다. 기름으로 얼룩진 얼굴에, 삐뚤어진 드레스, 미소 짓는 홀가분한 표정. 마음 한편으로 나는 그 순간 앨리스를 붙잡고 싶었고, 가냘픈 어깨를 잡고 왜 그랬느냐고 묻고 싶었다. 왜 그녀의 사랑을 받을 자격이 없는 것이 분명한 남자와 함께 스스로를 가두었느냐고. 그러나 그 말을 하려면 존과 그의 부정을 언급해야 했고, 나는 그럴 수 없었다, 그 순간에는 그럴 수 없었다. 그날은 존의 날이 아니었고 탕헤르의 날도 아니었다. 우리는 마침내 껍데기를 벗었고, 앨리스가 돌아왔다. 내가 사랑에 빠졌던 예전의, 고유한, 오래된 앨리스. 현재와 과거의 무게에 짓눌려 그녀가 다시 파묻히는 것을 볼 준비가 되지 않았다, 아직은.

"아, 하지만 이걸 입고 탕헤르로 돌아갈 순 없겠는걸." 앨리스가 옷의 전체적인 상태와 잔뜩 묻은 얼룩들을 찬찬히 살펴보며 말했다. "나 여벌옷 안 가져왔어, 루시." 그녀가 나를 쳐다보았다. "잠옷만 가져왔어. 진짜 한심한 노릇이지만, 너무 정신이 없었어."

그녀의 얼굴에 찌푸림이 번져가고 있었다. "걱정 마." 다가오는 폭풍을 떨쳐내야 한다는 조급함에 내가 말했다. "내가 블라우스하고 바지를 여벌로 가져왔으니까. 그거 입으면 돼."

앨리스는 코를 찡긋하면서도 한편으로는 기뻐하는 표정이었다. "정말 그래도 될까, 루시? 바지를?" 그녀가 내가 입고 있는 옷을 보려는 듯 몸을 앞으로 숙였다. "난 바지 한 번도 안 입어봤는데."

"여기," 내가 시장에서 산 배낭으로 손을 뻗으며 말했다. 배낭에서 아직도 새것 냄새가 났다. 탁한 무언가와 흙냄새가 섞인 것 같은 가죽냄새였다. 어쩌면 거름냄새일 수도 있었다. 대부분의 관광객들은 그 냄새에 코를 찡그리지만 나는 그 속에서 위안을 얻었다. 어딘가 친근하고, 어딘가 현실적이었다. 마치 그 냄새가 나에게 이 가방이 진짜라는 것을, 원단이나 구조가 실제로 모로코 탕헤르의 산물이고, 외국에서 제조된 것을 재가공해서 그런 식의 모로코 버전을 원하는 관광객들을 위해 가격표를 붙인 제품이 아니라는 것을 보증하는 듯했다. 나는 가방에서 옷 두 벌을 꺼냈고, 여행길에 벌써 구겨졌음을 깨닫고 약간 상심하며 그녀에게 내밀었다. "입어봐."

"뭐, 지금?"

"응, 지금."

앨리스가 자신의 모습을 내려다보았다. "하지만 나 완전 엉망인데. 아직 씻지도 않았어."

"상관없어, 그냥 얼른 입어봐, 어떤가 보게."

앨리스가 나의 제안을 좋아한다는 걸 알고 나는 그녀가 굴복할 때까지 계속 밀어붙였다. 옷을 갈아입으려고 욕실로 달려가는 그녀를 보니 미소가 지어졌다. 욕실 문이 살짝 열려 있어서, 그녀가 드레스를 벗어 마구잡이로 바닥에 떨어뜨리고 옷이 뭉친 채로 발치에 널브러지는 것이 보였다. 앨리스가 드레스를 발로 차 옆으로 밀어놓았다. 그때 나는 그녀가 대학 시절 입었던 거들을 더이상 입지 않는다는 걸 알았다. 그녀의 몸은 여전히 가늘었지만 더이상은 한때 고집했던 빳빳한 속옷으로 조이거나 가두지 않았다. 브라와 속옷만 입고 있었고 단순한 가터벨트로 스타킹을 고정했다. 거들이 없으니 나이가 더 들어 보였다. 그러나 과거를 그리워하게 만드는 안타까운 나이듦이 아니라 우리가 함께 살던 시절을 제대로 돌아보게 만드는 나이듦이었다. 문득 나는 앨리스를 처음 만난 이후 얼마나 많은 시간이 흘렀는지 생각했고 그날 이후 우리에게 일어난 모든 일을 생각했다.

"자, 어때?"

앨리스가 내 하얀 리넨 블라우스에 갈색 바지를 입고 내 앞에 섰다. 어린아이 같은 드레스나 유치한 프릴이 달린 옷이 아닌 다른 옷을 입은 그녀의 모습을 전에는 한 번도 본 적이 없었다. 오랫동안 나는 그런 옷을 그녀의 일부로 여겼고 그래서 앨리스를 떠올릴 때마다 그 두 가지는 예외 없이 함께 연상되었다. 그러한 장식들을 벗어던지고, 심지어 화장이나 머리도 평상시의 모습이 아닌 그녀는 전혀 다른 사람 같았고, 그래서 이상하게도, 내가 그녀를 전혀 모른다는 생각이 들었다. 그녀의 변화에 나는 순간적으로 말문이 막혔다.

나의 침묵에 앨리스의 얼굴에 두려움이 떠올랐다. "그렇게 이상해?" 그녀가 물었다.

"아니," 나는 앨리스를 안심시키려 애썼다. "아니, 아주 멋져. 길에서 널 마주쳤다면 아마 못 알아봤을 거야." 내가 진심을 담아 말했다.

앨리스가 미소를 짓더니 허리를 굽혀 인사를 하고는 다시 욕실로 사라졌다. 씻는 소리가 들렸고 에나멜 바닥에 물 떨어지는 소리가 들렸다. 그녀가 블라우스 윗단추를 풀고 옷을 입은 상태로 나타났다. "나한테 필요한 게 바로 이거였어, 루시." 그녀가 다가오면서 얼른 손을 뻗어 내 손을 잡았다. "고마워."

나는 미소를 지었다. 앨리스가 손을 거둔 뒤에도 여전히 온기를 느낄 수 있었다.

나는 그날 밤 잠을 자지 않았다. 해가 지고 하늘이 어두워지기 시작하고도 한참 뒤까지 깨어 있었다. 아무 예고도 없이, 우리가 묵고 있는 리아드의 경사진 지붕에 빗방울이 떨어지기 시작했다. 침대에 누워 앨리스가 얼굴을 찌푸리고 씩씩거리며 알아들을 수 없는 잠꼬대를 하는 것을 보고 있다가 첫 빗방울소리를 들었다. 그렇게 몇 분, 어쩌면 몇 시간이 흘렀다. 결국 나는 일어나서 얇은 가운을 걸치고, 앨리스가 깨지 않도록 천천히, 조용하게 방을 나섰다.

나는 고개를 들고, 빗방울이 유리창에 떨어졌다가 미끄러져 내리며 우리 숙소 건물 아래로 사라지는 것을 바라보았다.

휴게실에 들어서니 온도가 바뀌었다. 나는 내일 아침식사가 준비될 테이블들을 지나쳤다. 신선한 치즈, 올리브, 빵. 운이 좋으면 약간의 오일, 혹은 버터. 나는 정처 없이, 목적 없이, 소파 역할을 하는 방식들을 지났고, 허물어져가는 골조를 가리기 위한 장식용 가리개들을 지났다. 누군가 잊고 간 담배 한 갑이 거의 꽉 찬 채로 테이블 위에 놓여 있는 게 보였다. 핸드백에 담배가 있는데도 나는 그것을 향해 손을 뻗었다. 한 개비를 뽑아 입에 물고 담뱃갑을 잠옷 주머니에 넣었다. 담배는 독했고 목이 타는 것 같은 느낌이 들었다. 이렇게 형편없는 담배를 마지막으로 피운 게 언제였던가. 사학년 때였다. 앨리스와 나는 어느 날 무용 연습실에 잠입했다. 사실 잠입이라고 말할 수도 없었던 것이, 교내의 모든 건물은 항상 열려 있었다. 나는 늘 베닝턴이 학생들에게 이상한 반항심을 주입한다고 생각했다. 우리는 학교 밖으로 탈출하는 것이 아니라 학교 안으로 침입하는 것을 재미있다고 생각했기 때문이었다.

마사 그레이엄*이 여기서 가르쳤대, 무용 연습실로 들어설 때 앨리스가 말했다. 새로 칠한 왁스 때문에 어둠 속에서도 바닥이 반짝였다. 벽의 세 면은 거울로 덮여 있었고 나머지 한 면은 캠퍼스 쪽으로 난 유리벽이었지만 그 시각에는 어둠의 장막으로 덮여 있었다. 그곳에서 나는 거울에 비친 우리의 모습을 보았다. 마른 몸, 긴 머리, 키는 한 명이 조금 더 컸다. 우리 둘 다 얼핏 보아서는 특별할 게 없었다. 그러나 그 순간 우리 모습을 바라보면서, 나는 우리가 자매라고 해도 사람들이 믿을 거라는 생각을 했다. 우리의 몸가짐, 움직이는 방식, 하나의 몸짓에 대한 반응의 몸짓, 그 모든 게 어딘가 닮아 있었다.

내 말 들었어? 방금 했던 말? 앨리스가 거울 쪽으로 다가섰다. 그

* 20세기 최고의 무용가 중 한 명으로 일컬어지는 미국의 현대무용가.

곳 천장에 튼튼해 보이는 기다란 줄이 달려 있었다. 앨리스는 양손으로 줄을 잡고 있었다. 마사 그레이엄 얘기?

응, 내가 대답하며 미소를 지었다. 마사 그레이엄이 누군지 몰랐지만, 말하지 않았다. 그날 밤이 순조롭기를 바라는 마음이 간절했다. 당시 우리 사이는 삐걱거리고 있었다. 앨리스는 대부분의 시간을 톰과 함께 보내거나 암실에 혼자 틀어박혀 지냈다. 파리, 그리고 우리가 함께 세웠던 모든 계획이 너무도 아득히 먼 일처럼 느껴졌다. 두 소녀가 했던 모든 약속을 나는 더이상 기억할 수 없었다.

앨리스가 나에게 자기가 있는 곳으로 오라고 손짓했다. 자, 그녀가 말하며 밧줄을 내 손에 쥐여주었다.

내가 미심쩍은 표정으로 밧줄을 쳐다보았다. 이걸 어쩌라고?

매달려봐.

내가 혼란스러운 표정으로 계속 그녀를 쳐다보자 앨리스가 한숨을 쉬고는 밧줄을 도로 가져갔다. 잘 봐, 그녀가 말했다. 앨리스는 그 줄을 잡고 연습실 맨 끝으로 갔다. 그러고는 밧줄 끝에 있는 커다란 매듭 위에 한 발을 얹고 몸을 구부려 두 팔과 한 다리에 밧줄을 감았다. 그런 다음 나머지 한쪽 다리를 뒤로 밀면서 펄쩍 뛰어오르자 그 힘으로 그녀가 앞으로 나아갔다. 밧줄이 연습실을 가로질렀고 나는 뒤로 물러나 그녀를 바라보았다. 앨리스의 머리카락이 처음엔 앞으로 그다음엔 뒤로 흩날리며 그녀의 얼굴을 가렸다. 마치 인간 시계추처럼 그녀가 앞뒤로 움직이는 동안 작은 연습실 안에 그녀의 웃음소리가 울려퍼졌다.

머리 위에서 한차례 천둥이 울렸고 나는 다시 셰프샤우엔으로 돌아왔다. 창문 쪽으로 돌아섰지만 보이는 거라곤 암흑과 나 자신의 어두운 상像뿐이었다. 나는 계속 창문을 바라보면서, 그날 무용 연습실에서의 추억과 세프샤우엔 사이에 얼마나 많은 것이 변했는지 생각했다. 앨리스만 변한 게 아니었다. 앨리스가 없으면 내 자의식도 흔들렸다. 사고 후의 나날들 속에서, 나는 앞으로 다시는 그녀를 보지 못할 것이며 앨리스와 나 사이에 존재했던 것이 무엇이든 전부 파괴되었고 그 화재 속에서 재만 남을 때까지 타버렸다는 사실을 받아들이려 애썼다. 그리고 나는 그것을, 그 상실감을 느꼈다. 육체적 고통이, 뱃속의 응어리가 시큼하게 독이 올라 휘몰아쳤다. 뉴욕에서 그녀 생각을 멈출 수가 없어서 잠을 못 이루고 거리를 헤매던 날들이 있었다. 발이 갈라지고 피가 날 때까지 걸었고 그러고도 멈출 수가 없어서 더 멀리 걸었다. 나는 길을 잃고 헤맸다.

귀에서 또다시 쉭쉭거리는 소리가 들렸다. 한때는 이상하게 느껴졌지만 지금은 아무렇지도 않았다. 나는 조심스럽게 귀를 살펴보았다. 여전히 통증은 없었고, 감염의 징후도 없었다. 단지 무언가가 꽉 차 있는 것 같은 특이한 느낌뿐이었다. 분명히 무언가가 있었다. 나는 흙먼지로 뒤덮인 손가락을 보았다. 욕실에서 아무리 씻어내도 탕헤르는 좀처럼 나를 놓아주지 않았다. 불과 며칠 전만 해도 이런 생각이 즐거웠는데, 지금은 두려움 비슷한 감정을 느끼며 그런 생각을 하게 되었다. 모로코는 너무 위험해지고 있었다. 이곳에 남아 있는 외국인들뿐 아니라 앨리스에게도. 모로코가 앨리스를 포로로 잡으려 하고 있었다. 우리 둘 다 본래의 모습으로 돌아가야 한다는 것을 나는 깨달았다. 이곳에서의 스물네 시간으로는 부족했다.

나는 창가에 서 있었다. 어둠 속 창밖 풍경은 흐릿했다. 앨리스는 알아야 했다. 더이상 머뭇거릴 수 없었고 더이상은 기다릴 수 없었다. 내가 본 것을 그녀에게 말해야 했다. 어딜 가나 뒤에서 들려오는 시계의 빠른 초침소리에 대해. 존이 영원히 기다려주지는 않을 것임을 나는 알고 있었다.

째깍째깍.

그런데 바로 그때, 앨리스가 내 뒤에 나타났다. 마치 갑자기 허공에서 솟아난 것처럼, 마치 내 뇌의 일부가 그녀를 불러낸 것처럼. 유리에 비친 우리 모습을 보았지만 더는 자매 같지 않았다. 정확히 무엇이 달라졌는지는 알 수 없었다. 우리의 헤어스타일이 달라진 건 사실이었다. 나는 여전히 촌스러운 긴 머리인 반면, 앨리스는 단발 비슷하게 짧게 잘랐다. 탕헤르에 오기 전에 자른 건지 아니면 이곳에 온 뒤로 자른 건지, 더위 때문에 자른 건지 더위를 예상하고 미리 자른 건지 궁금했다. 그것 말고도 달라진 점이 있었다. 우리 얼굴에 표정이 자리잡는 방식 같은 것. 더이상은 유사성이 없었다. 똑같은 몸짓도, 우리 사이에 존재했던 유기적인 연결성도 없었다. 우리는 그저 한때 가까웠으나 지금은 다른 두 여자일 뿐이었다. 더이상 전혀 똑같지 않았다.

"여길 떠나야 해, 앨리스." 그 말이 목에 걸린 듯 거칠게 나왔다.

느리고 나른한 미소가 그녀의 얼굴에 번졌다. "알아. 하지만 난 여기 좀더 머물고 싶기도 해. 어쩌면, 영원히."

그녀는 내가 셰프샤우엔을 두고 하는 말인 줄 착각하고 있었다. "아니, 앨리스." 내가 살짝 고개를 저으며 말했다. "탕헤르를 떠나야 한다고."

2020 제11회
젊은작가상
수상작품집
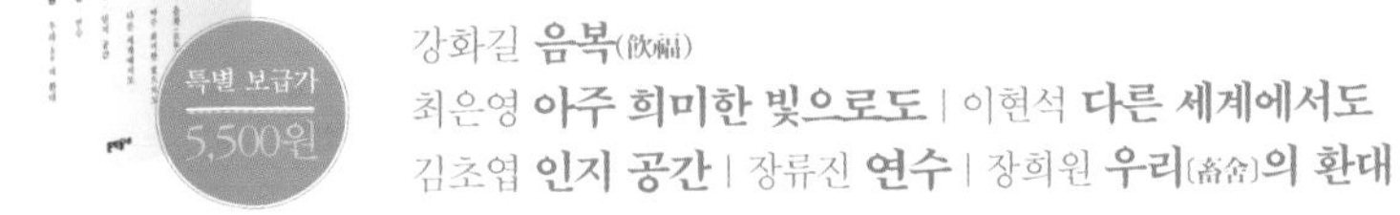

특별 보급가
5,500원

앨리스는 갑자기 번쩍 정신을 차렸고 몸이 뻣뻣해졌다. 그녀가 나에게서 한 걸음 물러섰다.

"더이상 여기 있어선 안 돼. 여긴 안전하지 않아." 내가 말을 이었다.

"안전하지 않다고?"

"안전하지 않아." 내가 헛기침을 했다. "존이 내가 알고 있다는 걸 알아, 사빈에 대해."

그녀가 혼돈이 밀려오는 얼굴로 나를 보았다. 그러나 그 표정에는 다른 것도 있었다. 그 이상하게 일그러진 표정이 내가 의심하고 있던 사실을 확인해주었다. 앨리스도 알고 있었다. 이름까지는 아니더라도, 확신을 갖고 있진 않았을지라도, 존이 다른 여자를 만나고 있다는 걸 알고 있었다. 어딘가에 그 사실을 아무리 깊이 묻어두었다 해도, 그녀는 알고 있었다.

앨리스가 눈을 깜빡이며 물었다. "누구?"

거짓으로 꾸민 그녀의 표정을 무시하며 내가 고개를 저었다. 더는 숨기면 안 된다고, 더이상의 가식은 안 된다고 속으로 중얼거렸다. 나의 목소리가 강하고 날카롭게 나왔다. "누군지 알잖아, 앨리스."

앨리스는 흠칫 놀란 것 같았지만, 그게 내 말투 때문인지 내가 한 말 때문인지는 알 수 없었다.

"난 몰라." 그녀가 항의했다.

내가 몸을 앞으로 숙였다. "넌 알아."

"아니," 앨리스가 자꾸만 뒤로 물러서며 말했다. "난 몰라. 알고 싶지 않아." 그녀가 애원하는 표정으로 나를 쳐다보았다. "알고 싶지 않아, 루시."

"앨리스." 그때부터 앨리스는 고개를 젓기 시작했고, 그 동작이 너무 격렬해서 나는 걱정하며 그녀에게 다가갔다. "앨리스." 낮고 침착한 목소리를 내려 애쓰며 내가 말했다.

그녀의 얼굴이 붉게 물들었고 빰은 눈물로 얼룩졌다. "알아." 그녀가 말했고, 헐떡이는 숨소리처럼 들리는 그 말이 우리 사이의 허공에 걸려 있었다. "알아, 루시. 끔찍하게 수치스러운 일이지만, 물론 나도 알아."

나는 숨을 내쉬었다. 내 짐작이 옳았다는 것이, 예전처럼 내가 아직도 그녀의 표정을 읽을 수 있고 그녀를 알고 있다는 것이 확실해졌다. "그 사람이 어떻게 할 것 같아, 앨리스?" 내가 물었다. "네가 알고 있다는 걸 알게 되면. 자기 돈줄이 끊긴다는 걸 알면 말이야." 앨리스는 눈이 휘둥그레진 채 잠자코 있었다. "우리가 어떻게 해야 하는지 알아?" 내가 밀어붙였다. "우린 떠나야 해. 그 사람이 알아차리기 전에."

"뭘 알아차려?" 앨리스가 속삭였다.

"너도 안다는 것." 그녀는 아무 말도 하지 않았고 그래서 내가 속삭였다. "다른 방법이 없어."

앨리스가 내 말을 듣고 있는 건지 더는 확신할 수가 없었다. 실내가 여전히 따뜻한데도, 유리창에 김이 서리는 것으로 보아 후덥지근한 것이 분명한데도 앨리스의 몸이 격하게 떨렸다. 추위로부터 자신을 보호하려는 사람처럼 그녀가 양팔로 자기 몸을 감쌌고, 그 모습을 보고 있는 나도 몸이 떨려왔다.

"내일 탕헤르로 돌아가는 거야. 가서 같이 말하자. 그다음에 떠나는 거야.” 내가 속삭였다. 나의 목소리는 안정적이고 침착했다.
“좋아.” 그녀가 창문 쪽으로 돌아서며 속삭였다.
“그게 네가 원하는 거 아니야, 앨리스?” 내가 물었다. “탕헤르를 떠나는 것? 고국으로 돌아가는 것?”
“응, 맞아. 물론이야.” 그녀가 대답했다.
심장이 떨리는 것이 느껴졌고, 지금이 행동을 취할 때임을, 선언할 때임을 깨달았다. 나는 내 얼굴이 눈물로 얼룩진 그녀의 얼굴에서 불과 몇 인치 앞에 놓이도록 몸을 기울였다. 그리고 그녀에게 키스했다.

그가 나타나기 전에는 누구도 우리를 갈라놓을 수 없었다.
그러나 그해, 베닝턴대학에서 보낸 네번째 해에, 무언가가 달라졌다. 앨리스가 우리 방에서 보내는 시간이 줄어들었고, 항상 사진 작업실을 오가거나 시내에 나갔고, 시간이 날 때마다 톰을 만날 약속을 잡았다. 나는 그녀가 깡충거리며 잔디를 가로질러 주차장으로, 톰이 기다리고 있는 따뜻한 스카이라크 승용차로 가는 걸 지켜보곤 했다. 쉽게 눈에 띄는 차였다. 햇빛에 반짝이던 짙은 빨간색 차. 교수들이 모는 엷은 빛깔의 좀더 보수적인 차들 틈에서 빛을 발하던 그 차의 윤곽. 톰처럼 젊은 남자가 어떻게 그렇게 고급스러운 차를 끌고 다닐 수 있는지 의문이었다. 대부분의 자동차 대리점은 여전히 전시의 규칙을 따르고 있어서, 차를 몰기 전에 몇 달 치 계약금을 지불하게 되어 있었다. 나는 뜨겁고 날카로운 증오심이 돋아나기 시작하는 것을 느꼈다.
톰 스토웰. 머지않아 나는, 그가 메인주의 유서 깊은 가문 출신임을 알게 되었다. 어부와 목수들이 우글거리는 동네가 아니라, 식민지풍 저택들이 있고 여름이면 일요일 저녁마다 랍스터를 굽는 동네였다. 지난 세대의 재력으로 사는 사람들이었기에, 남아 있는 약간의 자산은 집에 묶여 있었고, 가문의 이름으로 돈을 빌릴 수 있는 정도였다. 그는 가문의 이름 덕에 윌리엄스대학에서 전액 장학금을 받고 있었다. 그렇지 않았다면 스토웰은 뉴잉글랜드의 이름 있는 학교 어디에도 적을 둘 수 없었을 것이다.

이 정보 중 일부는 앨리스에게서 얻어낸 것이었고—하지만 앨리스는 톰에 관해서라면 놀라울 정도로 말을 아꼈다—나머지는 베닝턴의 다른 학생들을 포함한 다양한 경로를 통해 입수한 것이었다. 알고 보니 우리 학교 학생들은 이웃 대학 남학생들에 대해 속속들이 알고 있었다. 그들은 미래의 남편감에 대해 알아두어야 한다고 생각했다. 문학과 수학을 전공하는 여학생들이었고, 심지어 의예과 학생들도 있었지만, 그들 대부분은 자신들이 갖게 될 유일한 직업이 아내와 어머니라는 걸 이미 알고 있는 것 같았다.

톰 스토웰에 관한 모든 것을 알아내는 게 나의 임무였다. 어떤 수업을 듣는지, 어떤 친구들을 두고 있는지. 나는 그런 정보를 열정적으로 흡수했다. 마치 갈증으로 죽어가는데, 그에 대한 속삭임과 소문들만이 그 갈증을 잠재워줄 유일한 물이라는 듯이. 머지않아 나는 그 차가 그의 금욕주의적 가부장인 할아버지로부터 열여섯번째 생일 선물로 받은 것임을 알게 되었다. 그에 대한 조사 때문에 내 공부는 타격을 입었지만 나는 개의치 않았다. 이제 톰이 나의 전공이었고, 나의 삶과 행복은 그의 모든 것을 알아내는 것에 달려 있었다.

앨리스가 없을 때면 나는 오랜 은신처로 숨어들었다. 도서관에서 오후를 보내면서, 곧 앨리스가 그에게 싫증을 낼 거라고, 어느 날 불쑥 나무문들을 지나, 미소를 머금고, 양팔에 책을 가득 안은 채 돌아올 거라고 생각했다. 그러면 지난 몇 달은 흩어져버릴 거라고, 아예 없었던 일처럼 소멸될 거라고 생각했다. 나는 인내심을 갖고 지켜보고 또 기다렸다. 톰의 시간이 줄어들고 있다는 것을 알고 있었다.

그러다 하루가 끝날 무렵까지 앨리스가 나타나지 않으면, 나는 기숙사로 향했다. 빠르게 다가오는 겨울에 몸을 떨면서, 내가 다시 온기를 느낄 수 있을지 의심을 품은 채로.

나는 앨리스를 곁에 두기 위해 그녀의 옷장에서 물건들을 빌리기 시작했다. 스카프 한 개, 스타킹 한 켤레. 모든 것에 그녀의 체취가 배어 있는 것 같았다. 독특한 향료와 꽃향기가 섞인, 어떤 향수만큼이나 선명한 냄새였다. 한번은 그녀의 옷을 입어보았는데, 섬유가 늘어나며 당겨졌고, 실망스럽게도 도무지 내 몸에 맞지 않았다. 그때 나는 앨리스와 내가 똑같지 않다는 걸 스스로에게 일깨웠다. 우리는 서로 다른 별개의 존재였고 오직 함께 있을 때만 온전했다. 그녀의 옷을 입고 있는 동안 그녀의 체취가 그 사실을 일깨워주었고, 비록 잠깐이었지만 마음이 가라앉았다.

그런데 하필 그러고 있을 때 앨리스가 들어왔다.

수치심에 뺨이 달아올랐고, 서둘러 드레스를 움켜잡고 벗다가 그만 솔기가 벌어져 뜯기고 말았다. 자신의 옷을 입고 있는 내 모습을 목격한 그녀의 얼굴에서 나는 놀라움을—그리고 다른 것을, 두려움을—보았다. 앨리스는 괜찮다고, 원하면 언제든 빌려 입어도 좋다고 나를 안심시켰지만, 그 말에 오히려 맥이 빠졌다. 그녀는 이해하지 못했다. 내 행동을 허영심으로만 치부할 뿐 그녀에게 가까이 다가가기 위한 노력이라고는 생각하지도, 깨닫지도 못했다. 다른 사람의 변덕에 따라 미천하고 열등한 존재가 되는 것이 어떤 기분인지 그녀에게 알려주고 싶다는 욕망에 사로잡힌 나는 잔인해지고 싶은 욕구, 그녀를 벌주고 싶은 욕구를 느꼈다. 그녀는 깊이 생각하지 않고 내게 반복해서 그런 짓을 저질렀고, 그래서 그 순간 그녀도 그 기분을 알았으면 좋겠다고 생각했다.

그러다 어느 날, 앨리스가 우리 방에 다시 나타나 내게 손을 내밀어 보였을 때 모든 것이 무너져버렸다. 아주 자그마한 다이아몬드가 박힌 작은 로즈골드 반지가 반짝였다. 내가 고개를 들고 그녀에게 물었다. "그럼 벌써 다 결정된 거야?" 내 목소리가 얼마나 아득한지, 방안에 메아리치는 소리가 들리는 것만 같았다.

"거의," 앨리스가 미소를 지으며 말했다. "아직 공식적으로 정해진 건 없지만 졸업하고 나서 결혼식을 치를 생각이야. 그다음엔 톰이 나를 데리고 외국으로 갈 거래."

파리도, 부다페스트도, 카이로도 없을 것이었다.

우리 두 사람에게는.

그때 나는 고개를 저었고, 안 된다고, 다시 돌아갈 수는 없다고, 나의 따분한 삶, 무명의 삶, 평범한 삶으로 돌아갈 수는 없다고 생각했다. 앨리스가 나를 도서관의 어둠 속에서, 나 자신의 마음속에서 끌어내주었고, 대신 나는 그녀가 어둠을 떨쳐내도록, 부모님의 죽음 이후 그녀를 괴롭히던 불안감으로부터 벗어나도록 도와주었다. 그 모든 것이 너무나 분명했는데 어쩐 일인지 그녀의 시야는 흐릿해져 있었다. 톰 스토웰은 나처럼 그녀를 돌봐줄 수 없다는 것을, 그는 그녀를 이해할 수 없다는 것을 앨리스는 알지 못했다. 그녀에게 그 사실을 일깨워줘야 했다.

그래서 나는 미소를 지으며 축하 인사를 건넸다.

그리고 계획을 세우기 시작했다.

나는 앨리스의 입술에 나의 입술을 대고 눌렀다. 오래도록 생각했던 일이라—때로는 결코 일어나지 않을 일이라고 확신했다—그 동작은 너무나 익숙했다. 그리고 나는 기다렸다, 어떤 반응, 어떤 암시, 그녀의 생각과 감정을 말해줄 그 무엇이라도. 그리고 그때—그렇다, 확신할 수 있었다—나는 앨리스가 반응하는 것을, 그녀의 몸이 움직이고 입술이 살짝 열리는 것을 느낄 수 있었다. 나는 눈을 더욱 꽉 감고 내 모든 것을 그 하나의 동작에 쏟아부으려 애썼다. 우리가 처음 만난 그날부터 내가 느꼈던 모든 갈망과 꿈, 일 년 동안의 이별로 인한 고통, 그리고 그 순간 내가 품은 미래에 대한 희망까지도.

나중에 방으로 돌아와서, 나는 앨리스를 돌아보며 미소를 지었다. "이건 운명이야, 모르겠어? 우리가 함께 겪은 모든 일을 생각해보면," 나의 목소리는 속삭임으로 잦아들었다. "그날 밤 톰과 네가 사고를 당했을 때……" 그녀가 움찔하는 것을 보았지만 나는 계속 밀어붙였다. 이것 또한 더이상은 외면할 수 없는 일이었다. "난 네가 살지 못할 거라고 생각했어. 브레이크가 잘렸으니 당연히 살지 못할 거라고. 그리고 널 봤는데, 난 네가 죽었다고 확신했어. 정말 그런 줄만 알았어. 하지만 넌 죽지 않았고……" 나는 앨리스의 표정을 보고 말을 멈췄다. 그녀의 얼굴이 하얗게 질렸고, 그녀의 눈이 내 눈을 쏘아보고 있었다. 나는 그녀를 바라보며 그녀가 말하길 기다렸다. 하지만 앨리스는 침묵을 지킬 뿐이었다. 나는 창문을 흘끗 바라보았다. 창문에 서린 김이 한때 그곳에 있던 것들을 흐릿하게 만들었다. 더이상 유리에 비친 앨리스의 모습을 볼 수 없었다. 그저 이상한 내 얼굴만이 나를 응시하고 있었다.

9
앨리스

하마터면 속을 뻔했다.

루시와 함께 있을 때 나는 끔찍한 과거를, 따분한 현재를, 제값을 하는 점술가라면 누구라도 지치고 서글픈 나의 손바닥을 통해 읽어낼 수 있었을 암울한 미래를 잊었다. 낡은 택시 뒷좌석에 앉아 눈을 감고서, 모로코의 울퉁불퉁하고 구불거리는 길을 달리는 택시에 몸을 맡긴 채 이리저리 흔들리면서, 바람과 모래가 내 얼굴을 때리도록 내버려두면서, 그런 모든 것이 존재한다는 사실을 잊었다. 어느덧 나는 모든 게 완전히 틀어지기 이전의 그곳으로, 나에게 오직 결의와 희망만이, 미래는 내 손으로 만들어가는 것이라는 의식만 있었던 그곳으로 되돌아가 있었다.

그리고 거의 성공했다. 가슴이 아리도록 근사했던 그 몇 시간 동안—너무도 순수하고 아름다워서 이따금 행복감에 숨이 막힐 것만 같았다—나는 뭐든지 할 수 있었다. 카메라를 꺼냈고, 사진을 찍었다. 낯선 사람들의 얼굴을 바라보며 미소를 지었고, 아이들의 친절함에 웃었다. 나는 미지의 세계와 당당히 마주섰고 그것을 더 원할 뿐이었다. 배가 터지도록 먹고 마셨다. 근육이 욱신거리고 팔다리가 무거워지도록 웃었다. 그리고, 그러다가, 그 허울이 산산조각나며 내 주위에 흩어져 내렸고, 내 맨발 주위에서 깨어지고 부서졌다. 나는 그것을 다시는 원래대로 이어붙일 수 없으리라는 걸 알았다.

루시는 내게 존의 부정에 대해 속삭였고, 내가 알고 있으면서도 깊이 묻어두려 애써왔던 사실을 일깨웠다. 내가 탕헤르를 떠나야 한다고, 우리가 탕헤르를 떠나야 한다고 말했다. 밤의 어둠을 틈타 비밀리에 떠나야 한다고. 그녀 역시 그 돈에 대해 알고 있었기 때문이었다. 모드 고모가 나에게 보내주고 내가 존에게 주는 생활비에 대해, 내가 없으면 존이 그 돈을 받을 수 없게 된다는 사실에 대해. 어떻게 알았느냐고 묻지 않았다. 그녀는 어떻게든 늘 모든 것을 알고 있었고, 이번에도 분명 그런 식으로 알아냈을 거라고 짐작할 뿐이었다. 모든 것이 완벽하게 이치에 맞았고, 나는 고개를 끄덕이며 동의했다. 탕헤르는 내 것이 아니었다. 내가 그렇게 주장한 적도, 탕헤르가 그렇게 주장한 적도 없었다. 나는 큰 미련 없이 떠날 수 있으리라는 걸 알았다.

그러나 그 순간, 루시가 그 사고에 대해 언급했다. 루시가 그 단어—톰—가 들어 있는 마법의 주문을 내뱉는 순간, 모든 게 한꺼번에 사라져버렸고, 모든 게 선명하게 드러나서, 다시 한번 그것을 보지 않을 수 없었다. 나는 그녀가 그의 이름을 말하는 것을 원치 않았고, 우리가 그 일을 대면하는 것을, 기억하게 되는 것을 원치 않았다. 나는 지금까지의 상태가 지속되기를 바랐다, 조금이라도 더 오래. 그러나 그 순간 루시가 그의 이름을 말했고, 마법은 깨졌다. 그리고 그녀가 한 그다음 말들은 어떤 신문도, 어떤 경찰도, 심지어 모드 고모조차 언급한 적이 없는 내용이었다. 왜냐하면 내가 언급한 적이 없었고, 그들에게 말하지 않았기 때문이었다. 그 마지막 순간에 무슨 일이 있었는지 나 혼자만 간직한 채 비밀에 부쳤기 때문이었다. 그 일을 이야기해봐야 아무것도 달라지지 않았고, 아무것도 달라질 수 없었으니까. 몇 주 뒤 충격에서 벗어나기 시작했을 때, 마침내 내가 다시 앉아서 듣고 먹을 수 있게 되었을 때 모드 고모가 말했다. 차체가 거의 남지 않고 전소되어서, 경찰이 최선을 다해 잔해를 수색했지만 그 어떤 공식적인 결과도 얻을 수 없었다고.

다음날 택시를 타고 집에 가는 길에, 무언가가 나의 기억을 끌어냈고 나는 그 기억을 앞으로 가져오기 위해 애썼다. 루시가 가족에 대해 했던 얼마 안 되는 이야기를, 그녀의 아버지—정비소에서 일했다고 했다—에 대한 이야기를 떠올렸고, 그 순간 내 몸에서 숨이 빠져나가는 것 같았다. 폐가 더이상 기능을 하지 못하는 것 같았다. 나는 숨을 쉬려 애썼고 셰프샤우엔과 탕헤르 사이의 공간은 분절되고 흐릿해졌다. 루시가 침대에 누워 한 말들, 그녀가 속삭인 말들 말고는 아무것도 생각나지 않았다. 빗줄기가 요란하고 집요하게 지붕을 때리고 있었기에 혹시 내가 잘못 들었을지도 모른다고 생각했고, 잘못 들은 것이기를 바랐다.

그러나 잘못 들은 게 아니라는 것을 알고 있었다. 나는 루시의 말을 똑똑히 들었고, 그녀가 한 말의 의미를 이해했다. 그녀는 미소를 짓고 한숨을 쉬며 내 쪽으로 몸을 숙였고, 그녀의 뜨겁고 습한 숨결이 내 뺨에 느껴졌다. 그리고 그녀는 그의 이름을 속삭였다, 그날 밤의 일을 속삭였다.

브레이크에 대해 속삭였다.

집으로 돌아오자 존이 우리를 맞아주었다. 루시와 내가 아파트로 올라갈 때, 천천히 한 걸음씩 내디디며 아파트 안으로 들어설 때, 존이 문 앞에 서서 우리를 쳐다보고 있었다. 나는 표정을 꾸며내려고, 떠날 때와 비슷한 사람의 얼굴을 만들어보려고 안간힘을 썼다. 공포와 비슷한 감정에 사로잡힌 채 계단을 올라갔다. 내가 깨닫게 된 사실이 나를 짓눌러서 더이상 미래를 예측할 수 없었고, 실은 한 발짝 앞도 내다볼 수 없었다.

우리의 모습이 시야에 들어오자 존이 내게 소리쳤다. "당신 대체 무슨 옷을 입고 있는 거야?"

나는 내 옷을 내려다보면서 멋쩍게 블라우스를 잡아당기고 바지 주름을 매만졌다. 둘 다 벗어던지고 싶은 마음이 굴뚝같았다. "루시 옷을 빌렸어." 루시의 이름을 말하며 나는 얼굴을 붉혔다. 그날 밤이 내 얼굴에 새겨져 있다는 듯이, 내 얼굴을 보기만 해도 그 모든 일을, 우리 사이에 오간 모든 것을 존이 읽을 수 있다는 듯이.

그의 표정이 찌푸림으로 바뀌었다. "당신 옷은 어쩌고?"

"더러워졌어." 나의 말이 짧고 퉁명스럽게 들린다는 것을 알았지만 다른 목소리를 낼 방법이 없었다. 모든 에너지가 뼈에서 빠져나간 것 같은 기분이 들었고, 지난 몇 달 동안 내가 해왔던 노력들이, 웃으며 고개를 끄덕이고 그와 함께 탕헤르로 온 것이 엄청난 실수가 아닌 척했던 노력들이, 갑자기 나에게서 빠져나갔다.

더는 그럴 수가 없었다.

"더러워졌다고?" 그가 웃었다. "대체 뭘 하다가?"

나는 크게 한숨을 쉬었다. "그게 중요해?"

존은 순간적으로 할말을 잃은 것 같았다. 그러다가 마침내 그가 말했다. "아니, 그러고 보니 중요하지 않은 것 같네." 그가 고개를 한 번 젓고 옆으로 물러서며 우리를 아파트 안으로 들였다. 그리고 내가 써놓은 쪽지를 발견하고 놀랐다는 이야기를 하며 피식 웃었다. 그러나 실제로는 불쾌해하고 있다는 것이 너무도 분명했다. 그는 손가락으로 머리카락을 쓸어넘기며 가볍게 웃어보려 했지만, 나를 살피는 시선을 느낄 수 있었다. 존은 루시가 자신의 작은 비밀을 나한테 일러바쳤을지 궁금해하고 있었고, 추측하고 고민해보고 있었다. 내가 이미 알고 있었다는 것을, 자기만 마음을 숨길 수 있는 게 아니라는 것을 그는 알지 못했다.

"당신 좀 씻어야겠네." 존이 말했지만 목소리는 공허했다. "온통 먼지투성이야." 그가 다시 웃었다. "더구나 그런 옷을 입고 있으면, 사람들이 이상하게 생각하잖아."

나는 그를 쳐다보며 눈을 가늘게 떴다. "뭘 이상하게 생각한다는 거야, 존?" 내 말 바로 밑에 도발이 있었다.

"글쎄," 도전적인 태도로 그가 말했다. "모르긴 해도, 좋게 생각할 것 같진 않은데."

나는 반박하고 싶었고 쏘아붙이고 싶었지만 말이 목에 걸려 나오지 않았고, 그 순간은 암시와 함께 그렇게 지나가버렸다. 나의 침묵에 뒤이어 존은 자기 말에 별 뜻은 없었다고, 단지 내가 없어져서 걱정을 하느라 신경이 날카로워진 것뿐이라고 말했다. 그 말에 일말의 진실은 있는 것 같았다. 밤에 잠을 못 잤는지 존의 눈이 벌겋게 부어 있었다. 그러자 그에게 퉁명스럽게 말한 것이, 그가 알지도 못하는 일로 그에게 화를 낸 것이 부끄러웠다. 그래서 그런 얘기를 그에게 하기 시작했는데, 그는 이미 그 일에 대해서는 잊은 듯, 마실 것을 권하면서 외출을 하자고 했다. 첫날밤에—이제는 너무 오래전 일처럼 느껴지지만—약속했던 것처럼 재즈 클럽에 가자고. 그가 외출을 하자고 호들갑을 떠는 이유는 우리가 무슨 얘기를 하는지, 또는 안 하는지 감시하기 위해서인 것 같았다. 이미 다른 사람이 있으면서 왜 그런 걸 신경쓰는 걸까. 어쩌면 그는 우리 두 사람—사빈, 루시는 그녀를 그렇게 불렀다—을 다 갖고 싶은 걸 수도 있었다. 그렇다 해도 놀랍지 않을 것 같았다. 나는 루시의 시선—언제나처럼 강하고 집요한—을 느꼈다. 그 시선은 나에게 말하라고, 우리의 계획을, 아니 그녀의 계획을 실행에 옮기라고 요구하고 있었다. 나를 향한 두 사람의 강렬한 시선을 느끼며 나는 잠시 그 자리에 서 있었고, 어느 순간 내가 두 사람의 눈앞에서 폭발해 백만 개의 조각으로 산산이 부서질 것 같은 기분이 들었다. 그런 생각을 하자 쾌감 비슷한 감정이 밀려들었다. 나는 손톱으로 손바닥을 세게 눌렀다. "일단 목욕부터 할게." 내가 말했다. 가볍게 말하려 애썼지만 목소리는 무겁고 둔탁하게 방안에 울려퍼졌다. 존의 말이 옳았다. 차를 타고 집까지 먼길을 오느라 루시와 나 둘 다 더러웠고, 먼지를 뒤집어쓰고 햇볕에 그을렸다. 움직일 때마다 몸의 껍질이 벗어지는 것 같았다.

나는 등에 닿는 두 사람의 시선을 느끼며 서둘러 그들에게서 멀어졌다.

욕실 문을 닫고 안으로 들어서자 길고 무거운 한숨이 새어나왔다. 혹시 밖에 내 소리가 들릴까. 두 사람 다 문밖에서 엿듣고 있는 건 아닐까. 나는 물을 틀어놓고 세라믹 욕조의 가장자리에 앉았다. 욕조가 불타는 듯 뜨거워질 때까지 개의치 않았고, 오히려 그 열기를 반기면서, 햇볕에 그을린 나의 피부가 성난 붉은빛으로 변하게 내버려두었다.

물속 깊숙이 몸을 담갔고 물이 내 비명을 삼키는 것에 감사했다. 다시 수면 위로 떠올랐을 때, 타는 듯했던 폐에 마침내 공기가 들어갔고, 나는 기침을 하고 컥컥거렸다. 그 바람에 구역질을 하게 될까봐 두려웠다.

루시가 저지른 짓이었다. 나는 줄곧 그 사실을 알고 있었다.

그동안은 안개가 그 사실을 가리고 있었지만 이제 기억이 났다, 사고 이후 그녀가 범인임을 얼마나 확신했는지. 그러나 그 말을 하려고 했을 때, 처음엔 병원에서, 나중에는 영국에서, 모드 고모는 나의 의혹을 무시하며 잠자코 있으라고 했다. 나는 완벽하게 확신할 수는 없었기에, 루시에 관해서라면, 내 정신의 어둡고 후미진 곳에 관해서라면 그 무엇도 확신할 수 없었기에, 그런 가능성을 외면하고 고모의 말을 들었다.

나는 셰프샤우엔을 생각했고, 내 마음을 휘저었던 모든 것을, 좋기도 하고 나쁘기도 하고 두렵기도 한 모든 것을 생각했다. 루시에게, 그리고 스스로에게 화가 났다. 뜨거운 열기로 머릿속에 맴도는 생각들을 태워버리려고 수도꼭지를 더 세게 왼쪽으로 돌렸다.

그녀가 한 짓이란 걸 안다고 말하고 그녀를 떠나게 할 것이다.

나는 눈을 감고 이번만은 용감해지고 영리해져서 반드시 루시가 떠나가도록, 탕헤르에서뿐 아니라 내 삶에서 떠나가도록 만들겠다고 다짐했다. 앞으로는 결코 내 앞에 다시 나타나 예고 없이 문을 두드리는 일이 없도록. 그녀를 밖으로 내쳐야 했고, 내 삶에서 제거해야 했다, 확실하게.

나는 그 사건을 잊으려고, 덮으려고, 이겨내려고 노력했다. 존과 결혼했고, 다른 대륙으로, 톰을 생각나게 하는 곳으로부터 수백 수천 마일 떨어진 곳으로 왔다. 그러나 이제 나는 알게 되었다. 과거는 결코 끝나지 않았으며, 언제까지나 도망만 칠 수는 없다는 것을, 안개가 영원히 나를 지켜주진 않으리라는 것을. 과거의 모든 세세한 고통들이 다시 수면 위로 떠오르기 시작하자 더이상 피부에 닿는 물의 열기, 탕헤르의 열기를 느낄 수 없었다.

나는 문득, 다시는 온기를 느끼지 못할 것 같다는 생각에 몸서리를 쳤다.

10
루시

우리는 침묵 속에서 신시가지를 걸었다. 걸으면서 거의 본능적으로 이곳이 나의 영역을 벗어난 곳임을 알 수 있었다. 이 도시의 다른 곳들—메디나, 카스바, 그리고 그 사이에 존재하는 모든 꼬불꼬불한 길들—은 온전히 나의 것이 되었지만, 이곳의 거리들은 여전히 미지의 영역이었고 비밀을 드러내기를 거부하고 있었다. 존의 영역에 들어와 있는 기분이었다. 그리고 다른 문제도 있었다. 바로 앨리스의 침묵으로 인한 불안감이었다. 그로 인해 셰프샤우엔은 너무도 멀게 느껴졌고, 그녀의 표정을 읽을 수도, 그녀가 왜 존에게 우리 계획을 말하지 않는지, 왜 지금 우리가 존을 따라 모로코의 골목길을 누비면서 불안한 보물찾기 게임을 하고 있는지 이해할 수도 없었다. 우리 중 누구도 숨겨진 보물이 무엇인지 알지 못하는데.

"잠깐 들를 데가 있어." 존이 내가 알지 못하는 어두운 골목으로 접어들며 말했다.

"제발, 존." 앨리스가 입을 열었다. 셰프샤우엔에 다녀온 것이 그녀에게 무리였음을 알 수 있었다. 눈 밑이 검었고, 출발하기 전에 목욕을 한참 했는데도 모래와 벗어진 피부가 여전히 몸에 남아 있는 것처럼 보였다. 마치 닦아낼 생각을 아예 안 했던 것처럼. "다음에 가자."

"이러지 마." 존이 웃으며 말했다. 그가 앨리스의 팔을 장난스럽게 끌었지만 그의 몸짓에서 다급한 무언가가, 집요하고 절박한 무언가가 느껴졌다. 그 모습이 이곳에 온 첫날밤 앨리스의 모습을 상기시켰다. 그녀가 미소 짓고 웃는 방식, 그 이면의 거짓, 결국 우리 주위로 무너져내릴 것 같은, 산산조각나서 바닥에 흩어질 것 같은 그 암울한 느낌. 존의 눈빛에도 그와 똑같은 조증躁症이 있었다. 그러나 앨리스에게는 연민을 느꼈던 반면, 존의 감정 기복은 그저 불편할 뿐이었다. 그때 그가 우리에게서 몸을 돌려 속도를 냈고, 우리 옆이 아니라 앞에서 걷기 시작했다. "서둘러, 거의 다 왔으니까!" 그가 소리치는 경쾌한 목소리가 마치 우리 모두가 게임을 하고 있는 것 같은, 장난을 치고 있는 것 같은 느낌을 주었다. 나는 피리 부는 소년을 생각했다. 어린아이들을 데리고 마을 밖 숲으로 향했던. 물론 아이들에게 들려주는 그 이야기의 동화 버전을 알고는 있었지만, 내가 떠올린 것은 훨씬 더 암울한 버전이었다. 복수심에 불타는 남자가 순진한 아이들을 꾀어 죽음으로 이끄는 이야기.

그러나 존은 우리를 마을 밖으로 이끄는 대신, 이 도시의 수많은 이름 없는 술집들 중 한 곳으로 안내했다. 더럽고 낡은 술집이었고 내부는 의도적으로, 자칫 빛이 드러낼 수도 있는 온갖 쓰레기를 감추기 위해 어둡게 해놓았다. 대체 우리를 왜 이런 곳으로 데려온 건지 소리 내어 물었지만, 존은 내 말을 무시하고 그대로 반대편 출구로 나갈 생각인가 싶게 안쪽 끝까지 더 깊이 들어갔다. 그러다 존이 갑자기 멈춰 서는 바람에 우리 둘 다 그와 부딪히게 되었다.

"다 왔어요." 그가 말하며 바닥을 가리켰다. "여기서 신발을 벗어요."

나는 얼굴을 찌푸리며 앨리스를 쳐다보았다. 그러나 존의 대장놀이에 앨리스 역시 놀랐는지는 몰라도, 그녀는 일절 내색하지 않았다. 그녀가 몸을 숙이더니 굽이 낮은 구두의 발목 끈을 풀고 더러운 바닥에 던져놓았다. 나는 놀란 표정으로 그녀를 바라보았지만 달리 어쩔 도리가 없음을 깨달았고, 그녀를 따라 신발을 벗은 다음 내가 없는 동안 밟히지 않기를 바라며 구석자리에 놓았다.

"좋아요." 존이 어깨 너머로 우리를 돌아보며 웃었다. "자, 따라오시죠."

나는 마지막으로 뒷방에 들어가 흐릿한 조명에 적응하기 위해 잠시 눈을 빠르게 깜빡였다. 마침내 주변이 눈에 들어왔다. 바닥에는 매트 같은 것이 깔려 있었는데, 대나무는 아니었고 다른 목재 같지도 않았다. 벽지는 담배에 절어서 흐릿한 조명 속에서는 색깔을 분간하기조차 힘들었다. 마지막으로 테이블이 몇 개 있었고, 젤라바 차림의 남자 몇 명이 그 테이블에 둘러앉아 파이프 담배를 피우고 있었다. 존과 앨리스는 벌써 자리를 잡고 책상다리를 하고 앉았다. 나도 얼른 합류했다.

"두 분을 이곳에 모시기가 여간 힘들지 않았어요." 존이 심각한 표정으로 말했지만 말투에서는 자축하는 느낌이 배어났다. "여긴 일종의 남성 전용 클럽이라, 여성들의 출입을 엄격히 금지하고 있거든요. 이곳 주인이 저에게 신세진 일이 있어서 특별히 허락해준 거니 두 분은 운이 좋은 거죠. 그래도 십오 분 이상은 안 돼요. 최고로 길어도 삼십 분."

"여기서 뭘 하는데요?" 방안에 앉아 있는 다른 남자들을 바라보며 내가 물었다. 대부분 오십대나 육십대는 족히 되어 보였고, 우리가 들어섰을 때 관심을 갖고 돌아보긴 했지만 이내 하던 얘기로 돌아가 잠시 잊고 있던 파이프를 집어들었다.

"자," 존이 그때까지 슈트 속 어딘가에 감추어두었던 것이 분명한 파이프를 꺼내며 말했다. "당신 혹시 겁먹은 건 아니지?" 그가 마리화나 파이프를 앨리스의 얼굴 가까이에서 흔들며 약을 올리듯 물었다. 그의 미소가 작고 야비하게 변했다. 결국 그는 피리 부는 사나이가 아니었다. 그보다는 우리를 으슥한 곳으로 유인하려는 커다랗고 사악한 늑대에 가까웠다. 우리를 찔러보고, 쑤셔보고, 뒤집어 흔들어서 뭐가 떨어지는지 보려는 속셈인 것 같았다. 그는 불안해하고 있었다. 내가 앨리스에게 사빈에 대해 무슨 얘기를 했을지, 그리고 우리 둘 사이에 무슨 일이 있었는지. 우리 주위의 허공에서 어른거리는 그것—그의 의심, 그의 편집증—이 눈에 보이는 것만 같았다.

앨리스가 손을 내밀고 명령을 이행하듯 파이프를 들이마시더니 기침을 하며 컥컥거렸다. 나는 놀랐고 존은 재미있어하는 게 분명했다. 파이프가 내 쪽으로 전달되었을 때 나는 망설였다. 나는 늘 담배를 좋아했지만—어렸을 때 동네 구멍가게에서 담배 한 갑을 훔친 뒤 자전거를 타고 호숫가에 가서 피운 것이 시작이었다—이건 조금 달랐다. 나는 입술을 앙다물면서, 이것이 나에게 맞는지, 지금 무슨 일이 벌어지고 있는지 판단해보려 애썼다. 오늘밤은 이미 희한하게 돌아가고 있었고, 상황을 파악할 수가, 익숙하고 알아볼 수 있는 무언가로 재구성할 수가 없었다.

그러는 사이, 존은 큰 소리로 웃었다. "그 정도면 됐어요." 그가 그렇게 말하고 파이프를 나에게서 빼앗았다. "나쁘지 않았죠, 안 그래요?"

나는 고개를 갸우뚱했다. 그가 누구에게 한 말인지 확실하지 않았다. 그리고 곧 그 말은 마치 아예 하지 않은 것처럼 느껴졌다. 사실은 모든 것이 뒤죽박죽이 되어가고 있었다. 나오기 전에 아파트에서 마신 술, 그리고 이 마리화나. 그 모든 것이 내 머릿속을 복잡하고 혼란스럽게 했다. 어느 순간 우리가 이곳에 영원처럼 긴 시간을 앉아 있었던 것처럼 느껴졌지만, 실제로는 아주 짧은 시간이 흐른 것이 분명했다. 시간을 집어삼킨 듯한 느낌 때문인지는 몰라도 기분이 썩 좋지는 않았다. 그러면서도 나는 세 사람이 앉아서 만든 이상한 동그라미 속에서 이상할 정도로 대범해졌다. 내가 하고 싶었던 말, 준비했던 말을 생각했고, 앨리스가 하지 않으면 내가 그 말을 하겠다고 작정했다. 앨리스도 같은 생각인지 확인하기 위해 쳐다보았더니 그녀는 멍하고 아득한 눈빛으로 한쪽 구석에 축 늘어져 있었다. 마리화나 탓일까, 아니면 원래 저런 상태였는데 내가 알아차리지 못한 것일까.

그때 내 몸에서 공기가 빠져나가는 것 같은 기분이 들었다. 나는 일어서서 재빨리 뒷문을 향해 다가가 밤하늘 아래로 몸을 내밀었다. 그런 다음 숨을 깊이, 천천히 들이마셨고, 이미 해가 졌고 낮시간의 습도가 빠져나가고 있다는 것에 감사했다. 나는 머리를 붙잡고 빙글빙글 도는 것을, 빠르게 움직이는 것을 멈춰보려고 했다.

테이블 쪽을 흘끗 돌아보았다. 앨리스는 무심한 석상처럼 꼼짝않고 앉아 있었다. 존은 작심한 듯 파이프를 빨면서, 고개를 들고 그를 쳐다보는 나를 보았다. 나는 그의 눈빛 이면에 담긴 것을 읽으려 애썼지만, 그는 이내 눈을 깜빡이며 자리에서 일어나 물었다.

"그만 갈까요?"

나는 한마디도 하지 않았지만, 동의하듯 웅얼거리는 소리가 들렸다. 어쨌든 우리는, 앨리스와 나는 존을 따라나섰고, 다시 한번 학생들처럼 터덜터덜 그를 쫓아갔다. 우리 둘 다 그에게 어디로 가는지 묻지 않았다. 그저 계속 묵묵히 그리고 고분고분하게 걸을 뿐이었다. 어둠 속에서 발을 헛디딜까봐 고개를 숙이고 아래쪽 울퉁불퉁한 길에 주의를 집중하면서.

우리는 한동안 침묵 속에서 걸었고 그러다 어느 순간 존이 숨겨진 문 뒤로 사라졌다. 조금 전 우리가 나섰던 곳보다 더 어두워서 앉을 자리를 찾기까지 몇 번을 비틀거렸다. 무대에는 나이 지긋한 남자들이 반원 모양으로 앉아 있었다. 그러나 그들이 연주하는 음악은 분명 재즈가 아니었다. 무지한 내 귀도 그 정도는 감별할 수 있었다. 아랍풍과 안달루시아풍이 섞인 음악이 그들이 들고 있는 악기에서 흘러나왔고, 멜로디에 이따금 남자들의 목소리가 보태졌다. 그들은 다 같이 합주를 하기도 했고, 한 사람이 연주를 하다 멈추면 다른 사람이 이어받아 연주하기도 했다. 모두가 다른 연주자의 리듬이나 흐름을 예측하는 것 같았다. 나는 노인 중 한 명이 막간을 이용해 뒷주머니에 아무렇게나 쑤셔넣어두었던 마리화나 파이프를 꺼내는 것을 보았다. 노인이 숨을 들이마셨고, 일이 초가 삼사 초가 되었다.

나는 존의 얼굴에 스치는 짜증을 보았다. "날을 잘못 잡은 모양이네요?" 내가 히죽거리지 않으려 애쓰며 물었다.

그는 내 말을 무시했다. "자," 그가 우리 둘을 번갈아 쳐다보며 말했다. 마치 어떤 길을 택할 것인지, 절박함에 굴복할 것인지, 아니면 모든 게 괜찮고 앞으로도 괜찮을 거라는 환상과 거짓에 매달릴 것인지 선택하려는 것처럼. 나는 내가 어느 쪽을 원하는지 결정하지 못한 채 고개를 돌렸다. 존의 의기양양한 어조에도 불구하고, 그의 목소리는 어딘가 전보다 딱딱하고 거칠게 느껴졌다. "우리 앨리스가 드디어 아파트 밖으로 나오다니."

그 말이 우리 세 사람 사이에 떠 있었고, 존은 누가 먼저 대답을 할지, 누가 먼저 미끼를 물지 궁금해 죽겠다는 듯 우리를 번갈아 쳐다보았다.

"바보 같은 소리 하지 마." 앨리스가 말하며 술잔으로 손을 뻗더니 길게 한 모금을 들이켰다. "난 은둔자가 아니야." 그녀의 목소리는 낮았고, 나는 그 말을 알아듣기 위해 몸을 숙여야 했다. 그녀는 무심하고 차가워 보였다. 불과 하루 전인 어젯밤의 활기 넘치던 모습과는 너무 달랐다. 나는 무엇이 달라졌는지 이해하려 애썼다.

"솔직히 무척 놀랐다는 건 인정하지. 난 당신이 영국으로 돌아간 줄 알았거든." 존이 말했다. 그의 미소는 환했고, 눈은 반짝였다. 그가 소리 내어 웃었다. "오, 우리 이상한 나라의 앨리스, 대체 당신을 어쩌면 좋지?"

"그렇게 부르지 마." 앨리스가 속삭였지만 그녀의 목소리는 주위의 엄청난 소음에 거의 파묻혔다.

그때 존이 나를 보았다. 그의 시선이 나를 위아래로 훑었다. 나는 이번에도 블라우스에 바지 차림이었고, 세련되지 못한 길고 어두운 머리카락을 마찬가지로 세련되지 못한 방식으로 땋고 있었다. 나는 존의 얼굴에 나타나는 실망을 읽었다. "우리 앨리스를 어쩌면 좋을까요?" 나와 눈을 맞춘 상태로 그가 물었다.

수백만 개의 대답들이 내 머리를 스쳤고, 그중 가장 첫번째 대답은 이것이었다, 그녀를 놓아줘. 입 밖으로 내뱉진 않았지만 그 말이 입술 위에 맺히는 것을 느낄 수 있었다. 나는 고개를 돌리고, 그의 시선을 깨뜨리며 내 술잔으로 손을 뻗었다. 진의 따듯한 위로를 갈망하면서.

잠시 침묵이 흘렀고 그 순간 존이 나를 바라보며 말했다. "그건 그렇고, 이제 휴가가 얼추 끝나가는 거 아닌가요?" 그가 의자에 몸을 기대고 술잔의 얼음조각을 흔들며 말했다. "이제 그만 현실 세계로 돌아갈 때가 된 것 같은데요." 그가 웃었지만 나는 그의 눈에서 번득임을 보았다.

나를 모욕하려고 한 말이었다. 그 말 속에, 모든 음절의 굴곡 속에 앨리스와 나의 관계에 대한 그의 증오심이 끓어오르고 있었다. 나는 앨리스의 반응을, 그녀가 살짝 움찔하며 숨을 짧게 들이쉬는 것을 보았다. 그녀도 들었고, 그녀도 느꼈던 것이다. 결국 요지는 그것이었다. 나를 모욕하는 그의 말. 베고 찢고 상처 주기 위한 말. 나는 절대로 그들에게 받아들여지지 않을 것이고, 그들 중 한 명이 될 수 없으리라는 것. 그가 하고자 하는 말은 바로 그것이었다. 좋은 집안 출신의 여자애들, 힘들이지 않고 사는 여자애들. 윤기 나는 긴 금발에 흰 피부, 두드러진 데 없는 이목구비, 부유함과 좋은 출신 성분을 말해주는 매부리코를 가진 채 잠에서 깨어나는 여자애들. 밥값을 벌기 위해 일할 필요가 없는 여자애들, 처음에는 아버지에게 그다음엔 남편에게 의존하면 되는 여자애들. 나는 그들과 달랐고, 튀었다. 내가 일을 한다는 것은 우리를 구분 짓는, 그리고 궁극적으로 갈라놓는 오랜 증거였다. 앨리스와 나의 우정은 존으로서는 이해할 수 없는 것이었고, 그보다 더 중요한 것은 그가 그 우정을 좋아하지 않는다는 사실이었다. 이제 나는 그것을 똑똑히 볼 수 있었다. 나는 앨리스를—혹은 적어도 그가 알고 있는 앨리스를—오염시켰고 변화시켰다. 우리의 우정이 그녀의 성격에 손상을 입혔고 그는 그 손상을 없애버리고 싶어했다.

처음에 존은 내가 신경에 거슬리지 않았다. 어느 날 그의 집 문 앞에 나타난 여자, 독립적이고 혼자인 여자. 혼자라는 것은 두 종류를 의미했다. 그중 하나는 앨리스처럼 혼자이면서 완전히 의존적인 여자였다. 앨리스는 베닝턴에서도 혼자였고 여기서도 혼자였다. 그녀는 항상 누군가에게 의존했다. 고모, 존, 그리고 잠깐이나마, 톰. 반면에 나는 전혀 다른 종족이었다. 존 매캘리스터와 같은 물에서 놀지 않았던 여자였다. 그는 처음에는 호기심을 느꼈고, 심지어 반기기까지 했다. 그의 소파에 앉아 진을 마시는 여자를. 이제 그는 내가 계속 이곳에 머무는 것에 화가 났고, 불쾌했으며, 가장 중요하게는 위협을 느꼈다.

나는 입술을 치아 위에서 팽팽하게 당기며 미소를 지었다. 피맛이 느껴지는 것 같았다. "실은," 마리화나의 효력이 제대로 나타나기 시작하면서 나의 정신은 느슨해지고 말은 쉽게 나왔다. "저에겐 돌아가야 할 현실 세계가 없는데 어쩌죠. 출판사 일도 그만두었어요." 내 말에 앨리스가 얼굴을 찌푸리는 것이 보였다. 그녀에게 말할 생각은 없었다. 우리가 탕헤르를 떠날 때까지는. 하지만 그런 비밀은 미리 말해두는 편이 나을지도 몰랐다. 그렇다, 솔직하게 인정하는 편이 오히려 도움이 될 것 같았다. 결국 미국에, 뉴욕에 나를 옭아매는 것은 아무것도 없었다. 둘이 함께라면, 우리는 어디든 갈 수 있을 것이다.

존이 고개를 끄덕이며 술을 홀짝였다. "그렇다면 여기 탕헤르에서 일자리를 구할 생각인가요?" 그가 눈썹을 치켜세우며 물었다. 마치 너무도 터무니없는 생각이고, 그런 황당한 얘기는 난생처음 들어본다는 듯이. "여긴 출판사가 별로 많지 않을 텐데요. 더구나 가족들이 그리워하지 않겠어요? 이렇게 집에서 멀리 떨어져 있으면?"

앨리스가 자세를 고쳤다. "루시한테는 가족이 없어, 존. 내가 얘기했잖아." 그녀가 선명하게 날이 선 목소리로 말했다.

그가 고개를 끄덕였다. "물론 나도 기억하고 있어, 하지만"—그가 말을 멈추고 내 쪽을 돌아보았다—"하지만 그게 완전한 진실은 아니잖아요, 안 그래요?" 그가 짧게 웃었다. "실은, 내가 조사를 조금 했거든요. 알아, 안다고." 항의하려는 앨리스를 보고 그가 말했다. "해서는 안 되는 일이라는 거, 권력의 남용이고 어쩌고 하는 얘기 나도 다 안다고. 하지만 한 지붕 아래 사는 사람이 어떤 사람인지는 알아야 하잖아."

나는 침착하게 기다렸다. 그가 과연 무엇을 밝혀냈을지, 벽장에서 어떤 해골을 꺼내 환한 불빛에 비추어 보았을지 궁금해하면서.

자신의 탁월함을, 자신에게 덤빈 여자에 대한 승리를 강조하기 위해, 최대 효과를 끌어내기 위해, 그는 미소와 웃음을 멈추었고, 또한 기다렸다.

그리고 앨리스.

앨리스가 나를 지켜보고 있었다. 느낄 수 있었다, 태울 듯이 뜨겁고 비난하는 듯한 그녀의 시선을.

먼저 입을 연 사람은 앨리스였다. 작고 떨리는 목소리였다. "뭘 알아냈는데?"

"오, 알아보니 별거 없더라고. 버둥거리는 하층민 집안. 자동차 정비소 위의 비좁은 아파트. 어머니와 아버지의 부재. 예상에서 크게 벗어나진 않았다고 해야 하나. 그게 더 나은 표현이겠군."

"하지만……" 앨리스가 말했다.

"가끔 이런 생각이 드는데, 좀 이상하지 않아요?" 존이 앨리스의 말을 자르며 끼어들었다.

"뭐가요?" 내가 물었다.

"이 모든 상황이요. 당신이 여기 탕헤르에 있는 것. 아무도 초대하지 않았는데 불쑥 나타났잖아요." 그의 말이 빠르게 나왔고, 입꼬리에 침이 고이기 시작했다. 그걸 보자 속이 뒤집혀서, 나는 역겨움을 느끼며 고개를 돌렸다.

"앨리스가 내가 오길 원했어요." 그의 추궁에 답하기가 끔찍이도 싫었지만 그럼에도 나 자신을 변호하고 싶은 마음에 나는 단호한 목소리로 말했다.

"아니."

내가 돌아보았다. 말을 한 사람은 앨리스였다. 소리를 지른 것은 아니었지만, 그 말을 큰 소리로 길게 내뱉었다. 수많은 사람들이 있는데도 그 말이 우리 주위의 공간에서 울려퍼지는 것 같았다. 예전에 그랬던 것처럼, 마치 이곳에 우리 둘만 있는 것 같았고 그로 인해 존의 존재가 이상하게 느껴졌다.

"아니야." 앨리스가 다시 한번, 이번엔 좀더 작은 목소리로 말했다. 그 말 자체를, 그리고 그 말이 의미하는 바를 신뢰할 수 없다는 듯이. "아니, 난 원하지 않았어, 루시. 난 널 초대한 적 없어." 그녀가 나를 똑바로 쳐다보았다. "네가 오는 걸 원한 적 없어." 앨리스가 속삭였고, 마지막 말은 주위의 소음에 파묻혀서 실제로 그녀가 그 말을 했는지 확신할 수 없었다.

앨리스가 일어섰고, 그 바람에 테이블이 균형을 잃으면서 우리가 주문한 술이 쏟아질 듯 위태롭게 흔들렸다. 나는 흔들리는 유리잔에 시선을 고정했다. 사실은, 그녀를 쳐다볼 수가 없었다. 그런 말을 한 이후 그녀의 얼굴에 무엇이 쓰여 있을지 차마 볼 수가 없었다. 마침내 고개를 들었을 때 내 눈에 보인 것은 술집 정문 밖으로 사라지는 그녀의 뒷모습뿐이었다. 나는 얼른 존을 흘긋 쳐다보았다. 놀랍게도 그는 내가 예상했던 히죽거리는 얼굴이 아니라 시무룩하고 일그러진 표정으로 앉아 있었다. 나는 그의 얼굴에 드리운 것이 혼란인지, 혹은 다른 어떤 것인지 궁금했다. 그는 아내를 쫓아갈 생각은 하지 않고 주머니에서 마리화나 파이프를 꺼냈다. 나는 잠시 시간을 두었다가—속으로 하나, 둘, 셋까지 세었다—일어서서 앨리스를 따라 밖으로 나갔다.

거리가 북적였다. 수백 명의 시민들이 노래를 하고 깃발을 흔들고 있었다. 그러나 이건 시위가 아니었다. 그것만큼은 분명했다.

사람들은 춤을 추고 웃었고, 축하하듯 서로의 등을 다독였다. 나는 도시의 맥박을 느꼈고, 그 맥박이 그들을 관통하고 나를 관통했다. 나는 한순간 격한 감정에 휩싸여, 바닥에 웅크리고 앉아 땅에 양손을 대고 그 웅얼거림, 그 박동을 피부로 느끼고 싶었다. 마치 이 도시가 아는 것 같았다. 긴 기다림 끝에 마침내 실제로 변화가 일어나고 있다는 것을. 손바닥을 찌릿하게 간질이는 그것이 느껴졌다. 주위로 지나가는 사람들—현지인, 외국인, 관광객, 여행자 들—을 바라보면서, 나는 그들을 따라 인파 속에 휩쓸리고 싶었다. 계속 앞으로 나아가며 결코 멈추고 싶지 않은 마음뿐이었다.

그러나 그때 앨리스를 떠올렸다.

날카롭고 또렷하게 울부짖는 소리가 밤을 갈랐다. 탕헤르의 여자들이 축하의 의미로 내는 소리. 얼룰레이션*, 이라고 배웠고, 나의 입은 그 단어가 가진 요철과 굴곡을 즐겼다. 몇 발짝 앞에서 앨리스가 전날 밤에 그랬던 것처럼 양팔로 허리를 감싸고 있었다. 아직 기온은 떨어지지 않았다. 해가 졌는데도 공기 중에 열기가 남아 있었다. 목 뒤쪽과 등의 움푹한 곳에 땀이 고였다.

"저게 무슨 소리야?" 내가 다가서자 앨리스가 입술을 떨며 물었다.

"아무것도 아니야." 내가 말했지만 소음 속에서 내 말을 들었을지, 아니 소음과 상관없이 내 말이 들리기는 하는지 판단이 어려웠다. 그녀의 표정은 해독이 불가능했다.

---

* ululation. 혀와 목젖을 진동시켜 내는 고음의 길고 떨리는 소리를 가리키는 말로, 아프리카와 중동 등지에서 결혼식이나 의례를 할 때 축하와 환호의 의미로 이 소리를 내는 전통이 있다.

나는 존을 찾아 주위를 둘러보았다. 그도 우리를 따라 술집에서 나왔는지 알 수 없었다. 함성이 점점 더 커지기 시작했고, 이제 사람들은 구호를 외치고 있었다. 무슨 말인지 알아들을 수 없었다. 거리에 흩어진 외국인들의 숫자가 줄어들었다.

울부짖는 소리가 다시 시작되었고, 나는 앨리스가 몸서리치는 것을 보았다. "끔찍해." 그녀가 비명을 질렀다. "왜 멈추질 않는 거지?"

"축하의 의미로 내는 소리일 뿐이야, 앨리스." 내가 그녀에게 말했다.

앨리스가 주위를 둘러보았고, 그녀의 눈이 사람들을 훑었다. "누군가 죽어가는 소리 같아."

"장담하는데 아니야." 내가 손을 뻗으며 말했다. 그녀가 순순히 나에게 이끌려 왔고 우리는 함께 움직이기 시작했다. 그러나 그녀의 발걸음은 진흙 속을 걷는 것처럼 무거웠다. 얼굴에 표정은 없었지만, 그럼에도 그 공허가 그녀를 너무도 완전히, 완벽하게 가득 채우고 이목구비까지 뒤덮어버린 것 같았다. 조금 전에 한 얘기가 무슨 뜻인지 물어보려 했지만 누군가가 나를 막았고—내 어깨에 손을 올렸다—나는 존일 거라고 생각하면서 세차게 뛰는 가슴으로 돌아섰다.

그런데 유세프가 나를 쳐다보며 서 있었다.

나는 몸을 움츠리며 물러났다. 나를 어떻게 찾은 건지, 탕헤르에서 계속되고 있는 이 무질서와 혼란 가운데서 대체 나를 어떻게 매번 찾아내는 건지 알 수 없었다. 나는 그를 쏘아보았다. 나의 마음은 불신으로 가득했고, 그 순간 온갖 감정—이 밤의 기이함, 불안,

분노—이 밀려왔다. 느닷없이 끼어들어서 앨리스와의 시간을 방해하고 상황을 바로잡을 기회를 엉망으로 만들고 있는 그에게 분노를 느꼈다. 나는 조심스럽게 어깨 너머를 돌아보았다. 앨리스는 유세프의 출현을 알아차리지 못한 것 같았다. 그녀는 그저 멍하니 우리 주위에서 벌어지는 혼돈에 시선을 고정한 채 앞만 바라보고 있었다. 나는 다시 내 어깨에 닿는 유세프의 손을 느꼈고 압박감에 얼굴을 찌푸렸다.

“지난번에 얘기한 뒤로 걱정했어요.” 낮고 집요한 목소리로 그가 말했다.

나는 눈을 깜빡였다. 우리의 대화—존과 사빈에 관한—가 몇 주 전, 심지어 몇 달 전 일처럼 느껴졌다. 그 이후 얼마나 많은 변화가 있었는지, 그리고 또 얼마나 많은 변화가 더 있을 것인지 생각했다. 나는 그가 했던 말—그런 여자—을 떠올렸고 내가 어떻게 반응했는지 떠올렸다. 얼굴이 달아올랐다. 혈관에서 서서히 분노가 끓어올랐고, 나는 밤이 붉게 달아오르는 나의 뺨을 숨겨주는 것에 감사했다. 어쩌면 내가 너무 경솔했던 것일 수도 있었다. 지금 생각해보니 그런 것 같았다. 그런데도, 그 말은 여전히 나에게 시큼한 뒷맛을 남긴 채 불쾌하게 남아 있었다.

“날 피하고 있었군요.” 그가 말했다.

내 안의 무언가가 침착해지고 조용해졌다.

유세프가 어둠 속에서 눈을 가늘게 떴다. “이유는 모르겠지만, 당신이 날 피하는 건 확실해요.” 그가 말하더니 내 쪽으로 다가오면서 우리 사이의 거리를 좁혔다.

나는 한 발짝 뒤로 물러섰다.

내 생각을 읽은 듯 유세프가 코웃음을 쳤다. "결국 당신도 똑같아. 탄제린들. 만나는 모든 모로코 사람에게서 사적인 이득을 취하고 거래를 하려 하지." 그가 더 가까이 다가왔다. "궁금한 게 있는데, 마드무아젤, 당신이 기꺼이 지불할 대가가 뭔지 궁금해." 그가 말하며 손을 뻗어 내 손목을 잡았다. 그의 손가락이 내 피부를 세게 꼬집듯이 움켜쥐었다. "그리고 정확히 무얼 사고 싶은지도."

나는 그에게서 팔을 비틀어 빼다가 앨리스와 세게 부딪혔고 그녀는 비명을 지르며 바닥에 쓰러졌다. 그 순간 나는 유세프와 그의 위협적인 말투 따위는 완전히 잊었다. 그는 한낱 모기일 뿐이라고, 나는 속으로 중얼거렸다. 이제 그를 떨쳐버릴 때가 되었다. 나는 그에게서 완전히 돌아서서 앨리스가 일어서는 것을 도왔다. "다쳤어?" 내가 물으며 그녀의 스커트와 무릎을 털어주었다. 무릎 양쪽이 더러운 흙투성이가 되었다. "앨리스," 내가 다시 입을 여는데 존이 나타나 우리 쪽으로 다가오기 시작했다. 그의 머리카락은 땀에 젖은 채 축 늘어져서 얼굴 양쪽에 달라붙었고 모자는 어디로 갔는지 보이지 않았다.

"사무실에 가봐야 해." 존이 두 팔을 축 늘어뜨리고 서서 말했다. 조금 전까지 그를 추동했던 열정적인 에너지는 전부 빠져나가고 이제 껍데기만 남은 것 같았다. 그가 멈춰 서서 앨리스의 흐트러진 모습을 보았다.

"넘어졌는데, 괜찮아요." 내가 말했다.

존이 머뭇거리다가 고개를 끄덕이더니 우리를 둘러싼 흥청거리는 사람들을 보았다. "탕헤르는 이제 끝난 것 같군. 적어도 우리가 아는 탕헤르는." 그가 이마의 땀을 닦았고, 나는 이 나라에 대한, 누구의 것도 아니지만 모두의 것이기도 한 이 이상한 땅덩어리에 대한 그의 사랑을 똑똑히 볼 수 있었다. 어쩌면 그의 인생에서 처음으로 겪는 변화, 그를 더이상 주인이 아닌 외부인으로 만드는 이 변화에 그가 얼마나 괴로워하는지도 알 수 있었다. 그는 무기력했고, 궁지에 몰렸고, 아무것도 할 수 없었다. 그와 나 사이에 조금이나마 비슷한 점이 있다는 생각 자체가, 우리 사이에 어떤 종류의 연결된 세포조직이 존재한다는 생각 자체가 괴로웠지만, 그날 밤 그가 하려던 일을 생각하면 더더욱 그랬지만, 나도 그런 기분을 느껴본 적이 있었다. 어떻게 보면 삶에서 매일 느껴왔다. 지금 그 역시 같은 감정을 느끼고 있다는 사실에서 즐거움을 얻어보려 했지만, 그런 생각은 그저 허탈하고 공허할 뿐이었다. "무슨 일이 있나요?" 나는 그의 갑작스러운 태도 변화에 불안해져 물었다.

"모두가 초조해하고 있어요." 존은 어깨를 으쓱했지만, 표정에는 근심이 드리워 있었다. "지난 몇 년 동안의 모든 시위가 초래한 결과죠. 다들 모든 게 공식화되는 순간에 여기 있고 싶어하지 않아요." 고개를 젓는 그의 표정이 지쳐 있었다. 피로한 거라고, 나는 생각했다. "가봐야 해. 나중에 들어갈게. 내일은 찰리하고 페스에 가기로 약속했어." 그가 앨리스를 바라보며 말했지만 그녀는 여전히 듣지 못하는 것 같았다. 존이 내 쪽으로 돌아섰다. "앨리스를 집으로 데려가줘요." 그가 머뭇거렸다. "그리고 조심해요."

그리고 그는 인파 속으로 자취를 감추었고, 그렇게 사라져버렸다.

나는 한밤중에 숨을 헐떡이며 잠에서 깼다. 처음엔 무엇 때문인지 확실하지 않았다. 악몽이 나를 다시 삶으로 되돌려놓은 것인지,

아니면 방안 어딘가에서 나는 소음 때문인지. 심장이 빠르게 뛰었고 일종의 혼란 같은 것이 나의 머리를 뿌옇게 뒤덮었으며 피로감 때문에 내가 어디에 있고 무슨 일이 있었는지 도무지 기억해낼 수 없었다. 탕헤르. 기억이 다시 밀려오기 시작했다. 나는 탕헤르에 있었다. 앨리스와 함께.

그리고 그때, 내 침실 문 앞에 서 있는 그녀를 보았다.

그 순간 내가 원했던 것은 오직 그녀가 우리 사이를 가로막고 있는 장벽을 넘어서는 것뿐이었다. 그녀가 방으로 들어오기를, 내 작은 침대—그녀가 나를 위해 마련해준 침대였고 처음엔 그녀의 냄새가 났지만 이제는 우리 두 사람의 냄새가 났다—로 들어오기를, 내가 그녀를 위로하고 돌봐주는 것을 허락하기를 바랐다. 오래전 그녀를 처음 만난 순간 깨달은 것이 있었다. 이 세상에 나보다 더 그녀를 챙겨주고 사랑해주고 보살펴줄 사람은 없다는 것.

버몬트에서 함께 살던 시절, 우리 둘만의 행복의 구름에 감싸인 채 즐겁게 뛰어다니던 몇 달의 기간 동안 나는 앨리스가 그 사실을 깨닫기만을 기다렸다. 화창한 봄날에는 잔디밭이나 '세상의 끝'으로 소풍을 가 음식을 먹었다. 가을에는 낙엽을 밟으며 캠퍼스를 산책했고, 도서관에 틀어박혀 오후를 보내기도 했다. 그리고 겨울도 있었다. 겨울은 앨리스가 가장 좋아하는 계절이었고 나 역시 그랬다. 겨울은 그녀를 미소 짓게 만들었고, 어린 시절의 기억을, 딸이었던 시절의 기억을 되살려주었다. 우리는 실내에 머물며 불가에서 차와 코코아를 홀짝거렸다. 나는 항상 우리 건물로 장작을 배달시켰고 배달이 오지 않으면 정중하게 요청하곤 했다. 밖에 눈이 내릴 때 집안에서 불길이 탁탁 타오르는 것을 보는 일을 앨리스가 얼마나 좋아하는지 나는 알고 있었다. 그러다가 그 마지막 해에 우리가 함께 구축한 삶의 기반이 위협받기 시작했고, 나는 그것마저 직접 해결했다. 앨리스를 위해 그 모든 일을 했다. 조용히, 군소리 없이. 나는 기꺼이 그렇게 했고, 그러고 싶었다. 그녀가 알아주기를 기다리면서 그 모든 일을 했다. 그녀가 깨닫게 될 때까지.

나는 조용히, 인내심을 갖고 그녀를 기다렸다, 언제나처럼.

그러나 앨리스가 입을 열자 그녀의 말이 어둠을 반으로 갈랐다.

"그만 떠나줬으면 좋겠어, 루시."

심장이 멈추었고 뱃속이 조여들었다. 내 평생 읽은 모든 책에 등장하는 형편없고 끔찍한 상투적인 문구들이 떠올랐고, 그 모든 한심한 말들이 가슴에 와닿았고 또 이해가 되었다. 나는 고개를 저으면서 앨리스의 말을 떨쳐버리려 애썼다. 이럴 수는 없었다. 있을 수 없는 일이었다. 나는 얼굴을 찌푸리면서 그녀의 말을 곱씹어보았고, 그 말을 이해하려 애썼다. 어떻게 불과 몇 시간 만에 상황이 이렇게 뒤집힐 수 있을까, 또 어떻게 내가 그걸 알아차리지 못할 수 있을까. 뜨겁고 날카로운 분노가 목을 짓눌렀다. 그녀는 이미 나와 함께 떠나기로 했다. 그녀는 이미 약속을 했다.

"내가 떠나기를 존이 원한다는 거겠지." 마침내 내가 말했다. 나의 말은 짧게 툭툭 끊어졌다. "그 말을 하고 싶은 거잖아."

"아니야, 루시."

앨리스는 몸을 곧게 세우고 꼿꼿하게 서 있었다. 마치 그녀의 자신감이, 그녀의 결의가 그 자세에서 나온다는 듯이. 그래서 나는 다른 무엇보다도 그녀를 바닥으로 밀치고 싶었고, 그렇게 해서 그런 끔찍한 말을 하게 만드는 것을 그녀로부터 떨쳐내고 싶었다.

앨리스가 팔짱을 끼었다. "네가 떠나주기를 내가 원하는 거야."

나는 침대에 일어나 앉아 이불을 한옆으로 밀쳤다. "그건 너의 진심이 아니야." 내가 말했다. 나의 목소리는 회유와 냉혹함 사이에서 흔들리고 있었다. 그녀의 말이 나를 불안하게 하고 표류하게 해서, 더이상은 내가 그녀에게 어떤 존재가 되어야 하는지 알 수 없었고 그녀는 내가 어떤 존재이기를 원하는지도 읽을 수 없었다. 나는 고개를 저었다. "그게 네 진심일 리 없어, 앨리스."

"진심이야, 루시." 앨리스가 고개를 끄덕이며 말했다. 날카롭고 간결한 동작이었다.

"그 사람이 너한테 또 무슨 말을 했는지 몰라도, 우리한테 이런 짓을 하도록 내버려두어선 안 돼." 내가 말했다.

앨리스는 잠시 혼란스러워 보였다. 그러다 다시 고개를 저었고, 이번에는 얼굴에 엷은 미소를 띠었다. "아니," 그녀가 나와 눈을 맞추며 다정하게 말했다. "아니, 이건 존 문제가 아니야." 날카롭고 씁쓸한 웃음소리가 그녀의 입술에서 새어나왔다. "이건 내 생각이야, 루시. 순전히 내 생각이야. 너에게 떠나달라고 말하는 사람은 나야. 네가 떠나주길 원하는 사람은 나야." 그녀가 말을 멈췄다. "떠나서 다시는 돌아오지 말았으면 좋겠어. 날 그냥 내버려둬."

가슴이 무너져내렸다. 존 때문이 아니라고 그녀는 말했지만 나는 앨리스를 붙들고 흔들며 소리치고 싶었다. 존 때문이잖아! 존 때문이고말고! 그녀는 너무 혼란스러웠고, 그의 주술 안에 너무 깊이 빠져 있어서 상황을 정확히 보지 못했다. "앨리스……" 내가 입을 열었다.

나의 말을 물리적으로 막으려는 듯 그녀가 한 손을 들었다.

"우리 떠나기로 했잖아." 내가 침대에서 내려와 그녀에게 다가가며 말했다. "나와 함께 떠나기로 했잖아…… 그 사람도, 탕헤르도. 전부 다."

"아니, 루시. 네가 그렇게 말했지. 네가 결정했고." 앨리스가 고개를 저었다.

"앨리스." 내가 손을 뻗었다.

"아니." 그녀가 복도로 물러섰다. "그날 문을 열어주는 게 아니었어. 널 우리집에 들이는 게 아니었어." 그녀가 자신의 침실 쪽으로 가다가 멈춰 섰다. "네가 한 짓이란 거 알아. 베닝턴에서. 네가 한 짓인 거 알고 있어."

"앨리스……" 내가 말했다.

"그때 왜 나한테 가지 말라고 했어?"

그녀의 질문에 놀란 나는 얼굴을 찌푸렸다. "무슨 소린지 모르겠어."

"그날. 버몬트에서 그 끔찍했던 날." 그녀가 말했다. 차갑고 매정한 목소리였다. "나한테 차에 타지 말라고 했잖아. 왜 그랬어?"

"왜냐하면," 나는 아주 잠깐 시선을 피했지만, 그녀는 알아차렸다. "네가 떠나는 걸 원치 않았으니까. 우리가 그렇게 서로에게 화를 내는 것을 원하지 않았으니까."

"아니," 앨리스가 고개를 저으며 말했다. "더는 아무 말도 하지마, 루시. 난 듣지 않을 거야. 네 말 안 믿어."

"앨리스, 넌 지금 혼란스러운 거야." 내가 말을 멈추고 그녀를 바라보며 애원했다. "넌 정말 내가 어떤 식으로든 널 해칠 사람이라고 생각해?"

그녀는 망설였지만, 마음을 굳게 먹기로 작정한 사람처럼 이내 고개를 빠르게 흔들었다. "그만 떠나줘야겠어. 내일 당장." 앨리스가 가려는 것처럼 돌아섰다가 멈췄고, 그녀의 말이 어둠 속에서 번득이고 반짝였다. "떠나지 않으면 경찰에 전화해서 네가 한 짓을 다 말할 거야."

그녀가 복도를 가로질러 침실로 들어가 문을 닫았다.

자물쇠 잠기는 소리가 요란하게 울려퍼졌다.

그날 밤 나는 잠을 이루지 못했다.

나는 일어나 앉아 방안으로 새어 들어온 빛이 앞쪽 벽에 긴 그림자를 드리우는 것을 지켜보았다. 눈꺼풀이 무거웠고 생각들이 흩어져 혼란스러웠다. 아침이 환하게 밝아오자 나는 아파트를 나섰다.

밖으로 나와 걷기 시작했다. 좁은 골목길과 가파른 모퉁이를 지나 익숙한 장소와 새로운 동네들을 걸었다. 발이 아플 때까지, 갈라지고 피가 날 때까지 걸었다. 걷다가 탐험가 이븐바투타의 무덤을 발견했다. 나는 거친 벽에 손을 올리고 그의 업적을 기리는 비석을 손가락으로 쓸어내렸다. 그리고 바로 그 사람처럼, 나 역시 멈추기를 거부했다. 나는 피로하지 않았다. 갈증과 굶주림 따윈 없었다. 나는 앞으로 나아갔다. 계속 걸어야 한다는, 반드시 계속 걸어야만 한다는 의식이 가슴속 깊은 곳에 자리잡고 있었다. 그게 가장 중요했다. 결코 멈추어선 안 되고, 생각을 너무 많이 해서도 안 된다. 결국엔 다 잘될 것이다. 앨리스는 정신을 차릴 것이고, 존에게 우리 결정을 통보할 것이고, 우리 두 사람은 함께 영국으로 갈 것이다. 어쩌면 그에 앞서 스페인에 몇 달 머물 수도 있을 것이다.

마드리드에, 그리고 바르셀로나에 있는 우리 두 사람을 상상해보았다. 우리는 여기서 셰리주를, 저기서 진을 마실 것이다. 해가 저물고 밤이 깊어질 때까지 야외에 앉아 타파스를 먹고 리오하 와인을 마실 것이다. 앨리스는 진보다 리오하를 더 좋아할 것이다.

그 순간 나는 발을 헛디뎠다. 돌멩이 하나를 미처 보지 못했다. 땅에 박힌 채 비죽 튀어나온 돌멩이였다. 살짝 넘어졌을 뿐이지만 발목을 삐끗하는 바람에 무게를 실으려니 욱신거렸다. 아무도 보지 못했다. 인적 없는 골목길에 나 혼자였다. 그런데도 수치심으로, 분노로 빨이 달아올랐다. 해안에 발을 디딘 그 순간부터 이 나라를 사랑했는데 나를 이런 식으로 대하다니. 예기치 못한 장애물을 발밑에 놓아두다니. 이 지저분한 거리에서, 생각만 해도 몸서리쳐지는 온갖 배설물로 뒤덮인 이곳에서 내게 상처를 입히다니. 손과 무릎은 긁힌 자국으로 벌겋게 되고, 발목은 구실을 못하게 되었다. 나는 앨리스를 생각했다. 그녀도 똑같다, 그렇지 않은가? 그녀를 위해 무슨 일이든 했고, 그녀를 사랑했고 보살폈는데, 그녀는 나를 이렇게 취급했다. 사실을 감추고 내 시야를 흐렸다. 내가 안전하다고 생각하게 만들었다. 귓가의 윙윙거림이 강해졌다. 나는 다급하게 귀를 때렸다. 평정을 유지하는 것이 불가능한 일, 어마어마한 노력이 필요한 일처럼 느껴졌다. 분노와 노여움이 피부 바로 아래서 끓어올랐다. 팔에 조그만 돌기가 돋았고 곧 조금 더 크고 불길한 붉은 두드러기가 났다. 그러나 주위의 열기에도 불구하고, 내 피부는 땀을 흘리지 않았다. 어찌된 일인지, 땀은 내 몸속에 갇힌 채 분출되기를 거부하고 있었다. 그 결과 팔에 벌겋게 발진이 올라와 배까지 번졌고, 이내 목과 얼굴까지 퍼지는 게 느껴졌다.

웬 남자가 모퉁이를 돌아 나타났다. 나는 그를 외면하면서, 그도 나를 외면하기를 바랐다. 어디 허튼짓을 하기만 해보라고 생각했다. 그가 나를 지나쳤고, 나의 분노가 일순 잦아들었다.

그때 그가 돌아보며 말했다. "웃어요. 행복하세요."

나는 그를 쏘아보았다. 증오로 끓어오르는, 폭력으로 출렁이는 눈빛으로. 그가 움츠러들며 물러섰고, 나는 그로부터, 이 썩은 냄새가 나는 골목에서 간절하게 벗어나고 싶었다. 아니, 간절하게라기보다는 절박하게. 나는 그곳에서 절박하게 벗어나고 싶었다. 나의 뺨이 다시 붉게 물드는 것이, 새로운 분노로 달아오르는 것이 느껴졌다. 나는 수치스러웠고 이런 기분을 느끼게 하는 이 남자에게, 누군가가 이런 기분을 느끼게 만들 수 있다는 사실 자체에 화가 났다. 예전에 그랬던 것처럼, 나의 감정이 다시 한번 통제할 수 없이 치닫고 있었다. 사고가 났던 그날 밤처럼. 그 에너지가 다시 내 몸을 관통하는 것이 느껴졌다. 마치 순간적인 전기 충격을 받고 되살아나서, 내 몸 전체가 전류로 불타고 더이상은 전력을 감당할 수 없어 터질 것 같았다. 나는 그를 향해 돌진하지 않으려고 사력을 다했다. 이성적으로는 내 분노가 그와 관계가 없다는 것을 알았다. 내 분노는 전혀 다른 방향으로 향하고 있었다. 그와 동시에, 나는 도저히 멈출 수 없었다. 멈추고 싶지 않았다. 멈췄다가는 그대로 부서지고 무너질 것 같았고, 그 분노와 위력—그렇다, 그만큼 강력하게 느껴졌다—이 나의 모공으로 빠져나가버려서, 나는 보잘것없는 냉혹한 사람, 웃음거리, 조롱거리로 전락할 것 같았다. 눈물이 차올랐다. "저리 꺼져." 내가 낮게 내뱉었다. 내 말을 알아듣진 못했어도, 어조를 놓쳤을 리는 없었다.

혼란의 표정이 그의 얼굴을 스쳤다.

나는 그가 무슨 짓이든 하기를—소리를 지른다든가, 빰을 때린다든가, 침을 뱉는다든가—바랐지만, 그는 그저 이 도시의 수많은 골목들 중 한 곳으로 슬그머니 내빼며 미로 속으로 종적을 감추었다.

그 순간 나는 오직 환멸만을 느꼈다. 그들 모두에 대해서. 존과 그의 거만한 히죽거림을 증오했고, 이 이방인의 바다에서 혼자만의 공간을 확보하기 위해 지나쳐야 하는 이름 없는 얼굴들을 증오했으며, 심지어, 아주 찰나의 순간이었지만, 그녀를 증오했다. 앨리스. 나는 그녀를 위해 모든 것을 감수했다. 그녀를 찾기 위해, 그녀가 망쳐놓은 우리의 삶을 구하기 위해 지구 반대편까지 왔다. 나는 그녀의 나약함을 증오했고, 줏대 없음을 증오했으며, 항상 자신이 내린 결정을 번복하는 것을 증오했다.

이제 할일은 한 가지뿐이었다.

나는 얼른 돌아서서 어두운 골목을 벗어나 메디나 중심부로, 프티소코로 향했다. 카페 팅기스로 들어가서 커피 한 잔을 주문하고 웨이터에게 전화기를 쓰겠다고 했다.

그가 아직 집에 있기를, 전화를 받는 게 그이기를 바라며 다이얼을 돌렸다. 나는 숨을 죽이고 존의 목소리가 들리기를 기다렸다.

앨리스는 그날 밤 그 차에 탈 예정이 아니었다.

톰은 죽을 예정이 아니었다.

하지만 우리는 말다툼을 했고, 우리 주위로 몰아치던 눈보라만큼이나 격렬한 독설과 비난이 쏟아져나왔다. 나중에 알게 된 사실이지만 당시 폭풍설이 내렸고, 내가 상황을 파악했을 무렵—차가 도착했고, 앨리스가 차에 탔고, 폭설은 절정에 달했다—도로에 얼음이 덮여 있어 사고는 내가 의도했던 것보다 훨씬 더 참혹했다.

겁이나 줄 생각이었다. 내 기억을 바탕으로, 내 것이라 주장하고 싶지 않은 경험을 바탕으로, 톰의 자동차 후드 안쪽 방화벽을 따라 민첩하게 두 손을 움직일 때, 고향의 냄새인 동시에 전혀 낯선 어딘가의 것이기도 한 진하고 불안한 기름냄새를 맡을 때, 나는 그저 그의 다리나 좀 부러뜨리고 장학금을 놓치게 만드는 것 정도를 상상했다. 당분간 앨리스로부터 멀리 떼어놓아 앨리스와 내가 다시 단둘이 남을 수 있도록. 펜치로 전선을 구부리면서, 그게 압력에 영향을 주고 브레이크에 영향을 줄 거라고는 생각했지만 폭발할 거라고는 예상하지 못했다. 눈과 얼음과 산과 앨리스도 예상하지 못했다.

나는 그녀를 막으려 했고 경고하려 했지만 앨리스는 듣지 않았다. 쫓아갈까도 생각했고 그녀를 밀치고 차를 같이 탈까도 생각했지만, 그 자리에 얼어붙은 채 서 있었다. 우리 주위로 거세어지는 눈보라 때문이기도 했고, 그녀가 내게 했던 말, 사라져버리라고, 다시는 나를 보고 싶지 않다고 한 말 때문이기도 했다. 그녀는 그만큼의 분노, 그만큼의 증오를 담은 눈빛으로 나를 쏘아보았고 나는 너무 놀라 넋을 놓고 서 있을 수밖에 없었다.

나중에 다시 안으로 들어가서 우리의 작은 방에 우두커니 서 있을 때, 나는 끝이라는 것을 깨달았다. 더이상 머물 이유가 없었다. 그래서 나는 짐을 꾸렸다. 짐이라고 해봐야 달랑 여행가방 한 개뿐이었다. 가방 안에는 내가 가져온 원피스 몇 벌, 스타킹 몇 켤레가 전부였다. 학교에 온 이후에 생긴 것들—시내 서점에서 산 소설 한

권, 지난가을에 눌러서 말린 나뭇잎—은 방에 남겨두었다.

처음에는 무엇을 보게 될지 두려워서 대로를 피해 갈 생각이었다. 그러나 숲과 어둠과 눈이 떠올랐고, 그래서 그대로 계속 걸었다.

눈보라를 헤치며 걷는 동안 새파랗게 얼어붙은 손이 떨렸다. 나의 욕망이 빚어낸 참상 앞에 멈춰 서서, 귓속에서 피가 요란하게 고동치는 것을 느끼며, 나는 이 모든 게 과연 무엇을 위한 것이었는지 생각하며 우두커니 서 있었다. 눈밭에 누워 있는 앨리스가 보였다. 차에서 꽤 멀리 떨어진 거리였고 그녀의 몸은 붉은색과 검은색으로 뒤덮여 있어 거의 알아볼 수조차 없었다. 내가 사랑했던 소녀의 생명 없는 육체를, 내 꿈과 욕망의 결과를 내려다보며 나는 느낄 수 있었다. 내 주위의 어둠이 나를 변형시키고 움직여, 내 의도와 다른 무언가로, 예상하지 못했던 괴물로 만들고 있는 것을.

나는 뉴욕으로, 도시로 갔다. 그전에 먼저 내가 어린 시절을 보냈던 정비소에 들렀다. 그곳에서 나는 매년 여름을 견뎠고, 불과 며칠 전까지만 해도 그에 대해 감사한 마음이 있었다. 건물의 다른 남자들과 함께 땀을 흘리고, 그들의 시선이 내게 너무 오래 머문다 싶으면 살기어린 시선으로 그들을 쳐다보며 보냈던 그 여름들에 대해. 정비소에서 나는 현금등록기에 있는 얼마 안 되는 돈을 챙기고—내가 봉사한 세월을 생각하면 나에게 그 정도 빚은 졌다고 생각했다—그 돈으로 그레이하운드 편도 버스표를 샀다. 뉴욕에 도착한 뒤 굳이 이름을 바꾸지는 않았다. 큰 도시였고 아무도 나를 찾지 않으리란 걸 알고 있었다.

그렇게 나는 잠적했다. 그리고 폭력적인 남편 혹은 무심한 남편으로부터 도망쳤거나 그보다 더한 것으로 달려가는 열두 명 남짓한 다른 여자들과 함께 하숙집에서 지냈다. 처음 몇 주 동안은 신문을 샅샅이 뒤져 부고 기사를 찾았다. 내가 묵는 방에서 몇 블록 떨어진 곳에 작은 신문 가판대가 있었고 거기서 우리가 살던 곳의 지역신문을 팔았다. 나는 차가운 아침 바람에 어깨를 떨며 매일 그곳에 갔고, 오늘은 내가 두려워하며 기다리는 기사가 났을 거라고 확신했다. 일주일 후 토머스 스토웰의 기사가 났다. 화이트칼라인 그의 집안의 명성과 유서 깊은 계보를 증언하듯 부고는 길고 장황했다. 마치 그러한 계보 때문에 그의 죽음이 알려져야 마땅하다는 듯이. 앨리스에 관한 비슷한 기사를 기다렸지만 그런 기사는 없었다. 그렇게 며칠이 흐르자 가판대의 남자가 신문을 손에 든 채 나를 기다리기에 이르렀으며—그는 나를 낯선 도시에서 향수병에 걸려, 신문을 통해 위안을 얻는 소녀로 착각했다—나는 그 상황이 인과응보처럼 느껴지기 시작했다. 영원처럼 긴 기다림, 그것은 운명이었고, 벌이었다. 나의 하루는 그것으로 점철되었다. 익명의 발걸음이 나를 하숙집에서 가판대로, 일터에서 다시 집으로 데려갔고, 그것이 내가 기대할 수 있는 유일한 삶이었다. 그리고 한동안 나는 할 수 있다고, 이런 식으로 도시의 차가운 잿빛 공허 속에, 이 완벽한 망토 속에 내 안의 괴물을 숨길 수 있다고 생각했다.

그러다 어느 날, 그녀를 보았다. 앨리스의 후견인, 모드 고모를. 내가 서 있는 곳에서 불과 오 피트 거리에서, 그녀가 택시에서 내렸다. 그녀는 나의 일 년 치 월급보다 비싸 보이는 세련된 드레스를 입고 있었고, 머리는 매끄럽고 고급스럽게 손질했다. 한 번도 직접 만난 적은 없었지만, 앨리스가 기숙사 방에 걸어둔 사진을 봤기에 곧바로 그녀를 알아보았고, 그래서 바로 그 순간, 한때 앨리스와 가까웠던 사람에게 다가가고 싶은 마음에 그녀를 향해 걸어갔다. 나는 낡은 코트를 단단히 여미며 그 속에 입은 더 낡은 드레스를 숨기려 애썼다. 너무 많이 입어서 군데군데 해진 드레스는 자칫 속살이 들여다보일 정도였다.

"시플리 씨," 내가 소리쳤다.

앨리스의 고모가 돌아섰다. 그녀의 눈이 나를 재빨리 훑었고 입꼬리가 불쾌감으로 처졌다. "네?" 그녀가 퉁명스럽게 물었다.

"시플리 씨," 내가 엷은 미소를 띠고 되풀이했다. "시플리 씨가 맞을 거라고 생각했어요." 엷은 찌푸림이 그녀의 얼굴에 번져가는 것을 나는 무시했다. 그녀는 나를 어디서 보았는지 기억하려고—결국 실패했지만—애쓰고 있었다. "조카인 앨리스와 학교를 같이 다녔어요." 그녀의 이름을 소리 내어 말한 것은 몇 달 만에 처음이었고 그 말이 목에 걸렸다.

조카의 이름에 모드 시플리의 얼굴이 바뀌었다. 그러나 결코 긴장을 풀지는 않았다. "그래? 그렇다면, 친구를 만났다고 전해줄게." 그녀가 말했다.

그 한마디, 그 하나의 약속에 모든 것이 바뀌었다.

훗날 나는 모드 고모의 출현이 일종의 계시였다고, 결코 외면할 수 없는, 나의 관심을 요구하는—아니, 애원하는—계시였다고 생각했다. 그때 나는 느꼈다. 앨리스와 나를 묶고 있는 실이 팽팽하게 당겨지고 있음을. 우린 아직 끝나지 않았다, 아직은. 우리 이야기는 아직도 진행중이었다. 이것은 운명이라고, 후에 나는 생각했다. 뉴욕에 머무는 동안 늘 내 위에 드리워 있던 어둠이 마침내 걷히는 것을, 작고 쓸쓸한 비구름이 마침내 물러가는 것을 느꼈다.

나는 모드 고모에게 가까이 다가서며 말했다. "실은, 만나 뵙게 되어서 너무 다행이에요. 앨리스의 새 주소를 알아야 하거든요. 동창회 때문에요. 그런데 도저히 주소를 찾을 수 없더라고요. 예전 주소 그대로인가요? 런던 주소?"

모드가 눈썹을 아치 모양으로 만들며 물었다. "그런데 이름이 뭐라고 했지? 못 들은 것 같은데."

"아," 나는 장갑 낀 손을 목으로 가져갔다. "이런 실수를 하다니. 정말 죄송합니다, 시플리 씨. 전 소피예요. 소피 터너." 나는 학교에서 우리 기숙사의 복도 끝에 살았던 여자애의 이름을 댔다. 다른 아이들이 단지 그녀의 부모가 대단한 사람들이고 가진 재산이 많다는 이유로 말을 걸어주었던 별 볼 일 없는 아이였다. 나는 출판사와 신문사의 정보망을 통해 동창들 몇 명의 근황을 파악해둔 참이었고, 그들의 성공과 계획에 관한 소식을 시기심을 품고 읽은 터였다. 덕분에 소피 터너가 약간 실망스러운 상황이란 것도 알고 있었다. 그녀는 결혼을 했지만 일이 썩 잘 풀리지 않았다. 그녀는 내가 결코 가고 싶지 않은 남부의 어느 주, 발음하긴 쉬워도 머릿속에서 쉽게 지워지는 어느 동네에서 인생을 썩히고 있었다. 나는 경험을 통해 사람들이 그녀의 이름과 그 이름의 무게는 알아도, 외모만으로는 쉽게 그애를 기억하지 못한다는 것을 알고 있었다. 한동안 그 덕을 보았다. 술집에서 그녀의 이름으로 술값을 달아놓거나 가끔 그녀의 이름을 대고 호텔에서 묵었다. 사람들은 매번 미소를 지으며 고개를 끄덕일 뿐 어떤 질문도 하지 않았고, 아무도 기억하지 않는 그 여자애와 당황스럽게 마주친 적도 없었다. 그러다 터너 가문이 재정적인 난관에 봉착했고—굳이 자세한 내막을 캐

보지는 않았다—호텔 매니저들은 별도의 확실한 지불 방식을 보장하지 않고서는 방을 예약해주거나 음료수를 내주기를 꺼렸다. 그런데도 나는 필요할 땐 그녀의 이름을 사용했고, 한때 터너의 이름이 상징했던 모든 것을 보여주고 있는 여자 앞에 서 있는 그 순간 그 이름의 유용함을 새삼 느꼈다.

그 이름을 듣고 모드가 미소를—비록 여전히 경직되어 있었지만—지었고, 내게 앨리스의 남편과 탕헤르 이야기를 전해주었다. "한편으론 두 사람의 만남을 주선한 게 후회되기도 해." 그녀가 털어놓았다. 미간의 주름이 더 깊어졌다. "하지만 그애를 데리고 그렇게 아프리카로 휙 떠나버릴 줄 내가 어떻게 알았겠니?" 모드에 의하면, 조카가 행복한지도 잘 모르겠고, 솔직히 앨리스의 남편이 그녀와 결혼한 데에 돈 말고 다른 이유가 있는지도 잘 모르겠다고 했다. "상상이 가니?" 그녀가 물었다. "그런 아이가, 그런 곳에 있다는 게?"

다른 무엇보다 바로 그 말이 내 마음을 움직였다.

모드는 철제 표지가 달린 작은 노트를 핸드백에서 꺼냈다. 겉면에 어둡게 식물을 형상화한 디자인이 세공되어 있었다. 빅토리아 시대 벽지에서나 볼 수 있을 법한 디자인이었다. 그녀가 금색 펜을 꺼내 종이에 주소를 적어주었다. 주소를 받아 주머니에 넣는 나의 손이 떨렸다.

바로 다음날, 나는 은행에서 방 임대료를 인출한 다음 큐나드 여객선 매표소에 줄을 서서 대서양을 건너는 배표를 샀다.

우리는 거의 십오 분 가까이 걸었다. 그 시간 동안 우리 둘 다 말이 없었다. 처음에는 그의 침묵을 날씨 탓으로 여겼다. 해가 졌는데도 여전한 더위에 아무것도 쓰지 않은 뒤통수가 타는 듯 뜨거웠다. 블라우스가 몸에 달라붙었고 겨드랑이 부분이 땀에 젖으면서 내가 흘린 땀냄새가 났다. 그도 더위를 느끼고 있을지 궁금했지만, 그는 항상 더위가 전혀 신경쓰이지 않는 사람처럼 보여서 도무지 알 수가 없었다. 어쩌면 그의 삶이 대체로 그런 것처럼 그것 역시 일종의 가식일 수도 있었다. 아니면 어젯밤 일로 여전히 화가 나 있는 것이거나. 그래서 그는 정면을, 우리 앞의 도로를, 나를 제외한 누구든, 무엇이든 보고 있는 것일지도 몰랐다.

그러다 마침내 존이 입을 열었다.

"당신이 우릴 봤다는 거 알아요." 그의 목소리는 친절하지도 위협적이지도 않았다. 내가 어떻게 나오는지 떠보려는 듯 감정이 실려 있지 않았다.

내가 그를 쳐다보았다. "당신과 사빈."

존의 얼굴에 놀라움이 스쳤다. 내가 이름까지 알 줄은 몰랐던 것이다. 만약 내가 잠자코 있었다면 그는 무슨 말을 했을까. 순수한 관계라고, 동료 혹은 친구의 부인이라고 슬쩍 넘어갈 생각이었을까. 아마 카스바에서도 그럴 생각이었을 거라고 나는 예상했었다.

"어떻게 알았는지는 묻지 않겠습니다." 그가 말했다. 약 올리는 듯한 미소가 다시 한번 그의 얼굴에 번졌지만, 표정은 어딘가 열의가 없어 보였다. 마치 더이상은 그런 가식을 떨 여력이 없다는 듯이. "물론, 놀라긴 했어요. 수완이 좋네요." 그가 헛기침을 했다. "앨리스한테 얘기했어요?"

나는 미소를 짓고 대답 대신 이렇게 말했다. "난 곧 떠나요, 존.

앨리스는 나와 함께 떠나고 싶어해요."

그의 표정이 변했다. 눈썹이 밑으로 처졌는데, 딱히 찌푸린 것이라고는 볼 수 없었다. 못마땅한 표정이라고 단정하기도 어려웠다. 혼란스러운 거라고, 나는 결론지었다. 그의 부정을 알고도 앨리스가 그를 떠나지 않을 거라고 생각할 정도로 그는 순진한 사람이었던가? 우리는 목적지를 향해 계속 걸었고, 거의 본능적으로 나는 그에게서 떨어져 약간의 거리를 두었다. 그가 폭력적으로 나올까, 아니면 울면서 그녀의 마음을 바꾸어달라고 애원할까. 둘 중 어느 쪽이 더 불쾌할지 판단이 서지 않았다. 우리는 천천히 걸었고 밤은 빠르게 다가왔다. 메디나의 불빛이 뒤쪽으로 저만치 멀어져 벌써 앞이 잘 보이지 않았다.

"그래서 얘기를 했다는 건가요?" 존이 물었고, 그의 목소리는 두려워하는 것 같지도, 걱정하는 것 같지도 않았다. 그보다는 재미있어하는 것 같았다. 마치 그의 부정을 앨리스에게 알린 것은 사소하고 제쳐둘 수 있는 문제라는 듯이.

"내가 말할 필요가 없었어요, 존." 내가 잠시 뜸을 들였다. "이미 알고 있었어요. 혼자 알아냈어요."

존은 그 말의 의미가 스며들기를 기다리는 듯 잠시 잠자코 있다가 고개를 끄덕였다. "그렇군요. 알고 있다는 생각이 들 때도 있었어요. 아둔한 여자는 아니니까요, 안 그래요?" 그는 짧고 다급한 웃음소리로 불편한 심경을 드러냈다.

"맞아요. 아둔하지 않죠." 나는 입안에 감도는 씁쓸함을 삼켰다. "그래서 어쩔 셈이죠?"

그가 나를 쳐다보았다. "뭘요?"

"앨리스요." 나는 잠시 말을 멈추었다. "이런 상황에서도 앨리스가 당신 곁에 머물 거라고 생각하는 건 아니겠죠."

그가 또다시 소리 내어 웃었다. 이번 웃음은 조금 더 진솔하고 진정성이 있다고, 나는 생각했다. "왜 안 그러겠어요?" 그가 물었다. "알다시피 이 모든 게 앨리스 고모의 생각이었어요. 그분과 나의 어머니는 우리 두 사람을 서로 소개하지 못해 안달이었죠. 비록 내가 모드 고모님이 가장 좋아하는 조카사위는 아닐지 몰라도, 앨리스를 본인이 직접 돌볼 것인지, 아니면 다른 사람이 돌보게 할 것인지 선택해야 하는 상황이었다면, 글쎄요."

내가 그에게로 돌아섰고, 나의 걸음이 잠시 흔들렸다.

어두운 밤인데도 나의 혼란을 감지했는지, 존이 말을 이었다. "앨리스는 아무데도 가지 않아요, 루시. 당신도 알잖아요. 가족의 유대를 떠나서, 앨리스와 나는 서로에게 도움이 되고 있어요. 우린…… 그걸 뭐라고 하죠? 공생관계예요. 당신이 좋아하는 고급 용어 중 하나 아닌가요? 앨리스와 난 서로가 필요해요. 아직도 그걸 깨닫지 못했어요? 나에겐 앨리스의 돈이 필요해요. 아, 필요하다기보다는, 고맙게 생각한다는 표현이 더 낫겠네요." 그가 웃었다. "앨리스는 정신병원에 들어가지 않으려면 내가 필요하고요."

나는 멈춰 섰다. 그곳에 다다랐다. 어둠 속에서도 그가 주변을 파악하려 주위를 두리번거리는 것을 알 수 있었다. 그는 이곳을 알아보지 못했고, 한 번도 와본 적이 없는 것 같았다. 다행이다 싶었다. 그편이 한결 수월할 테니까.

나는 카페 팅기스에 앉아 결론을 내렸다. 존이 문제라고, 그의 가부장적인 머리를 베어버려야 한다고, 그는 여자 주인공을 구하기 위해 처단해야 할 괴수라고. 톰과 대적할 수 없었듯, 나는 존에게도 대적할 수 없었다. 그럴 수 없었다. 세상이 나에게 그건 가능하지 않다고 말했으니까. 나는 단 한 가지만 제외하면 모든 면에서 그들보다 우월했다. 앨리스가 그 사실을 깨닫게 하기 위해 그들을 물리쳐야 했다. 그녀의 미래는 그들에게 있는 것이 아니라, 나에게 있다는 사실을. 그 집요한 기운을 나는 감지할 수 있었다. 강하게 고동치는 그 기운을. 모로코인들의 억압받던 날들은, 굴종하던 날들은 이제 저물고 있었다. 그리고 그 순간, 나는 느낄 수 있었다. 나 자신에게도, 앨리스에게도, 같은 일이 일어나리라는 전조를.

"앨리스는 떠날 거예요." 내가 말했다. 나의 목소리는 덤덤하고 침착했다. "나와 함께 갈 거예요. 그게 옳은 결정이란 걸 알게 될 거예요."

"루시," 이제 그의 목소리에 짜증 비슷한 것이 배어났다. 나의 고집, 나의 결의가 그의 짜증을 돋우고 있었다. "앨리스는 사빈에 관해 개의치 않아요, 별로 신경쓰지 않는다고요." 그가 계속해서 말을 쏟아냈다. "그게 아니라면, 지금쯤 무슨 얘기를 꺼냈거나 조처를 취하지 않았겠어요?"

나는 목소리를 내려 애썼다. "앨리스는 당신을 두려워해요."

"아뇨, 루시." 그가 웃었다. "앨리스는 그저 더 나은 선택이 없다는 걸 아는 거예요, 자기 같은 여자에게는."

그 순간 나의 숨이 거칠어지고 날카로워졌다. 호흡이 힘들었고, 매번 숨을 들이쉬는 것이 버겁고 고통스러웠다. "여긴 탕헤르에서 내가 가장 좋아하는 곳이에요." 감정을 한옆으로 밀어놓으며 내가 말했다. "당신 발밑은 무덤이에요." 나는 말을 멈추고 그에게로 돌아섰다. 나의 목소리는 격한 감정으로 떨렸다. "앨리스는 나와 함께 갈 거예요, 존. 셰프샤우엔에 있을 때 그렇게 하기로 했어요. 이미 당신을 떠나기로 결심했다고요. 당신이 그걸 깨달을 정도로 영리하지 못해서 그렇지."

그때 그가 갑자기 달려들었고, 놀란 나는 중심을 잃은 채 딱딱한 먼지투성이 바닥에 쓰러졌다. "못된 년." 그가 내뱉었다. 나는 뒤로 물러나며 몸을 일으키려 했고, 존에게서 멀어지려 했다. 그가 위에서 나를 내려다보지 못하도록. 어두워서 그의 얼굴이 보이진 않았지만 분노로 벌겋게 부풀어오른 것을 상상할 수 있었다. 그가 그렇게 화가 났다는 게 어처구니없게 느껴졌다. 그는 앨리스를 가졌었지만, 앨리스를 버리고 다른 여자에게 갔다. 그 사실을—그의 배신을—생각하자 내가 하고자 하는 일이 절대적으로 옳다는 확신이 들었다.

그것이 유일한 방법이라는 걸 알았다.

존은 앨리스를 완전히 포섭했고 자력으로 생존하는 것을 불가능하게 만들었다. 그가 있는 한, 앨리스는 그럴 수 없을 것이다. 그녀를 해방시키는 방법은, 그녀가 영구적으로 그에게, 그리고 이곳에 속해 있지 않다는 사실을 확인시켜줄 방법은 한 가지뿐이었다. 나는 또한 존이 탕헤르를 얼마나 사랑하는지 생각했고, 그의 말이 옳다는 걸 깨달았다. 모든 것이 변화하고 움직이고 있었고 탕헤르는—그리고 우리 모두는—결코 지금까지와 똑같지 않을 것이다. 선택할 수 있다면, 그는 이곳에—그의 탕헤르에—지금 이 상태 그대로 영원히 남는 쪽을 택하리라는 것을 알았다.

그 사실을 깨닫고 나자, 나머지는 놀라울 정도로 간단했다.

3부

11
앨리스

그날 아침 잠에서 깨어났을 때, 이상하고 아름다운 어느 한순간, 나는 뉴잉글랜드로 돌아가 있었다. 겨울의 얼어붙은 칼바람을 느꼈고, 차갑고 청명한 공기의 냄새를 맡았다. 그래서 오리털의 익숙한 위안을 찾아 이불 속으로 더 깊이 파고들었다. 하지만 곧 그 행복감은 삐걱거리며 기울었고, 점점 증폭되는 다급함과 뭔가 잘못되었다는 느낌으로 바뀌었다. 그 깨달음이 나를 더, 더, 아래로 잡아끌었고, 이제는 거기서 벗어나는 길을 찾을 수 없었다. 배가 아팠고, 발버둥을 치고 무언가를 붙잡으려 애썼지만 소용없었다. 나는 다시 버몬트로 돌아갔고, 그곳은 더이상 아련하지도 가슴이 저리지도 않았다. 이제 그곳은 어둠뿐이었고, 커다랗고 통제할 수 없는 무언가가 다시 한번 나를 움켜쥐려 하고 있었다. 눈밭에 누워 있는 톰이 보였고, 그의 몸 아래 펼쳐진 희고 깨끗한 담요가 짙고 선명한 붉은색 피로 물들고 있었다. 가까이 다가가보았다. 아니,

그것은 톰이 아니었다. 그것은 존이었고, 미동도 없이…… 죽어 있었다. 그리고 그 순간 나는 깨달았다. 나는……

나는 벌떡 일어나 앉았다.

누군가가 문을 두드리고 있었다.

나의 머리는 여전히 꿈에 취해 몽롱한 상태였다. 문 두드리는 소리를 존도 들었는지 확인하려고 옆을 보았다. 침대 위 그의 자리가 비어 있는 것을 보고 그제야 생각했다. 밤에 술집에 갔던 일, 마리화나, 술, 그리고 그가 페스로 사라져버린 것. 그를 비난할 수는 없었다. 탈출 욕구는 우리가 갖고 있는 몇 안 되는 공통점 중 하나인 것이 분명했다. 그가 집에서 기다리고 있을 때 나도 셰프샤우엔으로 달아났었다. 그가 페스에서 돌아올 때까지, 우리가 서로를 위해 구축해놓은 이 삶에서 벗어날 길은 없다는 깨달음과 함께 지친 상태로 문간에 나타날 때까지, 이번에는 내가 집에서 그를 기다려야 할 것이다.

나는 심호흡을 한 뒤 심장박동이 느려지기를, 피부 위의 땀이 마르기를 기다렸지만, 창백하고 고요한 존의 모습이 여전히 눈앞에 어른거렸다.

마지막으로 내 눈앞에 있는 그의 모습을 본 뒤로 너무도 긴 시간이 흐른 것 같았다.

그날 밤 외출 이후 나는 끔찍한 숙취에 시달리며 침대에 누워 있었다. 그가 몇시에 들어왔는지, 내 옆 침대에서 잠을 자긴 했는지, 아니면 소파에서 잤는지도 알지 못했다. 그가 주방에서 아침식사를 만드는 소리에 잠에서 깼다. 삶은 달걀 한 개와 므세멘 한 조각, 그리고 홀짝 마시는 차 한 잔. 늘 똑같았다. 그뒤로 전화벨소리를 들었고—함께 페스에 간다고 했으니 아마도 찰리였을 것이다—그로부터 얼마 후 현관문 닫히는 소리가 들렸다.

나는 그뒤로 루시의 기척에 귀를 기울였다. 그녀가 짐을 꾸리고 떠날 채비를 하는 낌새가 있는지. 그러나 정적뿐이었다. 몇 시간 뒤 까치발을 하고 그녀의 방문 앞을 지나면서—햇살이 벽에 드리우는 모양이 어떻게든 살아남으려는 듯 집요한 것으로 보아 늦은 오후였던 것 같다—방안을 슬쩍 들여다보았다. 비어 있었다. 나는 안도감 비슷한 감정을 느끼며 숨을 내쉬고는 다시 방으로 돌아와 이불 속으로 파고들었다. 내 침대의 안락함 속에서 하루를 보낼 수 있다는 것이 다행스러웠고, 모든 것이 마침내 예전의 상태로 돌아가고 있다는 확신이 들었다. 루시가 떠났고 존이 찰리와 페스에 가 있다는 사실에서 오는 위안이 있었다. 이제 또다시, 혼자라는 사실에서 오는 위안이었다.

해 질 무렵 잠에서 깨어났고, 다시 잠을 이룰 수 없어서 창가에 서서, 어쩌다보니 나의 집이 되어 있는 탕헤르를 바라보며 한두 시간을 보냈다. 정적 속에서, 내가 과연 이곳을 사랑할 수 있을지, 존과 함께 이곳에 머문다면 과연 행복할 수 있을지 생각했다. 우리 삶은 이미 우리가 상상했던 것과는 너무도 달라져 있었고, 루시가 떠나고 모든 것이 정리된 지금, 이 모든 게 존과 나의 관계에 어떤 의미인지, 우리가 함께 구축한 평범한 삶으로 다시 돌아갈 수 있을지, 그리고 우리 둘 중 누구라도 그걸 원하기는 하는지조차 분명하지 않았다. 나는 머릿속에서 휘몰아치는 상념들을 잠시라도 잠재워볼 생각에 일찍 잠자리에 들었다.

문 두드리는 소리가 더 커졌다.

나는 잠옷을 단단히 여미고 서둘러 복도로 달려나갔다. "지금 나가!" 내가 소리쳤고, 차가운 타일 위로 내 발소리가 울려퍼졌다. 손을 뻗어 청동 손잡이를 잡은 채, 나는 문 반대편에 존이 있을 거라고, 찰리와 여기저기 돌아다니다가 열쇠를 어디서 잃어버리고는 부루퉁해진 상태로, 뜨거운 목욕과 차 한잔 생각을 하며 돌아온 게 분명하다고 생각했다. 나는 그 친숙함에 미소를 지었고, 꿈에서 본 존의 모습을 떨쳐버리고 싶어 문을 열었다.

존이 아니었다.

그 대신 내가 모르는 남자가 양손으로 모자를 움켜쥐고 내 앞에 서 있었다. 키가 큰 남자의 몸이 입구를 꽉 채웠다. 그의 몸은 숨을 쉴 때마다 점점 더 팽창하는 것 같았다. 눈썹을 가로지르는 흉터 때문에 눈썹 일부가 비어 있었다. 반들거리는 하얀 흉터는 그의 피부 위에서 더 또렷하게 보였고 어둠 속에서 빛을 발하는 것 같았다.

복도의 흐릿한 조명 속에서 그를 쳐다보면서, 나는 내 앞에 서 있는 남자가 누구인지 떠올려보려 애쓰며 얼굴을 찌푸렸다.

"이른 시간에 찾아와서 미안합니다, 앨리스." 그가 입을 열었다. 말투로 보아 존과 동향 사람인 것 같았다.

그의 입에서 내 이름이 나와 깜짝 놀랐다. "네?" 내가 말했다. 너무 작고 조심스러운 목소리로 말한 것이 후회되었다.

"당신 남편을 찾고 있어요. 어제 사무실에 나오지 않았습니다. 오늘도요." 그가 내 어깨 너머로 아파트 안쪽을 들여다보며 잠시 말을 멈췄다. "짐작하실 줄로 압니다만, 약간 걱정이 돼서요."

"아," 그렇게 말하는 순간, 우리집 문 앞에 서 있는 사람이 그저 걱정하는 직장 동료일 뿐이고, 내가 아침에 꾼 악몽을 현실로 만들

나쁜 소식을 가져온 사복 경찰이 아니라는 안도감이 몸을 관통했다. "여기 없어요. 그러니까, 탕헤르에 없어요. 찰리랑 페스에 갔어요." 내가 조심스러운 미소를 지으며 그에게 말했다.

남자가 얼굴을 찌푸렸다. "마지막으로 본 게 언제죠?"

"어제 낮에 나갔어요, 아침식사를 하고 나서." 손가락 끝에 느껴지기 시작한 작은 따끔거림을 애써 외면하며 내가 말했다. "무슨 일인지 여쭤봐도 될까요?"

"직접 보셨습니까?" 그가 나의 질문을 무시하며 물었다. "그러니까, 존이 어제 집을 나가기 전에요."

"아뇨," 내가 시인했다. 말이 천천히 나왔다. "전날 밤에 제가 조금 무리를 해서 다음날 아침에 늦잠을 자느라 배웅을 못했어요." 내 표정을 관찰하는 눈앞의 낯선 사람에게, 남편의 행적을 제대로 파악하고 있지 못한 이유를 설명하는 것이 왠지 무척 중요하게 느껴졌다.

남자가 내 뒤쪽을 한번 더 보았다. "그뒤로 다시 집에 왔었나요?"

나는 얼굴을 찌푸렸다. "그 사람이 집에 돌아왔을 때 전 자고 있었어요."

"그럼 어떻게 알죠? 집에 돌아왔다는 걸?"

"소리를 들었어요." 내가 방어적으로 대답했다. 그러나 내가 들었던 소리가 실제로 어떤 소리였는지, 과연 존이 아침식사를 준비하는 소리가 맞았는지 생각해보았다. 위가 조여오는 느낌이 들어서 혹시 탈이 나려는 건가 잠시 걱정이 되었다. "존이었어요."

남자가 미소를 지었지만, 그의 표정에 담긴 무언가가 내 위를 더 세게 쥐어짜며 나를 뒤로, 아파트 안쪽으로 움츠러들게 만들었다.

존이 자신의 일에 대해 비밀과 의문에 휩싸여 있는 것처럼 암시했던 것을 떠올렸다. 나는 종종 그의 이야기를 비웃었고, 내세울 것이라고는 오직 이름밖에 없는 데서 기인한 그의 불안감과 자만이 빚어낸 허풍 정도로만 여겼다. 그러나 이제 그의 말 속에 일말의 진실이 있을지도 모른다는 생각이 문득 들었다. 그렇다면 내 앞에 서 있는 남자는 과연 무엇을 의미할까.

"혹시 평상시와 다른 점이 있었나요?" 나의 말에는 대꾸하지 않고 그가 물었다. "그러니까, 그날 밤에?"

"아뇨, 물론 그런 건 없었어요." 그의 질문에 흠칫하며 내가 말했다. "전혀요." 그러나 나는 루시를, 우리의 말다툼을 떠올렸고, 숨이 턱 막혔다. 남자의 눈이 가늘어지는 것으로 보아 나의 반응을 알아차린 것 같았다. 그러나 잠시 침묵이 흐르고 내가 더이상 말이 없자, 그가 고개를 끄덕이고는 시간을 내줘서 고맙다고 말한 뒤 그만 가보려는 듯 돌아섰다.

남자가 빨리 사라져주기를 바라며 문을 닫으려는데 그가 다시 멈춰 서더니 돌아섰다. 그의 얼굴이 집중을 하려는 듯 일그러졌다. "죄송합니다만," 그가 말했다. "존이 언제 나갔다고 하셨죠?"

나는 팔짱을 단단히 끼었다. "낮이었어요. 정확히는 모르겠어요. 어쩌면 늦은 아침이었던 것 같기도 해요." 나는 말했다. 전날 침대에 얼마나 늦게까지 있었는지 알 수 없었다. 몇 년 같기도 했고 몇 초 같기도 했다. 나는 고개를 저으며 나를 유심히 쳐다보는 남자를 올려다보았다. "죄송하지만, 저도 모르겠어요."

나의 불확실한 대답이 못마땅하다는 듯 그가 얼굴을 찌푸렸다. "그렇군요." 그가 말했다. "혹시라도 소식을 듣게 되면," 그가 슈트 주머니에서 명함을 꺼냈다. "연락 주세요."

나는 그가 내민 명함을 받아들고 얼굴을 찡그리면서 다시 아침의 악몽을 생각했다. "혹시 남편한테…… 무슨 일이 있나요?"

그는 기이한 표정을 지어 보였다. "무슨 일이 있는 것 같은가요?"

"네?" 나는 얼굴이 달아오르는 것을 느꼈다. "아뇨, 저는 그냥, 혹시 지금 말씀하시는 것들이 어떤……" 나는 말을 멈추고 그가 말해주기를 기다렸다. 그는 아무 말도 하지 않았다. 대신 손짓으로 내가 들고 있는 명함을 가리키더니 다시 돌아섰다. "잠깐만요," 내 목소리가 떨렸다. "혹시 우리가…… 그러니까 제가 경찰에 신고해야 하지 않을까요?"

남자의 이마 주름이 펴지고 하얀 흉터가 넓어지면서 그의 입이 커다란 미소를 짓자, 나는 대답을 기다리지 않고 우리 사이의 문을 닫아걸고 싶다는 강한 충동이 들었다. "그럴 이유는 없을 것 같습니다." 그가 말했다. 목소리가 낮고 침착했다. "어쨌건, 이 나라 사람들을 우리 일에 끌어들이는 건 원하지 않으니까요, 안 그런가요?"

그의 입술에 기이한 미소가 걸려 있는데도, 나는 그 말에 내포된 위력과 위협을 들었다. 그가 돌아섰고, 마침내 멀어지는 발소리를 듣고 나서야 나는 문을 닫았다.

그렇다면 존은 페스에 간 게 아니었다. 그의 친구 찰리와 함께 있는 게 아니었다. 분명히 그 남자는—그가 내게 이름을 알려주었는지 확실하지 않았고, 그가 건넨 명함을 보니 전화번호만 적혀 있었다—이미 찰리를 만나보았을 것이다. 확인차 찰리에게 연락해볼까 생각했지만, 그제서야 찰리의 연락처를 모른다는 것을 깨달았다. 나는 이런저런 파티에서 찰리를 겨우 몇 번 만났을 뿐이었고, 만날 때마다 그는 내가 누구인지 모르고 있다는 인상을 받았다. 찰리는 존이 결혼했다는 걸 알았고, 탕헤르에 부인을 데려왔다는 것도 알았다. 그러나 내 이름과 얼굴 모두 그에겐 미스터리로 남아 있었고, 그 미스터리를 풀어볼 의사도 없는 것 같았다.

나는 거실로 가서 존이 거의 사용하지 않는 책상 쪽으로 다가갔다. 책상 서랍은 펜과 서류들을 던져넣는 쓰레기통으로 변해 있었다. 존이 분명 어딘가에 찰리의 연락처를 적어놓았을 텐데. 나는 거실이 엉망이 되는 것도 아랑곳없이, 오늘 아침에 보았던 존의 생명 없는 육체를 떨쳐버릴 수 있는 것이라면 무엇이라도, 어떤 것이라도 찾아보겠다는 생각에 주변에 종이를 흩뿌리며 그곳을 미친듯이 뒤졌다. 그것이 현실이 되는 것을 막을 수 있는 그 무엇이라도 찾아내려고.

"뭘 찾는 거야?"

느닷없이 들려온 그녀의 목소리에 나는 놀라서 펄쩍 뛰었고, 미끄러지면서 이미 멍든 무릎을 딱딱한 마룻바닥에 찧었다. 어깨 위로 머리를 길게 늘어뜨린 루시가 내 앞에 서 있었다. 흰 블라우스 위로 드리운 머리카락이 아침 햇살에 반짝였다.

그녀가 작게 웃었다. "넌 참 놀라기도 잘해, 앨리스."

나는 눈을 깜빡였다. 빛이 조화를 부린 것도 아니었고, 내 마음이 조화를 부린 것도 아니었다. 그녀가 거기 있었다, 아직도. 나는 고개를 흔들었다. 그럴 리가 없는데. 간밤에 떠나달라고 부탁—아니, 통보—했는데. 나는 기억을 떠올렸다. 문간에 서서 루시를 바라보면서, 침대 위에 잠들어 있는 그녀를 바라보면서, 더는 두려움 때문에 입을 다물고 있을 수 없다는 생각을 했던 기억을. 그래서 나는 그 말을 했다. 마침내 그 말을 내뱉었다.

그 일은 실제로 일어난 일이었다.

"루시," 내가 더듬거리며 말했다. "여기서 뭐하는 거야?" 그녀가 처음 탕헤르에 도착했던 날 내가 했던 말과 유사했다. 머리가 띵하면서 무겁게 나를 짓눌렀다. 머릿속은 오직 루시가 이곳에 있다는 확실성과 그 사실이 내포한 섬뜩한 의미로 가득찼다. 나는 양손으로 마룻바닥을 짚고는 양팔의 힘을 사용해 몸을 일으켰다. 티끌이 살갗을 파고들었다. "내가 가라고 했잖아."

루시가 빠르고 짧게 웃었다. "말도 안 되는 소리 하지 마, 앨리스. 그때 우린 피곤했고 술도 너무 많이 마셨어." 그녀가 살짝 고개를 저었다. "걱정할 필요 없어. 난 아무데도 안 가니까."

나는 느낄 수 있었다, 나의 중심, 나의 핵심 안에서, 너무도 익숙한 두려움이 꿈틀거리는 것을. 사지가 떨려왔고 그녀와 단 한순간이라도 더 같이 있다가는 완전히 해체되어버릴 것만 같았다. 나는 그녀를 밀치고 빠르게 걸어서—뛰는 것에 가까웠다—다시 나의 침실로, 안전한 곳으로 돌아갔다. 그리고 떨리는 손가락으로 자물쇠를 더듬어 문을 잠갔다.

나는 침대 한구석에 앉아서 기다렸다.

조금 전에 방문 가까이로 다가오는 그녀의 발소리를 들었고, 문에 기댈 때 나무가 살짝 삐걱거리는 소리도 들었다. 내가 그녀의 기척에 귀를 기울이는 것처럼 그녀도 나의 기척에 귀를 기울이고 있을 것이다. 그 대칭성에 나는 몸서리를 쳤다. 나의 눈이 두리번거리며 방안을 훑었다. 무엇을 찾고 있는지는 설명할 수 없었다. 아마도 내 주위에서 일어나고 있는 일로부터, 깨어날 수 없는 악몽으로부터의 탈출구 혹은 쪽문 같은 것. 나의 눈이 존이 쓰는 침대 자리 옆에 놓인 전화기로 향했다.

그 전화기는 사치품이었고, 우리에게 필요 없는 물건이었지만—이렇게 작은 집에 전화기를 두 대나 놓는 건 말이 안 된다고 나는 말했다—존이 한사코 고집을 부렸다. 고모가 안부 전화를 할 때마다 매번 침대에서 일어나 거실로 나갈 수는 없다면서. 그러나 머지않아 나는 그것이 핑계임을 알게 되었다. 그의 속셈은 침대에 누운 채로 회의를 하는 것이었고, 나는 그 소리를 듣지 않으려고 돌아누워 베개로 귀를 막아야 했다. 이제 나는 전화기 쪽으로 기어가면서—나의 무게 때문에 바닥이 삐거덕거릴 때마다 멈추어 귀를 기울이고 기다리면서, 내가 무얼 하려는지 루시가 알아채면 무슨 일이 일어날지, 그녀가 이미 나의 계획을 알아차린 건 아닌지, 허점투성이에 믿을 수 없는 나의 머릿속에서 생각들이 흘러나가는 건 아닌지 두려워하면서—조용히 존의 결정에 감사했다.

침대 옆에 도착한 나는 차가운 플라스틱 전화기를 움켜잡고 내가 기억하고 있는 유일한 번호를 중얼거릴 준비를 했다.

고모의 목소리에 전화기를 꽉 움켜쥐었다.

"앨리스?" 잠시나마 고모가 수천 마일 떨어진 곳이 아니라 내 곁에 있는 것 같았다. "앨리스, 왜 그래? 무슨 일 있니?"

전화한 사람이 나라는 것을, 그리고 뭔가 잘못되었다는 것을 고모는 어떻게 안 것인지 잠시 궁금했다. 우리 사이의 거리에도 불구하고 그걸 느낄 수 있는 걸까. 하지만 곧 전화 교환원을 떠올렸고,

창피해서 고개를 저었다. “존 때문에요.” 고모가 내 말을 기다리고 있음을 깨닫고 나는 입을 열었다. “존이……” 내가 머뭇거렸다.

“존이 왜?” 고모가 물었다. 평상시에는 침착하고 차분하던 목소리가 두려움이 실려 날카로웠다. 전화기를 통해 두려움의 전율이 느껴지는 것 같았다.

“사라졌어요.” 마침내 내가 말했다. 갈라진 목소리가 떠듬떠듬 나왔다. “오늘 아침에 존하고 같이 일하는 사람이 집에 와서 존을 찾았어요. 그 사람한테 존이 찰리라는 친구와 페스에 있을 거라고 말했는데, 정말 그런지는 모르겠어요.” 내가 심호흡을 했다. “경찰서에는 가지 말래요. 하지만 아무래도 무슨 일이 있는 것 같아요. 그리고 저는 이 일에…… 이 일에 누가 연루되었는지 알 것 같아요.”

대답이 없었다.

“고모?” 혹시 조금 전에 내가 들었던 목소리가 상상은 아니었을지 걱정하며 내가 속삭였다.

“그래, 앨리스, 나 여기 있어.” 다시 한번 침묵이 흘렀다. “지금부터 내 얘기 잘 들어. 비서한테 스페인행 비행기표를 예약하라고 할게. 거기서 연락선을 타고 갈 거야. 얼마나 걸릴지 정확히는 모르겠지만 이번주 내로 도착하도록 최선을 다하마. 알아들었지?”

“고마워요.” 내가 숨을 내뱉듯 말했다. “정말로 고마워요, 고모.” 나는 그 순간 강인하고 굳건한 모드 고모를, 복잡한 문제를 질서정연하게 정돈하는 그녀의 불가사의한 능력을 생각했다. 묵직한 안도감이 단단하고 포근하게 나를 감쌌다.

“앨리스,” 고모의 목소리가 내 생각 사이로 파고들었다. “한 가지 약속해다오.”

내가 고개를 끄덕였다. "네, 뭐든지요."

"경찰에 알리지 않겠다고 약속해. 존이 사라진 걸 경찰이 아직 모른다고 했지. 그렇다면 경찰에 신고하지 않겠다고 약속해."

고모가 나를 볼 수 없는데도 나는 고개를 끄덕였다. "그럴게요." 내가 약속했다. 지키기 힘든 약속은 아니었다. 조금 전에 왔던 흉터 있는 남자의 충고를 거스르고 혼자 경찰서로 가서, 존의 실종 신고를 하고 그동안 일어났던 일을 설명하는 것을 상상만 해도 하얗게 질렸다. "약속할게요, 고모."

"좋아," 고모가 말했다. "만약 그 사람들이 와서 너한테 질문을 하거든, 후견인 없이는 얘기하지 않겠다고 해."

이번에도 나는 고개를 끄덕였다. 후견인의 보호 기간이 끝나려면 아직 몇 달이 남아 있었다. 후견인이라는 족쇄가 때로는 무척 거슬렸고, 나 자신의 재산, 나 자신의 삶의 책임자가 되어 더이상은 어린애가 아니라는 기분을 느껴보고 싶기도 했지만, 지금만큼은 모드 고모에게 법적으로 매여 있다는 사실이 다행스러웠다. 고모이고 가족이긴 해도, 나는 항상 우리 사이의 거리를 의식했고, 형제의 죽음으로 인해 어쩔 수 없이 떠맡게 된 여자애에 대한 모드 고모의 혼란을 느꼈다. 고모는 자식을 원한 적이 없었고, 비록 후견인으로서의 의무에 대해 불평한 적은 없었지만, 마음 한편으로는 나를 맡게 된 게 싫지 않았을지 궁금했다. 나는 걱정을 한옆으로 밀어놓았다. 다시 통화하기로 하고 전화기를 내려놓으려는데 고모의 목소리가 들렸다. "참, 네 친구가 연락했니?"

내가 얼굴을 찌푸렸다. "제 친구요?"

"그래, 이름이 뭐였더라? 어디다 적어두었는데." 고모가 말했고 종이 부스럭거리는 소리가 들린 것 같았다. "여기 있네. 소피 터너. 뉴욕 거리에서 마주쳤어. 몇 달 전에. 너한테 연락하려는 것 같던데. 연락 왔니?"

나는 전화기를 꽉 움켜쥐었다. 베닝턴에 다니는 내내 소피 터너와는 한 번도 말을 섞은 적이 없었다. 모드 고모를 알아볼 사람은 딱 한 명뿐이었다. 루시. 그녀는 얼마 전에 자신이 뉴욕의 출판사에서 일했다고 했다. 루시였을 것이다. 어떻게 나를 찾았는지 궁금했지만, 루시는 늘 다른 사람들이 할 수 없는 일을 해내곤 했다.

"앨리스?"

"네, 네. 연락 받았어요." 루시가 듣고 있다고 확신하면서, 나는 속삭임에 가깝게 목소리를 낮추어 대답하며 방안을 둘러보았다. 저 문 바로 뒤 그녀의 존재를, 그녀의 호흡을 느낄 수 있을 것만 같아서 다급하게 어깨 너머를 흘긋 바라보았다. 그러고는 여전히 양손으로 움켜쥐고 있는 전화기로 돌아왔다.

처음에는 모드 고모에게 루시에 대해 경고하고, 그녀가 탕헤르에 있고 예전의 모든 일이 다시 일어나고 있다고 말하고 싶었다. 안개가 걷혔고 내가 잊고 싶었던 모든 기억이 되살아났다고. 그러나 소리 내어 말하기에는 너무 위험한 내용이었고, 벽은 너무 얇고 허술했다. 전화 통화조차 안전하지 않은 것 같아서, 조작되고 변경될 수 있을 것 같아서 불안했다. 어찌됐건 탕헤르에는 전화 교환원이 있었다. 어쩌면 루시가 그들 중 한 명을 매수해 나와 다른 사람들의 대화를 모조리 도청하고 있을지도 몰랐다. 나는 고개를 저었다. 황당한 생각이었지만, 그래도. 나는 멈칫했다. 한 가지 생각이 떠올랐다. 만약 모드 고모에게, 진짜 루시를 대신하는 일종의 암호로 소피 터너의 이름을 쓴다면, 고모가 탕헤르에 도착했을 때 이 상황을 좀더 쉽게 설명할 수 있을 것이다. 탕헤르에 오면 고모는 루시 메이슨이 얼마나 교활하고, 얼마나 사람을 잘 조종하는지 알게 될 것이다. 더이상 숨을 곳이 없을 테니까.

나는 숨을 깊이 들이쉬며 말했다. "실은, 지금 여기 와 있어요."

"뭐, 탕헤르에?" 고모가 물었다. 놀라움과 혼란이 목소리에 그대로 배어났다. "직접 찾아갈 생각인 줄은 몰랐네. 그런 얘긴 전혀 안 했어."

"네," 내가 대답했다. "정말 갑작스러웠어요. 저도 무척 놀랐어요."

침묵이 흘렀다. "그렇다면 적어도 네가 완전히 혼자는 아니겠구나. 이런 상황에서 소피가 아주 큰 위안이 되겠네."

나는 눈을 꼭 감았다. "네, 고모, 그럼요." 고모에게 거짓말을 하는 것이, 사실이 아닌 것을 믿게 만드는 것이 끔찍이도 싫었다. 그러나 어쩔 수 없는 일이라고, 나는 속으로 중얼거렸다.

"걱정 마라, 앨리스." 고모가 말했다. 그녀의 목소리는 다시 느리고 차분해졌다. "고모가 곧 가서 전부 해결할게. 약속해."

나는 베닝턴에서 언젠가 고모가 했던 말을 떠올렸고, 지금 고모의 말이 그때와 얼마나 비슷한지 생각했다.

수화기를 내려놓는 나의 손은 한동안 떨리는 상태로 허공을 맴돌았다.

12
루시

그녀는 가짜 앨리스였다. 손가락 사이에 담배를 끼고 침대에 누워 있는데 그런 생각이 들었다. 뜨거운 재가 금방이라도 시트 위로 떨어질 것 같았다. 이상하고 황당한 생각이라는 걸 알았지만, 그런데도 나의 마음은 여전히 그 가능성에 머물며, 조금 전 그녀가 나에게 지었던 표정을 한번 더 곱씹어보고 있었다. 마치 내가 낯선 사람이라는 듯한, 그녀가 알지 못하는 사람이고 두려워하는 사람이라는 듯한 그 표정. 전에는 앨리스의 말과 행동이 곁에 존이 있어서 그의 영향을 받은 것이라고 생각했지만, 그가 사라진 지금 더 이상은 변명의 여지가 없었다.

몸을 일으켜 앉자 담뱃재가 블라우스에 떨어졌다. 나는 짜증을 내며 재를 떨어냈다.

아마 그것 때문일 것이다, 그녀가 이상하게 행동하는 이유는. 앨리스는 아직 존이 사라졌다는 것을 알지 못했다, 적어도 확실하게는. 그녀에게 얘기만 하면—내가 그녀를 위해 한 일에 대해 얘기한다면—모든 게 이전으로 돌아갈 것이다. 그러나 그때 무언가가 나를 당겼고, 무언가가 나를 잡아끌었다. 이전이라는 것이 과연 어떤 의미이고 얼마나 멀리까지 가야 할까—존 이전, 톰 이전, 모든 광기가 우리를 에워싸기 이전.

목소리가 들려오며 나의 생각을 방해했다.

나는 살금살금 문으로 다가가 호기심에 귀를 내 침실 문틀에 댔다. 앨리스의 목소리가 틀림없었지만, 첫날 그랬던 것처럼 노래를 하는 게 아니었고 썰렁한 방안에서 혼잣말을 하는 것도 아니었다. 아니, 그녀가 하는 말의 차분한 흐름으로 보아, 누군가 다른 사람에게 얘기하는 것 같았다. 이 아파트에 우리 말고 다른 누군가가 있다는 듯이.

전화였다.

처음에는 머뭇거리며 문을 열었다. 놋쇠 손잡이가 돌아가는 소리 말고는 아무 소리도 들리지 않았고, 그 소리의 폭력성에 귀가 윙윙거렸다. 조심스럽게 복도로 나섰다. 나는 맨발이었고, 내 침실 문 바로 앞의 손상된 마룻널 위로 발을 내디뎠다. 때묻고 마모된 마룻널의 질감이 느껴졌다. 앨리스의 목소리는, 여전히 가로막힌 소리였지만 한결 선명하게 들렸다. 나는 얼굴을 찌푸리며 그녀의 방문 쪽으로 다가갔다. 그녀가 잠시 조용했고 나는 숨을 죽이고 기다렸고, 그러다가—드디어. 그녀의 목소리가 들렸지만 무슨 말인지는 여전히 들리지 않았다. 일 초, 또 일 초가 흘렀고, 점점 더 짜증이 치밀어올랐다. 그러다 어느 순간, 거실 소파 뒤에서 보았던 전화기가 떠올랐다. 나는 망설이지 않았다. 단 일 초라도 대화를 놓칠까봐 두려웠다.

수화기를 들고 한 손으로 입을 틀어막았다. 내가 엿듣는 것을 그들이 절대 알아차려서는 안 되었다. 잠시 침묵이 흘렀고, 혹시 들킨 게 아닌가 생각했다. 하지만 그렇지 않았다. 알고 보니 통화 상대는 모드였고, 침착한 어조로 조카에게 무엇이 잘못되었고 무슨 일이 있었는지 묻고 있었다.

나는 앨리스가 어떻게 대답할지 궁금해하며 귀를 기울였다.

존이 실종되었다. 그것이 그다음에 그녀가 한 말이었고, 나는 혼란스러워 잠시 대화의 흐름을 좇지 못했다. 앨리스가 알고 있다는 것, 어떻게 알았는지 모르겠지만 그녀가 이미 알고 있다는 것에 대해 곰곰이 생각해보았다. 그때 그녀가 집으로 찾아온 남자에 대해 말했다. 존을 찾으러 왔던 사람. 어쩌면 아직 그 남자가 있을지도 모른다는 생각에 복도 쪽을 흘긋 쳐다보았다. 남자라니? 나는 조용히 의문에 잠겼다. 내가 아침 내내 침대에 누워 있었던 것은 사실이지만, 나는 항상 얕은 잠을 자는 편이었고, 작은 소리에도 잠에서 깼다. 집안에 다른 사람이 있음을 알리는 그 어떤 소리도 없었다. 나는 오늘 아침 앨리스의 모습을 떠올렸다. 그녀는 눈을 커다랗게 뜨고 머리는 산발을 한 채 존의 책상 서랍을 뒤지고 있었다. 무언가 찾고 있는 게 분명했지만 물어보지 못했다.

그리고 앨리스가 속삭이는 말이 들렸다. 누구 짓인지 알아요. 그녀가 소피 터너의 이름을 언급했고, 나는 그녀가 무엇을 깨달았으며, 무슨 짓을 하려고 하는지 바로 파악했다. 나는 앨리스를 앨리스 자신보다 더 잘 알았고, 그녀에게 어떤 생각이 떠오르기도 전에 모든 행동과 반응을 예측할 수 있기 때문이었다.

나는 털썩 주저앉으며 바닥에 깔려 있던 버버 카펫*을 손가락으로 움켜쥐었다. 너덜너덜한 가장자리를 꽉 쥐자 손톱이 하얗게 변했다. 움직일 수가 없어서 그 상태로 가만히 앉아 있는데 어느 순간 현관문이 닫히며, 앨리스가 아파트에서 나가는 소리가 들렸다. 교환원의 목소리가 여전히 귓가를 울렸다.

"여보세요? 아직 안 끊으셨나요? 여보세요?"

나는 무릎을 꿇은 상태로, 카펫에 무릎이 쓸리는 것을 느끼고 또 음미하고 있었다.

"네. 네, 아직 있어요." 내가 대답했다. 입안이 바짝 말랐다.

"다시 교환실입니다. 더 도와드릴 일이 있나요?"

나는 머뭇거렸지만, 아주 잠시뿐이었다.

"네, 죄송하지만 방금 그 번호로 다시 연결해주실 수 있나요?"

"같은 번호 말씀이신가요?"

"네, 부탁합니다."

나는 딸각거리는 소리를 들으며 기다렸다. 교환원이 앨리스의 거실 전화를 저 멀고 먼 곳의 어느 전화로 연결하려고 전선을 플러그에 꽂았다가 뽑는 광경을 상상하면서. 그 이미지에 집중하면서 오직 그 생각만 하려고, 잠시 동안이나마 다른 생각은 일절 하지 않으려고 애썼다.

다시 벨이 한 번, 두 번 울렸다. 그리고…… "앨리스?"

모드가 전화를 받으리라는 것을 알았고, 불과 몇 초 전에 그녀의 목소리를 들었는데도 어딘가 느낌이 달랐다. 이것이 결코 돌이킬

* 북아프리카와 사하라 지역에 사는 베르베르족 원주민들이 손으로 짠 카펫.

수 없는 일이라는 사실이 나를 전율하게 했고, 한낮의 뜨거운 열기에도 불구하고 몸이 오싹했다.

나는 전화기를 내려놓으려다 말고 다시 귀에 댄 다음 조심스럽게 말했다. "시플리 씨?"

잠시 침묵이 흘렀다. "그런데요?"

"소피 터너라고 해요."

"소피?" 그녀의 목소리에 담긴 놀라움을 느낄 수 있었다.

"네. 이런 식으로 연락을 드리게 되어서 정말 죄송한데요. 긴히 드릴 말씀이 있어서요." 내가 말을 끊고 숨을 멈추며 머릿속으로 숫자를 세었다. "앨리스에 관한 일이에요."

모드가 이번에는 조금도 주저하지 않고 바로 대답했다. "별일 없는 거니, 소피?"

나는 수화기에 대고 속삭이며 떨리는 목소리, 불안정한 목소리를 내려 애썼다. "아뇨. 죄송하지만, 일이 좀 있어요."

서둘러야 했다. 앨리스가 돌아오기 전에 아직 해야 할 일이, 끝내야 할 통화가 한 건 더 남았다. 혹시 추적당할 수도 있기 때문에 아파트에서는 할 수 없었다. 어떻게 관리되는지는 잘 모르지만, 전화 교환원들이 관리하는 기록이, 작은 카드들이 있다는 것을 알고 있었다. 그곳에는 누가 누구에게 전화를 했고, 어디서 얼마나 오래 통화를 했는지 기록되어 있었다. 내 계획이 성공하려면 다음에 거는 전화는 증거가 없어야 했다.

걷는 동안, 내 발걸음은 안정적이고 자신에 차 있었다. 그러기를 바랐다.

절망과 좌절 속에서 조금 전에 세운 나의 계획이 부디 제대로 먹히기를 바랐다. 나는 이런 상황을 예상하지 못했고, 이런 반전을 예측하지 못했다. 그리고 내가 동의하지 않은 이런 상황의 전개가 찌르는 듯 아팠다. 내가 완벽하게 일을 처리했건만, 그녀가 전부 무의미하게 만들어버렸다.

내 기억대로 공중전화는 길 끝에 있었다. 나는 안에 들어가서, 딸깍 소리가 들리기를, 교환원의 목소리가 들리기를 기다렸다가 말을 시작했다. 앨리스의 억양을 흉내냈다. "지역 경찰서로 연결해 주세요." 내가 말을 멈췄다. "네, 네, 기다릴게요. 제 이름이요? 앨리스 시플리예요."

끝났다. 이젠 돌이킬 수 없었다.

전화를 끊었고, 생각들이 일그러졌다. 불과 한 시간 만에 모든 게 달라졌다. 몇 마디 말 때문에 인생 전체가 바뀔 수 있다니, 불가능한 일 같았고, 황당한 일 같기도 했다. 나의 머리가 상황을 따라가려고, 내가 방금 저지른 일의 결과를 이해하려고 애썼지만 실패했다. 그러나 나는 그렇지 않다고, 나 자신을 일깨웠다. 내가 아니었다고, 앨리스였다고. 앨리스가 한 일이었다고.

공중전화 부스에서 나가려고 돌아서는데 누군가가 나를 가로막고 섰다. 유세프.

"오, 제발, 날 좀 내버려둬요." 작은 유리 부스 안의 찌는 듯한 더위를 갑자기 의식하며, 내가 웅얼거렸다. 블라우스가 등에 달라붙었다. "더이상 서로 할 얘기 없잖아요."

그가 미소를 지었다. "하지만 난 얘기를 좀 하고 싶은데요. 우리 관계를 한번 더 바로잡아볼 겸."

나는 그를 바라보았다. 그 말은 진심이 아니었다. 그가 오늘, 그리고 그날 밤 나를 찾아온 데는 다른 꿍꿍이가 있었다. 우리 만남이 단순한 우연이 아니라는 걸 나는 알고 있었다. 그는 나에게 원하는 것이 있었다, 아니 그 이상이었다. 그는 나에게 뭔가 얻어낼 게 있다고 생각하고 있었다. 어쩌면 마땅히 받아야 하는, 내가 진 빚이 있다고. 나는 과연 그게 무엇인지 궁금했고, 이미 이렇게 된 상황에서 그게 무엇이든 얼마나 중요할까 싶었다. 곧 경찰이 도착할 것이다. 나에겐 시간이 많지 않았고, 서둘러 아파트로 돌아가야 했다. 그러나 나는 멈추었다. 몇 분만 더, 몇 시간만 더 여유를 갖고 싶었고, 그 시간 동안은 모든 것이 예전과 다름없는 척하고 싶었다. 그래서 결코 현명한 결정이 아니라는 것을 알면서도, 모기를 쫓아버리고 내가 해야 할 일을 해치우는 대신, 공중전화 부스의 문틀에 기대서서 그의 말에 동의했다.

"그럴까요 그럼?" 그의 얼굴에 드리운 위험한 미소를 외면하면서 내가 말했다.

거리에서 만났던 그날 밤 그가 내게 퍼부었던 독설은 일단 접어두고 나는 그를 따라 카페 하파로 갔고, 그곳을 지나 계속 걸어서, 현지인들이 살고 있다는 걸 나타내는 수많은 특색 없는 문들 중 하나로 들어갔다. 심지어 그가 내놓은 황당한 제안—내 초상화를 그리고 싶다는 것—에도 동의했다. 나는 그의 미소 뒤에 도사리고 있는 것이 과연 무엇인지 알고 싶었고 또 알아야 했다. 그가 그날 들어 나를 시험하려는 두번째 인물이라는 사실에 지치고 화가 났다.

안으로 들어서니 열두어 개 남짓한 캔버스가 줄지어 진열되어 있었다. 그 사이로 조용히 움직이면서, 나는 이것들 중 유세프의 작품이 하나라도 있기는 한지, 아니면 이것 역시 허울의 일부인지 궁금했다. 어쩌면 이 그림과 붓들도 그저 무대 위의 소품일 뿐이고 그림은 다른 사람이 완성한 것일 수도 있었다. 둘 중 누구였는지는 기억나지 않지만 존 혹은 앨리스가 말했던 그 딸이라는 여자가 그린 것일 수도 있었다. 그림들은 특별할 건 없었으나 적절했다. 황혼, 바다, 그리고 북적거리는 시장. 탕헤르의 일상을 담았지만 색조가 밝고 경쾌해서, 예측할 수 없는 기운이 이 도시의 정맥을 관통하고 있다는 생각을 완전히 불식시켰다. 모든 더러움과 때의 흔적을 걷어냈다. 문득 나는 웃고 싶은 욕구를 느꼈다.

그런데 나를 멈칫하게 만드는 그림이 하나 있었다. 지붕들을 그린 연작 중 하나였는데, 특출한 작품은 아니었지만 그 그림의 생동감이 나를 사로잡았다. 아마도 크고 무심한 붓질 혹은 서로 충돌하는 색상 때문이었을 것이다. 건물마다 걸려 있는 가느다란 줄은 빨랫줄인 것 같았는데, 너무 뒤죽박죽으로 엉켜 있어 어디서 시작되고 어디서 끝나는지 알 수 없었다. 수업시간에 배운 것과는 모든 면에서 대치되는 형편없는 그림이었지만 그래도 어딘가 달랐고, 탕헤르를 떠오르게 하는 데가 있었다. 마치 내가 벌써 탕헤르를 떠나서 그곳을 떠올리는 것처럼. 이유는 모르겠지만, 나는 걸음을 늦추고 그림틀에 손가락을 살짝 얹었다.

"이 그림 아름답네요." 내가 말했다.

유세프가 고개를 끄덕이고는 작업실 한복판에 놓아둔 간이의자를 가리켰다. 자연광이 그 공간을, 거기서 몇 발짝 떨어진 곳에 놓인 그의 이젤과 캔버스를 환히 비추었다. "앉아요." 그가 말했다.

그의 제안에 고마워하며 자리에 앉았다. 마침내 마음을 가라앉히고 지난 며칠 동안 일어난 일들과 앞으로 기어이 일어나게 될 일들 생각에 골몰하지 않고 내키는 대로 마음을 배회하게 할 기회가 주어졌다. 방안의 정적에 눈꺼풀이 떨리기 시작했다. 태양의 온기가 얼굴에 느껴졌고, 나는 한숨을 내쉬었다. 몸이 나른해졌다.

"있잖아요," 유세프의 목소리가 허공을 갈랐다. "나 당신을 봤어요."

나는 얼굴을 찌푸렸다. 더위 때문에 여전히 정신이 멍했다. 그가 그렇게 일찍 얘기를 시작할 줄은 몰랐다. "날 봤다고요?" 그를 쳐다보려고 눈을 뜨며 내가 물었다.

그의 얼굴이 캔버스 뒤에서 솟아올랐고, 눈은 이상하리만치 반짝였다. "네. 지난번에 당신을 봤어요. 무덤가에서."

나는 얼어붙었다. 무릎 위에서 손이 움찔거리는 것을 억지로 진정시켰다. "내 친구하고 같이 있을 때요?" 나는 가볍고 숨소리가 나른하게 섞인 목소리를 내려고 애썼지만, 실제로는 완전히 깨어난 상태였다. "네, 내가 카페 하파에 데려갔죠. 친구가 좋아할 것 같아서요."

"맞아요." 그가 고개를 끄덕였다. "그때도 봤죠."

아. 마침내 드러난 진실은 이것이었다. 그는 내 뒤를 밟고 있었다. 삼류 영화의 탐정이라도 된다는 듯 나를 따라다녔던 것이다. 유세프에 대해서는 미처 충분히 생각하지 못했다. 어느 순간 그는 배경 속에 묻혔고 쫓아버려야 할 모기 같은 존재가 되었다. 그러나 이제 와 생각해보면, 그날 밤 내가 그를 밀쳤을 때 그의 표정에는, 짜증과 더불어 무언가가 더 있었다. 나는 그의 성가신 윙윙거림이

되살아나는 것을 느꼈다. 분노. 바로 그것이었다. 단지 나를 향한 것이라기에는 너무도 넓고 깊게 흐르던 분노. 나의 생각이 질주했다. 만약 그가 나를 미행했다면, 그것은 곧—숨이 턱 막혔다—그가 알고 있다는 뜻이었다. 그는 알고 있었고, 그것으로 나를 옭아매려 하고 있었다.

"맞아요." 그가 말을 이었고, 자신감 있고 편안한 태도로 천천히 말하며 나의 의혹을 확인시켜주었다. "당신이 그 남자와 함께 있는 걸 봤어요." 그러고 나서 마치 우리 사이에 오해가 없어야 한다는 듯 덧붙였다. "당신이 무슨 짓을 했는지도."

나는 움직이지 않았다. "내게 돈이 있어요." 나는 침착하게, 대수롭지 않은 일이라는 듯 말했지만, 그 말을 하면서도 거의 바닥이 난 내 계좌를 떠올렸다.

유세프가 고개를 끄덕였지만 얼굴은 일그러졌다. 내가 그 말을 해주기를 바라긴 했지만 그래도 여전히 모욕적이라는 듯이. 나는 그의 환멸을, 그의 증오를 이해할 것 같았다. 그의 상황을 감안해 볼 때 나는 기꺼이 그를 용서할 수 있었고, 그의 유일한 지지자이자 옹호자인 나를 갈취하려는 것도 기꺼이 묵인해줄 수 있었다. 어쨌든 나는 절박함을 이해했고 그것이 사람을 어떻게 만드는지, 그리고 그 대가로 무엇을 강요하는지 알았다. 나와 유세프, 우리 두 사람은 서로 그렇게 다르지 않았다. 그러나 그 순간, 나는 돈을 생각했다. 나는 손톱이 살갗을 파고들 정도로 양손을 꽉 움켜쥐었다. 살갗에서 배어나는 선명한 붉은 피를 외면했다. 한 번의 돈으로는 충분하지 않을 것이다. 아무리 큰 액수라도 충분치 않을 것이다.

아니, 나에겐 탈출구가 필요했다.

그리고 그 순간 기억이 떠올랐다. 수일 전 시네마리프에서 우리가 처음 만났던 날, 유세프는 내 이름이 앨리스라고 생각했다.

의식적인 판단은 아니었지만 나는 처음 탕헤르에 왔을 때 그에게 내 이름이 아닌 앨리스의 이름을 알려주었다. 단지 내 앞에 서 있는 남자에 대한 망설임과 불확실성 때문에 그렇게 했다. 그는 가면을 쓰는 데 익숙한 사람이었고, 나 역시 전에도 여러 번 그랬던 것처럼 가면을 썼다. 당시에는 즉각적으로 떠오른 본능적인 생각일 뿐 그 이상의 의미는 없었다. 그러나 지금, 그렇게 하길 잘했다는 생각이 들었다. 결코 그러고 싶지 않았고, 나의 온몸이 그 생각을 거부하는 것이 느껴졌지만, 나는 스스로를 일깨웠다. 그것 외에 달리 할 수 있는 일이 없다고. 나는 덫에 걸렸고, 궁지에 몰렸고, 이제 중요한 것은 생존—오직 나 자신의 생존—뿐이었다. 두 사람은, 앨리스와 유세프는, 내게 다른 선택의 여지를 남겨주지 않았다.

13
앨리스

모드 고모와 통화한 후, 나는 머지않아 고모가 탕헤르에 와서 상황을 바로잡으리라는 생각에 안도감을 느꼈고, 심지어 기분이 들뜨기까지 했다. 그러나 거실에 서서 존의 물건을 하나하나 둘러보는데, 불과 몇 시간 전에 했던 생각들에 대한 죄책감이 밀려들었다. 나는 내가 탕헤르에 남고 싶은지, 존과 함께 남고 싶은지 의문을 가졌었다. 그것은 배신처럼 느껴졌고 그가 저지른 그 어떤 일보다 위험하게 느껴졌다. 그의 물건들로 가득찬 밀폐된 공간에서 벗어나고 싶은 생각이 간절해져서, 나는 아파트를 나섰다. 길을 따라 걷고 또 걸었고, 예전에 우리가 함께 갔던 시장을 지나쳤고, 그곳에서 진동하는 가죽과 고기 냄새, 속이 뒤집어질 것 같은 그 냄새를 외면했다. 이곳에 온 지 얼마 되지 않았을 때 우리가 함께 앉아 웃고 이야기했던 카페를 지나쳤다. 나는 걸음을 재촉했다. 방향도 없이, 목적도 없이, 서둘러 걷느라 내 발에 걸려 비틀거리면서, 나는 이 도시 구석구석이 모두 존에 대한 추억으로 물들어 있음을 깨달았다. 어딜 가도 그 추억에서 벗어날 수 없었다.

그러다 어느 순간, 내가 미행당하고 있음을 알게 됐다.

그는 영리했고 자신을 잘 감추어서, 처음에는 얼굴을 가린 널찍한 챙모자만 곁눈으로 보였다. 나는 고개를 저으며 속으로 단호하게 중얼거렸다. 망상을 하지 말자고. 그런데 그가 또 나타났다. 아침 일찍 보았던 바로 그 사람이었다. 흉터 있는 남자. 그는 내 바로 옆에, 처음엔 오른쪽, 그다음엔 왼쪽에 있었고, 때로는 몇 발자국 앞서갔다. 절대 내 눈에 띄지 않으려고, 자신의 모습을 완전히 노출하지 않으려고 애썼다. 영리한 사람이었지만, 존과 함께 정부 일을 하는 사람이라면 당연히 그래야 할 것이었다. 심장이 빠르게 뛰기 시작했고, 그가 원하는 것이 무엇인지, 내가 어떤 대답을 쥐고 있을 거라고 생각하는지 궁금했다. 나는 속도를 냈고, 어느 골목길로 들어갔다가 다른 골목길로 나왔지만, 소용없었다.

도저히 그를 따돌릴 수 없었다.

아파트로 다시 돌아왔을 때, 나는 숨을 헐떡였다. 심장이 빠르고 강하게 뛰었고, 자물쇠를 찾아 더듬는 손이 떨렸다. 어느 순간 묶었던 머리가 풀려서, 거실로 들어서는 동안 머리카락이 얼굴 가장자리를 간질이는 것이 느껴졌다. 나를 미치게 만드는 머리카락으로부터 벗어나려고 다급히, 열심히, 머리카락을 뒤로 넘겼다.

그러다 갑자기 멈춰 섰다.

루시가 그곳에, 소파에 앉아 있었다. 그러나 그녀는 혼자가 아니었다. 익숙한 갈색 유니폼에 이상한 모자를 쓴, 아니 썼다기보다는 머리 위에 얹어놓은 경찰관 두 명이 양쪽에 서 있었다. 책장 중

한 곳에 그들의 소총이 비스듬히 기대어 있었다. 나는 그 사람들이 실제로 그곳에 있는 건지 아니면 내가 상상하는 건지 알 수 없어서 눈을 깜빡였다.

"앨리스," 루시가 근심어린 목소리로 입을 열었다. "존에 대해, 존의 실종에 대해 물어보려고 경찰이 왔어. 너하고 얘기하고 싶어 하는데, 네가 어디 있는지 잘 모르겠다고 했어. 아마 시장에 갔을 거라고."

아마도 내가 미친 사람처럼 보일 거라는 생각이 들었다. 실체가 있는 무언가를 손끝으로 만지고 싶다는 간절한 마음에 순간적으로 책장을 붙잡았다. "미안해요." 누구에게랄 것 없이 내가 웅얼거렸다.

경찰관 중 한 명이 일어섰다. "에스크 투 바 비엥, 마담?"*

"위." 내가 겨우 대답했다. 나의 숨은 짧고 거칠었다.

"엘라 레르 말라드."** 다른 경찰관이 말했다.

그가 내 쪽으로 다가오려는 듯했지만, 나는 한 손을 들었다. "농," 그리고 단호하게 말했다. "아프지 않아요."

잠시 침묵이 흘렀고, 그러는 동안 경찰관 두 명은 걱정과는 사뭇 다른 무언가가 담긴 눈빛으로 나를 보았다. "저희가 부인께 전화를 받았는데요, 마담 시플리." 그들 중 한 명이 마침내 말했다.

"전화요?" 나를 지켜보는 기대에 찬 얼굴들을 바라보며 내가 말했다. "전 전화한 적 없는데요."

---

* '괜찮으신가요, 부인?'이라는 뜻의 프랑스어.

** '아파 보이는데'라는 뜻.

방금 말했던 그 경찰이 얼굴을 찌푸리면서 손에 들고 있던 노트를 뒤적였다. "오늘 아침 일찍, 마담 앨리스 시플리가 남편이 실종됐다고 신고했습니다." 그가 말을 멈추었다. "마담이 한 게 아니라고요?"

"아니에요." 내가 말했다. 나의 시선이 앉아 있던 루시에게로 향했다. 경찰이 온 지 얼마나 되었을까. 그동안 그녀가 그들에게 무슨 말을 했을까. 나는 흉터 있는 남자와 경찰에 연락하지 말라는 그의 말을 떠올렸다.

"남편이 실종된 게 아니라고요?"

"네?" 다시 경찰에게로 주의를 돌리며 내가 대답했다. "아뇨, 그러니까 제 말은, 맞아요, 실종됐어요."

"남편이 실종됐는데 신고를 안 하셨다고요?"

나는 얼굴을 붉히며 고개를 끄덕였다. "네, 맞아요."

다시 침묵이 흐르며 두 경찰관이 인상을 찌푸렸고, 그때 루시가 나섰다. "그래서 제가 생각했는데," 루시는 마치 내가 들어와서 끊겼던 대화를 다시 이어가는 것처럼 말했다. 그녀의 시선이 방안을 훑고는 결국 나에게 향했다. 찰나의 순간이라—일 초, 이 초, 삼 초—정확히 얼마나 긴 시간이었는지 모르겠지만, 나는 이미 그녀가 무얼 하려는지 알 것 같았다. 나는 나 자신만큼이나 그녀를 잘 알았다. 그녀가 당황하면 입이 O자 모양이 된다는 것, 놀랐을 때 그녀가 내는 소리, 혹은 기분이 좋을 때 그녀의 동공이 확장된다는 것. 나는 그녀를 알았다. 그리고 그 순간, 그녀의 머릿속에 맴돌던 생각이 무엇이었든, 내 쪽을 쳐다볼 때는 이미 어떤 결론에 도달했음을 알 수 있었다.

"어떤 남자가 있어요, 이름은 유세프예요." 루시가 말했다.

나는 뒷목의 무언가가 곤두서는 듯한 기분을 느끼며 얼굴을 찌푸렸다.

"유세프요?" 경찰관이 잠시 말을 멈추고 노트를 뒤적였다. "그 사람이 누구죠?"

루시가 어깨를 으쓱했다. "이곳 출신이에요. 사기꾼이죠. 조제프라는 이름으로도 통해요." 그녀가 생각을 정리하려는 듯 고개를 저었다. "제가 왜 그 사람 얘기를 하는지 모르겠네요."

그건 거짓말이라고, 나는 생각했다.

루시가 나를 돌아보았다. "앨리스가 그 사람을 알 거예요. 제가 처음 이곳에 왔을 때 앨리스가 그 사람 이름을 언급했던 기억이 나요. 앨리스가 그런 사람을 안다는 게 이상하다고 생각했지만, 알고 보니 탕헤르는 아주 작은 도시더군요. 모두를 알고 지내는 게 어렵지 않겠더라고요." 그녀가 잠시 말을 멈췄다가 덧붙였다. "보라색 리본이 달린 페도라를 쓰고 다녀요. 그걸로 사람들이 그를 알아보죠. 어딜 가나 그 모자를 쓰고 다녀요."

루시의 목소리에는 전혀 비난이 담겨 있지 않았다. 그녀는 그 정도로 멍청하진 않았다. 그러나 나는 경찰관의 눈빛이 반짝이는 것을 보았다. 희미한 반짝임이었지만 그의 관심이 동했음을 보여주기에는 충분했다. 그의 몸이 팽창하면서 방안을 채우는 것이 거의 눈에 보이는 것 같았다.

루시가 무슨 짓을 하고 있는지도 보였다. 그녀는 나와 유세프를 연결하고, 관련짓고 있었다. 빵 부스러기를 떨어뜨리며 흔적을 남기고 있었다.

"메르시 보쿠."* 경찰관이 고개를 살짝 끄덕이며 말했다. "저희가 조사해보고 새로 밝혀진 사실이 있으면 알려드리겠습니다. 짐작건대, 남편분은 대부분의 탕헤르 사람들처럼 어디에선가 술에 취해 잠든 것일 수도 있고…… 아니면……" 그가 말끝을 흐렸다.

"아니면?" 내가 물었다. 나의 목소리는 의도한 것만큼 도전적이지 않았다.

경찰은 어깨를 으쓱할 뿐이었다. "혹시 그사이에 남편 소식을 들으시면 저희에게 알려주십시오."

존의 실종이 내 잘못인 양 책망하는 듯한 말투를 무시하며, 내가 고개를 끄덕였다. 나는 경찰이 말하지 않은 다른 실종의 이유들을 생각해보려 애썼다. 이곳 도박사와의 싸움에 휘말려 칼에 찔렸다든가. 나이트클럽에서 포주 노릇을 하는 남자와 싸움이 났다든가. 나는 고개를 저었다. 그럴 리 없었다. 그러나 내가 그 말을 하기도 전에, 그들은 두툼한 제복과 무거운 부츠를 버스럭거리며 사라져 버렸다.

"어디 갔었어?" 루시가 물었다. 그녀의 목소리가 침묵을 갈랐다.

나는 루시가 소파에서 일어나는 것을, 창문 쪽으로 다가가서 창틀에 앉는 것을 지켜보았다. 그녀는 짙은 색 바지에 수수한 얇은 블라우스를 입고 있었다. 담배를 입에 무는 그녀의 모습을 바라보면서, 문득 나는 이런 생각에 휩싸였다. 이게 바로 루시야. 프릴과 리본이 없는, 길고 우아한 선들. 여전히 그녀는 내가 지금까지 만난 가장 아름다운 여자였지만, 그 아름다움이 나를 두려움에 떨게 했다.

---

* '감사합니다'라는 뜻.

"너무 어둡네." 어느덧 해가 저물어서, 경찰관들이 떠난 뒤 집안이 어두워졌다.

"불 켜지 마." 루시가 단호하고도 결의에 찬 목소리로 말했다. "해 지는 거 보고 싶어."

그건 일종의 도전이었는데, 나는 그녀의 말을 무시하고 스위치를 켜서 잠시나마 우리 두 사람 모두 빛에 눈이 멀게 하고 싶은 충동과 싸워야 했다. 탕헤르로 오고 있는 모드 고모를 생각했다. 고모가 도착하는 순간을 향한 간절함으로 내 손가락이 움찔거렸다.

"고국에서 봤던 그 어떤 황혼과도 다르지 않아?" 굳이 내 쪽을 돌아보지 않고 그녀가 물었다.

나는 창밖을 보았다. 하늘이 분홍색과 흰색과 파란색 줄무늬로 물들어 있었다. 그렇다고, 정말 다르다고, 나는 생각했다. 심지어 아름답다고. 그러나 그 순간, 나는 불길하고 경고하는 듯한, 내가 짐작할 수 없는 위협을 느꼈다. 나는 고모에게 경찰에 알리지 않겠다고 약속했다. 그런데 어쩐 일인지 경찰이 집으로 찾아왔다. 내가 그들에게 전화를 하지 않은 건 분명했지만, 내가 그들을 부르지 않은 건 분명했지만, 그럼에도 모드 고모와 전화를 끊고 난 뒤의 일이 정확하게 기억나지는 않았다. 그때 나는 완전히 존의 것이 되어버린 이곳에서 몹시 긴장한 상태였다. 이 아파트와 이 도시는 내가 이해할 수 없는 방식으로 존의 것이 되어 있었다. 그 순간 나는, 내 어린 시절의 어둡고 비 오는 하늘로 다시 돌아갈 수만 있다면 무슨 짓이라도 할 수 있을 것 같았다.

루시가 나를 돌아보았다. "너 원래 외출 안 하잖아."

비난하는 말투는 아니었다. 그냥 사실을 이야기하는 말투였고,

실제로 그렇기도 했다. 나는 원래 외출을 하지 않았다. 골목 모퉁이에, 술집이나 카페의 후미진 곳에 무엇이 도사리고 있을지 몰라 두려웠다. 그러나 그건 과거의 일이라고, 나는 그녀에게 말하고 싶었다. 그녀가 도착하기 전, 존이 사라지기 전, 모든 게 달라지고 위험은 내 상상 속에서만 존재하는 게 아닐지도 모른다는 생각이 들기 전, 그 사실을 기억해내기 전의 일이라고.

"어디 갔었어?" 그녀가 물었다.

자욱한 담배 연기에 흐릿해지는 루시의 얼굴을 바라보면서, 나는 그녀가 이미 대답을 알고 있는 건 아닌지, 그저 내가 진실을 말하는지 보기 위해 묻는 건 아닌지 의문을 품었다. "시장에." 나는 거짓말을 했다.

그녀가 아파트 안을 둘러보았다. "뭘 샀는데?"

"아무것도." 우리를 둘러싼 어둠 속에서 과연 내 동작을 그녀가 볼 수 있을지 확신하지 못한 채, 나는 어깨를 으쓱하며 말했다. "그냥 둘러만 봤어."

"시장 가기엔 좀 늦은 시간인데."

대답하는 나의 목소리가 지나치게 억지를 부리는 것처럼 들렸다. "먼저 시장에 갔다가, 그다음엔 산책했어."

루시가 고개를 끄덕였고, 이어 말을 하는 그녀의 눈빛이 나를 꿰뚫는 듯했다. "네가 나한테 얘길 안 해서 놀랐어. 존이 실종되었다는 거."

나는 그녀와 눈을 맞추었다. 비록 떨리는 목소리였지만, 내가 물었다. "얘기해야 해?"

그 질문, 그 암시가, 대답 없이 우리 사이의 허공에 떠 있었다.

루시가 창문을 돌아보며 말했다. "지금이라도 떠날 수 있어. 우리 둘이 같이. 스페인이건 파리건." 그러고는 말을 멈추고 천천히 몸을 돌려 나를 보았다. 그녀가 움직일 때 바지가 부스럭거리는 소리가 들렸다. "아직 너무 늦지 않았어. 이렇게 끝낼 필요는 없어."

나는 루시의 눈 속에서 번득이는 절박함을 엿볼 수 있었다. 마음 한편으로는 그게 이상한 일이라는 것을 알면서도, 잘못된 일이라는 걸 알면서도, 그러겠다고 말하고 싶었다. 눈을 딱 감고 항복하는 편이, 우리 사이의 거리를 좁히고 이 악몽을 뒤로하는 편이 차라리 쉬울 것이었다. 루시 역시 나의 마음이 누그러지는 것을 감지했는지, 나를 만지려는 듯 손을 뻗었다. 그러나 그 순간 나는 톰을, 존을 떠올렸고, 그녀가 했을 가능성이 높은 일들을 떠올렸다—아니, 그녀가 저지른 짓이 틀림없다고, 나는 속으로 단호하게 중얼거렸다. 그러자 내 얼굴이 창백해지는 것이 느껴졌다. 나는 우리 둘 다 놀랄 정도로 세게 그녀의 손을 뿌리쳤다. 그녀의 충격, 실망, 그리고 그렇다, 분노가 보였다. "널 사랑해달라고 날 협박할 순 없어, 루시." 내가 도저히 참지 못하고 내뱉었다. "그런 식으로 되는 일이 아니야."

루시의 얼굴이 굳었고, 그녀의 이목구비가 수축되고 움츠러드는 것 같았다. 그리고 그 순간, 어둠 속에서, 나는 그녀의 입가에서 번져가는 미소를 보았다. 그녀의 입술이 한쪽으로 기울어지고 입꼬리가 올라가는 것 같았다. 생쥐를 가지고 노는 고양이의 표정이랄까.

피부가 근질거리기 시작했다. 내 몸은 금방이라도 무슨 일이 터지리라는 것을 예감했고, 그녀가 그다음 내뱉을 말의 위험성을 미리 감지했다.

"경찰엔 언제 얘기할 거야?" 루시가 물었다.

나는 얼어붙었다.

"네가 알고 있는 사실에 대해서."

"내가 뭘 알고 있는데?" 몸의 떨림을 무시하려 애쓰며 내가 작게 중얼거렸다.

미소는 이제 더이상 숨길 수 없는, 진심어린 진짜 웃음이 되었다. "사빈에 대해."

나는 양팔로 허리를 감쌌다. 더는 이곳에 있고 싶지 않았다. 이 거실에, 탕헤르에, 아프리카 대륙 어디에도 있고 싶지 않았다. 이곳은 내 집이 아니었다. 한 번도 나의 집이었던 적이 없었다. 나는 스스로를 가둘 밀폐 공간을 만들었을 뿐이었다. 내가 자물쇠를 만들고 그 열쇠를 루시에게 주었다. 속이 울렁거렸고, 존의 물건들과 루시의 체셔 고양이 같은 미소에 둘러싸인 이 거실에서 토할 것 같은 기분이 들었다.

"사빈?" 내가 되풀이했다.

"응." 그녀가 고개를 돌렸다. "그날 카페 하파에서 일어난 일에 대해 경찰이 알고 싶어할 거야."

그 순간 나는 느낄 수 있었다. 나 자신이 위축되는 것을, 두려움 속에서, 아니, 두려움이 아니라 극도의 공포 속에서 얼어붙는 것을. 나는 그날을, 그 여자를, 산산조각난 유리를 기억하고 있었다. 오후의 햇살 아래 반짝이던 계단의 피. 그녀가 누구인지는 몰라도 어딘가 낯이 익다고 생각했는데, 그러면 그렇지, 이제야 알 것 같았다. 루시가 온 첫날밤에 보았던 그 여자의 얼굴, 내가 기절하기 직전 몇 초 동안 만천하에 드러난 존의 진실, 우리 관계의 진실. 나는 움직일 수도, 말을 할 수도 없었다. 그저 얼어붙은 채 그 자리에서 있을 뿐이었다.

"무슨 얘길 하는 거야, 루시?"

그녀가 작게 소리 내어 웃었다. "앨리스. 네가 그 여자를 밀었다는 거 알아."

피가 솟구치는 것이 느껴졌고, 귓가로 피가 몰리는 소리, 고막을 때리는 소리가 들리는 것 같았다. "그러지 않았어, 루시. 난 그 여자를 밀지 않았어."

"사빈 말이야?" 그녀가 물었다.

그 이름을 듣는 순간, 가슴이 철렁했지만 애써 두려움을 억눌렀다.

나는 이미 그날 일어난 일을 열 번도 넘게 곱씹어보았지만 그 어떤 설명도 얻을 수 없었다. 머릿속으로 그 일을 수도 없이 재생해보았고, 가끔은 그녀가 넘어지기 직전에 내가 그녀의 얼굴을 보는 상상을 했다. 자신에게 닥칠 일을 알지만 막을 수 없다는 걸 깨닫고 그녀의 얼굴에 드리운 공포의 표정을 보는 상상을. 내가 그 생각을 즐겼던가? 그렇게 자문하며 그날의 기분을 되살려보려 애썼다. 심지어 그 당시에도 어째서인지 나는 그녀가 누구인지 알고 있었다. 나는 루시를 쳐다보며 나오지 않는 말을 끌어내려 안간힘을 썼다.

"난 널 비난하지 않아, 앨리스." 루시가 창가에서 멀어지며 말했다. "나라도 그렇게 했을 거야. 누가 널 그런 식으로 배신한다면……" 루시가 말끝을 흐렸고, 어둠 속에서 눈이 반짝였다.

내 맥박이 빨라졌고 거실 구석의 그림자가 커져가는 것을 느꼈다.

"나 그만 누울래." 내가 말했다. 목소리가 몸속에서 울려퍼지는 느낌이 들었다. "두통이 너무 심해."

그날 밤 나는 침실 문을 잠갔다. 무거운 목재 서랍장을 밀어서 문 옆으로 옮겨놓았다. 이 상황의 기이함을 생각하면서, 이 모든 끔찍한 일의 악순환을 생각하면서, 서랍장의 나무 다리가 마룻바닥을 긁는 소리를 흐뭇하게 들었다. 밀고 끄는 데 한 시간 가까이 걸렸지만 멈추지 않았다. 마침내 내 방과 복도 사이에, 나와 루시 사이에 장벽이 세워질 때까지. 그런 다음 바닥을 내려다보았다. 마루에 깊은 흠집이 나 있었다. 그 흠집들이, 내 행위의 영속성이, 내 저항의 기록이 뿌듯하게 느껴졌다. 모드 고모가 오면 보여줘야지. 그러면 루시의 손아귀에서 벗어나기 위해 내가 했던 일을 고모도 전부 알게 되겠지.

고모는 상황을 이해할 것이다. 그리고 우리는 함께 탈출구를 찾을 것이다.

14
루시

며칠을 기다린 뒤 나는 그의 시체를 숨겨둔 장소로 돌아갔다.

그 일이 실제인지—그 일이 실제로 일어났고, 존이 틀림없이 확실하게 죽었으며, 따라서 어떤 식으로든 그가 나를 쫓는 유령이 되어 다시 나타날 일이 없는지—확인하기 위해 간 것이었고, 그사이 혹시 유세프가 일을 그르치지는 않았는지도 확인하고 싶었다. 나는 앨리스가 잠들 때까지, 도시가 마침내 졸기 시작할 때까지 기다렸다가 어둠 속에서 민첩하게 움직였다. 머리가 터질 듯 지끈거리고 귀가 윙윙거렸고 걷는 걸음마다, 어쩔 수 없이 그에게 가까워질수록, 습도가 높아지는 것 같았다.

내가 놓아둔 장소에 그가 있으리라는 것을 알고 있었으면서도—그의 시체는 절벽 가장자리에서 너무도 가까워 현지인들조차 감히 다가가지 못하는 바위 밑에 있었다—그의 모습을 보는 것은, 내 분노의 원초적인 증거물을 보는 것은 여전히 충격적이었다. 나는 고개를 비스듬히 기울였다. 조각난 달빛을 받은 그의 모습은 탕헤르의 달 아래 평화롭게 잠든 관광객으로 오인할 수도 있을 것 같았다. 그 일이 일어난 뒤 시간은 이상할 정도로 빨리 흘러갔고, 그래서 그를, 그의 시신을 내가 생각해둔 은신처로 옮기려 애쓸 때는 나답지 않게 불안하고 초조했다. 그때는 그곳이 최적의 장소라고 생각했는데, 지금은 너무 멀고 너무 노출된 것 같았다.

나는 서서 그를 내려다보았다. 한때 내 적이었지만, 이제 나에게 패배했고, 제압당했다. 더이상 위협적이지 않았다. 귓가의 울림이 잦아들고 머리의 지끈거림도 잠잠해지기 시작했다. 마치 탕헤르에 도착한 이후 줄곧 나를 괴롭혀왔던 모든 근심과 모든 불안이 앞서 했던 생각들과 함께 전부 사라져버린 것 같았다.

나는 가까이 다가가 고개를 반대쪽으로 돌리고, 불과 며칠 전 그토록 힘껏 밀어넣었던 시체를 이제는 빼내려고 잡아당겼다. 크게 한 번 힘을 주었다. 그의 몸은 이미 뻣뻣했고 부패했다. 그날 밤 내가 등뒤에 숨기고 있던, 모서리가 날카롭고 목적이 분명했던 돌멩이로 인해 생겼을 두개골의 함몰 부위로 시선이 가지 않도록 애썼다.

돌멩이는 둔탁한 소리를 내며 그의 정수리를 내리찍었고, 그 동작을 취하기 위해 팔을 높이 뻗느라—나의 키를 훌쩍 넘어서 높이 높이, 더 높이—나는 어깨를 비틀어야 했다. 그러고 나서 휘청거리며 물러설 때, 잠시 동안 내가 오히려 그를 도와준 꼴이 아닌가 하는 걱정이 들었다. 그러나 그렇지 않았다, 그는 이미 무릎을 꿇었다—놀라서인지, 고통 때문인지는 몰랐지만, 기억이 나지 않지만, 집요한 윙윙 소리는 그때 최고조에 달했다. 설령 그가 무슨 말을 했다 해도 나는 전혀 듣지 못했을 것이다. 그의 마지막 말은, 만약 마지막 말이라는 게 있었다 해도, 그렇게 소실되었다. 오직 탕헤르만 알고 있을 것이고, 탕헤르는 비밀을 지킬 거라고 나는 생각했다.

그후에 나는 손에 들고 있던 돌멩이를, 피로 얼룩진 차가운 물체를 보았고, 그게 과연 돌멩이인지 아니면 한때 죽은 자들을 품고 있던 무덤의 한 조각인지 궁금했다. 나는 애써 웃음을 참아야 했다.

그때 존이 꿈틀거렸고, 상황을 파악한 그의 얼굴이 분노로 일그러졌다. 격한 감정에 휩싸인 그가 자신과 함께 나를 바닥에 쓰러뜨렸고 나는 들고 있던 돌멩이를 놓쳤다. 내 기억에 의하면, 아마도 그때 그가 뭐라고 말을 했던 것 같다. 몇 마디의 짧고 단호한 문장이었는데, 기억할 가치가 있는 말은 아니었다. 술을 너무 많이 마신 사람처럼 그의 말은 어눌하게 뭉개졌다.

존이 돌멩이를 집어서 머리 위로 쳐들었고 그 모습은 마치 피루엣*을 하려는 기괴한 무용수 같았다. 그가 불안정한 걸음으로 내 쪽으로 다가왔고, 그의 이마에 난 상처에서 쏟아져나오는 피가 얼굴 옆을 타고 흐르며 번들거리는 어둠으로 그를 감쌌다.

그다음 일은 눈 깜짝할 새에 일어났다. 내가 일어나 그의 손에서 돌멩이를 빼어 들었고, 그래봐야 소용없다는 걸 알았는지 그는 거의 저항하지 않았다. 나는 이번에는 더 세게 돌을 내리쳤고, 그는 다시는 움직이지 않았다.

이제 그의 시신을 힘겹게 미는 내 팔이 부들부들 떨렸고, 나는

---

* 발레에서 한쪽 발로 서서 빠르게 도는 동작.

이게 다 무슨 짓인가 하는 생각이 들었다. 낭떠러지 끝에서, 나는 동작을 멈췄다.

우리는 이제 끝이었다.

몸을 앞으로 숙여 마지막으로 그를 힘껏 밀었고, 그 긴장, 그 노력이 내 몸 구석구석, 내 근육의 모든 신경을 관통했다. 마치 그것이 나의 면죄를 위한 필수 요건이라는 듯이. 나는 흙과 먼지를 뒤집어쓴 채 우두커니 서서, 아래쪽에서 들려올 철썩거리는 소리에 귀를 기울였다. 끝났음을 알리는 소리가 들리기를 기다렸다.

아무 소리도 들리지 않았다.

나는 낭떠러지 끝에 서서 저 아래 바다를 보며 내 미래를 읽으려 애썼다. 앨리스는 나와 함께 떠나지 않을 것이다. 우리는 스페인에 가서 타파스를 먹거나 저무는 태양을 바라보며 와인을 마시지 않을 것이다. 결코 파리에 가지 못하리라는 것도 어렴풋이 깨달았다. 아마도 처음으로, 내가 꿈꾸어왔던 삶이 결코 일어나지 않으리란 걸 분명하게 깨달았다. 그리고 그 이유 또한 알았다—앨리스 때문이었다. 그녀는 탕헤르로 도망쳤다. 실의에 빠진 나를 싸늘한 뉴욕 거리에 홀로 남겨두고 떠났다. 우리를 이 상황으로 이끈 것은 그녀의 선택이었고, 그녀의 결정이었다. 내가 한 일이 있다면, 우리 두 사람에게 최선의 삶, 그녀가 원한다고 말했던 삶을 구현하기 위해 노력한 것뿐이었다. 그런데 정작 그녀는 그런 삶을 원하지 않았다, 결코. 나는 며칠 전 밤 술집에서 그녀가 했던 말을 떠올렸고, 그 순간 깨달음이 나를 제대로 강타했다. 그 충격에 웅웅거리는 소리가 들리며 입안 가득 알싸한 구리 같은 금속성의 맛이, 진실이 느껴졌다. 그녀는 나를 원한 적이 없었다.

나는 바다로부터, 내가 저지른 일로부터 돌아섰다.

나는 병자성사를 믿는 사람은 아니었고, 그에게 해줄 정직하고 선한 말은 없었다. 밝아오는 아침 햇살을 뒤로하고 걸으면서 그나마 내가 해줄 수 있었던 말은, 그가 자신이 사랑했던 여인 탕헤르 곁에 머물게 되리라는 것이었다. 그 사랑이 그에게 어떤 의미였든, 기쁠 때나 슬플 때나 그녀와 영원히 함께할 것이었다.

그런 관점에서 본다면, 존이 우리 중 가장 운이 좋았다.

15
앨리스

나는 숨이 턱까지 차서 문 앞에 다다랐다. 그날 아침은 은행에서 보냈다. 탕헤르를 영원히 떠나기 전에 내가 존과 함께 쓰고 있는 계좌에 남아 있는 돈을 전부 인출했다. 처음엔 존이 얼마나 많은 돈을 찾아 썼는지 확인하고 경악했다. 모드 고모가 매달 송금해 준 돈으로 그가 과연 무얼 했을지 생각하니 혼란스러웠고 흠칫 놀라기도 했다. 먼저 사빈을 떠올렸고, 그녀가 나의 부모님이 남긴 신탁의 또다른 수혜자였는지 궁금했다. 그런 생각을 하자 불쾌했지만 곧 나는 계단에서 구르기 전 그녀의 얼굴—루시가 했던 이야기—을 떠올렸고, 너무 어리고 겁에 질렸던 그 모습에, 그녀가 얼마를 받았건 받지 않았건 더이상 신경쓰이지 않았다.

나는 자물쇠에 열쇠를 넣고 빠르게 돌렸다. 모드 고모가 도착하기 전에 아파트를 치워놓고 싶었다. 바로 전날 고모의 전보를 받았고, 내가 항구로 마중을 나가겠다고 했지만 고모는 단호히 거부했다. 번거롭게 그럴 필요 없다고, 택시를 타고 갈 테니 아파트에서 만나자고 했다.

나는 단지 루시가 외출했기를 바랄 뿐이었다.

지난 며칠 동안 우리에겐 일종의 패턴이 있었다. 루시는 아침 일찍 일어나 오후 내내 사라졌다가, 내가 방문을 잠그고 방에 틀어박힌 뒤에야 돌아왔다. 처음에는 그녀가 예전처럼 나를 곁에 두려 하지 않고 오히려 피하면서 나와 떨어져 하루를 보내고 싶어하는 것을 경계해야 하는지, 조심해야 하는지 알 수 없었다. 너무 이상하고 루시답지 않았지만, 나는 모드 고모의 도착과 그뒤로 이어질 탕헤르 탈출을 준비하기 위해 청소하고 짐을 꾸리면서 시간을 보내는 편이 낫겠다고 생각했다. 루시 메이슨을 더이상, 다시는, 신경 쓸 필요가 없게 될 그 순간을 위해.

현관으로 들어서다가 나는 우뚝 멈춰 섰다. 거실에서 목소리들이 들렸다. 웃음소리 그리고 낮은 목소리로 빠르게 이어지는 한두 마디. 모드 고모의 목소리였다. 서둘러 거실로 들어서는데 가슴이 철렁했다. 루시는 대체 어떻게 알았을까. 무슨 짓을 했고, 또 무슨 말로 모드 고모를 저렇게 웃게 한 걸까. 고모를 알고 지낸 그 긴 세월 동안 나는 한 번도 그런 웃음소리를 들은 기억이 없었다.

두 사람은 마치 그것이 세상에서 가장 당연한 일이라는 듯 소파에 나란히 앉아 있었고 앞에는 차와 비스킷이 놓여 있었다.

"어떻게 된 거예요?" 내가 물었다.

모드 고모가 놀라며 고개를 들었다. "앨리스, 왔구나." 고모가 일어서서 내게 다가와 짧고 형식적인 포옹을 했다. "좀 일찍 왔단다. 소피가 문을 열어주더구나." 고모가 내 표정을 보고 얼굴을 찌푸렸다. 나는 고모가 이곳에 루시와 함께 있다는 것과 그 단순한 사실을 둘러싼 온갖 함의들을 생각하며 두려움에 휩싸인 채 얼어붙어 있었다. "앨리스, 무슨 일이야? 안색이 창백하네." 고모가 내 쪽으로 다가오며 말했다. "혹시 경찰한테 소식을 들은 거야?"

나는 소파 가장자리에 걸터앉은 루시를 보았다. 그녀는 이곳에 처음 도착할 때 입고 있었던 벨트 달린 검은 원피스 차림이었다. 나는 그제야 그것이 그녀의 위장한 모습이라는 걸 깨달았다. "얘는 소피 터너가 아니에요." 고모의 질문을 무시하며 내가 말했다.

고모가 얼굴을 찌푸렸다. "그게 대체 무슨 소리니?" 고모가 루시 쪽으로 돌아섰다. "넌 이게 무슨 소린지 알고 있니?"

루시의 얼굴이 수심으로 축 늘어졌다. "아마 이 상황에 스트레스를 받아서 그런 것 같아요. 전화로 말씀드렸다시피, 존이 실종된 이후 앨리스는 제정신이 아니에요."

"거짓말이에요." 내가 쏘아붙였고 모드 고모가 놀라서 나를 돌아보았다. "루시가 하는 말은 다 거짓말이에요. 항상 그랬어요."

"앨리스," 고모가 나지막이 말했다. "넌 지금 혼란스러운 거란다, 아가. 예전에 톰에게 일어난 일과 존에게 일어난 일을 혼동하는 거야."

"아뇨, 아니에요, 그렇지 않아요." 내가 고개를 저으며 말했다.

"그런 거야, 아가." 고모가 양손을 목에 가까이 대고 말했다. 나와 똑같은 걱정의 몸짓. 그것은 우리가 공통적으로 지니고 있는 단 한 가지 특징, 우리에게 같은 피가 흐르고 있다는 단 하나의 가시적인 증거였다. "며칠 전에 네가 소피랑 같이 있다고 네 입으로 말했잖아. 기억 안 나니?"

그 순간 나는 내가 한 거짓말에서 벗어날 출구를 찾지 못해 고개를 저었다. 그리고 곧 고모가 앞서 했던 말을 떠올렸다. "경찰한테 무슨 소식을 들었냐는 거죠?"

모드 고모가 흠칫했고 얼굴에 혼란이 드리웠다. "네가 그렇게 심란해 보이는 이유가 그거라고 생각했지. 네가 지금 경찰서에서 오는 길인 줄 알았어."

"무슨 일인데요?" 내가 물었다.

루시가 일어섰다. "앨리스, 아까 경찰이 다녀갔어. 고모님께는 무슨 일 때문이었는지 말씀드렸는데…… 낚시꾼들이 부둣가에서 그 사람을, 그러니까 존을 찾았대." 그녀가 말을 멈췄고 수심이 가득한 표정을 지었다. "경찰이 널 찾고 있어."

"나를?" 내가 물었다.

"그래, 앨리스," 고모가 말했다. "신원을 확인해야 한대."

그렇다면 내가 옳았다. 톰이 죽었던 것처럼 존도 죽었다.

충격에 휩싸인 고모의 표정과 놀라면서도 재미있어하는 루시의 표정을 무시하며, 나는 짧은 몇 걸음으로 루시에게 다가섰다.

그러고는 루시의 핸드백을 움켜쥐고 홱 낚아챘다.

"앨리스," 고모가 소리쳤다. "지금 뭐하는 거니?"

나는 고모의 말을 무시한 채 핸드백 안에 있어야 할 물건을 찾았다. 천하의 루시라 해도 이 상황까지 예측할 수는 없었을 것이다. "여권이요." 내가 말했다. 마침내 나의 손에 작은 수첩이 잡혔다. 내가 핸드백을 옆으로 던지자 루시가 움찔하는 것이 보였다. 핸드백이 바닥에 부딪혀 쏟아질 때 은색 콤팩트가 거꾸로 떨어지면서 파우더가 부서져 바닥 타일을 뒤덮었다. "여기요." 고모에게 여권을 내밀며 내가 말했다. 베닝턴에서의 팔찌와 사진 사건이 떠올라 잠깐이지만 손이 떨렸다. 나는 땀에 젖은 이마에 집요하게 달라붙는 머리카락을 뒤로 넘겼다. 상관없는 일이라고, 나 스스로를 타일렀다. 다른 시기의 다른 상황이었다. 그때는 루시가 계획을 세웠고, 모든 단계를 치밀하게 설계했고, 나는 그녀가 쳐놓은 덫에 걸릴 수밖에 없는 상황이었다. 지금, 루시는 오직 본능에 따라 움직이고 있었다. 이것은 내가 뜻을 굽히지 않은 것에 대한 그녀의 반응이었다. 나의 거절은 예기치 못한 것이었고 그녀의 허를 찔렀다. 그녀의 표정에서 나는 분명히 보았다.

"열어보세요." 내가 고모에게 명령하듯 말했다. "열어보시면 거짓말이라는 걸 알 거예요. 저애가 소피 터너가 아니라는 걸, 전혀 다른 사람이란 걸 아실 거라고요."

"그럼 이애가 누구란 거지?" 고모가 물었다.

"이미 말씀드렸잖아요." 내가 애원하는 목소리로 말했다. "루시 메이슨이라고."

고모가 짜증스러운 탄식을 내뱉었다. "오, 앨리스." 그리고 고개를 저었다. "어쩌다가 우리가 이 상황으로 돌아오게 된 건지 모르겠구나."

"아뇨," 나는 들으려 하지 않았다. "고모도 알게 될 거예요. 이번엔 제가 옳다는 걸. 어서 열어보세요."

모드 고모는 마치 열어보기가 두렵다는 듯, 만지는 것조차 두렵다는 듯 여권을 손가락 사이에 끼고 한숨을 쉬었다. 그러나 나는 소리치고 싶었다, 도대체 왜, 조카가 옳다는 걸 증명할 수 있는데도, 혈육이 아니라 곁에 앉아 있는 낯선 여자에게 의심과 의혹을 제기할 수 있는데 왜 그 여권을 펼쳐보지 않는 거냐고.

"고모, 제발요." 내가 속삭였다. 그 순간 나로 하여금 조카를 선택해달라고 애원하게 만드는 고모가 미웠다.

"알았다." 고모가 여권을 펼치며 한숨을 쉬었다.

나는 기다렸다. 우리 앞 소파에 앉아 있는, 언뜻 순진해 보이는 여자애에게 속았다는 것을 깨닫는 순간 고모의 얼굴에 나타날 혼란의 찌푸림, 피할 수 없는 분노의 표정을.

그리고 마침내, 그 표정이 보였다. 나는 안도의 미소를 지었다. 고모의 얼굴을 뒤덮은 찌푸림, 깊어지는 미간의 주름. 고모가 루시에게 수첩을 건넸다. 아마도 해명을 원하고 있으리라. 루시의 변명을 듣기 위해 내 몸이 그들 쪽으로 기울어졌다. 그녀가 할 수 있는 말은 아무것도 없었고, 이번에는 그 어떤 것도 그녀를 구해줄 수 없었다.

그러나 루시는 여권을 원피스 주머니에 넣었고 모드는 소파에 기대앉았다.

"어떻게 된 거예요?" 내가 물었다. "얘가 무슨 짓을 한 거예요?"

모드 고모가 실망스럽다는 듯 고개를 저었다. "소피는 아무 짓도 하지 않았단다, 앨리스."

나는 숨을 쉬려 애썼다. "왜 아직도 저애를 그렇게 불러요?" 나는 상황을 이해하려 애쓰며 고개를 저었다. "방금 여권을 보셨잖아요. 방금 확인하셨잖아요."

고모가 고개를 끄덕였다. "그래 앨리스, 확인했어."

나는 고모와 루시를 번갈아 보았다. 그 둘이, 그 한 쌍이, 냉혹하고 차가운 표정으로 나를 쳐다보며 앉아 있었다. 그러고 보니 두 사람은 너무도 닮았다. 강인하지만 때로는 멀게 느껴지고, 냉혹하고 좀처럼 굽힐 줄 모르는 두 사람. 왜 전에는 한 번도 그런 생각을 하지 못했을까. 그리고 그 순간, 어떤 생각이 나의 뇌리를 스쳤다. 말도 안 되는 생각이었지만, 절망과 광기에서 나온 생각이었지만, 그럼에도 두 사람이 함께 앉아 있는 모습을 바라보면서, 나는 두 사람이 공모했을 가능성을 생각했다. 만약 이것이, 이 모든 것이, 단지 나를 미치게 만들 목적이라면, 나를 영원히 떼어놓기 위한 것이라면. 내가 영원히 다른 사람과 함께하지 못하고 감금된다면, 아무도 나를 건드리지 못하게 된다면, 루시는 기뻐할 것이다. 그리고 모드 고모는? 나는 얼마 후 나의 것이 될 신탁을 생각했고 내 후견인으로서의 그녀의 역할을 생각했다. 미친 생각이고 황당한 생각이었지만, 그래도 그 모든 정황이 말이 된다는 생각을 하지 않을 수 없었다.

"저한테 왜 이러시는 거예요?" 내가 속삭였다. 나의 목소리는 차갑고 냉정했다.

"뭘 말이야?" 모드 고모가 물었다.

"이거요." 차분하고 침착한 목소리를 내려 애쓰며 내가 말했다. "여권에 뭐라고 적혀 있어요?" 내가 그 여권을 직접 보지 않았고 사진 옆에 뭐라고 적혀 있는지 확인하지 않았다는 사실을 떠올리며 물었다.

모드 고모가 냉정하게 나를 관찰했다. "뭐라고 적혀 있을 것 같니, 앨리스?"

고모가 나를 바라보는 방식—마치 우리가 더는 혈육이 아니라는 듯 무심했다—때문이었는지, 아니면 그 상황에서 나에겐 협박으로밖에 느껴지지 않았던 낮고 도전적인 목소리 때문이었는지는 알 수 없었다. 어쩌면 내가 항상 신뢰했던 사람이, 내게 남은 유일한 진짜 가족이 나를 버렸고 나를 배신했다는 단순한 깨달음 때문이었을지도 모른다. 그런 깨달음이 나를 질식시킬 것 같아서, 나는 괴이하고 실성한 듯한 비명을 지르며 또다시 루시에게, 이번에는 주머니에 든 여권을 향해 달려들었다.

알아야만 한다고 되뇌며 루시가 자신을 방어하려고 들어올린 두 손을 뿌리쳤고, 내 손톱이 그녀의 살갗을 파고들었다. 나는 알아야 했다. 여권에 뭐라고 적혀 있는지, 단순히 고모가 나를 믿지 않는 것인지, 아니면 고모가 루시와 함께 이 일을 꾸민 것인지, 고모가 생각하고 있는 것이 나의 안위인지 혹은 나의 재산인지. 나는 루시를 밀치고 잡아당겼다. 피가, 그녀의 피가 손톱 밑에 느껴질 때까지 할퀴었다. 입안에서 구리맛이 날 때까지, 두 억센 팔이 나를 끌어낼 때까지, 내가 할 수 있는 짓을 전부 다 했다.

"앨리스." 고모가 핏기 없는 얼굴로 울고 있었다.

나는 멈추었다. 고개를 들어 고모의 얼굴을 보았고, 그 얼굴에 넘쳐흐르는 두려움을 보았다. 고모의 머리카락이 풀어져 몇 가닥이 얼굴로 흘러내렸다. 루시를 돌아보니 그녀도 똑같이 엉망이었다. 핀으로 올렸던 머리카락은 어깨로 흘러내리고 원피스는 비뚤어지고 스타킹은 찢어지고, 내 폭력의 증거를 온몸에 드러낸 채 서 있었다. 입에서 사과의 말이 나오려 했지만, 손에 들고 있는 여권의 무게를 느끼며 멈추었다. 나는 알아야 했다. 그래서 손가락 사이에 쥐고 있는 여권에 적힌 글씨를 서둘러 흘긋 보았다. 소피 터너. 나는 숨을 쉬려 안간힘을 썼다.

가슴이 철렁 내려앉으며 깨달았다. 그녀는 여전히 한 발 앞서 있었다.

16
루시

모드 시플리로 하여금 자기 조카가 미쳐가고 있다고 생각하게 만들기는 너무도 쉬웠다.

처음 전화 통화를 한 뒤로 그녀가 탕헤르에 도착할 때까지 우리는 몇 차례 더 통화를 했고, 나는 모드에게 조카의 움직임과 정신 상태에 대해 보고했다. 나는 앨리스가 했던 말들을 기억해냈다. 부모님의 죽음 이후 고모가 자신을 시설에 넣고 싶어해서 두려웠다는 얘기를. 고모가 자신이 미쳤다고 생각한다는 두려움, 어쩌면 고모의 말이 맞을 수도 있다는 두려움에 대해서도.

그날 앨리스의 행동은 오히려 도움이 되었다. 나를 이길 수 있다고 확신하며 너무도 자신만만한 모습이 보기 안쓰러울 정도였다. 우리 앞에 서서, 눈이 휘둥그레진 채 멍한 표정으로, 마치 그렇게 하면 거기 인쇄된 것들이 달라질 수 있다는 듯, 여권의 같은 페이지를 앞뒤로 넘겨보고 또 넘겨볼 때, 나는 달려가 앨리스를 품에 안고 그녀가 저지른 모든 행동을 용서해주고 싶은 충동을 살짝 느꼈다. 그러나 고개를 돌리고 그런 본능을 억눌렀다.

내가 이미 여권을 바꾸어놓았다는 사실을 앨리스가 알 리 없었다. 유세프가 나를 협박하려 했던 날, 그의 화실에 앉아 그 생각을 떠올렸다. 그때 나는 움직이기가 두려워서, 행여 나의 나약함이 드러날까봐 가만히 앉아 있었다. 내 머리가 해결책을 찾아낸 뒤에야 미소를 짓고 움직이는 것을 스스로에게 허락했다. 그러고는 그의 반응에 대한 마음의 준비를 하면서 말했다. "돈을 지불하기 전에, 당신이 한 가지 해줄 일이 있어요."

유세프의 눈이 가늘어졌다. 나의 대범한 요구에 놀란 것이 분명했다.

나는 그를 똑바로 쳐다보았다. "새 여권이 필요해요."

"내가 왜 그래야 하죠?" 그가 웃었다. "당신이 나한테 돈을 안 주고 여길 뜰 수도 있는데?"

"당신은 돈을 받을 거예요. 그것도 선불로. 하지만 내가 새 여권 서류를 발급받지 못하면, 당신이 입다물고 있도록 돈을 줘봐야 무슨 소용이 있죠? 어차피 경찰이 조만간 알아낼 텐데. 내가 탕헤르에서 벗어날 수 있는 유일한 길은 새 여권뿐이에요. 그러지 못할 바에야 남은 시간 동안 마음껏 즐기는 데 돈을 써버리는 편이 낫죠." 나는 미소를 지었지만, 입술이 치아 위에서 떨리는 것을 느낄 수 있었다.

유세프가 잠시 가만히 내 말을 생각해보았다. 짐작했던 대로, 그가 나의 제안을 찬찬히 고민해보는 것을 알 수 있었다. 사실 내가 탕헤르를 떠나건 말건, 돈만 받을 수 있다면 그가 무슨 상관이겠는가? 물론 그는 좀더 장기적인 갈취를 선호할 것이고, 긴 시간에 걸쳐 그에게 돈을 벌어줄 건수를 원할 것이다. 그러나 뭐라도 얻는 것과 아무것도 얻지 못하는 것 사이에서 선택해야 한다면 어떨까. 그는 영리한 사람이었고, 결국 그가 무엇을 선택하게 될지 나는 알고 있었다.

"좋아요." 그가 수긍했다. "도와줄 사람을 알아요." 그러고는 붓으로 나를 가리켰다. "하지만 우선 보상을 받아야겠어요."

나는 고개를 끄덕였다. "좋아요."

그의 미간이 가늘어졌다. "속임수를 쓰면 우리 거래는 끝이에요."

"알겠어요." 내가 한 손을 그에게로 뻗었다. "악수할까요?"

그러자 그가 웃었고, 그것은 무력한 미국 여자에 대한 승리를 만끽하는, 날카롭고 즐거움에 찬 소리였다. 나는 다음 계획을 실행하기 전에 그에게 그런 만족감을 주고 싶었다. 내 손에 닿는 그의 손이 거칠게 느껴졌지만, 나는 그 손을 잡고 흔들었다. 마치 내가 졌다는 듯이, 그가 이겼다는 듯이, 그것이 나의 패배를 인정하는 행위라는 듯이.

나중에 거리로 나와서 나는 내가 한때나마 그의 가치를 의심했었다는 사실에 놀라워하며 웃었다.

나는 모드가 이제 그만 쉬라고 조카를 설득하고, 어린아이에게 하듯 침대에 눕힌 뒤, 잠시 후 지치고 근심어린 표정으로 돌아올 때까지 기다렸다.

"네 말이 맞는구나." 그녀의 몸이 소파의 천 속에 깊이 잠겼다. 나는 그녀의 곁에 앉았다. "전화해줘서 고맙다, 소피. 그동안 어떤 일이 있었는지 알려줘서 고마워. 앨리스에겐 항상…… 이런 일들이 일어나는구나." 그녀가 손을 뻗어 내 손 위에 얹었다.

모드의 손은 건조하고 차가웠다. 마치 사막의 열기에도 면역이 있는 것처럼, 자연환경조차 그녀를 압도할 수 없는 것처럼. 그녀는 아주 완고한 사람이었다. 흔들림이 없었다. 앨리스 같은 애나 돌보고 있기에는 아까운 사람이라는 생각을 하지 않을 수 없었다. 만약 운명이 내 앞에 있는 여자를 나에게 주었다면 내가 어떤 사람이 되었을지, 무엇을 성취했을지 상상해보았다.

나는 얼른 그 생각을 떨쳐버렸다.

"별말씀을요."

"솔직히 고백하자면, 난 존이 자기 친구들하고 어디 놀러간 것이길 바랐어. 한심한 모험 여행 같은 거 말이야. 존이 어떤지 알기 때문에, 그랬다 해도 전혀 놀랍지 않았을 거다." 그녀가 나에게 시선을 고정했다. "존이 실종되었을 때 넌 여기 있었겠구나. 무슨 일이 있었니?"

나는 대답하기 전에 할말을 찬찬히 생각해보며, 목적에 부합하지 않는 정보들을 골라냈다. "잘 모르겠어요. 처음엔 둘이 좋아 보였는데, 어느 순간 뭔가 잘못되었다는 느낌이 들었어요. 그러다가 어느 날 앨리스가 저에게, 다른 여자 얘기를 하더라고요." 나는 고개를 저었다. "제가 존을 마지막으로 보았을 때 두 사람은 아주 심하게 싸웠어요. 그다음엔 무슨 일이 있었는지 모르겠어요. 정말 모르겠어요." 나는 중얼거리면서, 그 마지막 말에 온갖 감정을 쏟아부었다. 그 말이 불길하게 귓가에 맴돌도록, 그 말의 여운이 좀처럼 사라지지 않는 것을 우리 둘 다 느낄 수 있도록.

모드가 고개를 끄덕였다. "지금 문제는, 이제 어떤 조처를 취해야 하느냐는 거야."

나는 짐짓 놀란 표정을 지었다. "앨리스 말씀하시는 건가요?"

"응." 그녀가 한숨을 쉬었다. "솔직히, 앨리스에 관해서는 늘 어떻게 해야 할지, 뭐가 옳은 일인지 잘 모르겠어. 그런 관점에서 보면 앨리스는 자기 아버지를 닮았어. 난 그에게도 항상 무슨 말을 해야 할지 몰랐거든." 얼굴에 그늘을 드리운 채 그녀가 고개를 저었다. "어떻게 보면 이 모든 게 앨리스한테는 너무 벅찬 일이지. 한 여자애에게 그런 불행이 그렇게 연거푸 일어나다니. 처음엔 부모, 그다음엔 버몬트의 그 남자애, 그리고 여기서도." 그녀가 고개를 저었다. "예전 룸메이트와의 이상한 일들도 그렇고. 다 이해가 안 가. 앨리스가 아주 단호하더라고. 그 룸메이트가 베닝턴의 사고와 뭔가 관련이 있다고 주장했지. 경찰관들에게 앨리스가 제정신이 아니라고, 그저 그날의 사고와 룸메이트의 실종을 전부 혼동하고 있는 것뿐이라고 설득하느라 아주 애를 먹었다니까."

그녀의 말—나에 대한 앨리스의 비난—이 뱃속 깊은 곳에서 묵직하게 느껴졌다. "경찰이 그런 가능성을 앨리스에게 제시했나요?" 내가 물었다. 모드의 혼란스러운 표정을 보는 순간 나는 되돌아갈 수 없어서 계속 밀어붙였다. "그 룸메이트 얘기요. 필요하다면 경찰에서 좀더 강경하게 나갈 수도 있었을 텐데요."

모드가 고개를 저었다. "아니, 그건 순전히 앨리스 생각이었어. 그런데 그걸 왜 묻는 거니?"

나는 눈을 깜빡였다. 갑자기 시야가 뿌옇게 흐려졌고 침침했다. 아니, 안 된다고, 나는 고개를 저었다. 귓가의 퍼덕임은 강하고 집요했다. 좀처럼 수그러들 줄을 몰랐다. "그냥 너무 황당한 발상 같아서요." 내가 얼른 말했다. "너무 믿기 힘든 일이잖아요. 그건 거의……" 나는 말을 멈추고 눈을 내리깔았다. "이런 질문 죄송하지만, 앨리스가 시설에 수용되었던 적이 있나요?"

모드의 눈이 즉각 내 눈을 향했다. 차갑고 망설이는 눈빛이었다. "아니. 왜 물어보는 거니?"

"앨리스는 너무…… 심약해 보여요. 고모님도 예전에 일어난 사건들에 대해 말씀하셨잖아요." 내가 살짝 몸을 움직였다. "우리가 항상 최고의 친구였던 건 아니지만, 앨리스는 늘 좀 연약해 보였거든요." 내가 하는 말이 진실이 되도록 그녀를 처음 만난 날을 떠올렸다. "전 앨리스가, 앨리스 때문에 걱정이 돼요." 내가 말을 멈췄다. "제 숙모가 건강이 아주 안 좋았는데, 종종…… 사실이 아닌 얘기를 하곤 하셨어요. 누가 집에 들어와서 램프를 건드렸다거나 가구를 옮겨놓았다거나. 결국 부모님은 숙모를 돌봐주는 사람들이 있는 곳으로 보내는 게 최선이라고 결정하셨죠."

모드가 나를 바라보았고 그녀의 날카로운 눈은 아무것도 놓치지 않았다. "나도 그런 생각을 해보긴 했어." 침묵을 깨며 그녀가 말했다. "앨리스의 부모가 죽은 뒤에. 앨리스는 회복 불능 상태였어. 정상적인 슬픔을 넘어선 수준이었지." 그녀가 다급하게 나를 쳐다보았고, 나는 그녀의 다음 말이 중요하다는 것을 알 수 있었다. "앨리스는 자기 부모가 죽은 게 자기 탓이라고 믿었어."

나는 잠자코 앉아 그 개념이 우리 사이의 빛 속에서 자라나게 했다. 존재만으로 많은 죽음을 유발하는 불쌍한 고아 소녀. 그리고 그 순간, 비록 이유는 알 수 없었지만, 무언가가 결정된 것 같은 기분이 들었다. 모드는 그 침묵의 시간을 질문하고 고려하고 결정하는 데 사용한 것 같았다. 그녀가 나를 돌아보았다. 그녀는 더이상 혼란에 빠진 상심한 여자가 아니었다. 목표가 있고 계획이 있는 여자였다.

모드의 눈이 가늘어졌다. "너희 가족이 겪은 불미스러운 일에 대해서는 유감이구나. 실은 아까 그와 관련한 얘기를 하려고 했어."

"그래요?" 내가 눈썹을 치켜세우며 물었다. 그녀가 어떤 결론에 도달했을지 궁금했고 소피 터너가 그 속에서 어떤 역할을 맡게 될지도 궁금했다.

"그래." 모드가 잠시 말을 멈추었다. "내가 생각해둔 게 있는데, 도움이 필요한 일이야." 내가 반대하지 않자 그녀가 말을 이었다. "너만 괜찮다면 네가 스페인에서 날 위해 해주었으면 하는 일이 있어. 물론 네가 투자한 시간에 대한 보상은 받게 될 거야. 앨리스는 신탁재산에서 매달 얼마간의 돈을 받고 있는데, 네가 스페인에 가 있는 동안은 그 돈을 그쪽으로 보내주마. 은행이 다 알아서 해줄 테니까 걱정할 건 아무것도 없어."

"네, 알겠어요." 비록 알지 못했지만, 아직은 알지 못했지만, 나는 그렇게 대답했다. 머지않아 알게 될 테니까. 모드는 나를 전적으로 신뢰하고 있었고, 자기 앞에 앉아 있는 여자가, 소피 터너가 선량하고 품위 있으며 도울 가치가 있다고 생각하고 있었다. 내가 이미 계획을 세워둔 것은 사실이었으나 나는 모드가 어떤 생각을 하고 있는지 궁금했고, 그 계획이 장기적으로 나에게 더 큰 이득이 될지 알고 싶었다.

나는 위험 요소를 따져보았고, 가능성을 고려해보았고, 하숙집의 초라하고 쓸쓸한 방을 떠올렸고, 얼른 동의했다.

모드는 알았다는 듯 고개를 끄덕였다. "오늘 앨리스의 행동을 보니 어떤 조처를 취해야 할지 확실히 알겠더구나." 그녀가 창문 쪽으로 시선을 돌렸다. "이미 오래전에 그렇게 했어야 했어."

17
앨리스

다음날 아침 일찍 경찰이 찾아왔다.

당연히 경찰이 올 거라고 예상했고, 그들이 문을 두드리는 시점과 나 혼자 조용히 남겨져 있는 시점 사이의 시간—끔찍한 일이 일어나지 않은 척, 그 모든 게 꿈인 척할 수 있는 시간—이 점점 줄어들고 있다는 것을 알고 있었다.

존은 죽었다. 전날 그들이—모드 고모와 루시가—말해주었지만, 여전히 현실로 와닿지 않았고, 번복되거나 바뀌거나 변경될 수 없는, 견고하고도 흔들림 없는 엄연한 사실로 머릿속에 각인되지도 않았다. 고모는 마치 내가 어린아이라는 듯, 환자라는 듯, 떨쳐낼 수 없는 골칫거리라는 듯 나를 침대에 눕혔고, 그 말이 내 머릿속에 맴돌았다. 죽었다. 너무나 익숙했지만 한편으로는 낯선 말이었다. 그럴 리 없다고, 고모가 이불을 덮어줄 때 나는 말하고 싶었다. 존이 사라졌을 리 없다고, 존이 죽었을 리 없다고. 고모에게 설명하고 싶었다. 버몬트의 눈보라치던 추운 밤 이후 시달려왔던 우울로부터, 어둠으로부터 나를 일으켜주고 끌어내줄 사람이 바로 존이라고. 어쩌면 그 이전의 일들로부터도 끌어내줄 사람이라고. 그가 사라졌을 리가, 죽었을 리가 없었다.

나의 마음이 그 사실을 도무지 받아들이려 하지 않았다. 심지어 그 이후, 경찰이 나에게 부검실의 거칠고 적나라한 불빛 아래에서 그의 시신을 보여주었을 때에도. 비틀거리며 뒤로 물러서는 내 얼굴에서 핏기가 가셨고, 곁에서 모드 고모와 경찰관의 눈이 나의 모든 움직임을, 나의 모든 호흡을 평가하는 것 같은 기분이 들었다. 그들이—그들 모두가—눈물과 발작을 기대하며 나를 관찰하고 있었다. 나로서는 해낼 기력이 없는 공연이었다.

나는 돌처럼 굳은 표정으로 돌아섰다.

"마담?"

내가 고개를 들고 두 경찰관을 바라보았다. 그들은 망설이는 듯한, 미심쩍은 듯한 표정이었다. 마치 나를 두려워하는 것 같다고, 나는 생각했다. 그 순간 웃고 싶었다. 대체 나의 무엇이 두려운 걸까? 알고 싶었다. 그들에게 물어봐야겠다고 생각했지만, 그 순간의 무게가, 내가 느껴야만 하는 감정들이, 내가 보여주기를 기대하는 감정들이 전부 너무 버거웠다. 나는 경찰관들에게 고개를 끄덕이고는—마치 인사처럼 짧고 작은 동작이었다—뒤로 물러서서 문 쪽으로 향했다. 카페 하파에서, 내 삶의 수많은 순간들 속에서 느꼈던 바로 그 기분이었다. 내 안에서 두려움이 솟아오르기 시작했고, 갇힌 듯한 기분이 금방이라도 나를 압도할 것 같았고, 사방이 막힌 그곳에서 벗어나는 것보다 더 절박한 일은 없었다. 그런 상황인데도, 나는 멈춰 서서 왼쪽과 오른쪽을 보며 내가 뭔가 놓친 게 있다고, 뭔가 잊은 게 있다고 생각했다.

그것이 루시임을 문득 깨달았다.

나는 루시를 찾고 있었다.

이번에는 소리 내어 웃었다.

"마담." 경찰관이 다시 입을 열었고, 모드 고모의 날카로운 시선이 느껴졌지만 여전히 나는 대답할 수 없었다. 그저 돌아서서 부검실 밖으로, 수많은 문들이 있는 복도로 나설 수밖에 없었다. 복도에 있는 그 많은 문들 중 어떤 것도 내가 찾는 출구는 아닌 것 같았다. 차례로 문을 밀어보았지만 전부 꿈쩍도 하지 않았다. 출구는 없었다. 나는 이 미로 같은 복도 속에 꼼짝없이 갇힌 것이었다.

웬 남자가 내 앞에 나타났다. "마담 매캘리스터?"

지금껏 누구도 남편의 성으로 나를 부른 적이 없었다. 얼마나 이상한 일인가. 그의 시신에서 불과 몇 발자국 떨어진 곳에서 처음으로 그 호칭을 듣다니. "시플리," 내가 속삭였다. 목소리가 떨리고 있었다. "제 성은 시플리예요."

남자가 얼굴을 찌푸렸다. "좋습니다, 마담 시플리." 그가 잠시 말을 멈추고 옆에 있는 문을 가리켰다. "따라오세요."

내 앞에 서 있는 남자는 체구가 크지 않았고 그의 눈은 내 눈보다 조금 위에 있을 뿐이었지만, 그에게는 특별한 무언가가, 나를 멈칫하게 하는 무언가가, 두려움에 심장이 고동치게 하는 무언가가 있었다. 그는 나와 얘기를 나누었던 두 경찰관보다 지위가 높은 것이 분명했고 나는 그가 무얼 원하는지 궁금했다. 그 뒤에 무엇이 숨겨져 있을지 두려워하며 그가 가리킨 문 쪽을 바라보았다. 내 마음 깊은 어딘가에는, 당신이 누구이고 나에게 원하는 게 무엇이냐고 물어야 한다는 의식이 어렴풋이 있었지만, 기껏 내가 물어본 질문은 이것이었다. "어디로 가는 건가요?"

"제 사무실로요." 더이상의 설명 없이 그가 간결하게 대답했다.

어깨에 누군가의 손이 느껴져서 돌아보니 모드 고모였다. 고모의 입술 바로 위에 땀이 맺혀 옅게 빛나고 있었다. "들었지, 앨리스," 고모가 짤막하게 말했다. "들어가자."

고모가 함께 들어갈 생각임을 깨닫고 남자가 실망한 듯 얼굴을 찌푸렸다.

사무실은 황량했고, 얇게 칠한 노란색 페인트가 가장자리부터 벗어지기 시작한 벽에는 거의 아무것도 걸려 있지 않았다. 나는 책상 앞에 있는 두 개의 의자 중 한 곳에 앉았고, 모드 고모가 나머지 의자에 앉았다.

우리가 자리에 앉자, 경찰관이 책상 뒤의 자기 의자에 앉아 몸을 앞으로 숙였다. "마담 시플리," 그가 입을 열었다. "유세프라는 이름의 남자가 왜 당신 남편의 물건을 갖고 있는지 혹시 아십니까?"

나는 그의 질문에 놀라 고개를 저었다. 내가 뭘 기대했는지는 몰라도 적어도 그런 질문을 기대하지는 않았다. 그러나 그때 무언가가 바늘처럼 나를 찔렀고, 그 순간 나는 루시가 전날 밤에 경찰에게 유세프에 대해 했던 말을 떠올렸다.

"아뇨," 내가 속삭였다. 나의 목소리는 낮고 거칠었다. "전혀 모르겠어요."

그가 나를 바라보며 얼굴을 찌푸렸다. "괜찮으신가요, 마담?"

그에게 말할까도 생각해보았다. 루시에 대해, 루시가 계획적으로 경찰에게 유세프 이야기를 했다는 것에 대해, 그들이 무슨 얘기를 하고 있는지는 몰라도 루시의 소행일 가능성이 높다는 것에 대해. 그에게 이 일을 포함하여 그동안 일어났던 모든 일을 말할까도 생각해보았다. 그러나 나를 바라보는 그의 눈빛과 날카롭고 좁다란 얼굴을 본 순간, 그 말들은 내 입술 위에서 죽어버렸다.

"물 한잔 마실 수 있을까요?" 내가 물었다.

나의 요청에 짜증이 난 듯한 표정이었지만 그는 문밖에 있던 남자에게 지시를 내렸다. 잠시 침묵이 흘렀고 마침내 미지근한 물 한 잔이 내 앞에 놓였다.

"고맙습니다." 나는 웅얼거렸다. 유리잔을 다시 책상 위에 내려놓았고, 잔 주위에 작은 웅덩이가 만들어졌다가 나무로 스며드는 것을 보았다. 모드 고모의 시선이 느껴졌지만 눈을 마주칠 자신이 없었다, 아직은.

"죄송하지만, 성함이 어떻게 되신다고요?" 내가 시간을 끌며 경찰에게 물었다.

그는 의자에 기대며 한숨을 쉬었다. "죄송합니다, 마담. 전 아유브 경관입니다." 그가 말했다. "자, 그자를 아시죠?"

나는 인상을 쓰며 관자놀이에 손을 대었다. 이곳이 꽉 막히고 답답하다고 느끼는 건 나뿐인 걸까. "누구요?" 그가 정확히 누구를 말하는 건지 몰라 내가 물었다.

"유세프." 그가 대답했다. 목소리가 퉁명스러웠고, 그 이름을 지나치게 또박또박 발음했다. "조제프로 알고 계실 수도 있겠군요. 그자가 남편을 죽게 만든 장본인입니다, 마담."

"아뇨." 너무 황당한 생각이라 나는 고개를 저었다. 아니, 경찰은 완전히 헛다리를 짚고 있었다. 옆에서 모드 고모가 몸을 움직이는 것이 느껴졌다.

"아니라고요?" 아유브가 눈썹을 치켜세웠다. "그 사람을 모르신다는 겁니까, 아니면 그 사람이 범인이 아니라는 겁니까?"

"아뇨, 전 그 사람을 몰라요." 다른 말도 하고 싶었지만 결국은 하지 못했다.

"저희 직원들이 보고한 바에 의하면 그렇지 않다던데요." 아유브의 눈이 가늘어졌다. "그 사람과 친분이 있다고 들었습니다만."

"아뇨, 그렇지 않아요." 내가 항의했다. 어느새 아는 사람에서 친분이 있는 사람으로 둔갑했다는 사실이 걱정스러웠다. "그 사람 얘기를 듣긴 했지만, 개인적으로 아는 사이는 아니에요. 존이……" 그의 이름을 말하는 순간 목이 메어서 목소리가 나오지 않았다. "그 사람을 조심하라고 했어요."

"조심하라고 했다고요? 왜죠?" 아유브가 물었다.

나는 고개를 저었다. "모르겠어요. 경계하라는 거였겠죠. 저 혼자 있을 때 그 사람을 마주치면 조심하라는 뜻이었을 거예요."

경관은 잠시 내 말을 생각해보는 듯했다. "그럼 남편분은 그자를 만난 적이 있다는 건가요?"

나는 고개를 저었다. "아뇨." 그 순간 나는 사빈을 떠올렸고 존이 나와 별개로 구축했던 또하나의 삶을 생각했다. "잘 모르겠어요." 어느새 나는 시인하고 있었다. "그랬을 것 같진 않다는 거예요. 적어도 그런 말을 한 적은 없어요." 나는 다시 물이 담긴 잔으로 손을 뻗었다.

경관이 나를 지켜보았고, 그의 굳은 표정은 여전히 어떤 감정도

드러내지 않았다. "혼란스럽군요, 마담. 만약 한 번도 유세프를 만나신 적이 없고 남편분도 그렇다면, 왜 두 분 모두 그 사람을 두려워했죠?"

"두려워한 적은 없어요." 내가 얼른 대답했다.

"없다고요?" 그가 인상을 썼다.

"없어요." 내가 짜증을 내며 되풀이했다. "모르겠어요. 존이 저에게 유세프에 관한 이야기를 들려줬어요. 그 사람이 관광객들한테 돈을 갈취한다는 얘기요."

"그래서 당신들에게도 그런 짓을 할까봐, 돈을 갈취할까봐 두려웠다는 건가요?"

나는 다시 고개를 저었다. "아뇨, 그런 건 아니고요. 단지……"

"단지 뭡니까, 마담 시플리?"

나는 얼굴이 달아오르며 붉은 기운이 가슴까지 번져가는 것을 느꼈다. 칙칙하고 어두컴컴한 실내에서도 눈에 띌 수밖에 없을 것이다. 나는 헛기침을 했고, 다시 말을 시작하려는데 모드 고모가 몸을 움직였다. 그녀가 한 손을 경관의 책상 위에 올려놓고 몸을 앞으로 숙였다. "무슨 일로 이러시는 건지 말씀해주시겠어요?"

아유브가 고개를 비스듬히 기울였다. 고모가 끼어드는 게 불쾌한 기색이 역력했지만 숨기려고 최선을 다하고 있었다. "아무것도 아닙니다, 마담." 영 내키지 않는 듯한 미소를 지으며 마침내 그가 대답했다. "우리는 단지 이 젊은 여자분과 이분의 남편, 그리고 가해자와의 연결 고리를 찾으려는 것뿐입니다." 그가 내 쪽을 바라보았다. "그러니까 유세프를 만나신 적이 없다고요?"

나는 고개를 저었다. "말씀드렸잖아요. 만난 적 없다고."

"흥미롭군요." 그가 의자에 등을 기대었다. 무표정했던 얼굴에 미소가 번졌다. "용의자와 이야기를 나누었는데, 그자는 당신을 아주 잘 아는 것 같던데요, 마담 시플리."

그 말에 내가 얼어붙었다. "그게 무슨 말씀이시죠?"

"그자 말로는 두 사람이 아주 잘 알고, 몇 주 전 시네마리프 밖에 있는 카페에서 만났다고 하던데요."

"전 시네마리프에 간 적이 없어요." 나는 항의했지만, 그 말을 하는 순간 깨달았다. 그게 루시라는 걸. 그가 말하는 사람은 루시였다. 그녀가 이런 발상을 주입하고 덫을 설치해, 내가 여기 이 사무실까지 오게 된 것이었다. "루시." 내가 작게 내뱉었다.

아유브의 얼굴이 온통 찌푸려졌다. "뭐라고요, 마담?"

"루시라고요." 내가 다시 한번, 이번에는 조금 더 크게 말했다.

"이해가 안 가는군요." 아유브가 모드 고모 쪽을 흘긋 쳐다보았다.

나는 고모의 싸늘한 시선과 못마땅한 기색을 느꼈지만, 그것들을 제쳐두고 계속 나아갔다. 모든 것이 꼬이고 엉켜가는 상황에 더 이상 잠자코 있을 수만은 없었다. 경찰이 이 사건을 제대로 파악하고 해결하려면 내 도움이 필요했다. 고모는 아직 그 사실을 알지 못했고 알 수도 없었지만, 결국엔 알게 될 것이다.

"루시 메이슨," 목소리가 떨리긴 했지만, 내가 말했다. "저의 대학 룸메이트였어요."

여전히 남아 있는 찌푸린 표정. "그게 여기서 일어난 사건과 무슨 관련이 있습니까?"

"루시가 얼마 전에 탕헤르에 왔거든요." 내가 말을 시작했다. "전 루시가 이 일에 연관이 있다고 생각해요."

아유브가 고개를 저었다. "제가 잘 이해가 안 갑니다만. 정확히 어떤 일 말씀이시죠?"

"전부 다요." 내가 몸을 앞으로 숙이며 경관에게 말했다. "존의 죽음, 그리고 제가 유세프를 알고, 이 사건과 어떤 식으로든 연관이 있을 거라는 그 황당한 발상 말이에요."

아유브가 잠시 잠자코 있다가 미소를 지으며 말했다. "부인께서 그 점을, 그러니까 부인이 이 사건과 연관이 있을 거라는 점을 언급하시다니 흥미롭군요. 그렇습니다, 실은 유세프도 다른 사람이 범인이라고 주장하고 있거든요. 탄제린이고, 여자랍니다." 그가 말을 멈췄다. "자기 친구 마담 앨리스 시플리라고요."

"그게 무슨 뜻이죠?" 내가 따져 물었다.

"무슨 뜻이냐 하면, 유세프는 자기가 결백하다고 주장하고 있습니다." 아유브가 어깨를 으쓱했다. "그자 말이, 당신이, 마담 시플리가 자길 찾아와서, 자기 남편이 만나고 있는 여자에 대해 이것저것 캐묻더랍니다. 그러고 나서 얼마 후, 바로 그 여자가 자기 남편을 죽이는 걸 봤다고 하고요. 당신 남편 말입니다, 마담 시플리."

내 옆에서 코웃음치는 소리가 들리더니 고모가 물었다. "그래서 지금 그 사람 말을 믿는다는 건가요?"

아유브는 고모의 질문을 무시했다. "우리는 유세프에 대해 알고 있습니다. 오랫동안 그자를 주시해왔어요. 물론 그전에 저질렀던 범죄는 하찮은 절도 사건 정도였습니다. 대단한 사건들은 아니었죠." 그가 뜸을 들였다. "이런 일을 저질렀다는 건 상당히 놀랍습니다. 하지만……"

"하지만?" 내가 떨리는 목소리로 물었다.

"있을 법한 일이죠," 그가 날카롭게 말했다. "만약 누군가가, 그러니까, 그를 설득했다면요." 그가 잠시 말을 끊었다. "마담 시플리, 부인께서는," 그가 말하고는 마지막 말에 힘을 실었다. "남편의 외도에 대해 알고 있었습니까?"

나는 얼어붙었고, 내가 대답을 하기 전에 모드 고모가 내 어깨에 손을 얹었다. 고모는 몸을 앞으로 숙이더니 낮고 강력한 목소리로 물었다. "므슈, 지금 제 조카에게 혐의가 있다고 말씀하시는 건가요?"

그는 고모의 말을 신중히 생각해보는 것 같았다. "지금 당장은 아닙니다, 마담. 이건 비공식적인 조사일 뿐이고, 마담 시플리가 알고 계신 것들을 저희에게 알려주실 기회입니다."

"하지만 이미 말씀드렸다시피," 내가 말했다. "전 그 사람과 아무 관계도 없어요. 그 사람과 존도 아무 관계가 없고요. 그자가 아니라 루시예요."

"관계가 없다고요?" 그가 주머니에서 몇 가지 물건을 꺼내 우리 사이에 있는 책상 위에 올려놓았다. 나는 존이 시장에서 산 가죽지갑을 보았다. 가죽에서 이 도시의 냄새가 풍겼고, 그 냄새는 내가 묻어두고 싶은 기억과 장면들을 소환했다. 시장에서 존을 놓치는 바람에 내가 화가 나고 혼란스럽고 두려웠던 바로 그날 산 지갑이었다. 하지만 아니다, 생각해보니 그 두 날은 같은 날이 아니라 전혀 다른 별개의 날이었다. 나는 고개를 저으며, 나의 눈과 나의 정신을 아유브가 내놓은 다른 물건들에 집중했다.

작은 은색 물건을 처음엔 알아보지 못했다. 그러나 곧 귀에 익은 짤랑거리는 소리가 들렸고 모양과 세공이 눈에 들어왔다. 나는 그 물건을 알아보았다. 다른 무엇도 아닌, 바로 그것.

내 어머니의 팔찌.

경관이 기대하는 듯한 눈빛으로 나를 지켜보고 있었다. 그의 얼굴에 이미 승리의 미소가 번져갔다. "이 물건들 아시죠?"

방안이 뜨겁고 숨이 막혔다. "네," 내가 대답했다. "이 팔찌는 어머니 유품이에요." 그러나 그 말을 하는 순간에도, 나는 그게 대체 어떻게 그의 수중에 들어갔는지 이해하려고, 어떤 일련의 사건들로 인해 그 팔찌—한때 내 어머니가 손에 쥐었고 손목에 찼던—가 내가 마지막으로 본 곳으로부터 수십 마일 떨어진 장소에서, 거칠고 굳은살 박인 낯선 남자의 손에 들어가게 된 건지 이해하려고 몸부림쳤다.

"하지만 최근에는 본인의 물건이었죠?" 경관이 밀어붙였다. "다른 사람에게 넘겨주기 전에요."

"네," 내가 대답했지만 바로 고개를 저었다. "그러니까, 제 물건인 건 맞지만, 아뇨, 그걸 남에게 넘겨준 적은 없어요." 낮고 거친 목소리로 내가 말했다.

그가 나를 쳐다보았다. "그 말이 사실이라면, 마담, 이게 어쩌다 제 손에 들어오게 되었을까요?"

나는 말을 하려고 안간힘을 썼다. "모르겠어요." 내가 마침내 고모를 돌아보며, 경찰관에게라기보다는 고모에게 말했다. "진짜 모르겠어요. 베닝턴에 있을 때 저 팔찌를 잃어버렸어요. 처음엔 루시가 훔쳤다고 생각했는데, 아니라고 했어요. 그뒤로 본 적 없어요."

경관이 의자 등받이에 몸을 기댔다. "이걸 어디서 찾았는지 말씀드릴까요?" 그의 눈이 가늘어졌다. "물론 이미 짐작하실 줄 압니다만."

"전 몰라요." 내가 말했다. "고모." 내가 손을 뻗어 그녀의 손을 잡으며 말했다. "맹세코 전 진짜 몰라요."

모드 고모는 아무 말도 하지 않았다.

"당신 친구 유세프가 이 팔찌를 갖고 있었습니다." 그가 말을 멈췄다. "사례금." 그는 그 말을 길고 느릿느릿 발음했다.

나는 깜짝 놀라 그를 쳐다보았다. "뭐라고 하셨죠?"

"사례금." 그가 되풀이했다. "그자가 그 팔찌를 사례금으로 받았다고 주장하고 있습니다." 그가 짧게 웃었다. "별로 값나가는 물건이 아니라는 걸 모르는 것 같더군요. 그저 쇳조각을 풀로 붙여놓은 것뿐인데."

모드 고모가 자세를 바꿨다. "정확히 무엇에 대한 사례금이라는 거죠?"

경관이 고모 쪽으로 몸을 돌렸다. "서류 위조입니다, 마담. 유세프의 말에 따르면, 마담 시플리는 경찰이 조만간 자신의 범행을 알아낼 거라고 했답니다. 그런 상황이 오기 전에 들키지 않고 이 나라를 뜨고 싶어했다더군요."

서류. 루시는 최근에 누군가로부터 새로운 여권을 발급받았다. 몇 주 전에 유세프와 친분을 쌓은 사람도 루시였다. 아마도—이유는 모르겠지만—루시가 이 모든 일을 꾸민 것 같았다. 하지만 대체 왜 유세프는 결국 감옥에 가게 될 일을 해주겠다고 동의했을까? 이제 그에겐 거짓말을 할 이유가 없었다. 어쩌면 그는 그게 거짓말인지조차 모르고 있을 것이다. 아마 그렇게 믿었을 것이다. 그녀가 나라고, 그녀의 이름이 앨리스라고.

나는 흠칫 놀랐다.

"마담?" 경관이 얼굴을 찌푸렸다.

"이름," 내가 숨을 들이켰다. "서류에 적힌 이름이 뭐였죠?"

"무슨 말씀이시죠?"

"새 여권," 내가 다급하게 말했다. "새 여권에 적힌 이름이 뭐였냐고요."

경관은 노트를 내려다보면서 한두 페이지를 침착하게, 조심스럽게 넘겼고, 나는 손마디가 하얗게 될 때까지 의자 팔걸이를 움켜쥐고 몸을 숙였다.

"앨리스, 왜 그러는데?" 모드 고모가 물었다. 그녀가 나의 떨리는 손을 쳐다보았고 나는 얼른 손의 긴장을 풀었다.

"서류요." 나는 경관을 방해하고 싶지 않아서 속삭였다. "바로 그 서류예요. 모르시겠어요?" 고모가 인상을 썼고, 나는 다급히 설명했다. "루시. 소피 터너의 이름으로 루시가 새 여권을 만든 거라고요."

"앨리스……" 고모가 입을 열었다. 미간의 주름이 더욱 깊어졌다.

"아뇨." 내가 말을 자르며 고개를 저었다. "제가 옳아요, 제가 옳다는 걸 알아요. 다 말이 되잖아요. 이게 말이 되는 유일한 사실이라고요." 나는 다시 아유브를 돌아보았다. "아직 못 찾으셨어요? 그 이름?"

경관이 고개를 들었다. "그자는 이름을 모른다고 했습니다. 마담이 그를 더이상 범죄에 연루시키고 싶지 않다면서, 자기가 직접 위조꾼에게 연락하겠다고 고집을 부렸답니다."

나는 다시 의자에 기대앉았다.

"마담," 경관이 다시 말을 시작했지만 그의 목소리가 아득하게 느껴졌다. "남편분의 정부와도 얘기를 나눠보려고 했는데, 소재를 파악할 수가 없었습니다. 아마 생명의 위협을 느끼고 이 나라를 뜬 것 같습니다. 보아하니 남편분이 실종되기 전날에 그 여성을 도와준 것 같아요. 저희 추측으로는, 유럽에서 그녀와 만날 계획이었던 것 같습니다."

나는 고개를 저었다. 그의 말이 한마디 한마디 몸속으로 스며드는 것 같았다. "난 그 여자를 밀지 않았어요." 내가 중얼거렸지만 그 말을 하면서도 해서는 안 될 말이라는 것을 알았다.

아유브와 고모가 얼른 몸을 앞으로 숙이면서 갑자기 큰 소리로 다급하게 온갖 말들을 쏟아냈지만, 나는 그들의 말을 들을 수도 없고 이해할 수도 없었다. 그 대신 내 얼굴에서 핏기가 사라지는 것을, 내가 알게 된 모든 사실이 나를 세게 치는 것을 느꼈다. 그 타격이 너무나 날카롭고 정확해서 숨이 빠져나가는 것 같았다. 나는 그제야 처음으로, 무슨 일이 일어나고 있는지, 이 사람이 왜 내게 이런 질문을 하는지 깨달았다. 모드 고모 역시 그 사실을 알고 있는지 확인하기 위해 그녀를 돌아보았다. 굳은 표정으로 보아 역시 알고 있었다. 그 사실을 안 지 얼마나 되었을까. 처음부터, 경관이 문을 가리킬 때부터 알고 있었을까. 살갗이 따끔거렸다. "잠깐 실례할게요." 내가 말했다. 목소리가 너무나 둔탁해 나조차도 내 목소리 같지가 않았다.

친절함은 이미 사라진 지 오래인 싸늘한 시선으로 경관이 나를 관찰했다. "한 가지 더 있습니다." 그가 말했다.

나는 머뭇거렸다. "네?"

그가 나를 뚫어지게 보았다. "남편이 실종되었다는 걸 알면서 왜 경찰에 신고하지 않으셨죠?" 내가 대답하지 않자 그가 말을 이었다. "어쩌면 하셨을 수도 있겠네요. 그 부분도 확실치가 않습니다. 제 부하 직원 말에 따르면, 앨리스 시플리라는 여자가 전화로 신고를 했는데, 막상 집으로 찾아가니 신고를 하지 않았다고 하더랍니다."

나는 눈을 깜빡였다. "제가 아니었어요. 그리고 실종이라는 걸 몰랐어요. 적어도 처음에는요."

아유브가 얼굴을 찌푸렸다. "남편의 실종 사실을 모르셨다고요?"

"몰랐어요." 내가 고개를 저으며 말했다. 그 말이 어떻게 들릴지 알면서, 그 어떤 설명으로도 충분하지 않을 것임을 알면서도. 그런데도 나는 다급하게 설명하기 시작했다. "남편은 다른 곳에 갈 예정이었거든요. 친구하고 같이."

"어떤 친구요?"

나는 그의 다음 질문이 무엇일지 생각하면서 머뭇거렸다. "찰리라는 사람이에요." 그는 어떻게 하면 그와 연락을 취할 수 있느냐고 물었고 나는 고개를 흔들며 대답했다. "모르겠어요."

"남편 친구의 연락처를 모르신다고요?" 그가 의심과 의혹이 넘쳐나는 목소리로 물었다.

그렇다고 시인하는 나의 심장이 빠르게 뛰기 시작했다. "몰라요. 두어 번 만났을 뿐이거든요, 찰리라는 사람 말이에요."

"하지만 그렇다고 해도 부인께서 그 사실을 어떻게 알았는지는 설명이 되지 않습니다."

"찰리에 대해서요?" 당황한 내가 물었다.

"아뇨, 마담." 그가 고개를 저었다. "남편이 실종되었다는 사실 말입니다."

"웬 남자가 절 찾아왔었어요. 존과 같이 일하는 사람." 이번에도 그의 다음 질문은 내가 제공할 수 없는 정보를 묻는 것이리라는 생각에 나는 잠시 말을 멈췄다. "그 사람 이름은 몰라요."

"얘기해주지 않던가요?"

"네, 말하지 않았어요."

그가 얼굴을 찡그렸다. "이런 말씀 드려서 죄송합니다만, 모르는 게 참 많으신 것 같습니다, 마담. 답을 모르는 게 많으세요."

나는 몸을 일으킨 경관에게서 돌아서면서 그 사실에 대해 생각해보았다. 모드 고모도 옆자리에서 일어섰고, 내가 마침내 문을 열고 복도로 나설 때 등뒤에서 그녀의 인기척이 느껴졌다.

"마담?" 경관의 목소리가 들렸다.

나는 멈춰 섰지만 돌아보지는 않았다.

"최근에 이곳 은행 계좌를 폐쇄하셨더군요. 그 사실을 감안해서, 경찰서 밖으로 나가시기 전에 여권을 제출해주시기 바랍니다."

나는 뻣뻣하게 고개를 끄덕인 뒤 우리 뒤로 문이 닫히도록 내버려두었다.

모드 고모는 같이 호텔 콘티넨털로 가자고 우겼다.

그곳은 탕헤르에서 가장 오래된 호텔 중 하나로, 거대한 흰색 외관이 마치 그 중요성을 반영하는 듯 주위의 다른 건물보다 높이 솟아 있었다. 나는 항상 그 호텔이 동화에서 튀어나온 것 같다는 생각을 했다. 다만 그 호텔에는 해자 대신 항구가 있었고, 기둥 대신 열 개 남짓한 야자수가 있었으며, 귀족들 대신 화가와 작가들이 있었다. 탕헤르 밖 저기 어딘가에서 유명하고 대단한 이름들이었다. 이상한 일이었지만, 나는 더이상 상상할 수가 없었다. 바로 이곳, 모로코를 벗어난 세계가 존재한다는 것을. 이곳과 동시에, 현재에 존재하는 세계가 있다는 것을. 내가 아무리 거리를 두려 해도 내 삶의 모든 가닥이 이곳에 묶여 있는 것만 같았고, 앞으로도 영원히 묶여 있을 것만 같았다. 베닝턴을 떠나기 전에도 이런 기분이었는지 기억하려 애썼지만, 너무 오래전 일이라 그 기억마저 탕헤르의 이글거리는 태양 아래에선 존재할 수 없는 것 같았다. 마치 이 뜨겁고 흙먼지 날리는 도시가 초록빛 숲, 굽이치는 언덕, 발밑에 닿는 젖은 나뭇잎의 냄새를 깨끗하게 지워낼 힘을 지닌 것 같았다. 그 순간 나는 다시는 그것들을 볼 수 없으리란 걸 알았다.

"몸이 안 좋니?" 고모의 목소리가 내 생각을 파고들었다. 우리는 서로 마주앉아 있었고, 항구가 내려다보이는 파티오에 근사한 차가 준비되어 있었다. 그 순간까지 우리는 말을 하지 않았다. 하지 못한 말들은 내가 어떻게 건너야 할지 모르는 우리 사이의 간극이었다.

"아뇨, 생각 좀 하느라고요." 찻잔을 소리 나게 내려놓으며 내가 입을 열었다.

고모가 한 손을 들어 내 말을 막았다. "괜찮아, 앨리스. 아무 말도 할 필요 없어. 우린 해결책을 찾을 거야. 전에도 그랬던 것처럼."

베닝턴을 두고 하는 말임을 깨닫고 내가 얼굴을 찌푸렸다. "모드 고모," 내가 다시 입을 열었고, 자기 이름을 듣고 놀란 고모가 고개를 들었다. "루시에 대한 제 얘기를 믿으셔야 해요."

"앨리스……"

"아뇨," 내가 고모의 말을 자르며 끼어들었다. "절 믿으셔야 해요. 이건 다 루시가 저지른 일이라니까요, 예전에 그랬던 것처럼. 절 믿으셔야 해요."

고모가 과장된 한숨과 함께 찻잔을 내려놓았다. "이제 그만 좀 해라, 앨리스." 그러나 목소리는 그녀가 의도한 것만큼 강경하지 않았다. 그보다는 슬프고 지친 목소리였다. 마치 똑같은 얘기를 평생 들어왔다는 듯이. "루시 메이슨 얘긴 제발 그만 좀 해, 내가 이렇게 애원할게."

"하지만 제 얘기를 들어보시면……"

"아니, 앨리스." 고모가 끼어들었다. "난 못해. 또다시 그 상황으로 돌아갈 수는 없어. 다시는." 그녀가 고개를 저었다. "버몬트에서의 그 끔찍한 사건 이후 넌 오직 루시 얘기만 했어. 마치 어떤 집착이 있는 것처럼." 그녀가 잠시 뜸을 들였다. "그 사고 이후 몇몇 학생들이 증언을 했어. 네가 싸우는 소리를, 그날 밤에 네가 했던 말을 들었다고 했지."

나는 기억하려고 애썼다. "제가 뭐라고 했는데요?"

모드 고모가 고개를 돌렸다. "그애가 없어졌으면 좋겠다고." 그녀가 말을 멈췄다. "그리고 실제로 없어졌대."

"그때 전……" 내가 반박했다.

"앨리스," 고모가 다시 끼어들었다. "이 모든 게 사람들 눈에 어떻게 보일지 생각해봐."

나는 고모의 말을 이해할 수 없어 고개를 저었다. "루시 짓이에요. 루시가 범인이라고요. 그때처럼."

"앨리스," 고모가 목소리를 낮추고 다시 말을 시작했다. "증거가 없잖아. 누군가가 범인이라는 증거 말이야. 그건 단지 사고였을 뿐이고, 누구의 잘못도 아니었어. 비극적인 사건이었다는 거지. 그래, 네가 아직도 억울함에 몸부림치고 있다는 거 알아. 다 이해해. 하지만 다른 사람을 비난하는 건, 그날 이후 그 누구도 본 적 없는 애를 비난하는 건……" 그녀가 말끝을 흐렸다.

나는 얼굴을 찌푸리면서, 고모가 화제를 바꾸는 것을, 조카가 하는 말을, 조카가 진실이라고 제안하는 것을 들어볼 생각도 하지 않고 루시 얘기만 나오면 무조건 묵살해버리는 것을 한번 더 이해해 보려 애썼다.

사고 이후 고모가 했던 말이 떠올랐다. 내가 다 알아서 할게. 나는 숨을 날카롭게 들이마셨다. 그렇다면 바로 그것이 이 상황의 진실이었다. 항상 그 자리에 있었지만 그 순간이 되기까지 내가 직시하기를 거부했던 진실. 나는 고모의 시선을 붙잡기 위해, 가두기 위해 고개를 들어 그녀를 보았다. "고모." 내가 말했다. 내 목소리는 침착하고 흔들림이 없었다. 그리고 나는 우리 사이의 공간에 지난 일 년 동안 떠 있었지만 이제서야 깨달은 질문을 던졌다. "고모, 제가 무슨 짓을 저질렀다고 생각하시는 거예요?"

고모의 얼굴이 창백해졌다. 나는 그녀가 부정해주기를, 무슨 그런 터무니없는 생각을 하느냐고, 내가 지나치게 흥분한 상태인 것 같다고 말해주기를 기다렸지만, 그녀는 나의 시선을 피해 항구와 그 뒤로 펼쳐진 바다를 바라보며 조용히 말했다. "나도 모르겠다, 앨리스." 그녀가 다시 내게 시선을 돌렸다. "그리고 그보다 더 중요한 건, 너도 모르고 있는 것 같다는 거야."

그 순간 나는 그것들—그림자들—이 엄습해오는 것을 느꼈다. 부모님의 죽음 이후 세상 모든 것이 강렬해지면서 동시에 흐릿하고 멀게 느껴졌던 시기가 떠올랐다. 시간은 이상하게 흘렀다. 몇 시간이 며칠처럼 느껴졌고 며칠이 몇 시간처럼 느껴졌다. 그 시간의 대부분을 침대에 누워서 보냈고, 나의 마음은 지친 상태로 정신없이 내달렸다. 수면 부족으로 빠르게 눈을 깜빡이게 되었고, 건조하고 피로한 눈은 무엇이 현실이고 실체가 있는 것인지, 또 무엇이 내 절박한 상상의 발현인지 분간하려 몸부림쳤다.

이렇게 끝날 리 없었다.

나는 부모님을, 그리고 그들의 죽음을 머릿속에서 밀어냈다. 내 시야 가장자리의 어두운 공간들, 매 순간 커지는 것 같은 그 공간들을 외면했다.

내가 할 수 있는 일이, 루시가 또다시 만들어놓은 이 끔찍하고 거대한 혼란을 바로잡을 수 있는 방법이 분명히 있을 것이다.

내가 일어서면서 찻잔을 쓰러뜨렸고 밝은 갈색 액체가 테이블 옆으로 흘러 바닥으로 떨어졌다. "죄송하지만," 내가 웅얼거렸다. "가봐야겠어요, 고모."

나는 모드 고모—다급하게 자리를 뜨는 나의 모습에 놀라고 혼란스러운 표정이었다—를 뒤로하고 호텔 콘티넨털에서 나와 걸어가면서 경찰서에서 경관이 했던 말을 떠올렸다. 그렇다, 내가 대답할 수 없는 것들이 많았고, 그것만큼은 분명한 사실이었다.

그러나 또한 나는 대답할 수 있는 단 한 사람을 알고 있기도 했다.

18
루시

나는 원피스를 벗었다. 탕헤르에 처음 왔던 날 입었고 최근에는 모드를 위해 입었던 벨트 달린 도도한 검은 원피스. 소피 터너 같은 애가 바지를 입을 것 같진 않았다. 원피스는 땀으로 번들거리며 등에 달라붙었다. 내 몸을 떠나는 것이 내키지 않는다는 듯이. 몇 분에 걸쳐 옷과 씨름하며 애를 먹다가 결국 솔기가 살짝 뜯기고 섬유가 조금 늘어나는 순간, 나는 마침내 옷에서 해방되었고 패배한 원피스는 바닥에 아무렇게나 떨어졌다. 나는 한숨을 쉬었다. 한편으로는 원피스를 그만 버리고 싶다는 생각, 창밖 쓰레깃더미로 던져버리고 싶다는 생각이 들었지만 여행가방 밑바닥에 쑤셔넣었다. 이런 가식을 떨 일이 조만간 없어지기를 바라면서.

이제 떠날 때가 되었다.

그날 일찌감치 유세프의 빈 작업실에 들어설 때, 마음 한구석에는 망설임이, 심지어 죄책감이 있었다. 그는 평생에 걸쳐 탕헤르의 독립을 원했고, 이제 그날이 임박했다. 앞으로 몇 주 내로 탕헤르는 완전한 자유를 얻을 것이다. 존의 피 묻은 지갑을 유세프의 그림 뒤쪽에 떨어뜨리면서도 나는 그 부당함을 생각했다. 내가 착수금 조로 준 팔찌는 이미 그곳 어딘가에 있을 것이다. 불공평한 일이라는 것을 나도 알았다. 그는 여생을 감방에서 보낼 것이다. 내가 늘 해왔던 일을 그가 했다는 이유만으로. 그는 이 세상이 그에게 내어주지 않는 것을 손에 넣을 때까지 긁고 할퀴며 최대한 거칠게 싸웠다. 유세프와 내가 얼마나 닮았는지 나는 다시 한번 생각했다. 그 역시 똑같은 힘으로부터, 존과 같은 남자들로부터 억압당했다. 그와 나는 동지가 되었어야 했는데, 존을 물리쳤으니 동업자, 공모자가 되었어야 했는데, 결국 이렇게 적이 되어버렸다.

이젤 위에 놓여 있는 그림을 본 순간 나의 손이 멈췄다. 마지막으로 작업실에 왔을 때 나는 굳이 그 그림을 보겠다고 하지 않았고, 볼 생각도 없었다. 나중에는 그가 과연 실제로 그림을 그리기는 했는지, 그의 붓이 그린 것이 정말 내 초상화였는지 의문이 들었다. 그러나 적어도 이것 한 가지에 대해서만큼은 그는 정직했다.

내가 이름을 알지 못하는 묘한 파란색들의 조합이 놀라울 정도로 정확하게 내 이목구비를 포착했다. 지난 몇 주 동안 그가 얼마나 세심하게 나를 관찰했는지를 드러내는 그림이었다. 이 모든 것을 내가 그를 위해 여기 앉아 있던 몇 분 동안 보았을 리는 없기 때문이었다. 그림 속에는 친밀한 무언가가, 화가와 대상의 관계를 암시하는 무언가가 있었다. 나는 예술에 대해 거의 아는 게 없었지만, 보는 사람으로 하여금 무언가를 느끼게 하고, 무언가를 생각하게 해야 한다는 정도의 관념은 갖고 있었다.

어느덧 저녁이 다가오고 있었다. 그 순간, 저물어가는 햇살이 그림 위로 빛의 기둥을 드리우는 것을 바라보며, 나는 이 작업실에서, 탕헤르에서 벗어나야 한다는 절박함과 떠나기를 망설이는 마음 사이에 붙잡혀 있었다. 마음의 준비를 할 시간이, 애도할 시간이 부족했던 것처럼 모든 게 갑작스럽게 느껴졌다. 마음 한편으로는 그림을 그냥 여기 두자고, 기념품으로, 내가 한때 이곳에 있었다는 증거로, 그동안 내가 탕헤르를 사랑했고 앨리스를 사랑했다는 증거로 여기 남겨두자고 생각했다. 그래도 그 모든 게 나름대로 의미 있는 일이었다는 증거로서. 그러나 저 그림을 남겨둔다면, 그걸 바라보면서 유세프는 자기가 날 이겼다고 생각할 것이다. 물론 그런 착각이 오래가진 않겠지만. 그 생각을 하니 왠지 불안했다. 경찰도 생각해야 했다. 만약 경찰이 이 그림을 발견하고 오랫동안 들여다본다면, 더구나 자기가 생각하는 앨리스가 진짜 앨리스가 아니라는 사실을 깨닫고 유세프가 나를 범인으로 지목하려고 마음먹는다면. 안 될 일이었다.

나는 손을 뻗어 그림을 챙겼다.

머리 위로 블라우스를 입기 전 나는 잠시 가만히 멈추고 시선을 거울로, 거울에 비친 모습으로 던졌다. 젊은 여자가, 상당히 훌륭한 외모이지만 요란하게 관심을 끌지는 않는 여자가 있었다. 나는 유세프의 그림을 생각했고 그가 포착한 약삭빠름을 생각했다. 얼굴의 긴장을 풀고 거울을 바라보면서, 이목구비를 부드럽게 하려고, 소피 터너라고 불리는 여자의 얼굴로 바꾸어보려고 노력했지만, 그녀 행세는 그리 오래 먹히지 않을 거라는 생각이 들었다. 내가 내딛는 발걸음마다 그녀의 가치, 그녀의 쓰임새가 줄어들고 있었다.

여행가방으로 손을 뻗으며 방안을 한 바퀴 둘러보았다.

우리가 여기서 행복할 수도 있었다고, 나는 쓸쓸히 생각했다.

나는 문을 닫고 거리로 나섰다.

숨을 들이켜 탕헤르의 냄새를 마셨다. 그러면서 이 해안 도시에 오는 것이 마지막일지도 모른다는 생각을 했다. 시장을 가로질러 걸으며, 높이 쌓인 향신료들, 호박 빛깔의 강황에서부터 빻은 장미 꽃잎, 말린 후추 열매가 넘쳐나는 바구니들을 눈으로 훑었다. 만약 내가 화가였다면, 예술가였다면, 이곳에서 모든 시간을 보냈을 것이다. 탕헤르를 관찰하기에 여기보다 더 좋은 곳은 없었다.

그리고 그때, 비록 어리석은 생각이라는 걸 알면서도, 지나치게 감상적이고 심지어 위험한 생각이라는 걸 알면서도, 나는 카스바 쪽으로, 무덤과 낭떠러지와 그 아래 바다를 향해 마지막으로 발걸음을 옮겼다. 도저히 참을 수가 없었다.

탕헤르의 풍경을 마지막으로 한번 더 보기 위해 낭떠러지 위에 섰을 때, 나는 탕헤르의 아름다움, 탕헤르의 미스터리에 매혹되었다. 유세프가 들려준 이야기가 떠올랐다. 남자들을 홀려 죽음에 이르게 한다는 아름다운 여자 이야기. 어쩌면 그건 어떤 정체불명의 여자가 아니었을지도 모른다고, 어쩌면 그것은 그저 탕헤르, 팅기스였을 거라고 나는 생각했다. 왜냐하면 나 역시 탕헤르의 해안에서 일종의 죽음을 체험했기 때문이었다. 나는 이곳에 왔던 모습과는 다른 모습으로 이곳을 떠나고 있었다. 그 변신은 재탄생을 통해 이루어졌고, 따라서 죽음은 그 과정의 일부일 수밖에 없었다. 본질적으로 그 둘은 연결되어 있었다.

나는 주위를 빠르게 살피며 보는 사람이 없다는 것을 확인한 뒤, 팔 아래 끼고 있던 그림을 저 아래 바다로 던졌다.

루시 메이슨은 자신의 유용성에 비해 오래 살았다. 사실 처음부터 딱히 쓸모 있는 존재는 아니었다고, 나는 환멸과 함께 깨달았다. 그녀는 가난하고 교육받지 못한, 자식에게 신경쓸 여력이 없는 집안에서 태어났고, 열 살 이후 그녀의 생존은 그 자체로 기적이었다. 그녀는 생존의 방법을 찾았다. 정비소에서 아버지와 다른 남자들과 지내면서, 책을 한 권씩 읽었고, 읽고 쓰는 법을 스스로 터득했으며, 보다 많은 것, 보다 나은 것을 약속하는 장학금을 받았다. 그런 일은 일어나지 말았어야 했다. 그녀는 오래전에 죽었어야 했다. 그녀의 엄마처럼, 또하나의 잊힌 삶, 잊힌 죽음으로. 애도할 사람도 기억해줄 사람도 없이. 나는 그곳에 잠시 더 머물면서 파도를 불길이라고 상상했고, 파도가 루시 메이슨의 마지막 흔적, 최후의 흔적을 휘감고 끌어당겨 삼키는 광경을 지켜보았다.

나는 어느덧 시간이 꽤 흘러가버린 것을 깨닫고 낭떠러지에서 돌아섰다. 이제 곧 연락선이 도착할 것이다. 항구로 향하면서는 시선을 한 곳에 집중하며 주변을 보지 않으려고 애썼다. 조금 전만 해도 열정적으로, 탐욕스럽게, 굶주린 채로 탕헤르의 기억을 되살려줄 기념품을 찾던 바로 그곳을 외면했다. 나는 첫날을 떠올렸고, 나를 반기고 부르면서 내 돈을 가져가려다 실패했던 사람들을 떠올렸다. 항구 쪽으로 걷는 동안 다시 그들의 모습이 보였고 그리고—그렇다, 바로 그 사람이었다—첫날 앨리스의 아파트를 찾아갈 때 나를 쫓아왔다가, 내가 그녀의 집 베란다 밑에 서서 앨리스를 멀리서 지켜보기 조금 전에 사라졌던 바로 그 모기를 보았다.

그는 미소가 번져가는 얼굴로 내게 다가왔다. "마담 투어 가이드 필요하세요?" 그가 의욕적으로 물었다.

나는 고개를 저으며 저만치에 있는 배를 가리켰다.

그는 고개를 끄덕이더니 재킷을 젖히고 반짝이는 싸구려 팔찌들과 반지들을 보여주었다. 보나마나 며칠 지나면 피부에 녹색 물이 들 게 뻔한 것들이었다. "장신구예요, 마담. 이 여행을 기억할 수 있도록." 그가 말했다.

나는 고개를 끄덕이고는 마지막 남은 프랑을 찾았다. "여기요." 내가 동전을 내밀며 말했다.

그는 팔찌 하나를 내주었다.

"추억이 될 겁니다, 마담." 그가 미소를 지으며 말했다. "탕헤르에서 보낸 시간을 기억하게 해줄 거예요."

나는 그에게 고맙다고 말한 뒤 항구로 향했다. 그리고 배에 오르며 그 팔찌를 손에서 미끄러뜨려 지중해에 빠뜨렸다. 팔찌가 가라앉는 모습을 굳이 지켜보지는 않았다. 작게 웃음을 내뱉으며, 모기에게 하고 싶었던 말을 생각했다. 나에겐 이 팔찌가, 그가 파는 그 어떤 물건도 필요하지 않다고. 탕헤르를, 그녀를 떠올리게 할 그 어떤 물건도 필요하지 않다고.

결국 나는 탄제린이었다.

나는 결코 잊지 않을 것이다.

19
앨리스

어떻게 보면 말라바타 감옥은 내가 예상했던 것만큼 끔찍하지는 않았다.

도시 동쪽 외곽에 자리잡고 있는, 내 앞에 우뚝 선 거대한 건물은 호텔 콘티넨털을 연상시켰다. 오싹한 전율이 몸을 관통했다. 그 두 건물은 비교가 불가능할 만큼 다른 시설이었지만, 두 건물에서 뿜어져 나오는 고압적인 외관은 묘하게 익숙한 느낌을 주었다.

나는 안으로 들어가 안내에 따라 긴 복도들을 지났고, 마침내 다른 감방들과는 떨어져 있는 임시 수용실처럼 생긴 곳에서 멈췄다.

내가 들어서자 유세프가 일어섰다. "제가 얼마나 유명해졌는지 독방을 쓰라고 하네요." 그가 빙 둘러 주위를 가리키며 인사 대신 말했다. 유세프는 미소를 지으며, 그를 위해 만든 감옥 안의 감옥, 그 비좁은 공간을 둘러보는 내 표정을 살폈다.

나는 대답 대신 힘없는 미소를 지었지만 그가 진실을 알고 있다는 생각이 들었다. 당분간 탕헤르는 위험해질 것이 분명했다. 존은 말라바타에 수용된 범죄자들은 대부분 좀도둑이거나 포주들이고 산에서 도시로 몰래 마리화나를 들여와 파는 게 그중 가장 흔한 범죄라고 했다. 유세프처럼 위험한 범죄자는 다른 죄수들이나 간수들에게 쉽게 받아들여지지 않았을 것이다. 그래서 다른 죄수들과 분리하고 창문 하나만 벗삼을 있는 방에 수감한 것이었다.

내가 헛기침을 했다. "얘기를 좀 하고 싶어요, 루시 메이슨에 대해서."

유세프는 방안에 있는 유일한 의자에 앉아 의자를 벽에 기댄 채 아슬아슬하게 중심을 잡고 있었다. "그 이름을 말한 게 당신이 처음은 아닙니다." 그가 짧게 웃으며 고개를 저었다. 그는 의자를 바닥에 요란하게 쓰러뜨렸다. "실망시켜드려 죄송합니다만, 마담, 그런 이름을 가진 사람은 모릅니다."

"몇 주 전에 당신이 만난 여자예요, 그랜드소코에서." 내가 말했다. 그가 고개를 앞으로 숙였고, 나는 그것을 듣고 있으니 계속하라는 의미로 받아들였다. "므슈, 실은 제가 앨리스 시플리예요."

내 말에 유세프의 눈이 휘둥그레졌고, 그의 눈썹이 일이 인치 정도 올라갔다. 그는 잠자코 있었지만 그의 눈은 탐색하고 살폈다. 마침내 그가 말했다. "그렇군요."

"당신이 만났던 여자가," 이제 모든 것을 다 밝히고 싶다는 열망에 차서 내가 말을 이었다. "제 이름을 썼는데, 이유는 저도 잘 모르겠어요. 아무래도 이럴 목적으로 그랬던 것 같아요. 이게 처음부터 전부 루시가 꾸민 일이었거든요." 기다렸지만 대답이 없기에 나는 말을 이었다. "그러니까, 그 사람들한테 얘기해주세요."

그가 미소를 지었다. "누구한테 말하란 건가요, 마담?"

"경찰이요." 대답을 하면서도 그가 내 말을 이해하지 못하는 것이, 깨닫지 못하는 것이 혼란스러웠다. "방금 제가 한 얘기를 그 사람들한테 말해야 해요."

"어느 탄제린이 거짓말을 했다고요? 가짜 이름을 알려주었다고요?" 그가 어깨를 으쓱했다. "그건 뉴스거리도 안 돼요."

내가 고개를 저었다. "제가 그 앨리스가 아니라고, 당신이 앨리스라고 생각했던 여자는 제가 아니라고 말해주세요. 그날, 존이 살해되던 날 당신이 본 여자는 내가 아니라고요."

"네, 그 말을 할 수도 있겠죠." 그가 말을 멈췄다. "하지만 누가 내 말을 믿겠습니까?"

나는 혼란에 휩싸여 더듬거렸다. 그는 왜 깨닫지 못할까? 이 사실은 나의 탈출구일 뿐 아니라 그의 탈출구이기도 하다는 것을, 그가 누명을 벗고 그녀의 거짓말이 채운 족쇄로부터 자유로워질 유일한 기회라는 것을. "믿을 수밖에 없어요." 내가 말했다.

유세프가 고개를 저었다. "마담, 경찰이 뭐라고 할지 알려드리죠. 그들은 당신이 나한테 와서 거짓말을 하라고 시켰다고 할 거예요. 그렇지 않고서야 당신이 왜 감방에 있는 모르는 남자를 찾아왔겠어요? 내 목숨은 이미 끝장났으니, 당신 목숨을 살려달라고 부탁하는 것 말고 무슨 다른 이유가 있을 수 있겠어요?"

나는 할말을 잃고 서 있었다.

"그 사람들이 전부 다 왜곡할 겁니다." 그가 말을 이었다. "자기들 입맛에 맞을 때까지 당신이 한 말, 당신의 의도를 전부 다. 그게 그들 방식이에요. 무엇도 그걸 바꿀 수는 없어요. 그러니까 이건 해결이 불가능한 상황이에요."

"하지만, 이건 옳지 않아요." 내가 말했지만 너무도 여리고 온순한 말투였다. "루시가 그런 짓을 하고도 무사히 빠져나갈 순 없어요. 이곳이 루시가 그렇게 하도록 내버려둘 리 없다고요."

그가 눈썹을 치켜세웠다. "이곳이요?"

"제 말은, 그런 뜻이 아니고," 나는 다급히 설명하려 했다. 그러나 그 순간, 나는 정말 내 말이 그런 뜻이 아니었는지 생각하며 입을 다물었다. 탕헤르. 이곳. 모두의 것이면서 누구의 것도 아닌 이상한 무법의 도시.

유세프가 다시 의자에 앉았다. "언젠가 제 친구가 했던 얘기를 들려드리죠. 호텔 콘티넨털에서 일하는 친구인데, 그 호텔 아세요?"

"네." 내가 대답했다. 그 호텔의 언급에 내 뺨이 붉어지기 시작했다. 내 앞에 앉아 있는 남자를 바라보면서, 나는 그가 과연 몇 번이나 그곳에서 차를 마셨을지, 아니 그 안에 몇 번이나 들어가봤을지 궁금했다. 문득, 그가 이 도시에 속한 사람이고 이 도시도 역시 그에게 속한 것이지만, 이 도시의 특정 장소와 공간들은 그의 것이 아니라는 게 참 이상하다는 생각이 들었다. "네," 내가 다시 대답했다. "알아요."

그가 고개를 끄덕였다. "내 친구가 그 호텔 매니저예요. 그 친구 말이, 한번은 그 호텔에 단체 관광객이 묵으러 왔는데, 미국인이었대요. 연락선에서 내려서 그 사람들이 가장 먼저 한 질문 중 하나가 탕헤르가 안전하냐는 거였다더군요."

유세프가 거기서 말을 멈추고, 불안을 불러일으키는 시선으로 나를 뚫어져라 쳐다보았다. 그의 말을 듣고 내가 생각할 수 있는 것이라고는 부검실 철제 테이블 위에 있던 존의 시체뿐이었다. 나는 말하고 싶었다. 외치고 싶었다. 아니, 탕헤르는 안전하지 않다고. 내가 알고 있는 그 어떤 사실도 탕헤르가 안전한 곳이라고 말하고 있지 않다고. 탕헤르의 아들인 유세프가 무슨 말을 해도 그 사실을 바꿀 순 없을 거라고. 하지만 그 순간 나는 저지르지도 않은 죄로 감방에 수감되어 있는 그를 보았고, 어쩐지 그 말을 할 수가 없었다. "잘 모르겠어요." 나는 대신 그렇게 말해버렸다.

"그게," 유세프가 의자에서 자세를 고쳤다. "그 친구가 그 사람들에게 이렇게 물었답니다. 당신의 고국에 있을 때, 만약 낯선 남자가, 얼굴에 날카로운 흉터가 있는 사람이 접근해온다면," 그런 상처가 실제로 거기 있다는 듯 그가 자신의 얼굴을 가리켰다. "멈춰 서서 그가 원하는 게 뭔지 물어보겠어요?" 그가 몸을 앞으로 숙였다. "그러시겠어요?" 그가 물었고, 마지막 질문은 좀더 냉혹하게 들렸다.

"아뇨." 내가 얼른 대답했다.

"아니겠지요," 그가 되풀이했다. "물론 아니겠지요. 그런데 왜 여기서는 그런 사람과 얘기를 나누고 나중에 나쁜 일이 일어나면 놀란답니까?" 그는 유감스럽다는 듯 고개를 저었다. "고국에서 영리하지 못했던 사람은," 그가 자기 머리를 두드리며 말했다. "여기서도 영리하지 않아요. 고향에서 문제를 일으켰던 사람이 여기서 문제를 일으킨다고 놀랄 일은 아니죠. 당신은 여전히 똑같은 사람이에요. 탕헤르가 마법 같은 도시이긴 해도, 기적을 일으키진 않거든요."

나는 고개를 끄덕였지만, 그 순간에는 그 말이 암시하는 바를,

그 말에 담겨 있는 진실을, 그 말이 나에게 어떤 의미가 있는지를, 아니 나에 관한 어떤 진실을 담고 있는지를 생각하고 싶지 않았다.

"당신은 어쩔 셈인가요?" 다른 질문들이 모두 사라졌음을 깨닫고 내가 물었다.

"난 어떻게든 살아남을 거예요." 그가 어깨를 으쓱했다. "영원한 건 아무것도 없으니까요, 앨리스 시플리."

아파트로 돌아가는 택시가 나를 아파트 문 앞에 내려줄 수도 있었지만, 나는 택시 밖으로 나가고 싶어서, 상쾌한 공기를 마시며 걷고 싶어서 조바심이 났다. 이미 바깥 공기가 탁하고 나른하게 느껴지긴 했지만, 택시 뒷좌석의 공기와 비할 바는 아니었다. 택시 기사는 공기 자체를 두려워하는 사람처럼 창문을 꼭 닫은 채로 운전했다.

나는 유세프의 말을 곰곰이 생각해보았고, 오직 나를 겨냥한 비난인 것처럼 따갑게 느껴지는 것을 막을 도리가 없었다. 결국 그가 옳았다. 골칫거리를 안고 이곳으로 온 사람은 나인데, 내가 어떻게 이곳을, 탕헤르를 비난할 수 있겠는가? 그 골칫거리들은 내 주변의 틈새와 보도 모퉁이에서 느닷없이 솟아난 게 아니었다. 그것들은 이곳이 아닌 다른 곳에서 태어나 양육되었고, 내가 그것들을 외면했기에, 이미 알고 있는 사실을 숨기려고 안개를 드리웠기에 이곳까지 나를 따라왔다.

내 잘못이었다. 톰에게 일어난 일, 존에게 일어난 일, 그 모든 것이. 다른 사람을 탓할 일이 아니었다. 오직 나 자신과 루시의 잘못이었다. 그녀는 내게서 모든 것을 빼앗아갔지만 내가 그것을 용인했다.

그 깨달음이 내 안의 무언가를 휘저었고, 아파트로 가기 위해 걸음을 재촉했다. 마침내 그녀를 나 혼자 상대하고 싶은 마음이 절실했다. 그 순간, 나는 마침내 올 것이 왔다는 생각이 들었다. 단둘이 서로 마주보고 서서 모든 비밀과 거짓을 드러낼 때가 왔다. 나는 더 빨리 걸었고, 차례로 모퉁이를 돌면서, 현지인들과 부딪히고, 출입문의 선명한 푸른색, 분홍색, 노란색과 마주치며 혼란 속에서 멈추었다가 걷기를 반복했다. 그러다 머지않아 쿵쿵거리는 심장박동을 느끼며 내가 길을 잃었음을 깨달았다.

그리고 누군가 나를 쫓아오고 있었다.

가슴이 철렁 내려앉았고, 숨을 쉬려 애쓰며 속도를 냈다. 눈으로는 모든 건물과 모든 랜드마크를 훑으며 익숙해 보이는 무언가를, 집이 어디인지 속삭여주는 무언가를 찾으려 애썼다. 나는 흉터 있는 남자를 떠올렸고, 며칠 전 나를 미행했던 사람도 그자일 거라고 생각했다. 그때도 두려웠고 지금도 두려웠지만, 이제 도망치는 것이라면 지긋지긋했다.

그래서 나는 갑자기, 예고 없이 멈춰 섰다.

내 몸에 누군가의 몸이 부딪히는 충격을 느꼈다. 핸드백이 팔에서 떨어졌고 안에 들어 있던 물건들이 보도에 흩어졌다. 립스틱 한 개, 볼연지 용기 하나, 핸드백 바닥에 굴러다니던 동전 몇 개. 그 순간까지 잊고 있던 물건들이었다. 나의 시선은 나뭇잎이 흩날리듯 주변에 떨어지는 밝은 은빛 동전들에 고정되었다.

그 남자가 서 있을 거라고 생각하면서 돌아섰지만, 남자가 아니라 여자였다. 그녀, 루시였다. "뭘 원하는 거야?" 내가 따져 물었고, 핸드백과 소지품들을 서둘러 챙겨들며 그녀와 몇 걸음 거리를 두었다. 그녀가 얼마나 오래 내 뒤를 밟고 있었는지, 경찰서 일에 대해 알고 있는 건지, 그뒤로 이어진 모드 고모의 끔찍한 고백에 대해서도 알고 있는지 궁금해하며 더듬거렸다. 루시가 모퉁이에서 엿들으면서 나의 불행에 기뻐하며 미소를 짓는 상상을 했다. 나는 핸드백을 어깨에 메고 물러서려 했지만, 그녀의 괴물 같은 미소—지난밤 나를 바라보며 짓던 그 똑같은 미소—말고는 아무것도 보이지 않았다. 나는 아버지를 생각했고, 아버지의 약 올리는 목소리, 우리 이상한 나라의 앨리스를 떠올렸다. "나한테 왜 이러는 거야?" 혈관을 관통하는 분노를 느끼며, 마침내 준비가 된 내가 소리쳤다.

그러나 고개를 들고 그녀를 바라본 순간 펼쳐진 눈앞의 광경에, 나는 그 자리에 붙박인 듯 서서 눈을 깜빡였다.

분명히 루시인 줄 알았는데. 하지만 아니었다. 이제 보니 내가 틀렸다. 여자인 것은 맞지만 루시는 아니었고, 그녀와 비슷하지도 않았다. 여자는 나보다 나이가 많았고 키가 컸으며—루시는 어두웠으나 그녀는 밝았다—근심어린 표정으로 나를 바라보고 있었다. 그녀는 손으로 입을 가린 채 내가 읽을 수 없는 표정을 지으며 눈을 크게 떴다.

내가 고개를 저었다.

"미안해요." 내가 웅얼거렸다. "주 스위 데졸레."* 나는 머리를 이상하게 움직이며 말했고 그 몸짓을, 마치 그녀에게 인사를 하는

* '미안합니다'라는 뜻의 프랑스어.

듯 머리를 기울이는 그 우스운 동작을 도저히 멈출 수 없었다. 그녀가 무언가 말을 하려고 입을 벌렸지만, 나는 걸었고—아니, 뛰었고—그녀가, 누구인지 모르는 그 여자가 뒤에 서서 조소하며 나를 바라보는 상상을 했다. 그 소리가, 그녀의 웃음소리가 등뒤에서 들리는 것 같았다. 나는 어디로 가고 있는지조차 알지 못한 채, 그저 사람들 속에 묻혀야겠다는 생각에, 나와 저 미소 짓는 얼굴 사이에 최대한 거리를 두어야겠다는 생각에, 서둘러 되는대로 길을 따라 걸었다.

집으로 돌아와보니, 루시가 사라지고 없었다.

처음에는 믿을 수가 없었고, 외출한 것이려니, 이 도시 어딘가에 있으려니 생각했다. 하지만 그녀의 방에 들어갔을 때—언제라도 그녀가 나타날 것만 같아서 처음엔 천천히 들어갔다—나는 루시가 정말로 사라졌다는 걸 알았다. 그녀의 여행가방, 옷, 세면도구, 모든 게 사라지고 없었다. 마치 그녀가 그 방에 있었던 적이 없는 것처럼.

그제야 나는 그 깨달음이, 그녀의 부재의 진정한 의미가 서서히 한 방울씩 스며드는 것을 어렴풋이 느꼈다.

유세프는 나를 위해 나서주지 않았다. 모드 고모는 나를 믿지 않았다. 그보다 더 나쁜 건 내가 저지른 일이라고 생각하고 있다는 것이었다. 아까 만난 경찰관을 떠올렸다. 그의 질문들, 그리고 너무나 많은 질문에 대답하지 못하는 나에게 그가 느낀 실망, 그리고 기쁨. 나는 머지않아 그들이 찾아오리라는 것을 알았다.

벽에 기대서서 주머니 속의 단단하고 묵직한 팔찌를 만져보았다.

그 팔찌가 상기시키는 것들에 대한 분노가 차올랐다. 분노는 바로 분출되었고, 그 분출은 폭력적인 수준이어서, 모공 밖으로 그것이 발산되는 감각을 느낄 수 있을 것만 같았다.

먼저 접시를 벽에 던졌고 그 동작의 위력에 어깨가 비틀렸다. 나는 그 고통을 외면했고, 손의 떨림을 외면했고, 그저 모든 것이 사라지기를 바랐다. 한때 나에게 안전과 새로운 기회와 새로운 출발을 약속했던 이곳을 파괴하고 싶었다. 아니, 꼭 그래야만 했다. 그 약속들은 전부 거짓이었다. 그 순간, 나는 이곳을 파괴하고 싶다는 것 말고는 아무 생각도 없었다.

더이상 힘을 쓸 수 없게 되자 나는 주방으로 달려갔고, 나의 손이 찾을 수 있는 가장 날카로운 칼을 잡았다. 그 칼을 소파 위의 쿠션에, 바닥의 가죽방석에 내리꽂았고, 엄청난 힘으로 칼 손잡이를 잡고 끌어내렸다. 섬유는 나의 집요함에 굴복하고 해체되는 수밖에 없었다. 손이 떨렸고 숨이 가빴다. 심장이 내 가슴을 요란하게 두드렸고 나는 이마에 맺힌 땀을 닦았다.

내 몰골이 어떨지 짐작이 갔다. 이와 발톱을 드러낸 거친 얼굴.

나는 칼을 바닥에 떨어뜨리고, 갈기갈기 찢긴 거실 한복판에 쓰러졌다. 길게 찢긴 천조각과 충전재들이 마치 섬뜩한 버전의 눈처럼 주위에 흩날렸다. 나는 기다렸다. 위안이, 승리감이 밀려들기를. 내가 만든 난장판을 내려다보았지만 거기엔 아무것도 없었다. 단지 루시가 떠났다는 사실에서 오는 공허감뿐이었다. 그리고 과거에 그녀가 무슨 짓을 했는지, 이번에는 무슨 짓을 했는지 영영 확신할 수 없으리라는 사실. 이제 남은 것이라고는 문득 너무도 부실하게 느껴지는 나 자신의 의심, 나 자신의 확신뿐이라는 사실.

그 외에 다른 것도 있었다.

너무 이상하고 심지어 괴기스럽게 느껴졌지만, 갈비뼈 안쪽에 육체적 통증 비슷한 것이 있었다. 나는 경찰서에서 루시를 찾아 두리번거렸던 일을 떠올렸다. 내 안에 오직 루시만이 진정으로 채울 수 있는 빈 공간이 존재하는 것 같았다. 생각만으로도 얼굴이 하얗게 질렸지만, 그녀가 없으면 나의 결의가 줄어들고 목소리가 사라진다는 걸 경험을 통해 알고 있었다. 우리의 공생관계가 어떤 것이건 그것은 실재했고 실체가 있었다. 이제 그녀가 없는 지금, 나는 루시의 부재를 체감하고 있었다. 마치 그녀가 나 자신의 연장인 것처럼. 그녀는 영원히 잠가두고 가두어야 할 나의 형편없고 추악한 일부였다. 『제인 에어』에 나오는 다락방의 미치광이처럼. 그녀는 정제되지 않은 형태였고 그 누구도 보아서는 안 되는 날것이었다. 그녀는 모든 사악한 생각이었다. 노골적으로 현실화된 금지된 욕망이었다. 나는 손을 들어 피부가 가죽 염료로 물들어 있는 것을 보았다. 그러고는 웃으며 중얼거렸다. 그것 봐, 넌 영원히 루시를 떨쳐내지 못해. 나는 다시 한번 바닥을 둘러보면서, 무언가를, 무엇이라도 느껴보려 했다.

그러나 아무것도 없었다. 아무것도.

내 이름을 부르는 소리가 들렸다. 문 반대편에서 들려오는 둔탁한 소리였다.

경찰이라는 걸 알았다. 마침내 그들이 돌아왔다.

나는 아파트 벽을 바라보았고, 그 벽이 나를 삼켜주기를, 구석마다 도사리고 있는 그림자들이 나를 삼켜주기를 간절히 바랐다.

결코 그것들로부터 달아날 수 없으리라는 걸 알았어야 했다.

결코 그녀로부터 달아날 수 없으리라는 것을.

나는 바닥에서 일어났다. 가죽 조각, 천조각들이 팔에 달라붙었다. 뺨에도 작은 조각이 붙어 있었다. 그것들을 떼어내면서, 캔버스 조각들을 바라보면서, 그 어떤 것도, 톰에게 일어난 일도, 존에게 일어난 일도, 그사이에 일어난 그 어떤 일도 중요하지 않다는 확신이 들었다. 전혀 중요하지 않았다. 이것은 늘 그녀에 관한, 나에 관한, 우리 두 사람에 관한 일이었다. 그리고 이런 식으로 끝날 운명이었다.

머리가 욱신거렸고 나는 손가락으로 관자놀이를 눌렀다.

노크 소리가 더 집요해졌다.

마지막으로 그런 노크 소리를 들었던 때가 떠올랐다. 존이 실종되던 날 아침이었다. 아니, 그가 실종된 날 아침이 아니라 그 소식을 흉터가 있는 이상한 남자로부터 처음 전해들은 날이었다. 그 순간, 비록 그런 의문을 가진 게 처음은 아니었지만, 도대체 그가 누구인지, 왜 경찰에 알리는 것을 꺼렸는지 궁금해졌다. 그가 정말 그날 길에서 나를 쫓아오던 사람인지. 경찰이 한 말이, 존이 사빈과 떠나려 했다는 말이 사실인지. 나는 존을 제대로 알지 못했고 단지 우리가 처음 만나던 여름에 그가 보여주었던 신기루만을, 내가 가장 암울했던 시기에 붙잡고 매달렸던 반짝이는 희망의 손짓만을 보았다는 것을 깨달았다. 나는 현관문 쪽으로, 누군가 손잡이를 움직이는 소리가 나는 쪽으로 다가갔다. 잠겨 있었다. 그들이 쉽게 들이닥치지는 않을 것이다.

나는 재빨리 욕실로 향했다.

마침내 그들이 나를, 루시가 현실로 만들어놓은 내 투명한 그림자를 잡으러 왔다. 그리고 이번에는 순순히 물러나지 않으리란 걸 알았다. 어쨌든 경찰은 내가 존을 죽였다고 생각하고 있었다. 실제로 물리적인 행위를 저지르지는 않았더라도 공모에 가담했다고 생각했다. 반드시 대가를 치르게 하겠다고 속삭이는 맥베스 부인이라고.

나는 존의 시신을 생각했다. 그의 시신을 이곳에 묻을까 아니면 영국으로 송환할까. 그의 공허한 눈빛을 떠올렸다. 아니, 그의 공허한 눈빛을 상상했다. 내가 마지막으로 보았을 땐 눈이 감겨 있었으니까. 모국으로 그를 돌려보낸다는 건 어쩐지 이상하게 느껴졌다. 그는 탕헤르를 사랑했고, 탕헤르도 한동안 그를 사랑했다. 그 둘이 헤어지는 것은 옳지 않은 일 같았다. 아니, 그는 탕헤르와 함께 남아야 했다, 영원히. 나는 그들이 그 사실을 알게 되기를 바랐다.

바닥에서 주운 칼을 움켜쥐었다.

여러 면에서, 이것 역시 어느 정도 이치에 맞는 일이었다. 부모님의 죽음 이후 현재까지의 모든 시간 동안 이 순간만을 기다려온 것 같았다. 그날 밤 예정되어 있었던 끝을 위해, 아마도 이상한 기적이 아니었다면 내가 굴복했을 그 끝을 위해. 어쩌면 그건 기적이 아니었을지도 모른다. 어쩌면 그저 착오에 불과했을지도 모른다. 나는 살아남지 말았어야 했고, 그 그림자들은 일종의 경고였을지도, 혹은 다가오는 나의 죽음을 기다리며 나를 지켜보고 있는 시간이었을지도 모른다.

어쩌면 나 스스로, 항상 오늘을 향해 움직이고 있었는지도.

그런 생각이 주는 위안이 있음을, 침대 위로 올라가며 깨달았다. 나는 이불을 걷고 그 밑으로 들어가 웅크리고 누웠다.

이제 거대한 체구의 남자가 문의 목재 골조를 밀치고 또 밀치는 것 같았다. 나는 그 소리가 결코 멈추지 않을까봐, 영원히 계속될까봐 걱정이 되었다.

그러나 그 순간, 내 손을 바라보면서 생각했다. 멈출 거라고.

모든 것이. 머지않아.

그 이전에 있었던 그 어떤 일도 다시는 중요하지 않을 것이다.

20
루시

그녀 앞에서 마침내 줄이 움직이기 시작했다. "표 주세요." 남자가 표를 받으려고 손을 내밀며 말했다. 그녀는 잠시 돌아설까 망설였다. 거의 한 시간 가까이 기다렸던 줄을 헤치고 항구를 가로질러 시내로 돌아갈까. 이곳에 도착한 첫날 그랬던 것처럼. 그녀는 느낄 수 있을 것만 같았다. 그녀에게 달려들던 메디나의 열기를, 메디나를 관통하는 그 광적인 열정을. 마치 그것이 이 도시를 살아 있게 하는 동맥이라는 듯, 탕헤르의 나머지 영역이 생존할 수 있도록 쉴새없이 펌프질을 하고 달리는 그것을. 이제 다시는 느낄 수 없을지도 모른다는 생각이 들자—아니, 어쩌면 이미 그렇다는 걸 알고 있었다—다시 그 중심에 서고 싶었다. 탕헤르는 지금도 그리고 앞으로도 영원히 그녀에게 이방인일 것이다. 아니, 이방인이라기보다는 과거의 한 조각으로 남을 것이다. 어쩌다 한 번씩 꺼내 불빛에 비추어 볼 수 있는 곳. 그러나 다시는 찾아가지 않을 그곳. 그것은 불가능한 일이었다.

앨리스가 모드에게 전화를 걸지만 않았어도.

유세프가 협박을 하지만 않았어도.

루시는 승무원에게 표를 건네고, 소리지르는 아이들에게서 멀찌감치 떨어진 뒤쪽에 자리를 잡았다. 아이들의 얼굴은 사탕으로 끈적거렸고 부모들은 벌써 이길 수 없는 싸움을 마주한 사람들 특유의 체념한 표정을 짓고 있었다. 루시 역시 같은 표정을 짓고 있는 것이 분명했다. 왜냐하면 이제 앨리스와는 끝이라는 걸 그녀 역시 알고 있기 때문이었다. 앞으로 그들 사이에는 어떤 기회도 없을 것이다.

그녀가 앉아 있는 좌석의 천이 움직였다. 루시는 옆에 앉은 사람을 관찰하려고 반쯤 돌아보았다. 여자는 그녀보다 나이가 많았다. 십 년 이상 많은 것 같았지만 미소를 짓고 고개를 끄덕이는 모습이 어딘가 부드럽고 매혹적이었다. 여자는 거슬리지 않게 살짝 고개를 숙였고, 문득 루시는 무거운 생각들을 떨쳐버리고 싶다는 생각에, 그 편안한 동작을 그녀에게 되돌려주었다.

여자가 요란하게 한숨을 쉬었다. "다행이에요, 안 그래요?"

루시가 얼굴을 찌푸렸다. "뭐가요?"

여자가 루시 옆의 창문을 가리켰다. 오후의 태양 때문에 창문이 뜨거워지고 흐릿해졌다. 그 위력이 이미 뺨까지 전해져왔다.

"여길 떠나는 거요." 여자가 말했다. 그녀는 쿠션에 더 깊숙이 몸을 기대며 또 한번 한숨을 쉬었다. "물론 모로코를 사랑하지 않는 건 아니지만, 집으로 돌아갈 때가 되면 매번 마음이 그렇게 편할 수가 없어요. 마치, 아, 모르겠어요, 허물을 벗는 것 같은 기분이랄까. 다시 제대로 숨을 쉴 수 있는 것 같은 기분이랄까." 그녀가 루시를 돌아보았다. "왜 그런 속담도 있지 않아요?"

"속담이요?" 루시가 반문했다. 이번엔 여자를 좀더 유심히 보았다. 장갑을 낀 손의 섬세한 움직임과 더불어 그녀의 몸짓에는 어딘가 특별한 데가 있었다—연극적이라고, 루시는 생각했다. 목소리에서 강인함이 느껴졌고 루시는 그 자신감에 마음을 빼앗겼다. 그녀가 이런 행동을 자주 하는지, 세상에서 가장 자연스러운 일이라는 듯 낯선 사람과 자주 얘기를 나누는지 궁금했다. 그녀의 말투는 자신감이 넘쳤고 확신에 차 있었다. 그런 속담이 있다는 것을 이미 확실히 알고 있지만 루시에게 그 속담의 유효성과 존재에 대해 묻는 것은 단지 형식적인 행동일 뿐이라는 듯이.

루시도 그렇게 확신에 찼던 때가 있었다. 모든 것이 쉬워 보였고 이치에 맞는 것 같았다. 그러다가 어느 순간 세상이 완전히 뒤집혔고, 마침내 제자리로 돌아왔을 때, 그녀는 불타는 잔해 앞에 서 있었고 갑자기 모든 게 불확실해졌다. 이번에는 더 많은 변화가 요구될 것이다. 거주지를 옮기고 이력서를 위조하는 것 이상의 무언가가 필요할 것이다. 그녀는 탕헤르와 그 도시의 수많은 이름들을, 변화들을 생각해보았다. 지난 몇 세기 동안 그곳을 자신의 고국이라고 주장했던 사람들은 국적과 언어가 다양했다. 탕헤르는 변화의 도시였고 생존을 위해 움직이고 바뀌는 도시였다. 사람들이 변화하기 위해 가는 곳이었다. 그리고 어떤 면에서는 그녀 역시 변화했다. 누군가를 무모하고 맹목적으로 사랑했던 젊은 여자, 사랑을 위해서라면 무엇이든 할 수 있었던 그 여자는 사라졌다. 한때나마 앨리스가 그녀를 사랑했다고 여전히 믿었지만, 그때가 언제였는지 더이상 정확하게 짚을 수 없었다.

루시는 여자에게로—현재로—돌아와 미소를 지었다. "전 그런 속담이 있는지 잘 모르겠네요."

여자가 눈썹을 치켜세웠다. "모르신다고요? 아무래도 저 혼자 상상했나보네요." 그녀가 여전히 장갑을 낀 손을 내밀었다. "난 마사예요."

루시가 그 내민 손을 잡았고, 그녀의 손에 난 땀이 풀을 먹인 장갑에 스며들었다. "앨리스예요." 목소리를 살짝 바꾸어서, 앨 발음을 조금 더 높게, 둥글려서 냈다.

마사가 얼굴을 찡그렸다. "영국 억양이 느껴지는데, 내가 잘못 짚었나요?" 그녀가 몸을 숙이며 물었다. 그녀의 모음은 머리 위를 맴도는 게으른 파리들처럼 길게 늘어졌고, 루시는 태운 황토 빛깔의 진흙이 깔린, 뜨겁고 먼지 날리는 기후를 상상했다.

루시가 미소를 지었다. "어머니는 미국인이었지만 아버지가 영국인이었어요." 마침내 엔진이 작동하면서 배가 덜컹거리는 것을 느끼며, 그녀가 잠시 뜸을 들였다. "하지만 런던에서 고모 손에 자랐어요."

"고모요?" 마사가 물었다.

"네." 루시가 대답했다. 배가 나아가기 시작했으나 그녀는 고개를 돌려 창밖을 내다보고 싶은 욕구를 억눌렀다. 탕헤르와는 이미 작별인사를 했다. "부모님이 어릴 때 돌아가셨거든요."

마사의 손이 체리빛으로 물든 입술로 향했다. "세상에, 끔찍한 일이네요."

루시가 눈을 내리깔았다. "네, 맞아요, 끔찍했어요." 그녀가 긴 한숨을 내쉬었다. 배의 요동이 그녀의 몸 전체를 관통했고 어느 순간 그녀의 몸속에서 우르릉거리는 것이 안도의 함성인지 아니면 기계가 돌아가는 소리인지 분간이 되지 않았다. "하지만 아주 오래전 일인걸요."

"그렇고말고요." 마사가 열정적으로 고개를 끄덕이며 말했다. 그리고 무슨 말을 하려다가 망설였다. 루시는 마사의 감정이 충돌하는 것이, 그녀의 내면에서 예의와 호기심이 싸우는 것이 눈에 보이는 듯했다. 창문에 등을 기댄 채 뒤를 돌아보지 않으면서, 루시는 어느 쪽이 이기는지 지켜보며 기다렸다.

그때 배가 솟아올랐고, 여자가 휘청하면서 루시의 어깨를 가볍게 쳤다. "생각났어요!" 그녀가 소리쳤다.

루시가 놀라 얼굴을 찌푸렸다. "뭐가요?"

"그 속담이요." 마사가 고개를 저으며 대답했다. 자기가 무슨 말을 하려는지 루시가 모르는 것을 믿을 수 없다는 듯이, 두 사람이 이미 친한 친구라는 듯이. "이 나라에 그런 속담이 있어요. 아, 이젠 저 나라라고 해야 하나. 여하튼 속담이 있어요." 그녀가 루시의 어깨 너머로 멀어지는 탕헤르와 해안 풍경을 가리키며 말했다. 마사는 뜸을 들이며 기대에 찬 표정으로 루시를 보았다. 그리고 말했다. "올 때도 울고, 떠날 때도 운다."

에필로그

스페인

꿈에 그녀는 카페 하파에 앉아 있다. 앞에 박하차 한 잔이 놓여 있다. 조금 전에 내온 것이고 그녀는 그 빛깔에 감탄한다. 위쪽은 진한 초록빛이고 아래쪽은 황금빛 호박 색깔이다. 탕헤르의 완벽한 날들 중 하루라고 그녀는 생각한다. 하늘은 짙은 파란색이고 구름은 눈부신 흰색이다. 처음 드는 생각은 아니지만, 그녀는 그 모든 것을 포착할 수 있으면 좋겠다고—종이 위에 쓰인 글이나, 캔버스에 그려진 그림으로—그래서 항상 간직할 수 있으면 좋겠다고 생각한다.

그녀가 깨어난 현실도 크게 다르지 않다. 파란 하늘에 걸린 태양은 여전히 빛나고 있다. 그러나 지중해의 사파이어 같은 파란색 대신 초봄의 초록빛 새싹이 돋는 산이 보인다.

오늘은 화요일이고, 일주일 중 그녀가 가장 좋아하는 날이다.

매주 화요일, 그녀는 일찍 일어나 커피 가는 기계에 꼭 한 잔 분

량의 커피를 담는다. 가야 할 곳이 있기 때문이다. 그다음에는 계단을 올라가, 발코니에서 거리와 이 도시의 수많은 가파른 경사길 중 하나를 바라본다. 그녀의 집은 꽤 높은 곳에 있어서 널찍하게 뻗어나간 길과 그 뒤의 산까지 볼 수 있고, 마을 대부분이 조용해진 밤에도 여전히 깨어 있는 곳들을 볼 수 있다. 그마저 없었다면 어둠에 휩싸였을 산마을에 불빛이 고동치는 풍경을.

오늘 맞은편 집에 누군가가 새로 이사를 왔다. 그녀는 자신의 유리한 고지에서 그 집의 내부를, 그들이 돌아다니며 가구 덮개를 걷어내고 먼지를 창밖과 그 아래 거리 쪽으로 떨어내는 모습을 본다. 가구 중에 방 안쪽 벽에 기대어놓은 피아노가 있다. 커피 한 잔을 다 마실 무렵, 창문으로 음악이 흘러나온다. 세상을 보러 떠난 두 방랑자, 세상엔 참으로 볼 것이 많았네.* 그녀는 앉아서 미소를 지으며 그 순간을 최대한 길게 음미한다.

오늘이 이 집에서의 마지막날이 될 것이다.

그녀는 버스 정류장에서 침착하게 기다리며, 그동안 낯을 익힌 얼굴들을 보고 고개인사를 한다. 이 마을에 레스토랑 세 개를 갖고 있어서 그녀에게 작은 타파와 맥주, 기름지고 짭짤하고 맛있는 이름 모를 생선을 내어주던 부부도 있고, 의사의 집 뒤의 버려진 오두막에 사는 부랑자도 있다. 그들 외에도 여러 익숙한 미소들이 있다. 그녀는 그들 모두에게 고개인사를 하지만 말을 건네진 않는다. 이 작은 마을에 영어와 프랑스어를 할 줄 아는 사람은 아무도 없는 것 같고, 그래서 그녀는 그들과 거리를 두었으며, 그들 사이에 존

* 영화 〈티파니에서 아침을〉의 삽입곡인 〈Moon River〉의 한 소절.

재하는 장벽 안에서 행복했다.

그녀는 버스에 올라 기사 앞에서 멈춘다. "말라가." 그녀가 요금을 건네며 말한다.

한 시간 거리지만 기분좋은 여정이다. 그녀는 홀로 앉아 창밖을 내다보면서 빠르게 지나가는 산의 굴곡을 본다. 보라색과 노란색 꽃들이 초록빛 들판을 점점이 수놓고 있다. 차창에 머리를 기대고 눈꺼풀이 바르르 떨릴 때면, 버스가 이대로 영원히 달려주기를 바라게 되는 순간들이 있다. 그러한 순간에는 거의 만족스럽고, 거의 평화롭다.

말라가에 오니 소음이 그녀를 공격해온다. 그녀는 작은 산마을의 정적에 익숙해져 있다. 여기는 사람도 너무 많고, 다들 정신없이 여기저기로 돌아다닌다. 너무 덥다는 생각이 들지만 아마도 기온은 같을 것이다. 그런데도 이곳은 불편하게 느껴진다. 한두 블록 정도 걷고 나니 셔츠가 등에 달라붙고 호흡이 거칠고 빨라진다. 그녀는 콧등 위로 선글라스를 치키고 태양을 피해보려 애쓴다.

그곳에 도착해보니, 그녀가 방 한구석에 홀로 앉아 있다.

모드는 앨리스를 영국 어딘가에 두기를 바란다는 걸 그녀는 안다. 그러나 아직은 의사들이 호송을 반대하고 있고, 결국 빨간 머리 여자를 개인 간병인으로 보내는 것에 만족해야 했다. 젊은 빨간 머리 여자는 기약도 없이 자신의 삶을 스페인에서 보내게 된 것에 당혹스러워하는 것 같다. 그래도 탕헤르가 아닌 게 어디냐고, 모드가 고개를 저으며 말했다. 그게 이미 몇 달 전의 일이다. 모드는 앨리스가 어떤 상태로 발견되었는지, 경찰에게 그녀의 조카가 있을 곳은 탕헤르의 감옥이 아니라 말라가의 정신병원이라고 설득하기까지 자신이 치러야 했던 협상과 논쟁에 대해 들려주었다. 모드는 자신의 부탁으로 이미 앨리스의 친구인 유능한 젊은 여성 소피 터너가 전부 조처를 해두었다고 경찰을 설득했고, 결국 그들은 굴복했다. 이 모든 것이 경찰이 감당하기에는 너무 어렵고 너무 복잡했다. 독립이 찾아왔고 그들은 새 출발을 하고 싶었다. 외국인들의 문제는 그들의 본국에 맡겨두고, 자기들 일에 집중하고 싶었다. 결국 그들은 흔쾌히 영국 여자를 그들의 나라 밖으로 추방했다.

그녀는 침대 옆에 서서, 한때 그녀가 알았고 사랑했던 여자의 잔해를 바라본다. 참 희한한 일이라고 그녀는 생각한다. 지난 몇 달 동안 앨리스의 보호자 노릇을 하면서, 한때 느꼈던 감정들이 새어나가고 말라버렸다는 것이. 그래서 그녀는 마침내 떠날 때가 되었음을 안다.

침대 위에 종이쪽지가 있고, 집어들어 보니 거기에 그녀의 이름이 적혀 있다. 간호사들은 몇 주 전부터 앨리스가 그 이름에 대한 집착이 심해져서 병실에 온통 찢어진 종이쪽지를 숨겨놓는다고 알려주었다.

그녀는 쪽지를 주머니에 넣는다.

몸을 숙이고 여자의 이마에 키스한 뒤 병실을 나선다. 그녀는 돌아보지 않는다. 이것이 그들의 마지막이 될 것이다.

말라가은행으로 향하는 그녀의 발걸음이 무겁다.

카운터 뒤의 직원들은 그녀의 출현에 깜짝 놀란다. 보통은 은행 급사가 소피 터너의 보호하에 있는 앨리스 시플리의 지급액을 배달한다. 그녀가 고개를 저으며 미소를 짓고는, 이제 자신의 상태가 호전되어 보호자는 영국으로 돌아갔고, 바로 어제 생일이 지났기 때문에 신탁액을 완전히 인출하러 왔다고 말한다. 그들이 얼굴을 찌푸리고 혼란스러운 표정을 짓자, 그녀가 한 손을 뺨에 대고 묻는다. "세상에, 고모가 이 내용이 담긴 편지를 안 보내셨어요?"

"아뇨, 세뇨리타. 아무 얘기도 없으셨습니다." 그들이 얼굴을 붉히며 말한다.

그들은 영어를 잘 못하지만 그게 오히려 그녀에게 유리하다.

그들은 그녀 주위를 맴돌며 신뢰가 담긴 커다란 눈으로 그들을 지켜보고 있는 사랑스러운 영국 아가씨에게 미소를 짓는다. 말도 통하지 않는 나라에서 혼자 지내기가 얼마나 외로운지, 얼마나 상처받기 쉬운지 그들은 알아차린다. 그들은 걱정스럽게 자신의 딸을 떠올리고 결국은 굴복한다. 어쨌든 이 아가씨는 여권—앨리스 시플리—을 갖고 있고, 처음 계좌를 개설했던 도도한 나이든 여자와 성이 같다. 그 사실은 우연일 리가 없다. 그녀는 병원에 있는 조카를 위해 지급액을 설정해놓았는데, 어떤 병이었는지 몰라도 보아하니 이제 다 나은 것 같다.

신탁은 그녀의 명의로 되어 있고, 그녀를 의심할 이유는 없다.

그녀는 여행가방의 무게에서 살아 고동치는 위로를, 미래를 느낀다. 자신은 도둑이 아니라고, 스스로를 합리화한다. 전부 다 가져가는 건 아니라고, 단지 정당한 대가만 받는 거라고. 그것은 앨리스가 깨뜨린 모든 약속들의 대가다. 어느 서늘한 가을 저녁의 속삭임을 통해 만들어냈고, 겨울의 매서운 추위 속에 불태워버린 삶의 대가.

그런 다음 그녀는 알라메다 프린시팔 거리로 접어들어 안티과 카사 데 과르디아*로 향한다. 그녀는 그 집의 라그리마 트란사네호**를 좋아하게 되었다. 축배의 의미로 그곳에서 마지막 한 잔을 마시기로 한다. 그녀는 길을 따라 천천히 걸으며, 고동치는 활기의 맥박처럼 이 도시를 관통하는 거리들을 거니는 가족과 커플들을 바라본다. 그들은 저 앞 꽃가게에 들르고, 거기서 조금 더 가면 있는 가게에서 물건을 사기 전에 찬찬히 살피고 실랑이를 한다.

술집에 들어서자 마음이 느긋해진다.

바텐더가 그녀 앞에 분필로 표시해놓은 숫자가 1에서 2로, 다시 3으로 변해가는 것을 본다. 전에는 힘든 날이면 작은 술 한 통을 주문해서 집으로 가져갔다. 최악의 날이면 시내 호텔에 방값을 지불했다. 오늘 가방의 무게를 느끼며 그녀는 앞으로는 그런 날이 없으리라는 걸 안다.

그녀는 바텐더에게 손짓을 한다. 그녀가 타야 할 버스가 삼십 분 정도 뒤에 도착할 것이고, 그녀는 그 버스를 놓칠 수 없다. 버스표에 인쇄된 도시의 이름은 더이상 미룰 수 없는 희망이고 꿈이다. 그녀가 동전을 건네고, 바텐더가 빠르게 계산을 하더니 주머니에서 정확한 잔돈을 내어준다. 그녀는 고개를 저으며 팁으로 가지라고 한다. 이제 그 정도의 여유는 있다. 그는 고맙다며 고개를 꾸벅한다.

루시는 바텐더가 주머니에서 헝겊을 꺼내 목재 카운터를 닦는

---

* 피카소가 즐겨 찾은 것으로 유명한 말라가의 유명한 와인 바.

** 말라가의 전통 와인 중 한 종류로 추정된다.

것을, 그녀의 숫자가 사라지는 것을 본다. 이내 카운터가 깨끗해진다. 마치 그녀가 다녀간 적이 없었던 것처럼.

감사의 말

산더미같이 쌓인 원고 더미에서 『탄제린』을 골라내 나의 초고에 숨겨진 잠재력을 봐준 나의 에이전트 엘리자베스 위드에게 감사한다. 지난 일 년 동안 그녀는 이 책의 다양한 수정본을 셀 수 없을 만큼 여러 번 읽었고, 그 과정에서 믿을 수 없을 정도로 한결같이 용기를 북돋아주었다. 그 점에 대해 영원히 감사한다. 북그룹의 다른 팀원들에게 가장 깊은 감사를 전하고, 초기에 『탄제린』을 읽었던 또 한 사람인 데이나 머피의 예리한 조언에 특별히 감사한다. 지속적인 열정을 보여준 에코의 모든 직원에게 감사하고, 물론 나의 편집자 재커리 와그먼에게 특히 감사한다. 그의 격려와 편집적 측면의 지도가 없었다면 이 소설은 존재하지 못했을 것이다. 그 모든 것이 궁극적으로 지금 여러분이 읽고 있는 책 『탄제린』을 만들었다.

옮긴이의 말

두 여자의 이야기는 언제나 나를 매혹한다. 남녀의 이야기보다 농밀하고 날카로우며 치명적이기 때문이다.

앨리스와 루시의 이야기는 모로코의 항구도시 탕헤르를 배경으로 펼쳐진다. 모로코는 북쪽으로는 지중해와 대서양, 남쪽으로는 사하라사막에 맞닿아 있는 독특한 나라다. 특히 1956년 다시 모로코에 반환되기까지 여러 유럽 국가들의 지배를 받았던 탕헤르는 아프리카 대륙에 속해 있으면서도 유럽의 정취를 품고 있는 신비로운 도시다. 아프리카 대륙의 서북쪽 꼭짓점에 마치 유럽으로 뻗은 손과도 같은 탕헤르의 지리적 위치와 형상마저도 이 도시의 간단치 않은 역사를 말해주는 듯 애틋하고 아련하다.

두 여자의 이야기라는 것 외에 내가 이 책에 끌렸던 또 한 가지 이유는 이 작품이 너무도 완벽한 가스라이팅 소설이라는 점 때문이었다. 몇 년 전 우연한 기회에 가스라이팅gaslighting이라는 단어에 노출되었던 나는 이 책의 번역 의뢰를 받을 즈음 그 단어에 상당히 집착하고 있었다. 가스라이팅은 영화 〈가스등Gaslight〉에서 유래한 말로, 상황을 교묘하게 조작하여 타인의 마음에 스스로에 대한 의심을 불러일으키고, 현실감과 판단력을 잃게 만들어 그의 정신을 황폐화하는 일종의 학대 행위다. 가스라이팅은 당시 내 주변에서 일어나는 이해할 수 없는 일들을 설명해준 마법의 단어였다. 소설 『탄제린』에는 단 한 번도 그 단어가 등장하지 않지만, 이 소설은 가스라이팅의 소설적 정의라고 말할 수 있다.

살다보면 서로 도무지 연결될 것 같지 않은 생각의 단편들이 한 곳으로 수렴되면서 퍼즐이 맞춰지는 순간이 있다. 이십여 년 전 처음 번역 일을 시작할 때에도 그런 느낌이었다. 번역이라는 일을 통해 그동안 내가 하나로 꿸 수 없었던 산발적인 관심들, 이를테면 낯선 문화에 대한 동경이라든가, 어학적 재능과 관심, 소설에 대한 사랑이 비로소 한 곳으로 모아졌다.

이 책을 처음 만났을 때도 그런 느낌이 들었다. 번역할 작품과의 만남도 사람과 사람의 만남을 닮아서, 번역하기 전부터 무턱대고 끌리는 작품도 있고, 덤덤하게 시작했지만 점점 더 빠져드는 작품도 있고, 기대했다가 실망으로 끝나는 작품도 있다. 또 어떤 작품은, 마치 운명처럼, 퍼즐을 맞추며 나를 찾아온다, 『탄제린』처럼.

소설이 우리에게 반드시 대단한 가르침과 교훈을 주어야 한다고는 믿지 않는다. 어느 미치광이가 자신의 인생을, 혹은 타인의 인생을 망쳐가는 이야기일지라도 그 과정에 감응할 수 있었다면, 그리고 일상에서 흔히 맛볼 수 없는 강렬한 감정을 체험했다면, 설령 그것이 유쾌하고 행복한 감정이 아니었다고 해도 나는 '잘 읽었다'

생각하며 그 책을 내려놓는다. 소설은 소설만의 방식으로 그렇게 우리 삶의 용적을 넓힌다. 때로는 낯선 용어를 가르쳐주고 놀라운 이야기와 함께 독자에게 그 용어를 각인하기도 하는 것이다, 결코 잊을 수 없도록.

이 소설을 번역할 날을 오래 기다렸고, 내 삶에서 가장 힘겨운 시간에 열정적으로 번역했다. 이 소설은 나에게 완벽한 도피이자, 완벽한 몰입이었다.

번역을 마칠 즈음, 이런 생각이 들었다. 얼핏 자석의 양극처럼 보이는 이 소설의 두 주인공 모두 어쩌면 우리 모두의 모습에서 그리 멀지 않다고.

누구에게나 빛과 어둠이 있고, 우리 모두는 항상 그 두 극단에 맞닿아 있기 때문이다.

바다와 사막에 맞닿은 나라, 모로코처럼.

이진

옮긴이 **이진**

이화여자대학교에서 문헌정보학을 전공하고 광고대행사에서 근무하다가 현재 전문 번역가로 활동하고 있다. 옮긴 책으로 『빛 혹은 그림자』 『도그 스타』 『오늘은 다를 거야』 『어디 갔어, 버나뎃』 『저스트 원 이어』 『저스트 원 데이』 『우리에겐 새 이름이 필요해』 『아서 페퍼: 아내의 시간을 걷는 남자』 『사립학교 아이들』 『열세 번째 이야기』 『잃어버린 것들의 책』 『658, 우연히』 『비행공포』 『페러그린과 이상한 아이들의 집』 『우린 괜찮아』 등이 있다.

문학동네 세계문학

탄제린

초판 인쇄 2020년 8월 24일 | 초판 발행 2020년 9월 3일

지은이 크리스틴 맹건 | 옮긴이 이진 | 펴낸이 염현숙

기획 이현자 | 책임편집 이봄이랑 | 편집 윤정민 홍유진 이희연 이현자
디자인 고은이 이원경 | 저작권 한문숙 김지영 이영은
마케팅 정민호 정진아 함유지 김혜연 김수현
홍보 김희숙 김상만 지문희 우상희 김현지
제작 강신은 김동욱 임현식 | 제작처 (주)상지사P&B

펴낸곳 (주)문학동네
출판등록 1993년 10월 22일 제406-2003-000045호
주소 10881 경기도 파주시 회동길 210
전자우편 editor@munhak.com | 대표전화 031) 955-8888 | 팩스 031) 955-8855
문의전화 031) 955-8896(마케팅) 031) 955-1929(편집)
문학동네카페 http://cafe.naver.com/mhdn | 트위터 @munhakdongne
북클럽문학동네 http://bookclubmunhak.com

ISBN 978-89-546-7412-6 03840

잘못된 책은 구입하신 서점에서 교환해드립니다.
기타 교환 문의 031) 955-2661, 3580

www.munhak.com